复旦大学中文系"双一流"学科建设经费支持

史料与阐释（总第六期）

主　　　编：陈思和　　王德威

执行副主编：张业松　　段怀清

复旦大學 出版社

卷头语

本卷编辑适逢贾植芳先生逝世(2018年4月)十周年,我们组织纪念特辑,得到师友支持,搜集到贾植芳先生抗战时期的两篇长佚文,和20封改革开放之后的书信,丰富了相关史料。这批佚文和佚信都是没能来得及编进贾先生全集的文稿。尤其是书信,除了此前已出版的专题性辑录外,整体上可以说还没有开展过系统搜辑。本期刊载的10人20封书信,可见贾先生书信交往面之宽,散布在社会上的贾先生书信应该还有很多,本刊将长期征集。

承晓风女士惠稿,胡风日记也将在本期开始连载。胡风日记的整体情况,晓风在《〈胡风日记〉编辑说明》里已有详细说明,无需赘言。唯本刊以史料的发掘、整理、刊布为主要目标,但并非只重视史料,而毋宁说,是希望借助史料的发掘,使学术论作建立在更坚实的基础之上。自创刊以来,本刊在多个专门领域的史料刊布上已有一定积累,其中一些引起学界重视,已成为新的学术讨论赖以展开的材料。尤其"七月派"和"胡风集团"文献这一块,是本刊的一个重要特色,希能引起更多关注。

本期的重头是三篇"复旦中文学科百年讲坛"稿件。2017年秋复旦大学中文学科百年庆典,举办了一系列学术活动,中国现当代文学学科的重头活动是李长声先生的专题讲座和赵京华先生的周氏兄弟系列讲座。两位先生都于日本之学深有造诣,李长声先生更是享有盛誉的当代"知日"散文大家,其关于"茶道与日本美意识"的讲座娓娓道来,于如数家珍的掌故史事和诗赋著述的吉光片羽中,道尽日本"茶道"兴盛和传承的历史过程,更充分揭示了"日本美意识"相对于中华传统美学意识刻意区分出自身,"剑走偏锋"发展起来的秘密,可谓深得前辈"知日"大家周作人的"闲话风"之旨趣,静心读来,有滋有味。赵京华先生留学一桥大学期间师从木山英雄先生深研周作人,归国后长期参与主持国家一级学会鲁迅研究会的日常工作,在周氏兄弟的研究上,是当之无愧的"领军人物"之一,他的两篇讲稿,《政治国家与文化民族——周作人的思想抉择》和《学术共建与政治歧途——鲁迅与盐谷温关系考》,把周氏兄弟的研究放置在近代以来中/日以及东/西思想史交流碰撞和转换创生的背景上展开,所论严谨周密,堪称当前周氏兄弟研究的前沿论述,提请读者注意。

得益于"日本华文文学笔会"的领导层,尤其是姜建强会长的支持,我们组织了"日本华文文学小辑"。此小辑管窥蠡测,挂一漏万,对日本华文文学的现状做一展示,并梳理相关史料,本身也许并没有什么重要性,但由此体现本刊的一个关注面向,期望以此开端,会有更好的展开。

从本期开始,本刊正式成为半年刊,每年夏、冬季出刊,由执行主编分工负责,春夏卷侧重于中国现当代文学史料与阐释、秋冬卷侧重于中国近现代文学史料与阐释,但分工不分家,在组稿和编刊上仍通力合作,冀能于提升本刊质量和效率有所助益。

本期执编:张业松

目 录

【特辑·纪念贾植芳先生】
贾植芳先生逝世十周年纪念
贾植芳佚文小辑　　　　　　　　　　　　　　　　　金传胜　金周详(2)
贾植芳书信小辑　　　　　　　　　　　　　　　　　张业松　辑校(11)
我读《贾植芳致胡风书札》的一些想法　　　　　　　　　　许俊雅(28)
不想写的回忆　　　　　　　　　　　　　　　　　　　　　孙宜学(38)
追忆复旦第九宿舍里贾先生家的"小客厅"　　　　　　　[韩]鲁贞银(41)
贾植芳先生入选首批"上海社科大师"　　　　　　　　廖伟杰　张业松(45)

【论述】
复旦中文学科百年讲坛专题
政治国家与文化民族
　　——周作人的思想抉择　　　　　　　　　　　　　　　赵京华(50)
学术共建与政治歧途
　　——鲁迅与盐谷温关系考　　　　　　　　　　　　　　赵京华(67)
茶道与日本美意识
　　——在复旦大学的演讲　　　　　　　　　　　　　　　李长声(86)
日本华文文学小辑
李长声的随笔及其日本文学观初探　　　　　　　　　　[日]王海蓝(97)
研究川端学的一条新路
　　——读张石《川端康成与中国易学》　　　　　　　　　姜建强(104)
指向一个与我们观念有异的日本
　　——读姜建强《岛国日本》　　　　　　　　　　　　　万景路(109)
短评三篇　　　　　　　　　　　　　　　　　　　　　　　张　石(113)
遗落在"东洋"的文学陕军
　　——亦夫论　　　　　　　　　　　　　　　　　　　　陈庆妃(119)
日本当代移民文学初探　　　　　　　　　　　　　　　[日]王海蓝(126)

【文献】

《胡风日记》编辑说明 　　　　　　　　　　　　　　晓　风(138)
胡风日记（1938.9.29—1941.4.27） 　　　　　　晓　风　辑校(140)
悼念江流先生 　　　　　　　　　　　　　　　　　鄂复明(192)

【访谈】

"文学翻译需要靠兴趣才能继续坚持下去"
　　——荷兰青年汉学家郭玫媞女士访谈 　　　　　易　彬(202)

【年谱】

李景慈年谱 　　　　　　　　　　　　　　　　　　陈　言(210)

【目录】

关于《说说唱唱》的介绍 　　　　　　　　　　　　罗兴萍(228)
《说说唱唱》总目录 　　　　　　　　　　　　　　罗兴萍　辑(231)
日本当代华人作家著作一览 　　　　　　　［日］王海蓝　林　祁(256)

特辑·纪念贾植芳先生

贾植芳先生逝世十周年纪念

金传胜　金周详

贾植芳佚文小辑

　　1982年，钦鸿先生为了编《中国现代作家笔名索引》①一书，向包括贾植芳先生在内的全国各地的现代作家、研究工作者寄发了数百封笔名调查函。贾植芳在该年11月16日致钦鸿的回信中热情肯定了编纂笔名录的工作，认为"这是件很有意义的工作"，并详细地陈述了自己使用别名、化名、笔名的具体情况。其中他提及的笔名包括冷魂、鲁索、李四、杨力、Y.L、王思嘉等。关于王思嘉这一笔名的使用情形，贾先生如此回忆："同时期内我为上海报纸写政论性文章，则用南候、王思嘉笔名（如上海《联合晚报》、上海《文汇报》、上海出版的《评论报》等）。"②因此，该书1988年由湖南文艺出版社正式出版时，在"贾植芳"的笔名条目下著录有"南候、王思嘉——1944至1948年在上海《联合晚报》《文汇报》《评论报》等署用"③。然而具体到哪些作品署用"王思嘉"，此前学界并不清楚。
　　笔者新近便在1947年2月1日上海《文汇报》第3版"新闻窗"栏目找到了一篇《郝鹏举史话》，署"王思嘉"。经考证，我们认为此文出于贾植芳之手。由于此文未被《贾植芳文集》《贾植芳全集》收录，应该是贾先生的一则佚文。
　　首先，"王思嘉"是贾氏自述的笔名之一，而《文汇报》恰好在其罗列的几个报刊之内。其次，贾植芳与郝鹏举确有人生的交集。中日交战后，国民党政府为了吸引海外留学生参加抗战，主办"中央政治学校留日学生特别训练班"。朋友陈启新替贾植芳报了名。于是，刚从日本留学归来，"有爱国之心、却无报国之路"的贾植芳与一些朋友就同赴南京，正式参加了训练班。"后来这个训练班办得曲曲折折，由南京到庐山再到江陵，最后到汉口，几度易手，最后归国民党军委政治部管辖。"④当时训练班的总队长即郝鹏举。
　　1944年12月，贾植芳看望时任汪伪淮海省省长郝鹏举，被委以伪淮海省政府参议。此后，贾植芳以参议身份作掩护，从事抗日策反活动。次年4月，他向郝氏呈上了含有策反内容的长信《兴淮十策》，未果。5月，贾植芳遭日伪军警拘捕，被监禁在徐州日伪留置所达三个月之久。也正是缘于这段经历，1955年在清算、揭发"胡风反革命集团"时，"投

---

① 1988年由湖南文艺出版社正式出版，改题《中国现代文学作者笔名录》。
② 贾植芳：《贾植芳致钦鸿信（1982—2006）》，见陈思和、王德威主编：《史料与阐释贰零壹壹年合刊本》，上海：复旦大学出版社，2013年，第52页。
③ 钦鸿、徐迺翔编：《中国现代文学作者笔名录》，长沙：湖南文艺出版社，1988年，第528页。
④ 贾植芳：《狱里狱外》，上海：上海远东出版社，1995年，第107—108页。

靠汉奸郝鹏举"被罗织为贾植芳的"反共、反人民、反革命的罪恶活动"之一①。另外,沈建中编撰的《贾植芳先生年谱初编》中,于1946年内辑有"写有长篇散文《谜的人物郝鹏举》,后来署名王思嘉,分别刊于《文汇报》《联合晚报》"②,不知依据何种材料。倘若来自贾先生本人的自述,则这里的《谜的人物郝鹏举》很可能便是《郝鹏举史话》一文的误记。

1946年1月,郝鹏举率部下二万余人起义,改编为中国民主联盟军。1947年1月27日,郝鹏举发表反共通电,公开叛变投蒋,在全国范围内引发震动。正是在这一背景下,贾植芳写下了《郝鹏举史话》,意在暴露郝鹏举为人的奸狡诡谲。与此文同栏还刊发了署名"鲁南"的《七十二变:郝鹏举之谜》一文,以"从汪记遗孽到六路司令""一怒而投共""又来一'反正'"为序,也讽刺了郝鹏举反复无常的丑陋本性,并驳斥了"郝鹏举率部'反正'后鲁南战局有决定性转变"的论调。两周后的2月15日,成都《华西晚报》增刊《时代文摘》第1卷第6期曾以《正——反——正的郝鹏举》为题转载了《郝鹏举史话》。值得一提的是,这两篇揭露郝鹏举丑史的文章刊出后,2月11日《文汇报》第3版还发表了署"辛斤"的《郝鹏举正传补遗》一文。作者因"这两文中特别是王思嘉先生所叙述的,似乎不无小误,而且有阙遗的。兹特录出,以资'谈助'",即对"变色龙"郝鹏举的生平做了补充说明。

此外,笔者又检得一篇《倒阎运动收梢记》,刊于1947年4月25日③上海《评论报》第17期,署名"思嘉"。该刊1946年11月创办于上海,1947年5月停刊,共发行21期。周刊,每逢星期五出版,属于综合性刊物。由评论报社编辑、发行。主要栏目有小论坛、影剧评论、剪刀集、漫画等。该刊曾登载许多著名作家的文章,如郑振铎《迎第三届文艺节》、茅盾《旅苏信札》、田汉《新中国剧社的苦斗与西南剧运》、臧克家《春天是属于战神的!》、刘白羽《窗外》、郭沫若《王安石的明妃曲》、熊佛西《全才画家张大千》等。

贾植芳虽在自述中没有忆及"思嘉"这一笔名,但"思嘉"这一笔名显然由"王思嘉"而来,且《评论报》也是贾先生提到的投稿刊物之一。是故,"思嘉"应也系贾植芳的笔名之一。

贾植芳于1936年入日本东京大学社会科就读,师从园谷弘教授从事中国社会的研究,系统阅读了社会学的基本原理与方法。1946年来上海后,贾植芳借住在虹口区吴淞路义丰里,与内山书店的日籍老板内山完造为邻。这一时期他再次披览日文图书,涉及政治、经济、社会、文化、历史、哲学、文学等领域。他当时还准备利用内山的丰富资料,着手撰写一本《中国现代军阀论》,只是书未完稿,又因为《学生新报》撰文而贾祸,被国民党中统局拘押。后来又利用被查抄材料的剩余,写了《近代中国经济社会》④。据此我们或可大胆推测,《郝鹏举史话》《倒阎运动收梢记》兴许正是贾先生当时拟撰写的《中国现代军阀论》一书的部分内容。当然,贾植芳对于中国军阀的兴趣,不仅仅来源于他的学术背景与阅读经验,其曲折跌宕、"九死一生"的人生阅历也是不可忽视的影响因素。

生于山西汾城(现称襄汾)的贾植芳,打小就见识了"山西王"——军阀阎锡山的独

---

① 参见《贾植芳——"贩卖人口的教授"》,瞿光锐、聂真编:《胡风这个反革命黑帮》,上海:新知识出版社,1955年,第40页。
② 林祥主编:《世纪老人的话:贾植芳卷》,沈阳:辽宁教育出版社,2003年,第282页。
③ 该期未印有出版日期,此据第16期于4月18日出刊推定。
④ 参见贾植芳:《〈东方专制主义〉中译本题记》,《贾植芳文集(理论卷)》,上海:上海社会科学院出版社,2004年,第353页。

裁统治以及在其统治下底层民众的悲惨生活。他的第一篇小说《一个兵的日记》据说刊登在1931年的《太原晚报》上,"写的是阎锡山旧式军队生活的野蛮和腐烂,初次表现了我对现实生活秩序的不满和抗议,对它的告发"①。多年颠沛流离的生活经历,贾植芳先生深入地接触到中国社会的各个阶级、各个方面,从军阀到兵士,再到学生、农民和商界,都成为贾观察、剖析的对象。"这不仅丰富了他的人生观察,而且为他的创作提供了广泛、生动的素材。"②这里的"创作"不能做狭隘的理解,而应涵纳《郝鹏举史话》《倒阎运动收梢记》这类接近杂文的文字。在这两篇文章中,贾植芳以不动声色的叙述艺术,辛辣地揭露了郝鹏举、阎锡山这两位著名军阀的狡猾嘴脸与政治投机家的面目,讽刺了新旧军阀反民主、反革命的本质。

此外,贾植芳与《倒阎运动收梢记》中所述的主要"倒阎"人物景梅九曾有直接的交往。贾先生在《狱中沉思:我与胡风(二)》一文(收入《狱里狱外》)中叙述了他和景氏的交往过程:

> 在辛亥革命前后,晋南出过三个老革命,都是老留日学生。一个是景梅九,同盟会会员,曾受无政府主义影响,写过一本名叫《罪案》的书,风行一时,后来颓废了,抽鸦片,当过袁世凯政府的国会议员。四十年代我流落在西安时曾由一位在《西安晚报》当副刊编辑的同乡领我去看过他,这时他手创的《国风报》③已由北京移到西安出版。当时是冬季,他一身旧的袍褂,留点山羊胡子,待人很随和,没有客套,也没有什么架子,有些散漫的儒者风度。当他得知我是个留日学生后,就和我谈起他在日本的生活,他是明治大学学生。我告别时,他跑到内室拿出一套他自费印刷的《石头记真谛》。这一套两卷本是用中国传统的粉纸铅印的,中式装订本,他签名送我存念。④

1992年2月27日,有感于许多年来,景梅九"已被历史湮没,被人遗忘",贾植芳特意致函山西学者董大中,肯定了景氏在新文化运动、文学创作、外国文学翻译、红学研究领域的成就,提议董大中可以考虑搜集景的全部遗著,"编一本他文集或诗文集",以期"保存文化史料,发扬先贤的启蒙精神"。信中再次提及自己拜访景先生的往事:"我在抗战中的四十年代初间,曾在西安居留,拜访过他一次,并求他题赠《石头记真谛》一部为念,可惜几经离乱,也早失去了。"⑤以上这些回忆更多的是正面评价景梅九的贡献。而由于时代环境的差异,《倒阎运动收梢记》一文则将景梅九描绘成"做戏的虚无党""地道的一个虚无主义者",对于这位"消闲的职业倒阎家"是有所讥讽的。

以上两篇佚文都发表于1947年,此年前后,正是贾植芳杂文创作的一个高峰期。虽然贾先生1936年至1947年间的若干杂文后来被编入署名"杨力"的散文集《热力》,由上海文化工作社1949年6月出版,但时隔多年后汇辑旧文,必然多有遗漏。经查,《热力》收录1947年的杂文有《在寒冷的上海》《就是这样的》《魔术班子》《热力》《悲哀的玩具》

---

① 贾植芳:《我的第一篇小说》,《历史的背面》,济南:山东教育出版社,1998年,第14页。
② 陈思和:《贾植芳先生简传》,《贾植芳先生纪念集》,上海:复旦大学出版社,2011年,第6—7页。
③ 应写作《国风日报》。
④ 贾植芳:《狱里狱外》,第141页。
⑤ 贾植芳:《贾植芳致董大中信(1982—2005)》,见陈思和、王德威主编:《史料与阐释贰零壹壹年合刊本》,第38页。

《给战斗者》《一张照片》《夜间的遭遇》，共计8篇。这些文章尽管注明了写作时间，然而具体发表情形却不甚详尽。目前仅能查到《在寒冷的上海》曾刊于方然主编的成都《呼吸》双月刊1947年3月1日第3期①，署"杨力"。其他几篇文章的初刊信息均尚待查考。

如果弄清了这些文章的初刊处，一则可以梳理贾植芳作品的版本问题，二则有助于查实与厘清他这一时期的笔名使用情况。如前引贾植芳1982年11月16日致钦鸿的信中提到了"南候"这一笔名，但北京语言大学《中国文学家辞典》编委会1985年所编的《中国文学界辞典现代第3分册》和苗士心1986年编纂的《中国现代作家笔名索引》等资料中却皆作"南侯"。显然，这一笔名来源于贾植芳的家乡——今山西省襄汾县古城镇南侯村。"南候"当系贾先生的笔误，或因先生笔迹潦草而致使钦鸿误将"侯"释为"候"。再如贾植芳1985年4月1日给钦鸿的复信中有这样一句："我的那个笔名，应该是'李四'，年深日久，记忆难免混乱，仍请用李四为盼。"②这显然是回答钦鸿关于贾植芳笔名的求教。虽然未见钦鸿致贾先生的原信，笔者猜测钦氏想求证的是"张四"这个笔名。据笔者目力所及，在不少研究资料与相关论著中，可见载录"张四"或"李四"，作为贾植芳先生的笔名之一。同时收录这两个笔名的陈玉堂先生的《中国近现代人物名号大辞典（全编增订本）》则较为谨慎，在"张四"后括注"存疑"③。厘清了贾植芳的笔名情况，继而从笔名、报刊这两条线索出发，或许能够找到贾先生的更多佚文，以还原与呈现这位杰出作家与学者的创作全貌。

郝鹏举史话

王思嘉

西北军出身

郝鹏举是豫西闵乡人，旧西北军出身，原为冯焕章将军的卫士之一，北伐时期，西北军以国民革命军第二集团军的新姿态加入革命战线的时候，郝被冯将军送至苏联学习军事，他在基辅炮兵学校卒业回国后，他想，以他的聪明才智和学有专长两项本钱，满想一下轮船，就有个好差事，起码也该是个"官"了，但冯将军见到他的时候，却冷冷的说：把头剃光，洋服皮鞋这一套全给我脱了，穿上你的老布军衣，背一枝枪当你的卫士吧。这不啻是一桶冷水浇头，郝是性暴如雷的人，但在传统的服从观念下，他一切照办了，不过背后却不免对人说：要干一番事业，非离开这个圈子不可，否则，在冯先生跟前混得胡子白了，也仍不过是一个兵。一面他就自动的参与机要，但凡冯将军有所取决的时候，他往往在一旁说上自己的意见，这意见有些也颇有见地，但冯将军总是不露声色的说：你小孩子知道什么！郝不能忍耐了，闲话一天传到冯将军的耳里，冯将军似乎得到一种领悟似的，郝即刻由卫士升做少校参谋！算离开冯了。

---

① 初刊版标注的写作时间为"一九四七年一月十五日，夜"，而《热力》版则是"一九四七年一月五日，夜"。
② 贾植芳：《贾植芳致致钦鸿信（1982—2006）》，见陈思和、王德威主编：《史料与阐释贰零壹壹卷合刊本》，第53页。
③ 参见陈玉堂：《中国近现代人物名号大辞典（全编增订本）》，杭州：浙江古籍出版社，2005年，第983页。

浮沉政海里

此后的郝做过孙连仲将军的参谋处长,做过梁冠英将军的参谋长。他颇富于政治兴趣。于是,在混乱中的中国政海里,他就开始了他的浮沉生涯。民国十九年阎冯之战,他是联军的一个炮兵团长,虽然地位有限,但他在河南战场上的战绩表现,颇使另一个支配中国之命运的人物侧目;此后,曾参与张家口抗日之役,及福建事变,郝腾霄的令名,从兹为军界所熟悉。当这些事变都转眼一现的过去了,郝摈弃流落江湖之上,不知如何是好。在抗战前他在彷徨中终至进入南京的陆军大学读书。他是想从此打一点"学历"基础,拉个政治关系的。抗战爆发,郝为陈立夫氏所赏识,当时陈为大本营的第六部长,兼办一个留日学生训练班,郝就是那里的少将总队长办了。不到三个月,随着陈在政治上的失势,训练班为黄埔系所接收,郝连带的被去职,带着陈的介绍信,郝一口气跑到西北,寄食于胡宗南将军的麾下,初去做了一个时期的政治训练班(即战干第四团的前身)总队长,半途又被去职,据传当时胡曾保荐过他任军校第七分校总队长(这是升做师长的一个必经阶段)。但回批是:此人阴险不可用。郝于连受失败打击后,最基本的希望至此灭绝。胡部于抗战初期曾在豫西参加一次战役,郝任临时的参谋长,不幸又所战不捷,从兹他就以第三十四集团军总司令部少将高参的名义,拿着一百五十元的薪水,在西安街头溜马路了。

淮海省省长

这样一个穷愁潦倒的军人,其生命力的发挥,往往就任其所之。于是,像一切落伍的军人一样就把自己浸沉在酒色里,度着穷困而不羁的生活。这当中,他和留日训练班的一个女生刘某发生了暧昧,刘是有夫之妇,而且其夫也是郝的学生,在阴柔的中国政治环境里,郝被告发于重庆,据说批示是枪决,而胡军却将郝囚于西安城外的终南山,并且据说,胡以为郝锋芒外露,应该磨练一下才可用,所以才加以长期禁闭,意在爱才云。这样满了一年,不啻是一出捉放曹的喜剧,但郝在牢中鬓发斑白,一年以后,郝被释放,胡设宴为其压惊。胡是有齿痛病的人,他以为世界最痛苦的事莫如齿痛,在宴郝的席上,胡语意双关的说:我今天很高兴,一方面是你已获得自由,一方面我的齿痛也好了。哈哈……郝听到这个致词,低头看着盘子,马上接上说:谢谢总司令不杀之恩,我相信总有报答的一日。这样的一致一谢,郝是悲愤满怀,第二日在胡给他以第八战区副长官部连络参谋的机会中,郝带着命令,跟着他的勤务兼副官兼书记兼一切的部属毕书文(郝现在的副司令),走出抗战,走出中国军人的系统,跑到沦陷的天津再转到南京,由缪斌的介绍,先做李长江的第一集团军参谋长,继做伪将校训练团的教育长,在此为汪逆所赏识,于是时来运转,日寇在华北华中当中的徐州设了一个缓冲地带,先是名为苏淮行政区,继改制为淮海省,辖苏北八县皖北四县及河南一县,共十三县,郝就做起淮海省的"省长了"。

新第六路军

郝在"省长"期中,据说,曾不顾一切的努力建军,但他对中国政治的趋势,总是一个军人的简单想法。他的对中国现状的认识,实在还是民国早年的心得。所以他一方面疯狂的建军,以为有力量就可以存在,这一简单道理还要长期的支配中国的政治之命运。一方面他到底是一个旧军人的传统生活习惯,虽然对重庆有着感情的仇恨,但他总迷恋着这一条路,不过他是一个冲动性的人,在抗战胜利前,他是左右两不沾,曾对政府番号的游击部队加以"扫荡",比如以游击起家的三十六师张里光部队,就曾于日寇投降前两个月在微山湖一带被他击溃;而对活跃于他的范围内的新四军则又视为仇雠,他这个视新四军为仇雠的观念,多一半又是配合了一种以反共求生存的当时汉奸战略。他把自己陷在矛盾和苦闷里,自以为是一个力量,但又不足这个力量的分量。抗战胜利了,郝当时真是事出意外,惊惶失措,而重庆向把和平军视为看家狗的,郝得到新编第六路军的番号。他怀着恐慌和惊戒,把所属各县的保安队全部集中徐州用以自卫,于是日寇时代存在的大小据点,此时全为新四军扩展为统一的面,而郝一面又屡与徐州周围的新四军力战,以徐州为资本,谋求取其政治上的生存;并且据说,郝当时曾集中资财约十万万伪币,自以为可以行自维持三个月到半年的军费的。

金条买平安

这样,政府系的地下工作者攒①出来了。郝过去对这些人物,是极为中立的甚至拒绝的,这时不得不加以打点,以买平安,接着,何柱国的十五集团军从安徽开来了,郝还可以应付裕如,因为这还是杂牌部队。不久十五集团所属的骑二军和十二军向山东挺进,汤恩伯将军系的陈大庆将军所部十九集团开到了,郝此时已感到环境应付之不易,他的新编第六路军由编制四个军缩为四个师,并且还有缩为四个支队的传闻,陈和他的临泉指挥所又撤了。当中一个极短的期间,由第十战区设徐州指挥所维持,而以该战区的副长官牟中珩中将兼主任,这期间的徐州,愈益复杂;最后,徐州绥靖公署成立,顾祝同将军坐镇徐州,化简单为统一,徐州已驻有重兵,内战局势亦已险恶,刚好这当中,南京的陆军总司令部派来一个王中将高参来徐点验郝的部队,据说,这是他的关头到了。此时郝的积款已然应酬净尽,在传闻中,郝已为应付伸出要金条的手们发愁,正好冯治安将军的三十三集团军奉命向北挺进,郝被配为冯的左翼后方兵力,这如一道闪光,照在郝的愁颜上,他盼咐出发的部队:上好子弹,往后要打着前进。这是一句简单的话,郝骑马带着他的十五个团走出徐州三天以后,当郝的部队随卅三集团军挺进到山东峄县一带,沿途真是如入无人之境,但到了这一带,郝的部队已渐脱离冯的战斗序列,冯是郝的西北军老上司,从自己的挣扎才可以存在的境遇里,对这些闲事本是闭一眼睁一眼的,而徐州的顾祝同将军却已从郝的挺进速度看出问题来了。他一面派人送去三千万现款,一面亲以电话,向悲愤于初冬的山东原野的郝说:"腾霄兄,腾霄兄,你要坚持,要坚持,我会帮助你的一切需要!"但对方已没有什么回答。两个礼拜后,南京的何应钦将军向报界发表谈话,说是"郝鹏举率部降共"了。

倒阎运动收梢记

思 嘉

在所谓"国大"期间,忽然响起一片倒声,草野小民们,在被生活压得头昏眼花中,眼前也忽然金光一闪,先是莫明其妙,接着就不胜喜悦的,认为"民意"畅达了,政治要清明

---

① "攒"疑为"钻(钻)"之误。

了,民主也要实现了,于是,也就和阿Q走进土谷祠一样,醉醺醺的有点飘飘然了。

可是,且慢慢高兴,这那里是什么民意?我们可以这样说,这一片倒风,只是国民党政权内在矛盾的表面化和激烈化,也就是说,由外在危机相迫相成的内在危机的暴露和激发,充其量,这种掏粪坑式的热闹,也只能使人皱着眉冷笑几声而已。虽然,也还有一点小趣味,说穿了,可以使我们不禁恍然大悟,对这"神圣的业绩",多一点实际的理解。

现在要说的,便是最先发难的一股倒风,也是性质最烈的一股倒风,而结果是不了了之的,倒阎运动的收梢记。

"数朝元老"阎锡山

阎锡山,谁都知道,是旧军阀中硕果仅有的人物,他可称为数朝元老,由事光绪、宣统、袁世凯一直到现在的"以中央意旨为依归",而况民国十九年他还作过十六个钟头的"中华民国国民政府主席兼全国陆海空军司令"。抗战胜利,接着内战火热,山西一百零五县,有九十县在中共手里,而内战打得最激烈最残酷的就在包括山西在内的华北地区。在牺牲惨重的情况下,北方的军阀们,深恐长此下去,中共未亡,他们倒先进坟墓了。在这个认识下,北方残余的军事势力在太原聚会了一通,越想越伤心,越想越愤懑,于是,就有了拥阎锡山为副总统的呼声,有建都北平的叫嚣。中国,在国共之战外,隐然又有南北之争。南京方面对这些残余的"乌合之众",本来就嫌其作战不力,既然如此就索性不能不给些颜色看看。擒贼先擒王,于是反阎运动就在对山西有领土野心的西北某将军,和另一个原籍晋南,曾为阎之部将,又为阎所迫出走的某将军两人串演之下,加上一些党棍的凑热闹,就闹纷纷了。

消闲的职业倒阎家景梅九

可是,要倒阎总不能不有一个露面的专角来表演一番,好推诿责任,说这不是钦命,而是民意,于是,山西的老古董虚无主义者景梅九,就应声出台了。

这里得先把这位景先生介绍介绍。

这位景先生,可以说是一个"做戏的虚无党"的代表。读者中有不健忘的,大概还记得他在五四前后,曾译过印度太戈尔①和日本无政府主义党魁大彬荣②的著作,他还写过一本仿卢骚《忏悔录》式的作品,他的自传,《罪案》,以其真实的智识分子的剖白,感动过不少的读者。他是山西晋南安邑县人,日本明治大学的理科学生,和剧作家李健吾氏的父亲李岐山,都算是山西光复时的风云人物,李岐山曾领导了晋南的农民,自称"河东五路兵马大都督",反抗阎锡山政权而被杀。这位景先生,则是纯然文士型的人物,他在东京进过同盟会(现在他还自称为同盟会会员景定成,不喜欢中国国民党这一新的党名),但实际是一个虚无主义者,在山西光复运动中,他任山西的民政长,做过阎锡山的上司,但也就从这里,和阎锡山发生了"异见"(主要是晋南晋北之争,阎是晋北人,山西的政权,到现在还在晋北人的手里),后来他离开山西,到北京办他的《国风日报》,并做过袁世凯的议员,据说还没有自行当做"猪仔"的卖过,所以颇为京城人士所赏识。他再由北京转

---

① "太戈尔"今译作"泰戈尔"。
② "大彬荣"应作"大杉荣"。

到西北,他的《国风日报》也转到那里。从他的《国风日报》时代起,已然酝酿着一种"反阎运动",继续不绝,这位景先生也渐渐把反阎作为事业(但是只能算一种消闲的事业),阎锡山被他骂得不耐烦了,就暗暗送几个钱,于是这运动也就稍缓一下,不久又激烈起来了,阎锡山又送几个钱平定一下,……就这样,有十几年!

在党国不得志

这位老先生,在党国又不得志,传说,南京的革命成功初期,他曾托人活动个长字辈的官员,但对方说,南京政府是革命的政府,你有大烟嗜好,恐怕不行罢。他于是就躺在北京的大烟灯下写过一本专论鸦片好处的书。

在抗战初期,西北的《国风日报》,颇为风行一时,丁玲他们的战地服务团,曾和这个报合作过,而在政治攻势的第一线的西安,敢有人领导开鲁迅先生纪念会也是这位老梅,并且据说,双十二事变时,他还领了西安学生打过省党部;但是在另一面,他始终有官味儿,比如抗战初期,他任程潜西北行营的中将参谋,抗战中期以后,他又是文化运动委员会陕西分会的主任委员,一些官式的会场上,他也是一个必到的人物。所以,西北一个特务机关的调查表上说他是"本党一个最胡涂最落伍的人",因为他的生活和行为充满了矛盾。地道的一个虚无主义者的作风。虽然,一般人的观感,这位景先生,多少也有点吉诃德先生的味儿。

抗战胜利在阎锡山"新政"的措施下流亡陕西的晋南中产阶级(大部分是商人)就以景梅九为首,以他的《国风日报》为号筒,汹涌澎湃的运动起反阎来了。南京的倒阎运动一发动,这些居留在陕西,昧于政治大势的山西人,以为中央都有此意了,真是千载良机不可再失,于是,成立了晋京请愿团,就以景梅九为首,在送行的鞭炮声里,代表团当众宣言着:此行如倒阎不成,将再无面目见我"河"东父老(山西在黄河之东,陕人俗称山西为河东)之云。

代表团到了南京

代表团到了南京才明白了中央的意旨所在,所以虽然表现得很激烈,很完备,诸如招待记者,印发宣言,及阎锡山祸晋实录等小册子,并向国府请愿,发动京沪山西学生活动,做得真是如火如荼,连洋人也侧目而视。在太原的阎锡山也勃然大怒,悚然而惧,除就地防止外,并派了大批的亲信特务,分赴京沪西安一带活动,如在上海,就派了一个皇族人物阎海清专司其事。但是,这位请愿团的首脑,做戏的虚无党景梅九, 下火车即然已把戏意看穿,所以他到京后即①不住店,亦不投宿亲友,而偏偏住在阎锡山驻京代表张某的公馆里,(这张某就是阎锡山的忠实将军之一晋北人张培梅的侄子,张培梅曾于民初年作过晋南的镇守使,专事屠杀晋南人反阎活动,他驻节的临汾城上每日都花灯似的挂满了大批的晋南人的头,这事,今天提起来,晋南老百姓牙齿还咬得格儿格儿响。)他白天出外反阎,晚上回来受阎代表的笑脸招待。真是一幕上好的喜剧。

倒阎的后文如何

但是,随了内战的加剧,在一致对"外"的谅解下,这如火如荼的反阎运动,就奉命收

---

① "即"应作"既"。

场,而这位反阎的职业家则拿了阎锡山两千万元的程仪,不声不响的躺在他的大烟灯下过瘾去了。

所以,这一运动,就算从此收梢了,但是还会不会死灰复燃呢?那就要看反共的战事成绩如何,但无论如何,在战事未停止,或者反共的决策未更变之前,那末只要自己知趣,不论是蛆虫或者垃圾,暂时还是容许存在的,所谓倒阎运动,也在这个前提之下,叨光"收梢"了。

张业松　辑校

贾植芳书信小辑

　　贾植芳先生的书信，此前所知的主要有三种来源，一是经先生生前手订出版的部分，如《致胡风（1938—1954）》，初刊于《书屋》2001年第4期，后收入《贾植芳文集·书信日记卷》（上海社会科学院出版社，2004年）；《写给任敏（1972—1985）》，初刊于《收获》1999年第3期，后收入《解冻时节》（长江文艺出版社，2000年）及《贾植芳文集·书信日记卷》；《写给学生》（大象出版社，2000年）等。二是经收信人和研究者整理出版的部分，如《贾植芳、任敏致胡风、梅志、路翎等信件选（1979—1981）》，陈思和校注；《致李辉（1992—2008）》，李辉整理、校注；《致董大中（1982—2005）》，董大中校注；《致钦鸿（1982—2006）》，钦鸿校注，均刊于《史料与阐释》第一辑（复旦大学出版社，2013年）；《贾植芳、任敏致胡风、梅志、晓风、晓山信件选（1982—2005）》，陈润华、金理校注，初刊于《史料与阐释》第四辑（复旦大学出版社，2016年）；《写给范泉（1983—1995）》，初刊于《新文学史料》2002年第2期等。三是偶然所得的零篇，如致巴金、瑞典皇家科学院诺贝尔奖评奖委员会、吴宏聪、李存光、沈扬、山东教育出版社编辑、复旦大学党政领导、致韩石山等各一封，以及新收到的由方颀玮整理、刘耕华校注的《致孙景尧（1982—1987）》等。以上均已收入《贾植芳全集·书信卷》，将由北岳文艺出版社出版。

　　本次搜辑到的贾植芳先生书信共计10人20封，来不及收入《贾植芳全集》，特此辑校，以供研究。这批书信写作时间最早1983年年初，最晚1999年年初，差不多覆盖贾先生晚年复出工作后精力最旺盛的阶段。这些信件中谈及的事情，有复出后的故友重逢、阔别多年后重访故乡、海内外新的交游及写作、研究生教育培养方面的交流指导以及为病重的妻子求医问药等。有的简略，纸短事明；有的详尽，可以充分见出事情的头尾。其中数量最多的，是致古剑先生的9封，涉及贾植芳先生退休前后的出访和写作，参照收、发信人的相关记述，可以读出很多重要的信息，对于知人论世大有帮助。此外致王进珊、尹世民、李汝成、左弦、黄汶、朱雯、陈从周等先生的信，尽管数量不多，只各得一封两封，也都事涉贾植芳先生这一时期工作和生活的某一方面，在瓜蔓牵连中或有助于发掘伏藏，也是不可多得的收获。

　　举例来说，关于贾先生与陈从周先生的交往，人所熟知的是贾先生家书房里挂着一幅陈先生的水墨画："这是在'文革'结束后不久，两位老友重逢后陈先生派人送来的。画上是一枝苍竹，笔法简洁而遒劲有力，竹子被拦腰折断，但就在断处，却绽发出新枝。左侧似还有两行题字，内容忘了，大意是老枝新发，寓意贾先生历劫不死，在经过二十多年的磨难后重焕生命的活力。"①画上的题词是："老去画竹,未能知足。数叶劲竿,又染新绿。"②书画为证,二位先生之间的确存在很深的同情共感,在历经劫难之后的共同欣幸、相互理解又相互激励的感情,可谓溢于言表。而贾先生与任敏师母的夫妻情深,世间也多有传颂,尤其师母生病以后先生的多方努力,陈思和先生在《感天动地夫妻情》③里提供了很多感人的细节。师母从1997年10月8日病倒,到2002年11月20日逝世,五年多的卧床不起的日子里,因为爱的奇迹,先生一次次将师母从生死线上唤回,足称感天动地。这里搜辑到的致陈从周先生的信,写于1999年3月,正是师母病情未稳,仍在住院治疗的时候。信中说:"近阅《新民晚报》看到一篇对吾兄近况的介绍文章,文内说,您患了脑血栓后,因得到浙江诸暨县朋友送的一个中医秘方,服用后,大见疗效。不仅语言功能有所恢复,甚至可以下床活动,写字等。读此文后十分为兄的旧疾得到治疗庆幸,同时也联想到,老妻任敏去年也患过脑血栓,最近由于尿路感染,医生诊断,为第二次中风,现在还住院治疗中。为此切望老兄将所服用的浙江诸暨来的中医秘方见示(或就托秦邦莲小弟带我),以便转托该地有关友人购求,以便老妻病况,能得及时治疗。她年龄与您相仿,病状又相同,想来服此中医秘方后,能像吾兄那样,早日获得恢复也。"陈从周先生于2000年3月逝世,最迟在1994年5月,已是"因两次脑血栓……病于寓中"④的情况,他收到这封信之后有何反应,暂时不得而知。我们知道的是,"当钱花到无钱可花、药用到无药可用、梦做到无梦可做的时候,任敏师母奇迹般地闯过了生死大关,回到了自己的家里。她依然是昏睡不醒,但能够吃东西,能够被搀扶着走下地来。她回到了先生的身边,安心地昏睡着"⑤。这封信给出了一个例子,让我们知道,贾先生所曾求问的医药、所曾寄意的梦想,在常规的住院治疗、自费用药之外,还曾有过怎样出人意表的情节。俗话说"病急乱投医",这算不算乱投两说,在此情况下一念所系全在救人,抓住一切可能性去努力,正是"感天动地夫妻情"的真实而动人的写照。

　　本次搜辑到的书信来源一部分为友人提供,或直接提供手稿复制件,或指示图书中迻录情况等。如致陈从周先生的一封,是石建邦先生在编辑陈先生往来书信集时发现,并向编者出示了影印稿;致沈扬先生的影印手稿,是金理先生在校对《贾植芳全集·书信卷》时,细心发现了沈先生文中迻录的贾先生书信文字稿与影印手稿不符,实际上是两封信;致朱雯先生的信,出自上海师范大学中文系的内部印刷品,幸得詹丹先生和张静女士接力发掘供给,才得以为编者所见。限于编者识见,类似于这样有赖于师友指点的情形正多,诚望不吝赐教。

　　此次所得数量更大的一部分,却是来自互联网上搜检所得。一部分系网络发表,包括书报发表后的电子版、个人博客登载等。如致王进珊先生的,出自其弟子整理发表的王先生学术交往录所附图版;致王树滨、李汝成先生的,是收信人发布在个人博客上的图

---

① 宋炳辉:《怀念和祭奠——写在贾植芳先生百年诞辰之际》,陈思和、王德威主编:《史料与阐释》总第4期,上海:复旦大学出版社,2016年,第123页。
② 郭在精:《平生写人字,胸有春意——访贾植芳》,氏著:《青山对绝响——作家访谈录》,上海:上海远东出版社,2005年,第148—149页。
③ 此文原载《文汇报》(上海)2002年5月8日,收入氏著:《草心集》,广州:广东教育出版社,2004年。另为多处收录和转载。
④ 俞晓群:《一个人的出版史》,1994年5月15日,上海:上海三联书店,2015年,第385页。
⑤ 陈思和:《感天动地夫妻情——记贾植芳先生和任敏师母》,引自贾植芳:《做知识分子的老婆——任敏女士纪念集》,自印本,2003年2月,第81页。

版原信;致左弦先生的,见于刘衍文、艾以主编、1999年出版的《现代作家书信集珍》。后者尽管只是文字整理稿,未见原信影印版,文中或有别扭疑误之处,难得的是,信后却附有较原信篇幅长数倍的《收信人语》,详细讲述了此次通信及通信者之间关系的原委,对于丰富对贾先生社会交往和所涉历史过程的认识大有帮助。左弦即吴宗锡(1925—),自20世纪40年代末投身上海地方戏曲改造工作,50年代初至80年代中,领导组建并长期主政上海评弹团,开拓和领导了中华人民共和国的评弹事业,在推动评弹的创新、整旧以及艺术形式的改革,探讨和总结评弹艺术规律方面成就卓著,是重要的曲艺理论家,著有《怎样欣赏评弹》《评弹散论》《走进评弹》《弦内弦外》等,主编《中国曲艺志》(上海卷)、《曲艺音乐集成》(上海卷)、《评弹文化词典》、《评弹小辞典》等,曾任中国文联第四届全委,第二、三届中国曲艺家协会副主席,上海市文联党组书记,常务副主席,上海市曲艺家协会主席,江浙沪评弹领导小组组长等职。但鲜为人知的是,吴先生也是20世纪40年代上海的左翼青年,曾参与左翼期刊的编辑、创作进步诗歌等,笔名"左弦"即来源于这一时期的写作。① 50年代初与贾先生结识,"凭着各自豪爽率直的性格,有多次在一起谈艺论文,颇为投机",并因此与罗洛、耿庸、化铁、犁阳(顾征南)等有交往,"甚是相得"。"谁知不久,一些朋友都经'御笔'批定,打入了另册。"有别于上述诸位,吴先生此后的经历却相对平顺,他写道:"我也受到了审查,因为在我认识的人中,除了他们几位外,还有几位都是被目为'集团'中人的。也许由于那时,我已服从分配,从事评弹工作。用一位同事的话说,不是深入而是'沉入'了。终算托庇这一与文学距离较远的民族曲艺,使我得到了开脱。"②此番因缘中所包含的信息,无论个人命运抑或社会曲折,都实属不小,正是"一封书信见出大历史的面影"之见证;此类见证,也正是文献史料工作的基本价值和意义所在。

还有一类所得,算是这个时代的奇异收获。致尹世明先生2通、致黄汶先生1通,以及致古剑先生的书信中的2通,都是从艺术品拍卖预展或线上拍卖网页看到的。书信实物作为文物,进入艺术品流通市场,其内容从而为社会所知,成为文化学术研究的新材料,是近年引入注目的新现象。其中有些案例牵涉到实物和内容的权属争议,一时议论纷纷。好在此处辑校贾植芳先生书信内容,应不涉及权属争议。感谢互联网、感谢相关人物和机构提供了这样的机缘。2018年是贾植芳先生逝世10周年,先生驾鹤,后人片纸之获,都是宝贵的慰藉。借此机会,亦恳请读者和关系人多多提供信息,以助贾先生书信搜集更臻完善。

---

① 参见孙光圻:《弦内弦外虚实相间——访评弹理论家吴宗锡》,《中国文艺评论》2018年第3期。
② 左弦:《收信人语》,刘衍文、艾以主编:《现代作家书信集珍》,上海:汉语大词典出版社,1999年,第1062—1063页。

致王进珊(一通)[①]

19830223

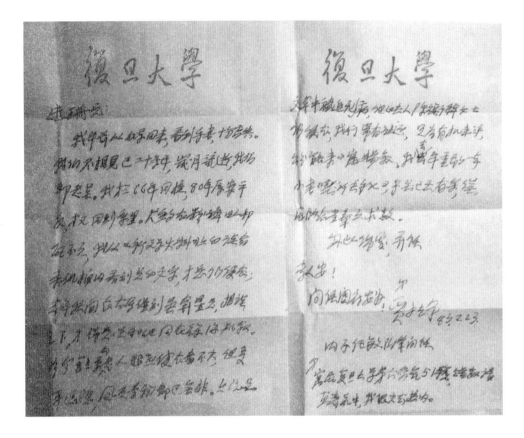

进珊兄：

  我年前从北京回来，看到手书，十分高兴。我们不相见已二十余年，岁月流逝，我们都老矣。我于66年回校，80年原案平反，才又回到系里。大约在粉碎"四人帮"后不久，我从《新文学史料》上的读者来讯栏内看到兄的文字，才悉仍健在；去年秋间在太原碰到吴奔星兄，相谈之下，才得悉兄和他同在徐海（徐州？校注）执教。如今复旦系内老人虽然健在者不少，但多半退隐，风光景物都已全非。上沅兄"文革"中被迫（害。校增）病死，他的夫人陈衡粹女士仍健在，我们常有往还，兄如有机（会。校增）来沪，盼能来小寓畅叙。我去年重印了一本小书《契诃夫手记》，手头已无存余，俟再版后当奉上求教。

  匆此布覆，并候

教安！

  问候阖府安好！

弟 贾植芳
83.2.23

[①] 来源：吴敢：《先师王进珊先生的学术交往》，所附影印信稿，《雪花新闻》2018-04-14，https://www.xuehua.us/2018/04/14/吴敢：先师王进珊先生的学术交往/，网页查访时间：2018年8月5日。

内子任敏附笔问候

弟寓居复旦大学第六宿舍 51 号,赐教请直寄家中,我很少去校内。

致尹世明(二通)[①]

19840404

尹世明同志:

您好!年前接到您的信,因冗事相缠不及相聚,实在抱歉。又因校事蝟集,有负您相约为贵刊写稿的盛情,它作为一笔文债,我总要偿还。

现寄上新印的《小说选》[②]一本,请您存正;这只是我青年时期对生活的一点激情的表现,现在印出来,实是自我纪念的意思而已。

您如有机会来南方出差,欢迎来舍下作客,我们当以茶酒相迎故乡人也。匆此不一,即祝

健好!

贾植芳

84.4.4

---

① 来源:山西晋德 2015 年秋季艺术品拍卖会——中国书画(二)—贾植芳致尹世明信札,影印信稿,https://www.artfoxlive.com/product/54337.html,网页查访时间:2018 年 8 月 5 日。

② 指《贾植芳小说选》,南京:江苏人民出版社,1983 年。

19861024

世明同志：

我已于上月29日返沪。此次趁在太原开会机会，到师大访问和讲学，承蒙您校陶校长和中文系领导同志热情相待，并为我提供方便，使我得机回到相别五十余年的襄汾故乡一行，贵校同志的隆情盛谊，十分感谢，更要多谢您从中的帮忙和照应。

我因为时间的短促，未暇在乡中及县上多留，只是与我同行的家兄贾芝同志在县上住了几天，并和县委领导同志谈了我家在古城镇那座房产事，郑文礼同志（县委书记）要我写一份材料，已由我的外甥毛光明同志代笔写好，我已将原件连同房产权证明迳寄郑文礼同志，请他照政策办事，抓紧解决。现将我的那份材料的复制件寄您一份，也请您托相知的襄汾掌权同志帮忙办理，拜托拜托！

我此次在贵校居留期间，游览洪洞的广胜寺和我的家乡，贵校的黄老师和小王同志当时分别陪同我们照了一些相片，请您便中转告黄老师和小王同志将原胶卷挂号寄我，以便在上海冲洗，并代为向他们致谢和致候。

前寄您的那篇拙文，如蒙采用，在贵校刊刊出后，再请将该期学报寄我数份。

耑此布候，并颂

健好！

贾植芳
86.10.24

致王树滨（一通）①

19840502

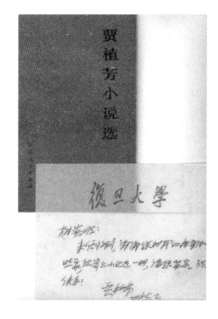

---

① 来源：王树滨：《转载〈贾植芳讲堂是每个河西学子的骄傲〉并附王树滨为贾植芳教授伉俪摄合影》（2017-10-30），所附影印信稿，http://blog.sina.com.cn/s/blog_5581f8520102xrw9.html，网页查访时间：2018年8月5日。

树滨同志：

　　来信收到，谢谢您对我的相访和照象（相。校改），现寄上小说选①一册，请您留念。祝

　　健好！

贾植芳
84.5.2.

致古剑（九通）②

19850611③

古剑先生：

　　惠函及承寄赠的《良友》画报都拜读好久了，因事杂多病，一直稽复，实在抱歉，想知我当能谅我也。

　　我首先祝贺《良友》在港的复刊。三十年代，当我还是一个青年学生的时候，我就是她的一个忠实的读者。这次复刊的《良友》，不仅保持了原有的风格，使人一见，真有如遇故旧之感，而且随着时日的前进，从内容上说，又有所开拓与更新，使人又有耳目一新之享。这些都是你们诸位编者先生辛勤耕耘的结果，作为一个读者，向你们谨致谢忱！

　　承师陀先生推荐，由我执笔为贵刊写一篇关于他的散记，我感到莫大的高兴，我为此给师陀先生打过招呼，希望能找个机会先聊聊，也因事杂，久久未能如愿相见，这也是我迟复您的原因。但我总要实现这个诺言，不妨先向您提个保证。

　　前日收到胡风先生孩子电告，胡先生已不幸于本月病逝，我为此将于日内赴京，希冀和他再见一面——和他的遗体告别。我们相交有半世纪，也可称为患难之交，我为了纪念这位挚友的逝世，表示我深深的悼念之情，我想毛遂自荐，先于贵刊写一篇关于胡风的回忆散记，文成后，当奉上请斧正。

　　我顷接香港中文大学 John Denney 先生邀请于九月初到港，参加在该校召开的比较文学讨论会，如能按期赴港，当前趋奉候请教。

　　匆匆作复，顺颂

撰安

贾植芳
85.6.11

---

　　① 指《贾植芳小说选》。
　　② 这批书信共有三个来源，且互有重叠，为充分区别起见，每通单独标注来源情况。
　　③ 来源：《故纸留真影——贾植芳书简》，古剑：《笺注——20作家书简》，郑州：河南文艺出版社，2015年，第169—171页。

19851201①

古剑先生：

　　来书及复印的拙稿早已收到。在港时蒙您解囊，以私蓄权当作垫支稿酬助我，尤深感激。惜乎我在港时间匆促，未能得机畅谈，实在遗憾，这只有期之来日了。

　　我回沪后，由于忙于处理手头上堆积的杂务，一时无从修补有关回忆胡风先生的文稿，迟延之罪，望能见宥是幸！

　　现用航快寄上修补后的拙作，请您审阅。我只是信笔抒写事实，容或有支（枝。校改）蔓冗长之处，请您大力斧正；如认为需要删节之处，可酌量删节，但以能基本保持原稿内容要求为准。如付排后能寄一份清样一阅，尤所欢迎。

　　耑此布陈，敬候覆示，顺颂

编安。

贾植芳
1985 年 12 月 1 日，上海。

19851207②

古剑先生：

　　信写就后，恰好有友人去港出差，书稿即请他带去，他因在港时间短促，地理又不熟，即请他交我的一个学生潘行恭先生（他住址是：九龙大埔汀雅苑 A 座二楼六号，电话：6572468）送给您，这样比由邮寄时间上快些。

　　问好！

贾植芳
85.12.7.上海。

---

① 来源：《故纸留真影——贾植芳书简》，古剑：《笺注——20 作家书简》，第 172 页。参 http://www.yidulive.com/auctionlist/detail.php? aid =52721&sid =1020 所示手迹影印件校改，网页查访时间：2018 年 7 月 27 日。

② 来源：http://www.yidulive.com/auctionlist/detail.php? aid =52721&sid =1020 所示手迹影印件，网页查访时间：2018 年 7 月 27 日。

19880809①

古剑先生：

手示早悉。昨日陈思和先生从香港归来，谈到您热情地支持大陆作者为痖弦先生主办的《联合报》撰文事，十分高兴和感动。由于上海今年高温，天气闷热，简直无从执笔，加以我又忙于研究生的毕业和招生问题，所以为痖弦先生的副刊撰文事，一再拖延，不能早日复命，实在抱歉！

关于我和胡风先生的交往，前此我除为你主持的《良友》画报写过文章外，后来又为大陆刊物写过同类文章，现在再抄（炒）冷饭，似乎没有必要。为此我计划为痖弦先生写一篇关于我老友——诗人覃子豪的回忆纪念文章。因为据我所知，痖弦先生和覃子豪也是诗友，我和子豪相识于三十年代之北平，后又在日本东京相处一年多，四十年代中期又在上海相遇，也共同生活了一个时期，似有不少东西好写。现在正在执笔，一俟终篇，当奉上求教再请您转致痖弦先生。

月（目？校注）前国内又兴起武侠等类通俗小说热，我早日应一家出版社之约，为他们重新印行的武侠小说大家还珠楼主的作品写了一篇当作序言的记叙文章，想抄寄一份先给你过目，如痖弦先生对这个题目有兴趣，就请他先用这篇，因为我听陈思和先生说，你代他约请的内地作家已大部分交卷，此文或可作应景应急之用；待到写好关于覃子豪的文章后再正式还债。如痖弦先生不用此文，就请您加以处理，或在您主持的《东方日报》刊出也行。

我今年四月访港，因时间短促，不及与您相晤叙谈，迄今犹觉怅惘，好在来日方长，后会终竟有期也。

夏日多厉，还请多加保重。痖弦先生处，还请您先代为致意和致谢。

匆此并颂

撰安

贾植芳
1988年8月9日，上海

19881214②

古剑先生：

久未奉候，值此1989年新年即将莅临之际，先向您拜个早年，祝您新年快乐，生活幸福，身体健康！

我前此接到一册《博益月刊》，得悉我那篇小文《记还珠楼主》，由于您的介绍，已由该刊登出，十分感谢！该稿的稿酬，如已领到，请暂存您处，将来再托人带沪。

---

① 来源：《故纸留真影——贾植芳书简》，古剑：《笺注——20作家书简》，第174—175页。

② 来源：《故纸留真影——贾植芳书简》，古剑：《笺注——20作家书简》，第176页。参同书第178—179页所附手迹影印件校改。

前信说,我将为台北《联合报》痖弦先生约稿,着手写回忆诗人覃子豪一文,现已定(完。校改)稿,兹由邮局挂号奉上,请您先审阅一下,看是否合乎《联合报》需要,如果不便转寄痖弦先生,请您在港找个地方登出也可。总之,请您裁决。

先生为大陆与港台文化交流牵线搭桥,不辞辛苦,其功绩不仅为两岸文化界同仁所称道与感激,也将作为文苑美谈,受到文学史家的注目,传为千秋佳话也。

端(耑。校改)此奉陈,顺颂

撰安

贾植芳
1988 年 12 月 14 日,上海。

19890125①

古剑先生:

新年好!

谢天振先生今天自港归来,说是从您那里知道,拙文《忆覃子豪》,台北《联合报》因其篇幅过长,不适于报刊篇幅,将删节发表,经谢先生与您商量,承您的盛情,终应(答应? 校注)该文原文同时在港刊物发表。现遵嘱寄上拙文《忆诗人覃子豪》复印件(内容稍作调整)一份,请能大力推荐,与香港读者能有见面机会才好!

阅今天《文汇报》广告,欣悉《文汇月刊》本期将转载先生散文一篇,同时发表邵燕祥的评文,这也反映了大陆与香港的文化交流已日益显现出正常景象,真令人欣喜。

端(耑。校改)此奉托,顺颂

笔健!

贾植芳
1989 年 1 月 25 日,上海

19890216②

古剑先生:

新年好! 收来信,敬悉一切。谢先生因在港时间匆促,他因不及和您见面,已直接从黄子程先生处代我领来稿酬,请你放心,并再次谢谢你推荐之忱。

《文汇月刊》介绍您的散文的文章是邵燕祥先生所写,他原系诗人,近年来以杂文著称。您如尚未看到,请示知,以便奉寄一册存念。

关于"胡风集团"冤案的报告文学,已在江西出版的大型文艺刊物《百花洲》全文发表。接来信后,我当即给该志编者写信索取一册,今日书寄到,现由邮奉上。文中关于我的一些具体事例,有些手误,我做了一些改正。作者近来信说,单行本将于三月中旬在北京出书,因为这个内地刊物,一般城市很难买到,书籍的发行面要宽些。

我那篇谈覃子豪的回忆文,《联合报》如刊出后,请能惠寄一份,因为在上海很难看到。该报的大陆作家拜年特辑,大陆报纸多有报道转载,受到社会注目和称赞。您为海

---

① 来源:《贾植芳书信八则》之(6),古剑:《信是有情——当代名家书缘存真》,杭州:浙江大学出版社,2017 年,第 176 页。

② 来源:《贾植芳书信八则》之(7),古剑:《信是有情——当代名家书缘存真》,第 177 页。

峡两岸的文化学术交流牵线搭桥,将作为文坛佳话,载诸史册,好心定有好报也。

  祝您

  佳好!

贾植芳
89.2.16. 上海

19890427①

古剑先生:

  前曾邮奉上载有《文坛悲歌——胡风集团冤案始末》(李辉著)的《百花洲》一册,想达尊览。此文在国内知识界反应甚大,并已由人民日报出版社印行单行本。作者系我的学生,他愿意了解此文在港地影响及议论,盼便中能惠赐一二,是感。我前写了一关于邵洵美的回忆文,他是三十年代唯美派诗人,也是一位出版家和著名编辑,多年来也被遗忘,但海外对他留有记忆的,恐仍不乏人。为此,寄您复印稿一份,如方便,盼能介绍在港地发表,也为收集中国现代文学史料的学者,增加一些数据积累。

  前寄《联合报》的记覃子豪一文,不知该报刊登过否?内地难于看到此类报刊,如已刊出,盼能寄我一份,以留纪念耳。端(耑。校改)此奉候并颂

  撰安

贾植芳
79(89。校改②).4.27 上海

19900607③

古剑先生:

  由于忙乱,好久没给你写信了,想来一切美好,是所祝愿。

  去年初间,我请您转给台北《联合报》的《忆覃子豪》一文,记得您接到曾来信(曾接到您来信?校注),该报认为稿子太长,拟择要刊载,此后我又寄给您拙作《忆诗人邵洵美》一文,以后迄未收到手示,未知该二文下落如何,甚为挂念。前些时日听北京《团结报》的负责人许宝骙先生讲曾看到《联合报》刊有拙文,但他已记不清刊出月日,为此,希望先生能便中见示该文在《联合报》刊出年、月、日,以便着人在此间图书馆查阅;至于《忆诗人邵洵美》 文,前此曾听作家陈村带口信给我说,您有信给他,说立将该文直接退我,但亦迄未接到退稿,亦不胜悬念。多次打扰您,为您添麻烦,实在感到惶愧,想先生通人,当可见谅也。

  我一切如常,乏善可陈。如您有机会来沪,欢迎到小寓做客。

---

  ① 来源:《贾植芳书信八则》之(1),古剑:《信是有情——当代名家书缘存真》,第172页。
  ② 此处收信人原注云:"此年份应有误,1979年本人尚未到《良友》工作,是1984年到任;香港版《文坛悲歌》于1989年7月出版。"79"或"89"之笔误。——古按。"古剑:《信是有情——当代名家书缘存真》,第172页。参照同书中所载19890216信所述寄书情节,知此信确当系年于1989年。
  ③ 来源:《故纸留真影——贾植芳书简》,古剑:《笺注——20作家书简》,第180页。

端(尚。校改)此顺颂

贾植芳
1990年6月7日,上海

致朱雯(二通)①

19841126

朱雯兄:
久未奉候,想近况佳盛送祝!
前在文艺会堂相见时,曾面请吾兄参加我的比较文学研究生张(孙?校注)乃修同志的论文答辩会,承蒙慨然相诺,深为感激。目前已决定答辩会在12月8日在本校举行,除由学校另行奉寄邀请信及该生的论文与提纲外,特先奉告,届时当再派员荣请。匆此布陈并颂
文安!

弟贾植芳
84.11.26

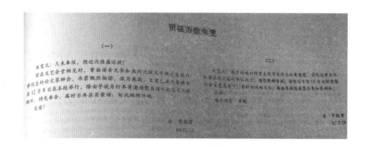

19870529

朱雯兄:
现介绍我的研究生谷月生同志去看望您,并托他带上他和廖天亮同志的学位论文,请您费神审阅,请能于下月15日以前将您的审查意见寄下,答辩时间确定后,再派车接您来复旦参加答辩会。耑此布恳,并颂
文安

弟贾植芳
87.5.29

---

① 来源:上海师范大学人文与传播学院中文系:《佳著不从俗——朱雯先生纪念集》,非公开出版物,2005年3月编印。扉页刊第二信(19870529)影印手迹,第77页收两信的整理稿。此处第二信文字已据手稿校正,第一信文字照录,疑有明显错误处夹注。感谢詹丹教授、张静博士提供朱雯先生纪念印刷品。

▲ 贾植芳致朱雯手迹

致李汝成(一通)[①]

19870723

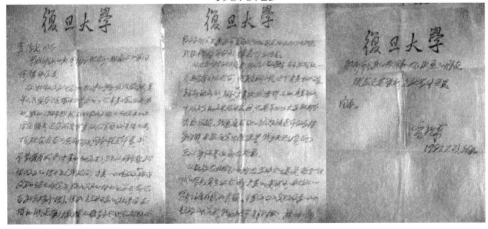

[①] 来源:岛-上-采-薇-轩:《贾植芳先生致学生书信一通》(2012-10-05),所附影印信稿,http://blog.sina.com.cn/s/blog_505c95e101017r8k.html,网页查访时间:2018年8月5日。

李汝成同志：

　　早收到你的来信，因为忙乱，一时顾不上写回信，请你原谅。

　　你对比较文学研究的热情和努力，我很敬佩，青年人只要有这点精神力量，总可以在事业上获得成功的。我从1981年起招收比较文学硕士研究生和出国预备生，已有两届毕业，三人在美国攻读博士课程，现在还有二届研究生。因为年迈体衰，我不准备再招这个专业的研究生了，只是从明年起招现代文学的博士生（我招两个专业——比较文学和现代文学的硕士研究生，现代文学的博士研究生，都已有学位授予权）。但我校外文系的林秀清教授和张廷琛副教授从今年起，也在招收比较文学研究生，你可直接给他们联系，我再打个招呼。我校中外文学都有这个专业，是一个学位点。

　　从过去的招收经验看，报名人数较多，去年我招额一名，报名有三十人左右，结果录取三名。这个专业，中外文学学生都能应考，报考的专业考试课程，不外专业外文，中外文学和文艺理论的范围，也基本上以大学教材为出题依据。我遵嘱招考的试题试卷都作为档案材料，由校研究生院保管，我手头无副本，所以无从寄你参考，实在抱歉。

　　比较文学在我国是一门新兴学科，它的建成，赖于一代一代的努力，希望你在这个专业的建设中，通过自己的努力，作出成绩和贡献。如果你考入复旦外文系的比较文学研究生，我们就可朝夕相处，林、张二位老师，都是我的老同事，也是极熟的朋友。

　　现在已是深夜，先就写到这里。

　　问好。

贾植芳
1987.7.23.上海。

致左弦（一通）①

19911219

左弦同志：

　　现附上苏州大学孙景尧同志由我转给徐俊西同志介绍他和两位老外高级进修生的简历，请你审阅。

　　因为日前我托徐俊西同志联系他们三位参加评弹讨论会的事，所以孙景尧才给徐写信证明他们的简历，并由苏州大学盖了公章。

　　光阴似箭催人老，我们竟有几十个春秋断了来往了，以致才有托徐俊西同志从中帮忙与您联系的事，说来竟是一场"误会"了。

　　但愿我们有机会一起畅叙旧谊的机会②，真是人生何处不相逢啊！

　　匆此，顺祝

健好！

弟贾植芳
91.12.19

---

① 来源：刘衍文、艾以主编：《现代作家书信集珍》，上海：汉语大词典出版社，1999年，第1062页。

② 排印稿原文如此，"机会"重出，应删其一。

致黄汶(一通)[①]

19950709

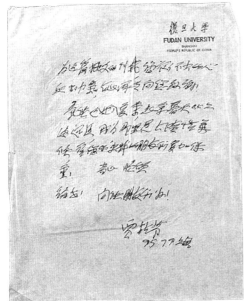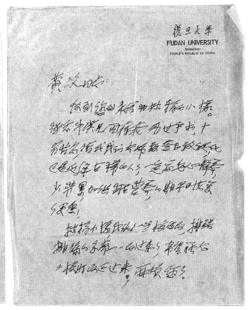

黄汶同志：

收到您的来信和拙稿的小样。得悉牛汉兄因痔疮动过手术，十分惦念，请代我们夫妇致意和致候；他已是年近古稀的人了，一定要安心静养，少劳累，加强生活营养，以期早日恢复健康！

拙稿小样，我作了一些校改，排错排漏的章节一一改过来了，希望能在二校时改正过来，麻烦您了。

为这篇拙文的刊载，您花了不少的心血和力气，在此再次向您致谢！

气候已进入夏季，北京暑天比上海还热，因为那里是大陆性气候，望您和《史料》的朋友们多加保重！

耑此顺颂

编安！问候朋友们好！

贾植芳
95.7.9.上海。

[①] 来源：艺典拍《见字如面(一)：文艺界名人书札手稿专场》贾植芳致黄汶(复旦大学用纸，1通2页)所附影印信稿，结拍时间2017-04-11，http://www.yidianchina.com/netauction/product/5376272.html，网页查访时间：2018年8月5日。

致沈扬(一通)[①]

19970904

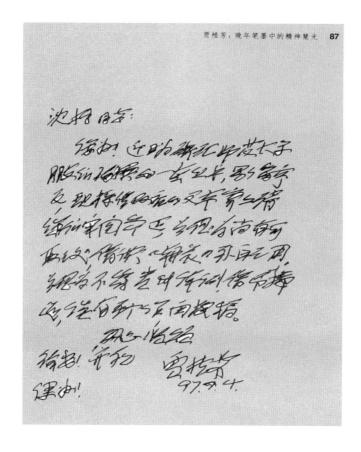

沈扬同志：

您好！近日为浙江师范大学朋友们编撰的一套丛书，写了篇序文，现将修改后的文本寄上请您们审阅斧正，如认为尚有可取之处，请供《朝花》补白之用，如认为不符贵刊体例，请即掷还，俟有新作，再投稿。

匆此顺颂

编安！并祝

健好！

贾植芳
97.9.4

[①] 来源：沈扬：《贾植芳：晚年笔墨中的精神慧光》，所附影印信稿，氏著：《朝花怀叙录》，上海：上海远东出版社，2008年，第87页。此书中收有贾先生另一封信的整理稿，该信已编入《贾植芳全集·书信卷》。

致陈从周(一通)[1]

19990324

从周兄:

听说您两次中风,十分惦念。奈我年老体衰,不能到府上问候,十分歉疚!现趁在本校图书馆供职,又是您的老邻居秦邦莲回家之际,托她带上我们夫妇对您的问候并此便笺。

又有一事相询,请您协助。近阅《新民晚报》看到一篇对吾兄近况的介绍文章,文内说,您患了脑血栓后,因得到浙江诸暨县朋友送的一个中医秘方,服用后,大见疗效。不仅语言功能有所恢复,甚至可以下床活动,写字等。读此文后十分为兄的旧疾得到治疗庆幸,同时也联想到,老妻任敏去年也患过脑血栓,最近由于尿路感染,医生诊断,为第二次中风,现在还住院治疗中。为此切望老兄将所服用的浙江诸暨来的中医秘方见示(或就托秦邦莲小弟带我),以便转托该地有关友人购求,以便老妻病况,能得及时治疗。她年龄与您相仿,病状又相同,想来服此中医秘方后,能象吾兄那样,早日获得恢复也。

  耑此奉候,并祝
健康长寿!致笔健!

弟 贾植芳
99.3.24

---

[1] 来源:石建邦先生提供之影印信稿。

许俊雅

我读《贾植芳致胡风书札》的一些想法

一、前言：书信背后的历史侧影

书信作为一种文体，自有它的特殊性；正如日记一样，本是不公开的，因此敞开心扉，尽所欲言，能够较为真实地反映作者的精神感情的状态。比如对人际关系的态度，对于时局的看法等等。许多掩映在历史风尘中的鲜为人知的故事，或揭秘大时代背景下个人的悲欢命运，总是为历史留下一份独特而悠长的见证。而手写书信中的一笔一划，字里行间所浸透的深情又是今日网络发达而手迹鲜少的通信方式无法替代的。《贾植芳致胡风书札》正是予人一种沧海往事，时过境迁后，浓郁的家国往事、时代风云、人格节操扑面而来的感动与感慨，对于研究胡风与贾植芳的交游，不仅是一份重要的材料，也弥补了他的青年时期的事迹，显得弥足珍贵。

书札由王正国编辑，贾先生的青年朋友张业松、陈麦青、孙晶帮忙整理、打印、校订，2001年10月华宝斋书社出版。手迹宣纸线装本，有清园王元化的题签。集中所刊是从1938年4月21日到1954年11月20日的书札三十一通。分手稿及释文两部分。释文部分同时又见《贾植芳致胡风（1938～1954）》，刊2001年《书屋》及2004年《贾植芳文集（书信日记卷）》（上海：上海社会科学院出版社），三者都用相同的释文（仅有一处小异，详后），最后有十一则注释。根据晓风《送别与怀念——痛悼贾植芳叔叔》一文，知是她"曾将公安部发还我们的他给我父亲的一本书信复印了交还他，那时的字写得还算工整，好认得多。他后来将它们题名《贾植芳致胡风书信手札》（笔者按：原书作《贾植芳致胡风书札》）"[①]。这批书信距今已六七十年，如果想象当年情景，从抗战的交通阻断、迁徙动荡到胡风事件的发生，竟然还能保留下来，实在是奇迹，冥冥中自有定数。从抗战到20世纪50年代的贾先生正是青壮年时期，从年轻时转战中条山，到任教复旦前后忧喜情怀与共的书信，种种现实情境真切地留在纸上，当我阅读时，其实是以年长二三十岁左右的年龄阅读青壮年时期的贾先生伏案书写的情景，自然有着一种很特殊的感觉。

我曾在2003年访问过贾先生关于他在日本时期与覃子豪、雷石榆交往过程，先生幽默风趣，我脑海回荡着当年他笑呵呵地说"风流的人都死了，我这不风流的人还在"。屡遭劫难而童心如初，充盈着睿智和慧黠。根据陈麦青《血性汉子真情文字——关于〈贾植芳致胡风书札〉手稿》一文，全册共收书信三十有一，可按写作时间地点，大致分为三大部分：1938年4月21日至1939年10月21日间十二通，均发自晋陕。1939年11月13日

[①] 陈思和主编：《贾植芳先生纪念集》，上海：复旦大学出版社，2011年4月，第431页。

至1947年6月21日间十三通,为先生自晋陕赴渝、最后辗转择居沪上之前所写。而1953年9月21日至1954年11月20日间的五通,则作于沪滨之复旦大学,时先生已受聘该校,为中文系教授①。如以年代统计现存件数,1938年有5封,1939年10封,1940年4封,1943年1封,1944年2封,1946年3封,1947年1封,1953年2封,1954年3封,这中间有很多很多变量,在动荡时局是否能全数保留下来,自然不精准的,数字意义似乎也不大。但倒是让人留意到1941、1942、1945、1948—1952年没有信件留存下来,而从目前可见资料,大抵都将1954年11月20日列为最后一封信,笔者通读这31封书信后,认为有些内容有补充说明的必要,有些书信应做注释,甚至是订正讹误,因此随意说说自己的读后感,或可供全集编纂的参考。

二、关于1954年11月20日的书札

作为1954年11月20日致梅志的书札,是否时间是1954年?由于仅见书札本身,信封或其上邮戳并未能见到,而书札本身也仅署上月日,发信时间自然得从书札本身内容来判断。如果将此信与排在前面的两封信并观,即可发现这封信时间应是1953年11月20日。在1953年11月23日致胡风信件,贾先生自陈:

> 我近来身体不好,情绪亦不佳,只在教课之余,译一些论俄国作家的文章,已成十篇,还有一半。

此即1954年8月上海泥土社出版的《俄国文学研究》(苏联谢尔宾娜等著)。在书最后一页"排印后记"交代翻译时间地点是1954年5月初在上海筑庄。因此在1954年7月31日给胡风的信札说:"我在课余随手译的一本论俄国作家的书,已算完工了,下月初可寄你。"所指即是《俄国文学研究》一书。因此1954年11月20日书信的一段话,便难以解释,这段文字如下:

> 我请史华印了一本翻译的论俄国古典作家的书,内容系以别林斯基为开始的俄国革命民主派传统及其作家,以果氏和萨尔蒂科夫为重心,有些在排了,有些在工作中。

《俄国文学研究》一书的内容所包含作家有《拉吉舍夫论》《戈里鲍耶多夫论》《普式庚论》《果戈理论》《果戈理和俄国现实主义传统》《果戈理和普式庚》《剧作家的果戈理》《果戈理在苏联舞台上》《关于〈巡按使〉的断想》《我如何扮演乞乞科夫》《我为〈塔拉斯·布尔巴〉插画》《别林斯基的美学》《赫尔琴论》《奥加略夫论》《屠格列夫论》《车尔尼雪夫斯基论》《卡若犹拉车尔尼雪夫斯基美学的主要特征》《杜勃洛留波夫的文学批评原理》《涅克拉梭夫伦》《萨尔霭科夫-谢德林论》《托尔斯泰论》《列宁与托尔斯泰论》《皮沙列夫论》《契科夫论》《柯罗连科论》《高尔基论》,以上所论即是别林斯基、果戈理和萨尔蒂科夫诸人,"有些在排了,有些在工作中",可见《俄国文学研究》在11月20日时还在进

---

① 陈思和主编:《贾植芳先生纪念集》,第122页。另沈建中《贾植芳的人生传奇——〈世纪老人的话·贾植芳〉代跋》:"那宽幅中式线装本影印了贾植芳先生早年圆熟宽舒、厚实洗练的墨迹,引起了我浓厚的阅读兴趣。用心解读似乎体味到了满纸微微流淌着的那份潜在的心灵激情,犹如浸透了陈年积淀的'要和世界一齐痛苦'的虔诚,也充溢着他青年时代辗转各地的印痕,有苦闷、孤寂和彷徨,有感喟、思索,也有希冀与梦想。他将书信这种自由而独特的文体写得真挚坦荡,文字句式极为干净,颇耐琢磨。"

行中,到了23日则已译十篇,全书经过半年才完成,书稿交出之后,约两个月,贾先生在7月31日致函胡风,认为下个月(8月)初可寄赠该书给他。

除此可证时间是1953年外,这封信提到他收到梅志自京来函及《别林斯基选集》一卷,参加华东作家协会的成立以及《奥涅金》拿回后,纷纷被原震旦同学人手一本地拿走念去了诸事。胡风举家迁北京是在1953年8月1日,7月底时泥土社老板许史华在淮海路大同酒家为胡风饯行,贾先生携妻与文化界诸友参加。胡风临行搬家,贾先生夫妇帮助整理打包,并与胡风全家合影留念,8月1日胡风举家离沪北上,贾先生夫妇又到火车站送行。之后,胡家抵北京来函,所以1953年9月21日贾先生给梅志信函说"来信早收到了"。现在这封11月20日的信说明了梅志从北京寄来书函及《别林斯基选集》。正因胡风一家在北京,11月20日的信在书信最后说:"上海天天刮风,气候不正,我每天蹲在屋子里吃烟,因此很怀念你们",可见两家分隔京沪两地。而华东作家协会成立时间,在1953年第12期的《记华东作家协会成立》一文载明"大会于十一月六日正式开幕",所以信函说"上礼拜进城开了三天华东作家协会的成立会,和梅林、罗洛、耿庸都得借机聚会,喝了几盅"。"上礼拜"一词仅是略云,推算时间该是6日至8日参加华东作家协会成立大会。再者《奥涅金》被原震旦同学拿走,语气上加了"原"字,似乎有区别非当时在复旦大学的学生意谓。

事实上贾先生在1952年3月返回上海,仍在震旦大学任教,被聘为中文系主任。8月,全国高校院系调整,他被调往复旦大学中文系,担任教授,并兼任现代文学教研室主任,搬到复旦大学第五宿舍(筑庄)54号居住。正因1953年已转任复旦,因此才强调了原震旦同学如何。综合以上所述,原厘定为1954年11月20日的信函,其时间应提早一年,也就是1953年11月20日。因此这批书信最后一通应是1954年9月8日。此后情势自然是风声鹤唳了,现下的1954年11月20日信函,呈现的氛围与当时情境不能相符。在当年12月,贾先生参加复旦大学和中国作家协会上海分会批判胡风文艺思想的有关会议后,情绪不佳。翌年1月26日贾先生得胡风自京来函,其中写道:

> ……问题有了新的进展,望你用极冷静沉着的态度对待已经发生的和将要发生的事情,切不可草率从事,参加讨论,这只有更使问题难以处理,有热心的人,也希望你代为阻止。不要写文章或信表达自己的意见,现在这已不是"讨论",而是"批判"。你是教书的,能不参加较好,万不得已时,就可以批判的地方说一点自己的意见吧。

1955年1月30日《文艺报》第1、2期合刊就出现批判胡风的诸多内容。如果不是胡风事件发生了,二人书信往返可能还会持续一段时间。此外,尚有一处令人不解,在2001年出版的书札释文将"王元化"涂饰为"×××",《书屋》所刊则是"王××",《贾植芳文集(书信日记卷)》则延续华宝斋书社的《贾植芳致胡风书札》亦作"×××"。然则《贾植芳致胡风书札》手稿原件并未涂去,明显可见是"王元化"其人,尤其此一册线装宣纸本《贾植芳致胡风书札》,即是清园王元化的题签。2001年,法国的大师级哲学家德里达来中国讲学时,王元化尚且受邀与德里达进行了精彩的哲学对话。在一次访谈时,贾先生说:"'胡风案件'平反后,王元化在文艺会堂请我吃饭,有文化界的人作陪。王元化说,我不承认胡风是反革命,也没有说你是反革命,我只说你这个人好复杂。我说,这样说就可以了,你已经承担风险了。当时喝白酒,那已算特别好的白酒了。我自己又在小卖部买一瓶酒。他说我请不起你吗？我说，你请我喝一盅，我自己要喝一瓶的。前两年王元化办书法展览，我去参加了，王元化跑过来和我拥抱，他哭了。"①从种种现象来看，并不需涂去王元化其名，是他本人的要求呢？或另有原因，只能待他日询问释文者。

三、关于《国民の栏意》

贾先生1939年1月5日致胡风信：

> 十一月间在行军中接到自汉口寄的信，到复回信后，汉口就陷落，所以那信该是扑了空。日子过得真快，转眼已是两个月，……汉口失陷后，前方对于后方的消息，更隔开了，尤其是出版界，简直是毫不知道，希望能从你处得一点消息。还有鹿地亘先生，在前方看到他的《国民の栏意》小册子，不知现在到了哪里？（第17页）

这封信透露了一些讯息，贾植芳在11月间行军中收到胡风的信，等回信后，汉口已陷落，这封信在战乱中寄丢了。1938年10月25日，汉口陷落，日本人要求学生上街游行庆祝，日"宣抚班员"于白壁上用墨汁写下的"汉口陷落，蒋贼亡命，朱德暴死"的标语。尽管日本宣称，待汉口陷落之后，长江便可通航。但1938年11月汉口失陷之后，日军便自食其言，声称扬子江因日军军事需要，将无限期禁止外商航运。以后，日本又以商轮航行长江有碍日本军事行动为由，拒绝开放长江航线。② 胡风在汉口陷落后携带怀着孩子的梅志和小儿子，于1938年12月1日到达重庆，住在瓷器街永华旅馆的一间七八米的小房子里，为了生计，在复旦担任日语和文艺理论的教授，每周6节课，文学院长伍蠡甫为他设了一门创作课。在这样动荡不安的背景下，信自然扑了空，在山西的贾植芳无从得知出版界消息，因此期待从胡风处可获知一些消息。信中提到他看到鹿地亘的《国民の栏意》小册子，据书札注释：

> 《国民の栏意》可译为《人民的呼声》，是鹿地亘先生担任第三厅设计委员期间写的一本用于前线对日反战宣传的小册子。

1938年年初中国抗日统一战线成立，郭沫若邀请鹿地亘来汉，出任国民政府军委会政治部第三厅设计委员。3月初，郭沫若请文化界代表人士夏衍到九龙，建议鹿地亘写了《国民の栏意》一文，刊登于3月的中共中央机关报武汉《新华日报》上。鹿地亘夫妇秘密由香港来汉，时任第三厅厅长的郭沫若，召集武汉12个团体隆重欢迎。鹿地亘进入政治部第三厅七处开展对敌宣传工作。《国民の栏意》意即全体国民的意志，是一篇反对日本侵华战争的文章，此文在国内外引起了强烈反响，被公认是日本人民发自肺腑的呼声，是日本人民庄严的反战宣言。鹿地亘以日本公民和作家身份，参加各种集会，痛斥日本法西斯暴行，激励中国军民的抗日斗志；投身日俘教育，组织日军反战工作；协助三厅开办日语训练班，培训对敌宣传员。《国民の栏意》确实是"用于前线对日反战宣传的小册

---

① 陈思和主编：《贾植芳先生纪念集》，第380页。另外贾植芳翻译了苏联契诃夫研究专家巴鲁哈蒂的《契诃夫的戏剧艺术》，译者写有简短的"译后记"，在对译本的母本来源、附录作了交代后，特别提到："作为附录之二的方典先生的《关于契诃夫与艺术剧院》一文，可以帮助读者深入一步地研究，使我们对问题更加深思。承他的允诺准把他的研究成果附印在这个拙劣译本之后，我是很感激的。"贾先生要感激的这个方典，就是王元化先生的笔名，他们的友情保持了半个多世纪。

② 汉口陷落后相关文章，可见运公《汉口陷落后日本宣言》、郑允恭《汉口陷落后日本的对华政策》，俱刊《东方杂志》1938年第23期。

子",但似乎多译作《国民的意志》,并不译为《人民的呼声》①。日本政府后来也认识到反战日人对中国军民所起到的作用,鹿地亘通过笔宣传反日,并不亚于一支训练有素的心理战部队②。

四、几封需编注的信函

书信流露了写信者与其友朋亲人间的情感及自己的思想主张,呈现其人的品格节操外,也可进一步窥探历史幕后的文化运动、时代脉动。名人书信尤其是重要的文献史料,其中讯息远较一般寒暄问候信件珍贵,但也因相关当事人凋零或播迁等因素,当初简单明白的事情就愈加模糊,沧海桑田,时间拉得愈久,后人就愈无法祛疑解惑,即使尽最大可能进行查访和核对,大量查阅各种档案或史料,也未必能解决。因此书信征集出版之际,最好就能对该注释的人、事编注佐证,以助于后人对书信的了解。以下仅举若干信函说明。

1. **1943年2月21日致胡风信:**

> 客岁暑假奉一书,秋间并寄文稿一包,想均收阅。半年来,以军中生活不定,弟又到处辗转,故再未有写信机会。日前由军中来省城,书店中得站读兄之新旧作,又如对面,引起弟之旧怀新感,大觉怅惘。故诉之文笔以寄兄。……兄动静,时在关切。在书店中,拜读兄香港脱险后文篇,兄的悲愤,在弟就觉得是一种时代的魂魄,——经历了各种方式的生活和环境,对我们的中国现实,更肤接了,但也更怆然了。

由这封信逆推1942年(27岁)的贾植芳,当时无业困居西安,居王家读书、写作。在街上书店看到由桂林出版的丛刊,得知胡风时在桂林,在8月间即致胡风一函。1943年(28岁)2月中旬,进省城西安休假,常去新民书店站读胡风新旧作品,"又如对面,引起弟之旧怀新感,大觉怅惘"。信中"拜读兄香港脱险后文篇,兄的悲愤,在弟就觉得是一种时代的魂魄"。香港脱险后文篇,指的就是《死人复活的时候——给几个熟悉的以及未见面的人》一文。皖南事变后,是年3月,为抗议当局的反共行径,胡风按照周恩来的指示和安排,偕家离渝,绕道潜行,于5月下旬进入了香港。在港仅七个多月,由于太平洋战争爆发,香港沦陷,至1942年年初,他便和大批文化界知名人士一起,在党的东江游击队掩护帮助下,离开香港返回内地,到了桂林。他在香港期间尽管形同难民,食宿困顿,却仍然通过向几家报刊分别撰稿,坚持了抗日宣传活动。可内地却对他谣诼纷起,亦有《良心》小报恶毒散布"胡风附逆"的谣言,诬指胡风"潜赴香港后,即与汪逆密通,按月由上海《中华日报》林逆柏生处津贴港币650元,负该报驻港通讯职务"。另外,连西安出版的官方文艺杂志也都白纸黑字地骇然散布说:据文化锄奸团所获"确证",香港沦陷后,"左倾文人胡风"旋即"附逆","到南京的汪伪政府当起宣传部副部长了",胡风在桂林得知后,愤怒至极,不避特务们的嚣张气焰,随即写成《死人复活的时候——给几个熟悉的以

---

① "人民的呼声"见于当时《中国呼声》的两个固定栏目之一,另一栏目是"读者信箱",以此与社会各界保持联系,贯彻该刊"让另外那些完全'妥帖、准确'的声音获得表达的途径"的办刊宗旨。创刊号在"人民的呼声"栏目中登载了邹韬奋为抗议包括《大众生活周刊》在内的23份中文刊物遭禁而写的"遗嘱与遗嘱"。

② 研究鹿地亘论文,有《一本书和一段交往记胡风与鹿地亘》《鹿地亘在华活动纪略》《战火中的友谊——外公冯乃超与鹿地亘》《一个特殊的例外:日本反战作家鹿地亘》等。

及未见面的人》发表在聂绀弩编的《山水文丛》上。以铁的事实怒斥了谣言制造者,对鬼魅们给了纵身一击的回敬:"既然对于我底附逆,'该团已获有确证',那么,现在我回来了,站在这里,而且依旧是手无寸铁,他们就应该提出'铁证'来请政府把我逮捕;如果不这样做,那无异侮蔑我们的政府是存心包庇汉奸'到处朦混的,铁血男儿的他们就该发出抨击政府的声音。你看他敢不敢伸出头来。"① 贾植芳2月去信桂林后不久,3月胡风根据中共党的授意,辞别桂林,回到重庆。② 这一年(1943)他在军中翻译《工兵烟幕使用法》《工兵教练法》等日本陆军训练总监部编的操典,作为部队的技术教材。他还经常与一些单身的下级军官来往。11月,在随军驻扎当地黄河边上借居村民的一间土坯草房,任敏经常来其部队驻地朝邑探望。

2. 1944年4月31日致胡风书信

这封信时间写了不可能存在的4月31日,当初出版时亦有注释,不过,笔者认为日期还有推敲空间。由于书信原文较长,仅节略关键部分:

> 昨日看《大公报》上登的文协周年祭论文,想为兄所执笔,读后真是"感情如涌",而又联带的想到兄上函中深沉的感慨。一句话:战时中国文士的悲哀,可说是人类性的悲哀。弟数年来深有感于在这样国度做"人"实在不是容易的一回事,惶(遑)论做有良心的文士?

信中的文协即是中华全国文艺界抗敌协会,抗日战争时期全国性的文艺界抗日民族统一战线组织。1938年3月27日成立于汉口。老舍、胡风、郭沫若、茅盾、冯乃超、夏衍、田汉、丁玲、吴组缃、许地山、巴金、郑振铎、朱自清、郁达夫、朱光潜、张道藩、姚蓬子、陈西滢、王平陵等45人当选为理事,周恩来、孙科、陈立夫为名誉理事。理事会推选老舍为总务部主任,主持文协日常工作。上海、昆明、桂林、广州、香港、延安等地设有数十个分会和通讯处。文协提出"文章下乡""文章入伍"的口号,号召作家深入农村和前线;组织文化工作团和战地慰问团,进行抗战宣传,提倡文艺为抗日战争服务,有会刊《抗战文艺》。在贾植芳写信的这年(1944)4月17日《新华日报》曾刊载一则报道:

> 中华文艺界抗敌协会于昨日下午二时,在文运会开成立六周年纪念大会,到邵力子、张道藩、老舍、潘公展、茅盾、胡风、曹禺、夏衍、张骏祥、阳翰笙、黄芝冈、马宗融、张恨水、杨刚、赵清阁等一百五十余人,由邵力子主席,老舍报告会务。略述了文协年来以每月二千元的经费,处置全国会务的拮据情形。后宣读成都分会祝电。大公报馆赠款一万元,当经决定以此款分赠贫病同人张天翼、王鲁彦各三千元,卢鸿基、白薇各二千元。后由梁寒操等致词,王芸生等演讲,并由胡风朗读论文"文艺工作发展及努力的方向",经会员提案,六时起会员聚餐会,直八点半始散。

胡风朗读的《文艺工作底发展及努力的方向》论文,原写于4月13日,16日在文运会开成立六周年纪念大会朗读,后来在17、18日刊重庆《大公报》。推测贾先生读到此文的

---

① 胡风在回忆这段往事时写道:"国民党居然造出这种谣言,太卑劣也太可笑了。虽然很难有人相信,但却不能置之不理。于是,我写了《死人复活的时候——给几个熟识的以及未见面的人》,公开地答复他们","这篇文章用在新知书店改名出的丛书上,第一本就以它为名:《死人复活的时候》。这本书影响很大,但使得他们的第二本书不能出了,同时,《良心话》也停了刊。"见胡风:《惠阳——桂林·抗战回忆录之十四》,《新文学史料》1988年第3期。

② 贾植芳:《我和胡风同志相濡以沫的情谊》,收入晓风主编:《我与胡风——胡风事件三十七人回忆》,银川:宁夏人民出版社,2003年,第119页。

时间可能是20日,因22日就要离开西安,他在21日写信给胡风,并抒发读胡文之后的感情如涌。由于书信原件作"卅一",因此书信释文有注:"四月不应该有三十一日,此日期明显有误,但因无法判断正确日期究竟是四月三十日还是五月一日,故从手稿所署。"笔者认为日期可能是"廿一",贾先生一时笔误是极有可能的。将日期定在21日,应比4月30日及5月1日妥当。因以书法写"廿、卅"极容易过于顺手而多一笔画,而且书写快速时,"卅"字反而是非常流畅的。

3. 1946年4月12日致胡风书信

这封信对一般读者而言,有几处文意过于简略,先说下面这一段:

> "四·七"函收到。守梅兄的苦难,不胜系念之至,希望兄去函予以安慰与鼓舞,因为,苦难往往就是勇气之源泉,当弟被关于徐州日伪的留置所时,心上奇怪的倒像是得了安慰。

"守梅兄的苦难"指的是其夫人张瑞自杀身亡。胡风回忆录提到他"收到守梅来信,告诉我张瑞已自杀身亡。信中话不多,但字字都是血泪。他为人诚实而又重感情,这对他的打击真太大了!要安慰他减轻他的痛苦,不是去信能做到的,只盼望他重视自己的工作(写作),保重身体,振作起来"①。当时胡风也给路翎书信,说:"守梅能来你那里,那就好。总得使他好好地度过难关才好。"此事见于七月派多人书信,如《舒芜致胡风书信全编》或胡风女儿晓风编《胡风路翎文学书简》或晓风编《阿垅致胡风书信全编》。

阿垅即当事人陈守梅,原名陈亦门,1907年11月生于浙江杭州,曾用笔名紫薇花藕、S.M、圣门、师穆、阿垅、张怀瑞等。早年以七月派诗人驰名。除新诗外。亦工旧体诗词。其旧体诗清刚苍凉。有《阿垅诗文集》存世。黄埔军校十期毕业生,接受中共地下党影响,倾向革命。抗战初期,参加淞沪战役,不幸负伤。他于1938年创作的报告文学《从攻击到防御》《闸北打了起来》,并连同一些诗作发表在汉口出版的《七月》半月刊上。同年7月,他在武汉与胡风初次见面,并由胡风介绍,通过中共中央长江局吴奚如的关系,由衡阳步行至西安,经十八集团军办事处联系后转赴延安,进抗日军政大学庆阳四分校、延安"抗日军政大学"学习,由于在野战演习中眼球受伤,经组织同意去西安治疗。伤愈后,因回延安交通被封锁,只得留在国统区。他利用职务掩护,仍继续为中共工作。编地下刊物《呼吸》并写有大量文学作品,刊于《希望》等杂志。1946年在成都负责编辑文艺刊物《呼吸》。1947年遭国民党当局通缉,逃出成都,潜往南京、上海,后蛰居杭州。1949年任天津文联委员、创作组组长、天津作协编辑部主任。1955年受胡风案牵连下狱,于1967年3月15日瘐死狱中。

1944年5月8日陈守梅与张瑞在成都结婚,1945年8月张瑞顺利产下一子,翌年(1946)3月17日阿垅妻张瑞服毒自尽。旧传杜谷和张瑞之死有关,但2009年杜谷写了《隐忍六十年的往事》②,对此事有比较详细的描述。按杜谷文中所说,张瑞虽然是杜谷的初恋情人,然而张瑞死前所断纸条巾所云"原谅你不贞的妻","不贞"并不意味着"失身";"他们都没有你好"的"他们"是复数,肯定也不能单指杜谷。阿垅的痛苦和张瑞之死,根本原因是阿垅夫妻爱情观念的差异——张瑞主张包容所爱之人的一切,包括以前

---

① 胡风:《胡风回忆录》,北京:人民文学出版社,1993年11月,第362页。
② 杜谷:《隐忍六十年的往事》,《自由谈》2009年第1期。另张瑞亲妹怀念文章有更多细节可参考,见黄伟经、谢日新编:《臭老九酸老九香老九——〈随笔〉精粹》,广州:花城出版社,1993年12月。

的感情经历,阿垄自然是深爱妻子张瑞,但对以前的感情经历总有疙瘩。

4. 1954年9月8日致胡风书信

这封信提醒我们的是书信行文经常凭记忆随手录下,尤其是长长的书名,通常仅是约略其词,与完整书名有出入,从以下所录部分原文可知:

> 兹有文艺联合出版社将印行《苏联文学》一本,是苏联作家A·杰绵基耶夫等作的,其中论马耶可夫斯基章中,曾引风兄诗一首(题目大约是致马氏,记不清了),出版者希望能找到原文照抄,省得意译出来走样,但不知原诗出何处,我记得或许在《为祖国而歌》中,但这本书我没有了,请便中示我,以便转告该社。

信中所提到的《苏联文学》,宜正名为《俄罗斯苏维埃文学》,原著是苏联捷明岂耶夫(А. Дементьев)等著;译者是苗小竹,1944年4月由上海文艺联合出版社出版。第一部分是《苏联文学底基本特征》,介绍六位苏联作家,其中一位是"马雅可夫斯基",虽然译音不统一,但仍可肯定就是贾先生信中所云的"A.杰绵基耶夫等作的,其中论马耶可夫斯基"。《俄罗斯苏维埃文学》介绍马雅可夫斯基的时代背景、理论、诗作特点及其意义,所以才说"出版者希望能找到原文照抄,省得意译出来走样",但贾先生说"引风兄诗一首(题目大约是致马氏,记不清了)""我记得或许在《为祖国而歌》中,但这本书我没有了"。前后谈到的文章性质是不同的,前者是马雅可夫斯基译诗,《为祖国而歌》是胡风的抒情诗集,收入《为祖国而歌》①、《血誓》、《给懦怯者》、《同志》、《敬礼》、《仇敌底祭证》六首诗。当时的中国大地正面临着日本帝国主义的侵略,中国正经历空前劫难,诗人以一颗赤诚之心,歌唱母亲祖国,为祖国的受难而悲恸;同时,也热烈号召勇敢的中华儿女为民族存亡而歌而战斗,贡献自己的光辉与力量。②贾先生之所以提到《为祖国而歌》,可能是因《血誓——献给祖国底年青歌手们》这首诗内容以歌颂、致敬马雅可夫斯基激励祖国青年为主,诗作提到马雅可夫斯基《一五〇〇〇〇〇〇〇〇〇》(《俄罗斯苏维埃文学》译作《一亿五千万》)、《我们底行进》,致使贾先生误记可能是《为祖国而歌》一书。那么,胡风的回应又是如何呢?今天我们已找不到胡风给贾先生的回信,但《七月》所刊的马雅可夫斯基译作及《马耶可夫斯基论》,可能就是提供给该书译者苗小竹的马雅可夫斯基的译诗,尤其为纪念十月革命十周年而写的的长诗《好》,此名诗句即与祖国有关:

> 祖国
> 　　我赞美,
> 　　　他底现在,
> 我三倍地赞美——
> 　　它底未来。

其例甚多,本文仅举若干例为证,事实上,每封书信都需再加以注释,比如:"西安这地方近来很寂寞,它的黄金时代因了潼关的炮声和那次大轰炸,都剥削净尽了。阔人们

---

① 《为祖国而歌》这首诗写在1937年8月,后刊登在《七月》上,《血誓——献给祖国底年青歌手们》同样刊登在《七月》。

② 胡风在本诗集的《题记》中说:"抗战一爆发,我就被卷进了一种非常激动的情绪里面。在血火的大潮中间,祖国儿女们的悲壮的行为,使我流感激的泪水,但也是祖国儿女们的卑污的行为,使我流悲愤的泪水。于是我喑哑了多年的咽喉突然地叫了出来。"

跑到更远的地方,繁荣自然也就跟到那地方。但我是喜悦的,因为又回到可爱的朴质的北方。虽然这北方过去对我也是残忍的。""潼关的炮声"指的自然是1938年日军侵占山西,重兵集结风陵渡,不时隔河炮击潼关,轰炸陇海路沿线,关中形势极为严峻,抗战八年,潼关整整挨炸七年多。"那次大轰炸"应该是指西安事变,蒋介石被扣之后,国民党内部一片混乱,以何应钦为代表的亲日派趁机争权夺利,轰炸西安,欲置蒋介石于死地。何应钦表面上迎合宋美龄,暗地里继续向西安调兵遣将。16日,何应钦就任"讨逆军"总司令,并相应作了军事部署,派飞机轰炸西安邻近地区。为什么说"北方过去对我也是残忍的"?可能指的就是1936年农历大年初一夜间,参加"一二·九"学生爱国运动,遭到北平警察局以"共产党嫌疑犯"罪名逮捕,被关押两个多月。

又如:"一两天后当寄上一篇创作,《嘉寄尘先生与蚂蚁》,但那样对题材的处理法,自己也觉得不放心,而又非这样不可,真是没有法子。""《嘉寄尘先生与蚂蚁》的小说,是初来重庆闷起头来写的,尤其末一段,觉得累重,关于蚂蚁部分,希望能相当的予以撤销,因为整日忙于应付疾病,而原底稿又是毁去了。原题目也请打倒,就请换上《解放者》罢。"此篇是1939年11月初贾先生根据年初时访问嘉寄尘的情况,写成报告文学,后发表在《七月》杂志1940年第5卷第1期。题目并未改为《解放者》,小说蚂蚁部分也未撤销,题目易作《嘉寄尘先生与他的周围——中条山的插话》,倒是后来再版的各选集,将题目的"与"改作"和",恐怕是首次编辑疏忽,后来者也未查《七月》,一直延续了错误。最后再举一例说明:1940年4月18日提到"此地出了一个杂志,叫《黄河》,第二期内有一段批评《七月》的话,守梅兄云,已寄您。这是一种看法,一种意见,颇值玩味。主要的,那是一种面目"。《黄河》登了谁的文章批评《七月》呢?究竟说了什么?经查可能是1940年《黄河》第二期谢冰莹《建立生产文学》一文。这篇文章没特别明白针对《七月》,但一开始就强调民族战争文学的广泛题材,此后,笔锋一转说:

> 但抗战两年多来,无论在前线或后方的作家,似乎都把写作的范围规定在一个模型里。好像如果不是每一篇文章里来一个壮烈牺牲,喊几声杀尽日本鬼,中华民国万岁,便不能称为抗战文学似的;自然,这种观念是错误的,我们应把写作的范围扩大到每一个参加抗战的士兵和民众身上去,甚至是一匹战马,一条驮军用品的牛,一只警犬,都是我们写作好题材。至于民众帮助军队挖战壕,破坏公路,做向导,做侦探,救护伤兵……以及军队帮助民众割禾,割麦,插秧,打豆,……种种军民合作亲爱团结的精神,应该尽量地描写,应该尽量宣扬。

这些讨论与1940年1月毛泽东在《新民主主义论》中的论点有关。该文指出:"中国文化应有自己的形式,这就是民族形式。民族形式,新民主主义的内容——这就是我们今天的新文化。"这个论点,在1939年、1940年间,解放区和国统区同时掀起了关于民族形式问题的论争,是抗战时期持续时间最长的一次大讨论。

书信编注如能进一步梳理,如此既可掌握贾先生的生平经历,也有补充作用,让书信阅读更为流畅具体。如果可能,再版时应考虑对这批书信进行史实考辨和阐释工作,并对其中的一些重要问题进行考证和较为详尽的论述。

五、余论

书信对其青壮时期的生平经历、翻译创作以及道德人格有颇大的补充,这些书信与他后来的文章也达到相互填补的功用,对于空白的1941、1942、1945、1948—1952年①,除了他自己的文章外,或许也可以从七月派诗人、著作给他人的相关书信获得蛛丝马迹。

要了解这批书信,自然得从上海"八一三"战事的发生说起,当时贾先生忧心如焚,旋即决定弃学,离开日本东京,回国参加抗日救亡工作。后乘上驶往上海的英国远洋轮船公司的轮船,由于上海吴淞口码头被日军封锁,只得改停香港,下船后,暂住香港旅社两月余。其伯父数度来函劝他留在香港或去欧洲继续学业,不要回国参战。他却选择了由汉口坐船再抵达南京,在孝陵卫正式参加了"中央政治学校留日学生特别训练班"。第一封信从1938年4月21日来武汉后开始与胡风通信。此后他跟随"留日训练班"辗转江西庐山、湖北江陵。训练班后改由国民政府军事委员会第三厅接办,又来到武汉武昌南湖军校原址。之后离开武汉,启程前往部队驻地山西,随军驻防保卫黄河渡口,辗转中条山里在风陵渡一带战区,参加数次击退日寇"扫荡"的大激战。期间曾两次受到"共党嫌疑"的怀疑,一次得知军中商量准备活埋自己的消息,即与妻子任敏连夜逃离部队。在这样恶劣的环境下,我们很难想象他一直要回部队,做出点事情,当他来到重庆都市打算透透空气、养病、写作,很快就对此地厌倦、厌恶、闷气、闷塞,想着春天一来,就回到战地去。甚至对胡风说:"我常想,世界上最美丽的姿态,就是手执武器躺在战场之野的勇士的姿态。弟从前从军之中曾真实的看到这种姿态,衷心曾想,人生到此,可云满足的感到着。"战争与死亡总是连结一块的,刺耳枪炮声和鏖战疆场的血溅凄厉,可怕的死亡等待,一般人无不对死感到恐惧,但诚如贾先生当时的想法"死"这东西本身却是可怕,"但在人的作用上,却有商量余地,就是死法问题。故我承认生命脆弱是一件事,但不是死的整个解释,所以要紧的是在生命的应用上这一点,来决定死的价值"。所以在贾先生书信里不时可以看到对国民党政府的腐败、军队的失望,却还是毅然投入艰辛的军旅生活,认为:时代问题的解决,文字只是一种配合力量。另外还要依靠一种"真实"力量。因此总是离开又归队,归队又离开,多次经历性命攸关的生死关头,参战流亡途中的贫困、饥馑、艰辛与绝境,种种磨难造就了一名正直的知识分子,以直面人生的勇气永远地反抗着现实的丑恶和不公,远远迥异于在安定环境和书斋做学问的知识者,他的精神生命溶入时代的脉搏里以及真切的现实生活中,展现了对人生意义的正面探求。

---

① 书札空白原因可能多方面,除了抄收遗失外,1946年9月,因为《学生新报》所作文章而贾祸入监,一年才保释出狱,为躲避国民党特务的骚扰,又隐居近郊沪西法华镇一处平房内阁楼。之后两年与胡风同时居上海(至1953年8月1日胡风举家离沪北上),联系聚会都方便,书信往返的必要性减低。

孙宜学

不想写的回忆

整整十年了！我一直要写，却一直未写出来一个字。有很多字在我的心里，在我的生活中，生命里，拥挤着，飘动着，可就是落不下来，静不下来。

论写字，我应该不算一个懒人，可唯独回忆先生的文字，我一直不敢写，也不愿写，因为我担心一旦形成文字，就一定得字斟句酌，得注意文风，一些不必说清也难以说清的东西就具体在文字里了，一些装饰性的东西就会让我觉得愧对先生。我对先生的回忆，我一直觉得根本无法具体，因为一旦具体，我就好像又看到了先生手拿烟卷沉思的身影，以前我看到先生的这个身影就万念归于平静，现在我却千方百计抵触看到这个身影。我有时也想把自己对先生的思念条分缕析一下，可此念一动，我就好像要把自己的神经用解剖刀切割一样，疼！所以我宁愿让自己对先生的缅念，就这样原生态留在我身上或身外的某处，以为这样先生就无处不在了，这样我就知道自己还无时不在先生和师母身边了。

我今天终于要写点什么了，但我知道，我写下的这些文字，都只是在痛苦且徒劳地捕捉先生手中的香烟飘出的那一缕缕青烟，一闪一闪的红，是先生抽的烟在闪，这时的先生，总是在沉思，好像在看着我。

原谅我，先生。

人生就像走路，每逢在歧路，最思指路人。而在先生身边时，却感觉无论人生遇到多少歧路，都可以通向同一个目的地。因为先生，就是通达之路。先生不但给我们铺路，还教给我们如何铺路，最后还把自己变成了路。我们则沿着先生的路，在陈思和老师总指挥下，一段一段地接下去铺，逐渐铺成一条树木葱茏，鸢飞鸟鸣的路，不但我们走，也可让越来越多的人走。

1995年9月，我入陈思和老师门下读博士，也就是进了贾门。第一次去先生家是陈老师领着去的，我一路忐忑，但在陈老师面前尽力掩饰。先生德高望重，我不知道第一次见到先生时应该如何谈吐举止得体。但先生看到我们，就问了一下名字，家乡，就完全接纳我们了，没有让我们产生丝毫的"外人感"，也让我们觉得在先生跟前做什么都是得体的。于是之后我们进先生家，就像回自己家一样自然了，不分时机，不问场合，想去就去，遇到开心事去，遇到不开心的事也去。去后也不一定非说什么，做什么，就给先生报到一声，然后就或沙发或椅子坐下，师母必会拿出几样点心，剩下的就是先生爽朗的笑声。一开始实在听不懂先生在说什么，只感受到先生说得高兴，我们就高兴，先生时不时爆发大笑，虽然我们一开始也不知为何笑，却都不由自主地被带着笑了。一段时间后，若有新的客人来，我们竟然都可以做翻译了，甚至能同传，这也是先生感染之功吧。

实际上，先生最初还会时不时问一下我们能不能听懂，或者讲一个方言误会事件，过段时间后,先生可能就根本不管我们听懂听不懂,只自顾说着,笑着,若突然停下,就是要抽口烟了。静下的先生,则往往神情凝重,似乎思路回到了什么地方,过去的某个时间,我们此时也就静静地等着,直到先生爽朗的笑声再起,我们也跟着一次次笑起,"笑声起伏,合着先生抽烟的节奏,犹如接歌"。师母则或坐或站在先生旁,不时让我们吃点东西。若赶上吃饭时间,师母则一定要给我们备饭的,若有客人在,则一定让我们陪着喝几杯,没客人,也必有酒,但不一定喝多少。酒,先生历来不限我们的量,而且显然很乐意让我们稍微贪点杯,对酒量不好的学生,就鼓励锻炼一下酒量,为此先生常常示范性地喝一小杯。陈老师也似乎对此持鼓励的态度,我们有点酒量的就有点骄傲了。所以从贾门出来的学生,一般都有一点酒量,但一般不属于所谓会喝酒的类型,因为都喝得实在,不会劝人喝,也不习惯被人劝,喝就喝了,哪有那么多虚礼。所以我们与人喝酒,常常先醉。先生仙逝后,我每醉都会想起先生,泪有时就会滴到酒里,和着喝下,就醉得更快,心里痛。

  先生家是个大乐园,但只为智者之乐。先生无论谈什么问题,最终都是为了让我们变聪明而不事故,变真诚而不愚蠢,知廉耻而不自卑,求学问而不钻营。所以谈话中先生总会谈及历史上的一些人和事,以及人事之间的纠葛和矛盾,并不多做评价,但我们的年龄,也大致理解其中的是非曲直,于是也就让我们仿佛从眼前的一面面镜子中看到了一些从来都想不到的人和事,而要做什么样的人,做什么样的事以及如何做事,也就在一次次听先生的谈话中渐渐明晰了,内心的某些犹疑和漂浮也就渐渐消除或凝固了。现在想想,这个过程真是奇妙,就好像自己看着自己成长一样。先生天生是好老师,他的心血,都毫无保留地输给他的朋友和学生了。先生身边真真实实存在着一个纯净的气场,只要进到这个场域内,就会被熏染、被净化、被同化。当然,不是每个人都有资格进到这个场内的,先生手里也有一把锁的,这把锁,就是人心。即使偶尔有误进或误被引进到这个场内的人,一般都会因无法适应纯净的空气而悻悻而出。有时谈到这样的人,先生就说:得有慧根才行。这时的先生,很严肃。

  先生喜欢散步,我们就轮流陪先生散步。国顺路,国权路,复旦校园,五角场……先生想去哪里,我们就跟到哪里,师母都是一起的。散步中不时有人给先生打招呼,先生有时叫得出对方的名字,有时叫不出,甚至不认得那是谁,但也都热情地回应,等打招呼的人走远了,先生就回过头来对我们神秘地一笑:"不知道是谁。"我们就表扬先生,说他是天生的外交家,先生就嘿嘿笑,很得意的样子。

  有一段时间先生皮肤痒,很难受,陈老师也着急,到处托人想办法。后来外语学院的朱静老师介绍先生去一位老中医家看病,我们就每周定期轮流陪先生去,先扶先生到国顺路小区门口,打车到医生家里。医生饱经沧桑,两位老先生见面,又都健谈,所以刚开始两人还认真谈病情,过不了一会儿就谈起天来了,而且还越谈越兴奋,声音也很响,让我总觉得先生是来会友的。医生爱好文艺,收藏了很多小人书,每次先生到后,他给先生看病,就让我们去看小人书,看我们认真看,也喜欢看,就鼓励我们拿走,我们就抬头看先生的态度,先生就笑笑,说,拿吧拿吧。业松、怀清和我都有小人书情结,自然乐意,拿走了不少。先生下次来看病,则肯定会给医生带礼物。我们笑称是买书钱,先生就笑。

  先生最让我们慌乱的是生病住进第一人民医院,陈老师紧张的表情现在仍常常出现在我面前。我们害怕先生受苦,也担心师母。陈老师托人安排先生住院后,严锋、业松、怀清和我轮流在先生家里陪师母和在医院值夜。那是一段揪心的日子。先生不擅长寂寞,可医院处处写着"安静"字样,我们在医院就尽量压低了声音陪先生说话。白天来看望的人多,先生还不觉得冷清,但到了晚上,先生醒来,就只能看到趴在床边打盹的我们了。我们那时也出奇地警惕,先生一有动静,马上就会醒来,先问先生要不要大小便,这时先生竟然还有点害羞,我们就笑话他封建保守,他也就承认了。陈老师让我们每天都定时向先生汇报师母情况,这样先生才能睡着。而先生每次醒来,都会问师母在家怎么样了,我们就提高声音说:师母很好,先生就会平静下来。夜里先生有时会做梦,梦中有时会大喊,我们就赶紧叫醒先生,然后看着先生再睡着。先生若真的醒了,就会给我们谈天说地,谈人谈兽。先生从不直接褒贬人事,只是就事论事,就事喻人,我们就会心地笑。先生有时会突然问我们:能不能抽根烟?陈老师预先就知道先生会提这个要求,所以早就明确告诉我们严守防线,我们当然坚决执行,所以每次先生提出这个要求,我们都以医生的权威请先生支持医院工作。实际上,我们也看出来了,先生并不是一定要抽烟,只是逗逗我们,大家乐一乐。

  在先生身边的日子,就这样让我有了一种家的感觉,有了与家人在一起过日子的日常快乐。先生每天都在担心着我们,指导着我们,那种情分,我养了女儿后,更懂了。现在,我和爱人、女儿总是时不时想起先生,谈起先生,女儿总是说:"我的名字就是老爷爷起的!"女儿可能也想起了老爷爷把自己抱在腿上和我们聊天的情景了吧。

[韩]鲁贞银

追忆复旦第九宿舍里贾先生家的"小客厅"

二十多年前我在复旦大学开始读书时,每次下课后总要去贾先生家做客,这么多年过去了,当时的人和事仍依旧历历在目。我在那里遇到了一生珍重的人们,也自然而然地从他们那里学会了如何面对生活。先生家的客厅既是大家聚会的场所,又是共享聚餐的地方,也是先生教诲弟子们的"小课堂"。我和我的师兄们都很高兴地去那里聊天,甚至他们以我是外国学生的名义为由,借口去访问先生家。先生家的小客厅,对于我们来说虽然没那么宽敞,总是给我们带来小广场似的舒畅感。

记得那一日初次拜访先生,酷暑时节间隙滴落的细雨,使得上海的空气越发湿热起来。我忍受着这种天气,走在去往先生家的路上。贾先生的住处就在复旦第九宿舍,它是复旦老教授宿舍,听说很多复旦德高望重的老教授住在那里。虽然整栋宿舍很安静,不过贾先生家总是宾朋满座。当时我认识陈老师不久,陈老师便亲自带我一同过去,并向我介绍贾先生,说先生是他的恩师(后来我才知道,指导教授和恩师是多么不同的称呼)。那一日,贾先生叫我"小鲁",贾师母还嘱咐我随时过来吃饭不要饿肚子。每每回忆先生的家,总能想起温暖的庭院,亲切的厨房,和那总有一股熏着香烟味儿的客厅。第一次去便是如此,直至毕业依然如此,我在那里学到了许许多多的人生真谛。我留学的那段日子里,每当我感觉到孤独、空虚、寒冷的时候,总会不自觉地到贾先生家去。有时先生在休息,我便在客厅独坐一会儿,然后离开。除此外,通向先生家的路,总会有着一种不期而遇的喜悦,因为那里总是坐满了前辈与客人,我便自然而然地与他们熟络交谈起来。很久之后我才体会到,对我而言,这是多么重要的契机。

由沪返韩后几年间,我陆续收到了贾师母和贾先生离世的消息。在此之前,我曾因学会日程去过复旦,依稀记得那时先生笑着对我说,最近迷上了喝咖啡。先生依然那么的幽默,但却不曾想到,这一面却成了我对贾先生最后的记忆。去年,陈老师对我说,河西学院筹建贾先生纪念馆,让我去参加开馆仪式,原已准备好去的,但终因事未能成行。几日后,偶然看到开馆仪式的合照,上面都是先生的弟子,也是对我关怀备至的老师与师兄。一瞬间,我似乎又回到了先生家的客厅,与他们一同谈天说地,一切都是那么的记忆犹新。显然,我对贾先生有着深深的思念,但在那份思念里,也有着我青春的记忆,以及对陪我渡过那段时光的朋友的怀念。

我对贾先生有着深层的感情,也有源自我外祖父的关系。那时初来中国的我,对于生活的一切都是那么陌生,而心理上能默默地将贾先生视作外祖父,似乎更是一件神奇的事。直到毕业时候,外祖父来到上海,我陪他一同去拜访贾先生,那时我才懂得这份感情的由来。两位老人年纪相仿,亦都经历过殖民时期,以他们自身的人生见证了现代化的历史轨迹。那一日他们聊了很多,日本殖民下的监狱经验、战争后的艰苦生活等等。两位饱经风霜的老人,亲身经历了20世纪的历史事件,如今一起淡淡地互诉着过来人的心声,这一刻真是不言而喻。而在一旁感同身受的我,此刻才真正地体会到了,所谓的第三世界共同的历史伤痛不仅仅是书面的术语,而是记载于非常具体的个人感受中,积累于历史的暗流,它就不远于我自己,直至今日亦不能释怀。

  不知何时起,贾先生开始陆陆续续赠送我这样那样的书籍。贾先生说话有浓重的山西口音,我常常没人帮忙就不能完全理解他的话,但却慢慢地了解到他家的客人大部分是所谓的胡风分子,而那些资料大多是与胡风相关的一些文献。里面有先生收藏的资料,也有新写出的一些文章,还有和胡风有过接触的朋友提供的资料。我当时虽知胡风其人,但对先生也受牵连遭牢狱之苦的事并无详解。正当先生给我的资料越来越多时,陈老师问我要不要去研究胡风。那时我对胡风只有简单的理解,大学时候我听过唯一的一门中国现代文学课,由韩国全炯俊(当时忠北大学在职)教授所授,是有关中国现代文学中现实主义的课题。当时韩国和中国还没有建交,因此几乎没有机会接触到有关社会主义中国的信息,甚至有些资料是要受到国家严厉监督的。就在这样的气氛下,我在那门课上第一次详细听到社会主义文学。不过说实话,上课的内容既生疏,时间又定在年轻蓬勃的我们无法集中注意力的周六下午,我和其他同学心早已不知由课堂上跑到哪里去了。还有,这门课的考试给我们留下深刻的印象,记得拿到期末试卷的瞬间,看到试题上"请论述胡风现实主义在中国现代文学的意义"一行大字,我们就目瞪口呆了。然而,未曾想,这道试题却成了几年之后我的论文主题。

  陈老师建议我研究胡风的理由很简单,他说胡风问题依然是现在时的问题,作为外国人可以给出更客观的立场来研究。但围绕着这一问题,却让我想起平日十分不解的疑问。从贾先生家里见过的"胡风分子"口中得知,当时他们是文化青年,向胡风主编的杂志投过一两篇诗稿,与胡风不过就作品问题通过几封信,但在中华人民共和国成立后便因此受到了严重的处分。但他们却说从未后悔,或者不曾认为这是一个悲剧。更奇怪的是,因为单纯的文学交流就受到牵连,整个青春都被打上了"胡风分子"烙印的人们,却并不觉得委屈,依旧生活得如此坦然。此外令我困惑的是,只要提及这个问题,几乎没有细节性的讨论,都会标上"事件""悲剧"的字眼,我没有办法理解怎么会把文坛事情扩大成一种'悲剧事件',而我就开始翻阅《七月》和《希望》等胡风所编的文学杂志。

  不过,一手资料的获得过程也是异常艰辛的。一个学期我几乎每天都往返于上海图书馆,仅车程就需要五个小时,在那里便一直检索、复印、整理,总有想不到的大大小小的困难。上海找不到的资料,就跑去北京梅志先生(胡风夫人)那儿求取。虽然胡风家人乐于向我提供资料并热情地款待了我,但仅凭梳理庞大的资料,以及慢慢建立的客观数据库,依旧无法回答我内心的疑问。那些文学杂志的同人会为何会演变成一场悲剧,这个问题反而变得更加难解了。最终,我决定亲自拜访那些当事人。

  我想通过访谈形式与其中几位先生会面,然而他们并不知晓彼此的联系方式。后来我打听到他们的住处,而就在起身前行的路上,我方觉察到为何他们之间互无往来,他们在其间又是渡过了怎样的岁月。在迂回的弄巷间找寻到的老先生的表情里,我读到了岁月的痕迹,那是时间上的一种煎熬。对于我的访问,他们有些不知所措,因为很长一段时间谁都不愿再提及这个问题,再者,即便是他们的亲身经历,却连一次发言机会都不曾有过。而更重要的是,我的疑问可能是他们自身也未能解释的命题。他们大部分说,当时自己只不过是一个纯粹地喜欢文学的青年,甚至向我讲述当时杂志登载自己作品时的喜悦,依旧溢于言表。遗憾的是我们之间没能进行更深入的对话,大抵是由于我的理解水平有限。另外,实际上没有明确的胡风分子这个圈子,他们各自与胡风联系的渠道是多种多样,加之事隔多年,他们的立场也很难不会有所变化。

当时拜会过的老师有绿原、耿庸、罗洛、贾植芳、王元化先生。其中,绿原和贾先生仍从事文学活动,访谈也自然比较顺畅。但耿庸和罗洛先生,从与他们的会面到整个谈话过程,都要困难得多。据他们说已经许久没有与外界交流了,邻里也不知道他们受到过胡风事件的牵连,就这样一直过着隐匿的生活。透过他们的眼神,我深深地看到这个事件给人带来的巨大恐怖和压抑,也渐渐体会到那种难以言表的沉重。

在这些"胡风分子"中,彭燕郊先生给我留下了难以忘怀的印象。为邀请彭先生作我的论文答辩委员,在没有拜会情况下,我便唐突地联系先生。当时居住在长沙的彭先生不辞辛苦,决定专门赶来上海参加我的论文答辩。答辩开始前,彭先生将一篇文章交到我手中,说是读完我论文后他的一些感受,那篇文章近乎五六万字,首页上还写着"世纪之痛的沉重课题"的标题。先生在论文审查时讲述了他写这篇文章的理由,他的一言一语都令我感怀不已。先生说他当时在狱中从未感到受挫,即便是一张小纸片,能写下所感所想的诗歌,也是极大的乐趣。在读了我的论文后让他回想起了那时的喜悦,他就不知不觉地写了下来,结果却写成了长篇大论。

由于对于胡风的杂志和所谓胡风集团的关注,我将胡风的编辑活动作为硕士论文的研究主题。而后来,在读博士时,为了整体地阐释胡风思想,我将胡风的文学思想和理论作为研究主题,但却未能有新的解读或突破。论文中我所想要表述的,是通过胡风思想来勾勒出一个从鲁迅到胡风的知识分子精神传统。当时,就我个人而言,对这个主题的表述是有着些许挫折感的,而听到彭先生的评价,欢喜之余,也觉得先生过誉了。现在重读先生的文章,又能够体会先生的感动大抵是源自读到了我那些赤诚之论,即便论文中有诸多的不足,可能先生对我的赤诚且执着的态度是有所触动的。我们之间的交流似乎超出语言的限制,对我来说,这是高山流水遇知音的鼓励,先生的态度逐渐融合为我对世界的一种姿势。写到此处,我想向彭老师表达这份迟来的告白,然而斯人已逝,不复可追。

在返韩之后,因韩国大学的情况和节奏的变快,我个人也身不由己地去迎合学校的各种要求,超出专业的现当代文学和文化领域都要兼顾也是力不从心。更重要的是,在21世纪的社会上,现实主义究竟能够起到什么样的作用,对此我有了些许乏力之感。因此,很长一段时间,我有意无意地接触新的作品和理论,而又弥补了研究胡风时所或缺的知识。此外,在这期间,我解读韩国和中国当代作品时,又有了一种新的体会,西方理论与我们的社会存在着细微的隔阂,胡风所说的"体验的现实主义"却是具有包容性的,在当今社会仍有其发挥作用的可能性。因为,这一理论并非固定的现实主义理论,而是在东亚的文人的批判实践中所积累下的一种态度。它是以进步性的批判为前提,有着"恻隐之心"的人文关怀的态度。因此,它在韩国现代史的纠葛纷争下总是可以起到指南针的社会作用,在当代中国种种历史悲剧后依然是回溯到人性问题的思想动力。在历史的具像之下,一种涌动的"未曾中断的视线"渐渐浮现在我头脑中。

在这期间,我经历了另一个事件,是关于最近韩国的政治现实。去年冬季韩国发生的"烛光集会",是过去十年间市民们对韩国政府的无能和腐败的呐喊与审判。事件的结果并非仅限于总统弹劾案的通过,文化上也留下很多思考的问题。个人而言,我所在的教育界也是有着诸多的问题,原因在于过去的几年间的学术脱离了具体历史,许多批判言论都未能发声。历史性的评价可以是清晰明了的,但事实上这里面的具体事件却需要一个漫长曲折的过程来思考,乃至今天仍旧是进行着的。在此过程中,我不知不觉地通过胡风和鲁迅的视线来思考问题,去年的广场上,有着各种各样的发声与立场,有正确的,也有不成熟的。这些都是不稳定的因素,但在承认这种不稳定的同时,也向我们敞开了一条具有可能性的实践之路。在这之中,我发现了直面现实找寻自身位置的艰难。不知何时,浮现出胡风所说的现实主义的路,我觉得这条路是一条有待琢磨的路。不过,很明显的是,探寻这条路的勇气就像是在贾先生家中拜会过的那些先生们身上所散发出来的气度一样。那种感觉是温暖的、质朴的,但绝不是畏缩的,尤其,那中间有着一种并不轻松的愉快。我想起贾先生常常笑着说的一句话,"小鲁,真是有意思,我吃过三代政府的牢饭,可是和他们在路上碰面的时候,我是笑着的,他们却是躲着的"。贾先生那爽朗的笑声,不知为何,今日甚为思念。

二零一八年一月五日,于东京。

廖伟杰　张业松

贾植芳先生入选首批"上海社科大师"

据上海市社会科学界联合会官网报道,在5月14日举行的"纪念习近平总书记'5.17'重要讲话两周年暨上海社联成立60周年会议"上,上海市社会科学界联合会公布了首批"上海社科大师"入选名单,包括陈望道、孟宪承、贺绿汀、贾植芳、王元化、陆谷孙等在内的68位社会科学界已故著名学者当选。在成立60周年之际,上海社联组织开展"礼赞上海社科大师"活动,向社科名家大师致敬。[①]

2018年是贾植芳先生逝世10周年,为缅怀先生、绍续其遗志,复旦大学左翼文艺研究中心创设了"植芳讲座"作为复旦大学中国现当代文学学科的荣誉讲坛,延请海内外名家来复旦开坛设讲、传道授业,以光大先生生前念兹在兹的"开放与交流"的精神与襟怀。3月19日,来自先生留学日本时的母校日本大学、也是先生生前友人的山口守教授为本讲座做了第一讲。目前,来自先生旧游之地香港的黄子平教授正以"中国现代文学主题学四讲"为题来为"植芳讲座"做第二至五讲。值此"植芳讲座"初设、万物生机盎然的季节,传来贾植芳先生入选首批"上海社科大师"的消息,正好给了我们一次回顾和温习先生生平事迹的机会。

贾植芳(1916—2008),著名作家、翻译家、学者,"七月派"主要成员,高等学校中国现当代文学学科和比较文学学科的奠基者之一。早年主要从事文艺创作和翻译,曾赴东京日本大学学习。1949年后曾任震旦大学中文系主任,复旦大学中文系教授、博士生导师,中国比较文学学会创会副会长,上海比较文学研究会创会会长,中国赵树理研究会第二任会长,上海通俗文艺研究会创会会长等。是高等学校中国现当代文学学科的第一批创设者之一,也是改革开放后重建的比较文学学科的奠基者之一。晚年担任复旦大学图书馆馆长,在此岗位上退休。主要代表作品有小说《人生赋》(1947)、回忆录《狱里狱外》(1995),学术论著《近代中国经济社会》(1949)、《劫后文存》(1991)、《历史的背面》(1998),译著《住宅问题》(1951)、《契诃夫手记》(1953)等,结集为《贾植芳小说选》(1983)、《贾植芳文集》(四卷,2001)、《海上文学百家文库·贾植芳卷》(殷国明编,2010)、《贾植芳全集》(十卷,2018,待出版)等。

贾植芳先生1929年7月考入太原的私立成成中学。1931年以笔名"冷魂"在《太原晚报》发表处女作《一个兵的日记》。1932年9月考入北平教会学校崇实中学,开始在《京报·飞鸿》《大公报·小公园》《申报·自由谈》发表小说、杂文等。因参加1935年"一二·九"学生运动,1936年初被逮捕关押,出狱后由伯父资助,5月赴日留学,9月考

[①] http://www.sssa.org.cn/slgz/679668.htm。

入日本大学经济科,旋即转入社会科,师从园谷弘教授攻读社会学。1937年初在神田区内山书店看到上海生活书店出版的《工作与学习丛刊》第1、2期,即投小说《人的悲哀——自一个记忆》(后在该刊第4期《黎明》发表),由此与编者胡风结缘。1937年"七七事变"爆发,继以上海"八一三"战事发生,感情上受到强烈冲击,决定弃学回国参加抗战,途中滞留神户、香港数月。在香港期间拒绝了伯父的劝说,放弃留在香港或去欧洲继续学业,于1937年11月在广州"留日学生归国接待处"报名参加"中央政治学校留日学生特别训练班",12月经广州、汉口抵达南京,到孝陵卫加入了该"特训班",此后随队转徙江西庐山、湖北江陵、武昌南湖军校等地。1938年4月在武汉加入"中华全国文艺界抗敌协会",6月从"特训班"毕业,被授予上尉军衔、派往抗战前线山西南部中条山战区作战部队。7月在《七月》发表独幕剧《家——呈婵娥君之亡灵》,8月被胡风委派为七月社西北战地特派员和特约撰稿人。1939年11月到重庆,任国民政府军事机关报《扫荡报》编辑。1940年3月奉调陕西宜川县秋林镇军事委员会战时新闻检查局山西新闻检查处,5月到任,为副主任、中校军衔。期间协助由北京逃往西安的其嫂、李大钊之女李星华及其弟李光华和儿子贾森林秘密赴延安。1942年6月结识西安商业专科学校统计系女生任敏,后结为夫妻,患难终生。在此期间,因有"共党嫌疑",数经调职,屡历险境。1944年5月逃离部队,开始流亡生活。1945年5月在徐州遭日伪警察拘捕,日本投降后出狱。1946年6月与妻子一起到上海,寄居胡风家,始定居上海,自谓"正式下海卖文为生",曾主编《时事新报·青光》、协助胡风处理《希望》和《七月文丛》稿件等。同时在《大公报·文艺》《文汇报》《联合晚报》《时代日报》等处发表作品。1947年4月以笔名"杨力"在海燕书店出版小说集《人生赋》(《七月文丛》之一),9月因"煽动学潮",被捕入上海中统局本部。1948年始经留日同学关系保释。出狱后先后隐居沪郊、青岛,写成论著《近代中国经济社会》,译《晨曦的儿子——尼采传》(佚失)等。

  1949年5月上海解放后,6月以笔名"杨力"在文化工作社(上海)出版散文集《热力》(《工作文丛》之一),7月青岛解放后,8月自青岛返回上海,加入中华全国文学工作者协会(中国作家协会前身),9月出版论著《近代中国经济社会》,10月出版中篇小说集《人的证据》。1950年4月出版译著《人民民主的长成与发展》,10月到震旦大学中文系兼任教授。1951年3月受聘为震旦大学中文系专职教授,7月出版苏联巴鲁哈蒂《契诃夫的戏剧艺术》译著,11月出版恩格斯《住宅问题》译著。1952年3月受聘为震旦大学中文系主任,8月因全国高校院系调整,调任复旦大学中文系教授和现代文学教研室主任,开设"现代文学作品选读""俄苏文学""外国文学史"和"写作"等课程。1953—1954年先后出版捷克基希《论报告文学》《契诃夫手记》、苏联谢尔宾娜等《俄国文学研究》译著。1955年5月因"胡风反革命集团"案被捕。其妻任敏随后亦遭逮捕,被关押年余后获释放,1958年被下放青海任小学教师,旋被收监,1963年3月出狱后到工厂劳动,10月回先生家乡山西省襄汾县古城公社侯村大队十一小队"接受劳动改造"。1966年3月贾植芳以"胡风反革命集团骨干分子"罪名,被判处有期徒刑十二年(刑期自被捕之日起算),4月出狱,被押回原单位复旦大学的印刷厂"监督劳动",5月与任敏通信,恢复夫妻间中断十一年的联络。1967年9月,任敏获准来上海探亲,夫妻团聚十余天。其后十余年间,任敏于1969、1972、1976、1977年来上海探亲4次,每次一个月左右。1978年9月贾植芳被宣布解放,回中文系,到资料室帮助管理图书。10月中旬开始参加"中国现当代文学作家作品研究资料丛书"的相关工作。12月,任敏得以调回上海定居。

1980年12月,贾植芳先生先后到校组织部阅中共上海市委"撤销对贾植芳的原判,宣告无罪"文件、到上海市中级人民法院听法官宣判:"一、撤销本院(66)年度中刑(一)字第25号刑事判决。二、宣布贾植芳无罪。"1981年1月恢复教授职称,2月回中文系现代文学教研组恢复教学工作,6月和7月相继出版编著《赵树理专集》和《巴金专集》第一册(《中国当代文学研究资料》之二),11月招收攻读比较文学的硕士研究生和出国预备生2名,12月接中国作家协会公函告知恢复会籍、接上海市公安局公函通知恢复名誉。1982年9月出版编著《闻捷专集》(《中国当代文学研究资料》之一)。1983年8月任复旦大学图书馆馆长,9月出版《贾植芳小说选》。1984年7月参加中国作家协会上海分会第四次大会,当选为理事,9月出版编著《巴金写作生涯》。1985年出版编著《文学研究会资料》(三卷)和《巴金作品评论集》。1987年8月退休,仍被聘为中文系研究生导师,当年起招收中国现代文学专业博士研究生。1988年4月应香港中文大学新亚学院邀请,携妻在香港作为期半月的学术访问。1989年出版编著《中国现代文学社团流派》(两卷)。1990年2月出版编著《中国现代文学的主潮》,10月应母校日本大学的文理学部邀请,携妻抵日作为期三周的学术访问,先后在东京大学、一桥大学、横滨大学、神户大学、东京都立大学、日本大学的社会学部和文学部作学术报告。1991年9月招收最后一届硕、博士生,10月获国务院"政府特殊津贴"和证书,年底出版作品集《悲哀的玩具——贾植芳作品选》《劫后文存——贾植芳序跋集》(孙乃修编)。1992年2月始在《新文学史料》连载回忆录《在这个复杂的世界里(生活回忆录)》,后经修订结集为《狱里狱外》("火凤凰文库"),于1995年3月由上海远东出版社出版,1996年由日本广岛大学小林文男等译成日文在《状况与主体》连载。1993年12月出版与俞元桂先生合作主编的《中国现代文学总书目》。1994年8月,孙乃修著《苦难的超度——贾植芳传》("中国文化名人传记"丛书)在台湾业强出版社出版。1995年8月,获得由中国作家协会颁赠给抗战时期老作家留念的"以笔为枪,投身抗战"(1937—1945)纪念铜牌,10月,复旦大学、上海市作家协会联合举办"庆祝贾植芳先生八十华诞暨文学生活六十五周年教学活动四十五周年"纪念活动。1996年6月,应台湾《中央日报》副刊部邀请,赴台北出席"百年来中国文学国际学术研讨会",12月携妻赴京出席第五届中国作家协会代表大会。1997年8月出版作品集《暮年杂笔》,10月,妻子任敏突患中风、脑溢血,留下失语、瘫痪的后遗症。1998年6月出版作品集《雕虫杂技》,10月在山东教育出版社出版《历史的背面:贾植芳自选集》("世纪学人文丛"之一)。2000年3月出版与妻子任敏合著的书信集《解冻时节》,4月出版书信集《写给学生》。2001年4月在《书屋》发表《贾植芳致胡风》(1938—1954),6月出版作品集《不能忘却的纪念——我的朋友们》。2002年5月获第五届"上海文学艺术奖"杰出贡献提名奖,7月出版作品集《老人老事》,11月,任敏逝世。2003年4月,沈建中先生采访笔录的《世纪老人的话·贾植芳卷》出版。2004年10月出版编著《中外文学关系史资料汇编(1898—1937)》(两卷),复旦大学中文系会同复旦大学中国古代文学研究中心、苏州大学中文系、上海比较文学研究会、上海通俗文学研究会等单位联合举办了"庆祝贾植芳先生九十华诞学术交流会",11月出版《贾植芳文集》(四卷)。2005年4月出版《早春三年日记:1982—1984》。2008年1月出版作品集《历史背影》,4月病逝于上海。2014年4月,贾先生藏书捐赠于复旦大学对口支援的西部地区高校甘肃张掖河西学院,以此为契机,该院设立了"贾植芳藏书陈列馆""贾植芳研究中心"和"贾植芳讲堂"。2016年是贾先生的百年诞辰,7月,由上海市作家协会、复旦大学、上海市比较文学学会与河西学院共同策划联合主办的"贾植芳与中国新文学传承国际学术研讨会"在河西学院举行。

除贾植芳先生外,陈望道(1891—1977,教育家、语言学家)、郭绍虞(1893—1984,文学家、语言学家、书法家)、朱东润(1896—1988,古典文学研究家、传记文学作家)、陈子展(1898—1990,文学史家、杂文家)、王蘧常(1900—1989,文史学家、书法家)、吴文祺(1901—1991,语言学家、文学评论家)、赵景深(1902—1985,戏曲史家、戏曲理论家)、张世禄(1902—1991,语言文字学家)、刘大杰(1904—1977,古典文学研究家)、胡裕树(1918—2001,语言学家)、蒋孔阳(1923—1999,美学家)、王运熙(1926—2014,古典文学研究家)、章培恒(1934—2011,文史学家)13位曾执教于复旦中文系的学者也入选了首批"上海社科大师"。

论述

复旦中文学科百年讲坛专题

赵京华

政治国家与文化民族
——周作人的思想抉择*

本文试图考察以下问题:周作人一生有关民族国家问题的思考,或者说每当面对"国家"必须做出决断的时刻,他是以何种态度并根据怎样的内在思想理路进行判断的,他的民族国家意识如何形成、又呈现为怎样的逻辑结构。我们该如何理解20世纪30年代后周作人对作为政治国家的中国有所失望而其民族意识逐渐转向文化历史方面的现象。这种考察未必一定要最终指向对周作人战争期间的言行做出重新解释,而在于综合分析作为一介文人的周作人其一生对于政治国家和文化民族的认识与抉择。我们要反思的不仅是作为失败者之周作人的民族国家观,同时也要反思现代中国其生成、凝聚、发展演变的复杂过程本身,由此达到深入理解周作人政治立场及其思想文学价值的目的。

一、观察周作人民族国家意识的视角和方法

中国现代作家周作人(1885—1967)因其抗战期间的投敌叛国,成为历来多有争议的历史人物。以往,人们批评他的背叛国家行为甚至追究到其自身复杂的思想脉络和历史背景,但就他所背叛的"国家"本身,即作为现代民族国家的"中国",其艰难复杂的制度建构过程和不断演变的结构性特征并没有深入的认知和理解,质言之,并没有把"国家"历史化和客观化。因此,其批评也便往往流于源自革命史叙述的政治抨击和道德裁断,而少有贴近现代国家发展之历史情境和周作人政治立场之实际的冷静分析。20世纪90年代以后,随着有关民族国家理论讨论的展开和对现代中国国家体制问题认识的深化,上述情况开始发生改观。1991年上海批评家陈思和发表《关于周作人的传记》[①],对周作人的"气节"说和沦陷时期的行为多有理解,其分析所采取的是"文化"视角,但已涉及如何认识国家与政府的问题;北京学者董炳月则在2000年发表《周作人的"国家"与"文化"》,正面提出文化和国家问题是分析和认识周作人附逆的两个最重要视角。他认为:"国家不是一个超验的图腾,而是一个由多种不同因素构成的共同体。只有从国家的不同层面上分析抗日战争中周作人的行为,才能科学地认识周作人究竟在何种意义上成了汉奸。"[②]在此,将"国家"相对化和历史化,并从"文化国家"层面来观察周作人战争期间

---

* 本文原为2017年11月15日"复旦中文学科百年讲坛"演讲稿,稿件由作者提供。
① 陈思和文载《中国现代文学研究丛刊》1991年第3期。
② 董炳月文载《中国现代文学研究丛刊》2000年第3期。

言行的方法,已清晰可见。这无疑是中国学者对周作人认识的一种深化和对以往学术研究盲点的突破。

实际上,得以超越民族国家历史和道德评价标准的束缚而对周作人战争期间的行为给予更多的了解之同情,这样的研究著作,如日本学者木山英雄的《北京苦住庵记》(1978),早已在海外出现。木山英雄不仅在书中对周作人战争中的"文化抵抗"多有切中肯綮的议论和理解,更在三十年后该书出版中译本之际提出"失败主义式的抵抗其思想之可能性"问题①,希望与中国学者讨论。作为译者,我曾指出这更是一个需要我们从单一的民族国家思维框架中跳出来,面向未来予以认真思考和回应的重大课题②。

受到上述20世纪90年代中国学术界新的研究动向的触动,同时有感于木山英雄所提出之议题的重大与复杂,我在本文中试图就以下问题进行考察:周作人一生有关民族国家问题的思考,或者说每当面对"国家"必须做出决断的时刻,他是以何种态度并根据怎样的内在思想理路进行判断的,他的民族国家意识是如何形成的,又呈现为怎样的逻辑结构性。这种考察未必一定要最终指向对周作人战争期间的言行做出重新解释,我的问题意识在于,综合分析作为一介文人的周作人其一生对国家的认识以及他与中国现代"国家"构成怎样一种关系。我们要反思的不仅是作为失败者之周作人的国家观,同时也要反思现代中国之"民族国家"凝聚、发展、演变的复杂过程本身,在将"国家"相对化和历史化的同时,深入理解周作人的政治立场及其思想文学活动的价值含蕴。

为了讨论的展开,笔者在此要对一般的"国家"以及现代中国之"民族国家"的基本性格,做简要的疏理和交代。第一,"民族—国家只存在于与其他民族—国家的体系性关系之中"③。我们已知,现代主权国家最初诞生于17世纪的欧洲,法国大革命之后西欧"民族—国家"的发展形成大潮并在世界规模的殖民主义扩张过程中,促成了非西方世界民族国家的相继产生。汉娜·阿伦特曾论及帝国主义征服世界的悖论现象,她比较古代的"世界帝国"和现代"帝国主义"的不同,指出:"民族国家无论在何处以征服者姿态出现时,就会在被征服民族中唤起民族意识与主权愿望。"④事实也是如此。我们还知道,一个国家的存在是以外部有另外的国家存在为前提的,中国自19世纪中叶以来在面对西方列强特别是新兴帝国日本的不断威逼过程中,逐渐产生了民族意识和国家观念,而统一的国家形态之完成和全民族意识的高涨,则出现于1937年中日爆发全面战争前后。

第二,在古文明帝国向现代主权国家转变之际,有一个世界史的现象值得注意,这就是文明与国家之间关系的断裂。民族和国家原是截然不同的两样东西,民族连接着久远的历史和文化,而现代国家乃是在推翻绝对主义王权之后建构起来的以人民为主权者的全新制度。然而,在世界不同地区,建立现代国家的方式各不相同。西欧主要是以虚君共和或者暴力革命的方式,而在拥有古老文明历史且在西方殖民主义威逼下建立现代国家的地方,文明历史或者文化传统既是向现代国家转变的包袱,又是反抗殖民主义统治、重建民族主体的可资利用的资源。因此,如何在建立现代国家的同时实现民族历史和文

---

① 木山英雄:《北京苦住庵记——日中战争时代的周作人》中文版,赵京华译,北京:生活·读书·新知三联书店,2007年,第3页。
② 见《北京苦住庵记》译者后记。
③ 安东尼·吉登斯:《民族—国家与暴力》中文版,胡宗泽、赵力涛译,北京:生活·读书·新知三联书店,1998年,第5页。
④ 汉娜·阿伦特:《极权主义的起源》中本版,林骧华译,北京:生活·读书·新知三联书店,2008年,第188页。

化传统的创造性转化,就成为拥有古老文明的民族其精英必须时常面对的课题。而古老文明和现代国家实质上的关系断裂,又使得知识分子在文化与国家之间,或者利用文化传统以建设民族国家的思考上,产生诸多矛盾和困惑,甚至影响到他们对现代国家本质的理解。周作人那一代"五四"知识分子从传统中来而走向现代,多有坚持借传统文化资源以建设现代国家之道德秩序的倾向。他们基本上是"文化民族主义者",尤其是在国家受到侵略者的践踏而民族到了生死存亡之际,"文化"可能成为一些知识分子唯一的精神依凭。

第三,民族主义与国家建构两者之间构成复杂的关联,且在发达国家和后发展国家有着不同的功能与形态。通过已有的相关研究①我们得以了解到,在西方发达国家,民族主义乃是国家治理的正当性基础和原则,依靠这个原则,发达国家适时地推动工业社会的发展而构筑起文化与社会整合为一的均质化政治结构。在后发展国家中,民族主义主要被用于民族自决和独立解放的正当性原则,其在民族国家的建构方面发挥着不可替代的功能。然而我们也应当承认,无论是发达国家还是后发展国家的民族主义,其本身都包含着强烈的排他性或民族自我中心主义的倾向,如果被极权主义意识形态所利用,也有可能转化为种族斗争的工具。在 19 世纪以来非西方的被殖民与被征服地区,民族主义作为反抗外来侵略与民族压迫的正当情感而具有先天的纯洁性。但它时而显露出的排他性和封闭性也会引起自由主义知识分子的注意,从而提出反思性的批评。与此相关联的,还有爱国心与乡土爱的关系、独立个体与民族国家的关系问题等,需要我们在复杂的历史情境中做出具体的分析和判断。

第四,是如何理解中国现代民族国家建构的特殊性问题。我们已知,一方面,在 20 世纪前期的中国,国民特别是其中的知识分子所面对的是以辛亥革命为起源,由孙中山乃至后来的国民党所执掌并以军政、训政、宪政为阶段性目标的建国过程。中国共产党作为一支强大的政治力量逐渐成为国家意志的代表,是在抗日战争结束到中华人民共和国成立的时候。而国共两党自 20 世纪 20 年代大革命以来所形成的时而矛盾抗争时而联手合作的局面,其政党政治的结构异常复杂。大革命之后国民党大体上形成了中国的政治中心(南京政府),但是辛亥革命以来由于军阀割据所造成的国家形态不够成熟的局面依然存在。这使得国民在所认同的国家与政府的执政之间常常产生乖离的感觉。另一方面,中国现代国家的建构乃是通过革命的实践,推翻传统帝制而建立共和政体,就此而言,亦如欧洲近代国家的形成一样,表现出解放专制之桎梏与建立自由宪政的意向。但是,由于当时中国处于一种"转型之社会",其经济尚以农业为基础,缺乏足以建立自由宪政共和体制的有利条件。因此,现代国家体制的建构及其发展时常背离原先的理想;而革命是中国现代性的传承,它常常呈现出一种激进性的理念。这使得一部分温和的自由知识分子对这种未成熟的"国家"形态产生或期待或怀疑甚至游离和批判的态度,从而影响到他们对国家的忠诚与认同。

以上,是我对一般民族国家以及中国现代国家建构过程及其结构性特征的基本认识。下面,将基于上述认识从不同的层面对周作人民族国家意识的形成和特征进行剖析。

---

① 参见盖尔纳:《民族与民族主义》中文版,韩红译,北京:中央编译出版社,2002 年;凯杜里:《民族主义》中文版,张明明译,北京:中央编译出版社,2002 年。

二、爱国心与乡土爱的区别:基于个体独立的国家意识

留学东京时期的青年周作人,身处两场对外战争胜利之后明治国家民族主义高涨的情境之中,其国家意识的发生和形成首先受到来自日本的刺激。他后来回忆说:"当时中国知识阶级最深切的感到本国的危机,第一忧虑的是如何救国,可以免于西洋各国的侵略,所以见了日本维新的成功,发现了变法自强的道路,非常兴奋,见了对俄的胜利,又增加了不少勇气,觉得抵御西洋,保全东亚,不是不可能的事。"①的确,周作人那一代知识分子普遍拥有"救国"自强的国家意识,但是观察他后来一生的言行,我们又不能不感到他始终不是一个激进的民族主义者,其国家认同或民族意识有着复杂的构成。例如,在追求国家独立和富强的同时又关注无政府主义和社会主义对国家与资本的否定,在承认抵御西方列强和日本帝国之威逼而有强化国民统一意识之必要的同时,又曾向往过世界主义的乌托邦。"九·一八"事变之后,他不断讲国家实力的重要和民族在感情上联络统一的必要,但依然警惕独立的个人及健全的理性被国家所吞噬,甚至对国家主义的盲目排他性提出严厉的批评。总之,作为自由主义知识分子的周作人在国家和个人的关系上,始终保持着一种理智与权衡的张力,他在几次历史关头所做出的人生选择,恐怕都与此有关。

首先值得注意的是,周作人早在1907年前后发表的文章中,就对现代民族国家所要求的"爱国心"和作为人类普遍情感的"乡土爱"做出了明确的区分,同时还区别了国家与政府的不同。刊载于无政府主义团体机关报《天义》上的《中国人之爱国》一文,对当时"志士"所大言的"爱国"提出质疑,认为他们讲的"爱国"实质上乃是"爱政府",不过要号召国民支持一党之政治主张而已。在此,周作人援引俄国诗人莱蒙托夫,强调其爱国不同于一般志士的"兽性之爱国者",而对乡土爱和爱国心做出辨析:"夫人情恋其故乡,大抵皆尔,生于斯,歌哭于斯,儿时钓游之地,有毕生不能忘者,天怀发中然耳。……吾闻西方爱国一言,义本于父,而国民云者,意根于生,此言地著,亦曰民族。凡是爱国,国民之云,以正义言,不关政府。"然而,今日志士所言"爱国"乃是要求国民服从于政府,以国民自居的国人却"拜乞宪政于政府"②。周作人对此大不以为然。

注意到源自人类普遍情感的"乡土爱"与作为现代民族国家所要求于国民的"爱国心"之不同,这一点十分重要。它反映出周作人早期的国家意识,已包含了对国家排他性乃至褊狭之民族主义的怀疑。如果考虑到19世纪以来西欧各民族国家的兴起形成大潮,随之而来的是欧洲内部战争频仍及殖民主义之下对外战争的多发,乡土爱发生变质而爱国心加剧了民族国家间的纷争等等史实,则周作人的上述国家意识就很容易理解了。这里,我想起稍后的第一次世界大战期间,哲学家罗素所著《社会重组的原理》(1916)一文,其中对现代的爱国心与以往的乡土爱有更明确的区别:"对生养自己的土地、亲属和邻人之纯净的爱所迸发出来的家庭爱、乡土爱,其根底在于地理风土和生物学上的感情。这种朴素之爱本身并非政治和经济性的东西,思念家乡的感情也非排斥别国,故没有可以非难的地方。它与现代国家的爱国心不同。对西方的少男少女来说,他们所受的社会教育是要忠诚于国民所属的国家,国家要求他们的义务乃是按照政府的命

---

① 周作人:《留学的回忆》,收《药堂杂文》,石家庄:河北教育出版社,2002年,第99页。
② 陈子善、张铁荣编:《周作人集外文》,海口:海南国际新闻出版中心,1995年,第23—24页。

令行动。……国家一定会努力使国民相信,本国发动的战争并非要占领他人的土地,而是为了传播文明和福音。为把基于此种立场的国家主义者所期望的爱国心灌输于民,国家必定要利用民众的褊狭气质和情绪。这是掌握国家利益者造出的最为恐怖的现代之恶的根源。"①罗素的观点,可以说代表了当时西方有识之士对导致一战期间西方内部国家主义甚嚣尘上而铁血战争造成大量牺牲的反思。周作人应当也是在这种思潮脉络中,注意到"爱国心"与"乡土爱"之间区别的。

实质上,这里同时涉及了国家和个人的关系问题。正如同时期的鲁迅确信欧洲列强的爱国包含着"兽性"而追赶欧洲的中国也难免存在"奴隶性",必须首先"尊个性而张精神"②一样,周作人亦对西方"奴于主人"的爱国者之"忠爱"③不以为然,坚持对国家的认同必须同时确保独立健全的个人之养成。直到抗战爆发后落水附逆为止,他在处理两者关系时,基本上保持了一种理智而非偏于一端的态度。坚持个人独立和思想自由是如何的重要,我们看周作人在"五四"后"非基督教同盟"运动中的态度就可以明白。而就如何理解国家和个人的关系问题,他于1925年所著《与友人论国民文学书》中,有最清楚的表明。文章肯定提倡"国民文学"的极其正当,认为这"不过是民族主义思想发展到文学上来罢了"。但强调:"提倡国民文学同时必须提倡个人主义,我见有些鼓吹国家主义的人对个人主义竭力反对,不但国家主义失其根据,而且使得他们的主张有点宗教的气味,容易变成狂信。这个结果是凡本国的必好,凡别国的必坏,自己的国土是世界的中心,自己的争战是天下之正义,而犹称之曰'自尊心'。"可见周作人担心的是民族主义可能走向国家主义的褊狭,而失去正义和个人的自由。因此他坚持"我们所要的是一切的正义,凭了正义我们要求自主与自由,也正凭了正义我们要自己谴责,自己鞭挞","这才有民族再生的希望"④。

可以说,对于"爱国心"的警惕和"乡土爱"的肯定,是周作人民族国家意识一以贯之的两面,使他在和平时期既保持了思想自由的原则和对现代中国的基本认同,又不至于滑落到激进民族主义的境地。只是到了投敌附逆的20世纪40年代,周作人已然在政治上再无"爱国心"可言。不过,我感觉在他所著大量回忆儿时记忆,记述乡土风习、传统名物的文章中,实际上是把自己对国家的情怀下沉到乡土爱的世界,从中寄托着自己的家国想象。⑤ 那么,如何理解周作人对"爱国心"之相对主义的态度?如何解释他战争期间在政治上背离基本的国家认同而在文化思想上又表现出某种"文化抵抗"式的民族意识呢?这恐怕不仅仅与他对国家与个人关系的认识有关,还联系着他对政治国家与"文化民族"关系的理解,需要我们做进一步深入的观察。

从整体上观之,我认为周作人这种对国家与个人相对化的理解,包括对极端民族主义的警觉,有着深刻的思想内涵。我们知道,民族主义或者"爱国心"因各国各地区历史情境的不同,曾经发挥过不同的作用。例如,一战之后威尔逊和列宁都曾提出"民族自决"的原则,这激发起殖民地人民的民族主义。而在二战后世界范围内的民族独立和殖民地解放运动中,被压迫民族所拥有的爱国心和民族主义情绪曾经发挥过巨大的解放作

---

① 转引自高桥哲哉:《教育与国家》,东京:讲谈社,2004年,第59—60页。
② 《鲁迅全集》第1卷,北京:人民文学出版社,1981年,第57页。
③ 见《中国人之爱国》,收陈子善、张铁荣编:《周作人集外文》。
④ 周作人:《与友人论国民文学书》,收《雨天的书》,石家庄:河北教育出版社,2002年,第23页。
⑤ 如《禹迹寺》(1939)、《上坟船》(1940)、《苏州的回忆》(1944)、《雨的感想》(1944)等。

用。另一方面,民族主义又必然带有排他性,甚至成为极端的国家主义者消灭异己并将国家暴力正当化的工具,这也是事实。我们今天观察周作人的民族国家意识,也应该辩证地历史地给予理解和批评。例如,周作人一贯强调个人意识和民族意识的同时发达,才能造成"真正的国家主义"①。这样的观点具有相当的正确性,但当民族遭遇外敌侵略而达到生死存亡的时刻,该如何处置"个人"以服从国家一致对外的要求?这是个体必须面对的实际问题,周作人在这种大是大非问题上是否有判断的错误?此问题将在后面做进一步分析。

三、外部民族国家的存在与周作人国家意识的形成

考察周作人民族国家意识的形成及其特征,还有一个方面值得关注。那便是从青年时代开始,他就始终注意19世纪以来欧洲大陆弱小民族包括斯拉夫民族的衰亡历史,还有新希腊的被征服命运、印度的亡国亡种,乃至朝鲜半岛的被殖民历史等,从而激发起自己的国家认同和民族意识。如前所述,一个国家的存在是以外部有别的国家存在为前提的,而霸权国家在征服世界的过程中必然要唤起被征服民族的国家意识。这也可以用来解释周作人不断关注外部的民族国家之情形的原因。另外,所谓的"外部民族国家",还包括征服民族即帝国主义殖民国家。就是说,还有一条促使周作人国家意识觉醒的线索,即西方列强特别是帝国主义日本的存在。以往,我们多注意周作人一生对日本文化和国民性的赞美,却很少关注他未收入文集的大量时事评论性的日本批判文章,而有人把他投靠日本侵略者的原因甚至归咎于其对日本美的迷醉。其实,20世纪20年代以来日本国家及拥有殖民主义思想之国民的种种恶劣行径,乃是激发周作人国家认同的另一源头。我们只有从这两个方面观察过去,才可能更清楚地看到他民族意识形成的轨迹。

1908年所刊长篇论文《论文章之意义暨其使命因及中国近时论文之失》,周作人采取的是与鲁迅基本相同的思想立场和论述角度:文学是国民精神的表征,民族复兴既靠工商也需文学以振兴国民的精神。值得注意的是,文章开头周作人讲"美大"之国民的养成需要质体和精神两方面的发达,而在"国民"一词后面又特别注明为英语的 nation 并强调"义与臣民有别"。就是说,这时期他已经接触到源自西方的国民概念,此"国民"与以往君臣主奴关系之下的"臣民"不同,是暂时将自然权利让渡给政府而依然是主权在民之现代国家的国民。这一点,与前面所言周作人的民族国家意识始终保持着权衡国家与个人之关系的张力有关。正是在这样一种放眼世界的视野之下,他于讨论复兴文学以筑就新的国民精神的同时,关注到欧洲弱小民族虽国家消亡而民族精神尤在的现象。文章在论述文学为何之前,用相当篇幅历数欧洲大陆民族国家兴亡的史实,包括埃及、希腊和斯拉夫系统的俄国、波西米亚、塞尔维亚、克罗地亚、波兰、保加利亚诸国,强调这些民族国号虽亡而文化犹存,故依然有拯救的希望。中国的问题则在于,自孔子删诗以来文之凋敝久矣,而国民精神的委靡不振更是眼前的事实,因此必须振兴文学以"补救"精神的衰微。②

同样的议论还见于以波兰、印度为例的《哀弦篇》(1908)。这里,我要强调的是,青年周作人正是在这种关注外部民族国家兴亡历史的过程中激发起自己的民族危机意识的,

---

① 参见周作人:《潮州畲歌集序》,收《谈龙集》,石家庄:河北教育出版社,2002年。
② 参见周作人:《论文章之意义暨其使命因及中国近时论文之失》,收陈子善、张铁荣编:《周作人集外文》。

这成为他此后一生国家认同的坚实基础。而到了20世纪20年代以后,在中国已经具有现代国家的基本形态而外部列强尤其是日本帝国的威逼愈发严重的时候,周作人更把目光转向文化和国土上紧密相连的被征服民族朝鲜。1926年年初,看到《读卖新闻》两则有关朝鲜人的消息,即朝鲜总督府中枢院议长李完用病逝而日本天皇赐酒慰问和欲暗杀天皇的在日朝鲜人朴烈将被审判,周作人与日本新闻的舆论相反,认为李完用只是将朝鲜卖给日本的逆子而朴烈才是民族的忠良。尤其是在反抗殖民统治的朴烈身上,他看到了朝鲜民族的可贵精神。周作人于表示敬重的同时,更深切地表达了对中国危机的忧虑:

> 朝鲜在日韩合并的时候固然出了不少的逆徒,但是安重根、朴烈,以及独立时地震时被虐杀的数百鲜人,流的报偿的血也已不少了,我对于这亡国的朝鲜不能不表示敬意,特别是在现今的中国,满洲情形正与合并前的朝鲜相似,而政客学者与新闻界的意见多与日本一鼻孔出气,推尊张吴,竭力为他们鼓吹宣传的时代。我相信中国可以有好些李完用,倘若日本(或别国)有兴致来合并中国,但我怀疑能否出一两个朴烈夫妇。朝鲜的民族,请你领受我微弱的个人的敬意,虽然这于你没有什么用处。①

周作人接下来补充说:"日本为生存竞争计不得不吞并朝鲜,朝鲜因为孱弱或者也总难保其独立,但我对于朝鲜为日本所陵践总不禁感到一种悲愤。中国从前硬要朝鲜臣服,现在的爱国家也还有在说朝鲜'本我藩属'的人,我听了很不喜欢。"对于民族独立的尊重和对中华帝国曾经有过的沙文主义之自我批判,都显示出周作人理性清明的态度和充分的国家认同。虽然,十几年之后他本身亦不幸而成了与李完用相仿佛的与敌合作者,但至少在当时他对殖民统治下的屈从和抵抗,是有着鲜明的道德判断的。他无疑坚定地站在为民族独立而敢于抵抗殖民者的那些人士一边。而朝鲜的命运也就预示了中国的悲观前景:在帝国主义称霸世界的弱肉强食格局中,弱势国家必然处于被征服和被殖民的境地。如果连反抗的精神也丧失掉的话,那么亡国亡种的命运将不可避免。而九一八事变发生一个月后所写《朝鲜童话集序》,在强调朝鲜的艺术有其研究价值时,周作人更借题发挥讲到自己对民族国家的危机意识:

> 中日韩的文化关系是久矣夫的事情了,中日韩的外交纠葛却也并不很近。清末章太炎先生亡命日本东京,常为日本人书《孟子》一段曰,"逢蒙学射于羿,尽羿之道,思天下惟羿为愈己,于是杀羿",可以说是中国知识阶级对于日本的最普通的感想,正如新希腊人之对于西欧的列强一样。……埃及、亚剌伯、印度、希腊、中国,都有同一的使命和运命,似乎不是新奇的偶然。日本之于德意志可以说是有杀羿的意味,对于中国仿佛暴发人家子弟捣毁多年的饼师老铺……捣毁饼店是一事实,暴发子弟与饼师的关系也是一事实,在人智未进的现在两帐只能分算,虽然这样办已经不是很容易的事情。在平壤、仁川、沈阳、锦州大暴动之后,来检点日韩的艺术文化,加以了解和赏识,这在热血的青年们恐怕有点难能亦未可知,但是我想这是我们所应当努力的。②

---

① 周作人:《李完用与朴烈》,收《谈虎集》,石家庄:河北教育出版社,2002年,第46页。
② 周作人:《看云集》,石家庄:河北教育出版社,2002年,第95页。

1926年前后,周作人的国家认同和民族意识达到了一个高峰。东北四省局势的骤变更使他将目光集中到被殖民的朝鲜半岛,并强烈意识到本国的危机。而无论是朝鲜被殖民的悲惨还是中国民族的危机,背后根本的原因就在于奉行殖民主义扩张政策之日本的存在。实际上,周作人在谈论朝鲜的时候已然将批判的矛头直接指向了日本帝国,甚至看到了帝国主义"为生存竞争计"必然走向对外扩张和殖民侵略的本质属性。虽然,他依然坚持在研究"日本"时,有将政治外交上作为霸权国家的日本和文化历史上作为艺术民族的日本分开来的必要,从而显示了他此后研究日本的基本路径。这里,有必要大致清理一下周作人20世纪20年代以来对日本国家,特别是其"马前卒"的大陆浪人和支那通的严厉批判,以便进一步理解他国家意识的形成①。因为对帝国主义列强征服行径的批判,作为两条关注外部民族国家的视线之一,正是周作人前期国家认同和民族意识得以凝聚和形成的关键。

　　现代中国的发展和国家建设始终受到日本帝国主义的压迫。甲午战争的沉重打击自不待言,第一次世界大战后日本对华实行的所谓强硬政策,虽在中国的五四运动到大革命时期有所缓和,但1928年国民政府成立之后,其对中国强势威逼的态势愈演愈烈,直至1937年挑起全面侵华战争,这是中日关系史上最黑暗的时期。日本的威逼使中国两次痛失现代化"崛起"的机会(洋务运动后民族工业的崛起和国民政府期间经济的大发展)②。周作人则自20世纪20年代以来,对在华的日本大陆浪人和支那通维护本国殖民主义政策并为中国腐败势力张目的言行多有批判。比起从关注弱小民族的命运所激起的爱国意识来,周作人从对日批判中所升发的中国认同感要更为深刻而理智,甚至获得了对帝国主义霸权争夺世界之弱肉强食本质的认识。

　　所谓"大陆浪人"是指近代以来在中国活动的一批日本民间人士,他们多为国家主义者,有的甚至从事与日本政府对华政策有关的秘密谍报工作。高柳光寿等编《日本史辞典》更明确指出:20世纪20年代以后的大陆浪人多是与军部勾结而在华推行其军事行动的爪牙,他们利用日本人的特权谋取利益或进行欺诈性商业活动等,在亚洲各地随心所欲地从事犯罪行径。③ 所谓"支那通",乃是随着日本资本进入中国和现代新闻出版业的发达而应运而生的一批从事中国翻译和介绍的民间人士。他们凭借一知半解的中国知识为日本各路势力进入中国献计献策,与其说要真正了解中国,不如说是借中国知识而达到谋生获利的目的。这两类人等未必能代表那个时代日本国民的整体,却从一个侧面反映了日本军国主义大陆侵略政策所造成的恶果。而周作人从他们身上不仅看到了殖民主义的本质,更增强了自己作为"中国人"的自觉与自尊。例如《日本浪人与顺天时报》一文,周作人在揭露大陆浪人的种种恶劣行径、历数自己对日本民风习俗文学艺术的爱好后写道:

　　　　是的,我能够在日本的任何处安住,其安闲决不下于在中国。但我终是中国人。中国的东西我也有许多是喜欢的,中国的文化也有许多于我是很亲密而舍不得的。或者我无意地采集两方面相近的分子而混合保存起来,但固执地不可通融地是中国的也未始没有:这个便使我有时不得不离开了日本的国道而走自己的路。这即是三

---

① 详细的论述,参见拙著《周氏兄弟与日本》,北京:人民文学出版社,2011年,第236—259页。
② 参见拙文《观察中日关系的阔大视野》,收《转向记》,北京:中央编译出版社,2011年。
③ 高柳光寿、竹内理三编:《日本史辞典》,东京:角川书店,1974年。

上博士所说幸亏日本没有学去的那个传统的革命思想。因为这个缘故,无论我怎样爱好日本,我的意见与日本的普通人总有极大的隔阂,而且对他们的言动不能不感到一种愤恨。愤的是因为它伤了我作为中国人的自尊心,恨的是因为它动摇了我对于日本的憧憬。……①

这里,一方面,周作人明确表达了"作为中国人的自尊心",即对国家与民族的认同。而当1927年《顺天时报》曲解并辱骂李大钊之际,更使他的愤怒达到顶点,甚至一反自己先前对民众"排日"的怀疑态度,主张"为中国前途计,排日又别是绝对的应该与必要了"②。另一方面,周作人在批判日本殖民主义的同时,也加深了对中国革命的认识。1925年孙中山逝世后,他就曾发表饱含感情的悼念文章,径直称孙中山为"中国民族解放运动上"伟大的民族主义者,"中华民国"四个大字就是对他四十年来革命事业"最大的证据与记念"。③

而1927年8月发表的短文《可怕也》,则最直接地反映出周作人的国家危机意识。当大革命之后国民党在南京成立国民政府,南北分裂的局面愈发深刻之际,日本人则鼓动南北谋妥协以保存自己的在华利益。周作人以严厉的言辞抨击道:"日本对中国出兵,以出兵扰乱中国;日本为中国谋妥协,又即以妥协扰乱中国。中国的祸乱与和平几乎无不与日本有关系,又几乎无不于中国有害而于日本有利。日本真是可怕的国,对于中华民国与中国民族之生存真是一个极大的威吓(Menace)。"④如前所述,帝国主义的征服必定会激起被压迫民族的国家意识。周作人自己后来也强调:"日本的那种种行为对于中国实在也不全是无益的。一盘散沙似的中国民族近来略略养成了一点民族思想国家观念,这都是受日本之赐。"⑤

我感到,日本这个内在于周作人深层精神世界中的民族,它本身不仅是一个巨大的矛盾,也造成了热爱其文化艺术与痛恨其恃强凌弱的人之一生的矛盾。一段时间里,周作人试图将日本历史上优美的文化与现实中帝国主义的行径"两帐分算",在警惕和抨击它对中国的霸道行径同时,去亲近和鉴赏它的艺术美。但这种文化与国家相割裂的态度终将难以维持到底,故在抗战爆发前夕他不得不在"精神和历史相分裂的状况下"⑥中断其日本谈议。可以说,周作人的成功与失败、爱国与叛国,都与这个"日本"深深关联在一起,成为他命运的一个符咒。需要强调的是,以往常有人批评周作人的投敌附逆在于其国家意识的淡薄和自私自利,其实直到抗战之前,他的民族意识和国家认同远远要比一般中国知识分子强烈得多。也因此,战争爆发之后他的急遽转向就特别耐人寻味,其中必有不得已的个人原因和深层的思想理路。而从"民族国家意识"的角度来思考,他对作为政治国家的中国实力之绝望与对作为文化民族之中国的退守,恐怕是其更深层的原因之一。

---

① 周作人:《日本浪人与顺天时报》,收《谈虎集》,第322页。
② 周作人:《排日评议》,收《谈虎集》,第330页。
③ 周作人:《孙中山先生》,收《谈虎集》,第176页。
④ 周作人:《可怕也》,收陈子善、张铁荣编:《周作人集外文》,第239页。
⑤ 见陈子善、张铁荣编:《周作人集外文》,第466页。
⑥ 木山英雄:《文学复古与文学革命》,赵京华编译,北京:北京大学出版社,2004年,第356页。

四、对政治国家的失望与对文化民族的退守

日本学者西村成雄在有关20世纪中国制度史的著作中,从政治空间和国家凝聚力的视角指出:辛亥革命以来的现代中国存在两个交叉的"政治空间"和两种民族主义,在此基础上形成的国家其建构方式和过程与一般的民族国家多有不同。所谓两个政治空间,即以直到清朝为止的原有之疆土、文化与传统思想所构成的"中华世界",和以辛亥革命为起点的现代民族国家之"政治空间"。所谓两种民族主义,即源自"中华世界"的"中华民族式民族主义"和源自"中华民国"的"民族国家式民族主义"。而这两个空间和两种民族主义,是贯穿20世纪中国"救亡图存"的政治动机的源泉。[①]

西村成雄的议论实质上涉及民族国家建设过程中民族主义的两个来源问题。就现代中国的实际而言,其国家凝聚的基础——民族主义可以划分出两种类型,即基于对"中华民国"(现代国家)的认同和基于对"中华世界"(文化传统)的认同而产生的民族意识。按照西村成雄的理解,这两种民族主义是相互交叉彼此通连的,但当国家民族遇到生死存亡的关头,例如在1915年前后日本对中国强迫要求"二十一条"和1931年制造"九一八事变",由此掀起五四运动和抗日民族统一战线两个民族主义高涨的时期,"中华民族式民族主义"乃是更具超民族超党派政治而能实现广泛的社会动员的政治力量。

上述议论,直接与周作人战前的国家意识和战争期间的"文化民族主义"立场相关联。如前所述,周作人在抗日战争爆发前对中华民国所代表的"国家"拥有基本的认同,其民族意识也随着对弱小民族的关注和对日本帝国主义的批判而逐步高涨。然而,无论是对辛亥革命以来军阀混战时期的各类政府,还是对南京时期的国民政府,周作人都一直保持着怀疑和批判的态度,对遭受政府压制的共产党则比较亲近。[②] 这源自他一直以来既保持着对国家的基本认同,同时又坚守个人独立的自由主义立场。如前所述,现代中国的民族国家建设因外部的干扰和内部的混乱始终处于未成熟的状态之下,内部的军阀混战和革命的此消彼长,导致一个稳定的完整代表国家行使权力的政府难以形成。周作人于思想立场上一直对政府保持批判的态度,原因也在于此。例如,1925年前后北京发生大规模学潮而北洋政府直接介入教育,还有北方的讨赤和南方的清党等愈演愈烈的时候,周作人都坚持站在社会舆论一边,其思想自由、反抗专制的倾向影响到他对国家本身的过分接近。

"三·一八"惨案发生之际,周作人致全体遇难者的挽联甚至写道:"赤化赤化,有些学界名流和新闻记者,还在那里诬陷。白死白死,所谓革命政府与帝国主义,原是一样东西。"[③]他一方面抨击知识阶级没有起到社会良知的舆论监督作用,给国家机器以实施暴力的机会,另一方面,揭露以军阀政客所组成的政府没能行使正当的国家行政权力,反而枪口对准了民众。可以说,此时的周作人对政府的失望和不信达到了相当的程度,也使他看到了现代中国"国家"的巨大缺陷。换言之,从关注外部弱小民族命运和批判日本帝国主义的视线中所凝聚起来的民族国家意识,并没有通过对内部的政府之认可而稳固下

[①] 西村成雄:《20世纪中国政治空间——中华民族式民族国家的凝聚力》,东京:青土社,2004年,第22—24页。
[②] 徐淦在《忘年交琐记》中提到一个传闻:抗战结束后有人求蒋介石特赦周作人,但蒋介石说:"别人可赦,周作人不可赦,因为他亲共。"(陈子善编:《闲话周作人》,杭州:浙江文艺出版社,1996年,第130页)
[③] 见周作人:《关于三月十八日的死者》,收《泽泻集》,石家庄:河北教育出版社,2002年,第62页。

来,"民族国家式民族主义"并未完全成为周作人国家意识的基础,这影响到他20世纪30年代后逐渐向"中华民族式民族主义"的靠近。

20世纪30年代的中国社会,一方面是军事、经济、文化有了很大发展。国民政府成立后推行和实施了一系列发展民族经济的政策,到1936年中国的工业发展达到了近代以来的高峰。"南京十年"以民族经济为支撑的现代中国其主权国家的建设已经初具规模,国民的国家意识也随之提高,这成为中国抗战得以坚持到底的现实基础。另一方面,是自"九一八"事变之后日本侵略中国的步伐日益加快,成为中国国家建设的最大障碍。而在强大的日本面前,中国军事、经济实力的严重不足又暴露无遗。余英时指出:"在30年代国民党北伐后,好像形成了一个政治中心。那时的知识界多少也有一些共同的看法,想建立一个现代的国家和社会秩序。然而,国民党的'一党专政'和坚持'思想统一',使它和知识界的人疏离了。因此双方没有达成融合的共识。不过无论如何,朝野之间大体上有一种默契,即依照英、美的模式,在现有社会体制的基础上逐渐推动现代转化。所以不少知识领袖肯毅然到南京参加政府工作。这其间有一个极重要的共识,即中国人必须团结起来,建立一个富强的国家,才能抵抗日本的侵略。"①

那么,周作人又如何呢?"九一八"事变一个月后,他曾到北京大学学生抗日救国会发表讲演《关于征兵》,一反平日文人谈议的作风而讲起实施征兵制度的必要。他的理由是不应相信"公理"而必须依靠"实力"才能抗御外敌,这涉及现代民族国家的基本制度建构。众所周知,现代国家因外部有别的国家存在(威胁)而产生,对内它要求国民的均质划一,对外特别是战争爆发之际则必采取"全民皆兵"的态势,因此征兵制乃是现代国家建制的基本之一。周作人强调,实行征兵制既有老百姓少吃苦和可以减少内乱的好处,也有需要教育制度和国力等配套而难以实现的问题。但无论如何必须承认"修武备,这是现在中国最要紧的事,而其中最要紧的事则是征兵"②。

然而,周作人也看到了当时国家的另一面,即面对帝国主义列强中国是否有军事、经济上的实力与其海上一战。1934年在《弃文从武》一文中就指出:"我的意思第一是想问问对于目前英日美的海军会议我国应作何感想?日本因为不服五与三的比例把会议几乎闹决裂了,中国是怎样一个比例,五与零还是三与零呢?……据我妄想,假如两国相争,到得一国的海军歼灭了,敌舰可以靠岸的时候,似乎该是讲和了罢?"③这里,所谓的"五与三"是指1922年华盛顿裁军会议签署的英美日主力舰保有数5∶5∶3比率。而始于1930年断续进行的伦敦海军会议则试图调整上述比率,结果因各方的意见分歧不欢而散。就是说,20世纪30年代以后周作人面对日本帝国主义加紧威逼的局面,开始多从国家实力的角度思考现实问题,但其结果不是增强而是弱化了他对作为政治国家之中国的期望。所谓政治国家,是指在军事、经济、文化实力支撑下全体国民有了强固统一的政治意识,在世界格局中能够清楚地定位自己国家走向并获得一种文化身份的认同。然而,这一切条件在30年代的中国还远远没有具备。这是周作人抗日战争前持有"中国必败论"的根据。

从现实主义和国际上各国力量对比的角度观之,当时中国的国家实力的确还无法与

---

① 余英时:《现代儒学的回顾与展望》,北京:生活·读书·新知三联书店,2012年,第25页。
② 周作人:《关于征兵》,收《看云集》,第146页。
③ 周作人:《弃文就武》,收《苦茶随笔》,石家庄:河北教育出版社,2002年,第121页。

列强抗衡。因此,周作人得出若海上一战则中国必败的结论,也情有可原。以往,人们认为这个"中国必败论"是导致周作人附逆投敌的政治原因。不过我要强调,这可能是一个原因,但并不说明他就此完全失去了国家观念和民族意识。例如,他在抗战爆发前夕所作《自己所能做的》一文中就明确表示:"凡是中国人不管先天后天有何差别,反正在这民族的大范围内没法跳得出,固然不必怨艾,也并无可骄夸,还须得清醒切实的做下去。国家有许多事我们固然不会也实在是管不着,那么至少关于我们的思想文章的传统可以稍加注意,说不上研究,就是辨别批评一下也好,这不但是对于后人的义务,也是自己所有的权利。"①我的判断是,自20世纪30年代以后周作人对政治国家中国确有失望,也因此他的国家认同和民族意识开始逐渐转向了文化历史的方面,或者说他的思考从"实力国家"的角度逐渐转向了"文化国家"的方面。而战争期间,他重提儒家文化并强调汉文学的传统来抵制日本侵略者以"大东亚共荣"为目标树立"中心思想"的叫嚣,则可以视为这一转向的延伸。

周作人从"文化国家"的角度思考民族主义的凝聚,其最典型的表现是在1936年与胡适讨论国语与汉字的通信。自晚清以来作为现代民族国家建设的一环,国语改造始终是一个倍受关注的问题。周作人早年也曾持有激进的语言改造论包括废除汉字采用拉丁语乃至世界语等,但"五四"以后他又是最早意识到语言文字本身的复杂性和历史性、古文的现代价值乃至汉语在凝聚国民感情统一思想方面之作用的一个文学家。1922年所著《国语改造的意见》便指出:"到了近年再经思考,终于得到结论,觉得改变言语毕竟是不可能的事情,国民要充分的表达自己的感情思想终以自己的国语为最适宜的工具。"世界语可以作为"第二国语",但是"至于第一国语仍然只能用那运命指定的或好或歹的祖遗的言语;我们对于他可以在可能的范围内加以修改和扩充,但根本上不能有所更张"②。

周作人上述对于国语历史性和实用性的认识十分重要,不仅符合文明古国向现代民族国家转变之际如何重建国体、国民、国语之三位一体制度体系的要求,而且直接联系着他20世纪30年代之后以汉语来维系中国民族感情上之统一的观点,以及40年代后其"文化民族主义"思想立场的形成。这里,我们将对以下三篇重要文章做些解读,即《国语与汉字》(1936)、《汉文学的传统》(1940)与《汉文学的前途》(1943)。三篇文章的时间跨度不长,但前一篇与后两篇之间却横亘着中国现代史上最大的民族国家危机,后两篇之间则是周作人出任伪职到被淡出伪政府官场的时期,可谓他个人经历中最为曲折也最遭诟病的阶段。然而,三篇文章的思想观点跨越了历史时间而保持了明确的一致性,即避开政治上的"实力国家"不谈,坚持从历史、语言的"文化"角度重新定义"文化中国"的疆界,坚持从语言文字角度去维护中国历史文化的同一性和连贯性,以达到强化中国人民族国家意识的目的。实际上,这是他始终坚守的"中华民族式民族主义"的一种立场。

在致胡适的信《国语与汉字》③中,周作人首先提出:"现在要利用国语与汉字,就是这个意思。用时髦的一句话说,现在有强化中国民族意识之必要,如简单的说,也就只是希望中国民族在思想感情上保持一种联络。"这里的"中国民族"无疑是一个新的说法,它

---

① 周作人:《自己所能做的》,收《秉烛后谈》,石家庄:河北教育出版社,2002年,第5页。
② 周作人:《国语改造的意见》,收《艺术与生活》,石家庄:河北教育出版社,2002年,第53页。
③ 周作人:《国语与汉字》以及胡适的复信,均载1936年6月28日《独立评论》第207号。

在周作人的上下文中意味着什么?

> 我不说汉民族,因为包括用中国言语的回、满、蒙人在内,不说中国人,因为包括东四省、台湾、香港、澳门的人在内。虽然有些在血统上并不是一族,有些在政治上已不是一国,但都受过中国文化的陶冶,在这点上有一种重要的连结,我就总合起来纳在中国民族这名称里面。

这正是一个"文化中国"的边界或概念,比政治国家的"中国"所及要远为广大,它并非以主权管辖的范围为疆界,而是以汉语言文字的使用为范围。这个"文化中国"超越于作为现代主权国家的"中国"之上,可以把暂时在政治上分离的中国人民连接起来,形成一种文化上的"中国"认同。在此,周作人又从政治和文化两方面进一步分析中国的现实,强调东北四省的分离与台湾一样完全是帝国主义的武力所造成而非人民的自决,因此也只有靠武力来收复。但是,"政治上分离的,文化以至思想感情上却未必分离"。前者要靠国家的实力,而后者则作为知识分子可以从我做起。即"把诚实的自己的意思写成普通的中国文,让他可以流传自西南至东北,自西北至东南,使得中国语系统的人民可以阅读,使得中国民族的思想感情可以联络一点,未始不是好事。"周作人清楚单靠汉语言的文章未必能"替代武力而奏收复失地之功",但思想感情得到统一,就可以为国家再造打下基础。①

周作人政治与文化二分的方法实在是一种无奈之举,正如他对作为政治国家的中国其实力不敌强敌日本而无可奈何一样。但他并没有绝望,而是把思考的视野从政治转移到文化方面,并试图从文化的根本即语言文字上寻找"中国民族"的认同基础,这不可不谓其用心良苦。换言之,周作人不但没有对"中国"失去信心,反而在文化上表现出强烈的国家观念和民族意识。尤其重要的是,这种观念和意识并没有因为1940年他成为"伪职人员"而有所改变。当然,日伪时期的周作人能否称得上"文化爱国者"或"文化抗日者"②另当别论,但自20世纪30年代以后逐渐转向"中华民族式民族主义"的方面,从而形成了自己一套拥有连续性的"文化民族主义"思考,则是毋庸置疑的。例如,写于40年代的《汉文学的传统》和《汉文学的前途》的两文,它们不仅表达了作者从汉语言文字出发建立中国文化本位的思考,而且其内在理路直接与战前的思想相连接。《汉文学的传统》开篇讲到为什么要以"汉文学"代替"中国文学"的概念:

> 中国人固然以汉族为大宗,但其中也不少南蛮、北狄的分子,此外又有满、蒙、回各族,而加在中国人这团体里,用汉字写作,便自然融合在一个大潮流之中,此即是汉文学之传统,至今没有什么改变。

这与《国语与汉字》中对"中国民族"的定义基本一致。周作人所强调的依然是不以民族来划分、不以主权国家的管辖区域为疆界,而是从汉语言文字之使用范围确定"文化中国"的内涵。由此可以把政治上暂时分离开来的中国人包含在内,从而形成文化上的一种联络和认同。他认为,这个历史上形成的以汉字为书写工具的文学传统至今没有改

---

① 胡适在同期《独立评论》的回复中,对周作人的观点表示完全赞同:"但在这个我们的国家疆土被分割侵占的时候,我十分赞成你的主张,我们必须充分利用'国语,汉字,国语文这三样东西'来做联络整个民族的感情思想的工具。"

② 董炳月:《周作人的"国家"与"文化"》,《中国现代文学研究丛刊》2002年第3期。

变,思想上之儒家人文主义,形式上之汉字书写,构成了这个文学传统的根本,它需要我们维护和发扬光大下去。而稍后所写《汉文学的前途》则在表达了相同意思之后,特别加了一个"附记"以说明思想动机:"民国二十九年冬曾写一文曰《汉文学的传统》,现今所说大意亦仍相同,恐不能中青年读者之意,今说明一句,言论之新旧好歹不足道,实在只是以中国人的立场说话耳。"在敌寇占领的沦陷区,能从周作人口中说出"中国人的立场"来,的确难能可贵!这至少表明,在那样复杂的背景下他依然对"文化中国"有坚定不移的认同。他甚至表示"中国民族被称为一盘散沙,自他均无异辞,但民族间自有系维存在,反不似欧人之易于分裂,此在平日视之或无甚足取,唯乱后思之,正大可珍重。……反复一想,此是何物在时间空间中有如是维系之力,思想文字语言礼俗,如此而已。"可见,他对基于汉语言文字的中国文化其信心是坚定不移的。他甚至讲:"中国文学要有前途,首先要有中国人。"①即,民族文化的身份认同至关重要。

战争时期周作人对于"文化中国"统一性的强调,其"中华民族式民族主义"的倾向不仅表明他的国家观念和民族意识并没有完全丧失,而且也是他与敌人虚与委蛇并进行消极之"文化抵抗"的基础。例如,1942 年在接受日本记者采访时,他甚至把"文化"提高到"国防机关"的高度,而坚持"中国人"的身份不能人为地抹消掉。

> 故将日本人特有的心理即所谓日本精神强加于支那人,或者试图把支那人日本化,这种想法是无济于事的,反而有可能酿成弊害。……考察日本和支那的交涉史,就可以明白"唐物"的输入是如何促进了日支的亲善,包括汉字的输入给日支亲善带来的效果。经济交流与文化交流要同时进行。这里,经济交流问题暂且不论。一国文化进入他国乃是一种和平的进驻,即和平的征服。然而,这种征服因为对被征服者施有恩泽,故反而受到对方的感谢和尊敬。对方心悦诚服。从这个意义上讲,文化是最有力的国防机关。②

这里,虽然不免弥漫着傀儡政权教育督办的官僚口气和虚幻的"主体性"感觉,然而,面对占领者一方的日本人采访者,周作人如此强调中日两国民族性的"特异",并坚持文化的征服必须是"和平的进驻",甚至将"文化"提升到"国防机关"的位置上,则是异乎寻常的。将此与他抗战前夕所言从语言文化上维系"中国民族"思想感情之统一的观点联系起来观之,则显而易见其"文化"的视角依然是他观察问题做出判断的基本逻辑起点,虽然眼下的时势与此前已大不相同。这的确可以视为一种大胆而曲折的"文化的抵抗"。假如再考虑到周作人后来所说的沦陷区人民处于"俘虏的地位上"这一事实,则将"文化"作为沦陷时期自己思想文章的议论中心,实在也是不得已而为之的文人韬略。

五、如何面对代表全国民的"国家之大法"

然而,文化上的中国认同不能完全代替政治上的认同,"文化的抵抗"也必须有政治上的远见卓识作为依托。换言之,一个国民的民族意识和国家观念应该包括对"政治国家"和"文化国家"两方面的判断。我们强调周作人的民族国家认同有一个将重心从"政治"方面向"文化"方面转变的过程,承认他即使到了战争时期依然没有完全丧失国家观

---

① 周作人:《汉文学的前途》,收《药堂杂文》,石家庄:河北教育出版社,2002 年,第 33 页。
② 后藤末雄:《访周作人》,收方纪生编:《周作人先生的事》,东京:风光馆,1944 年,第 66 页。

念和民族意识,依然保持着"文化民族主义"的倾向。但是,必须指出他的认同是不完整而存在缺陷的,即没能从政治和文化两方面去辩证地认识国家的性质。从中日战争的最终结果上观之,周作人对中国人民抵御外辱的坚忍实力的确估计不足,这是他政治判断上的最大错误。而当中国历经八年浴血奋战终于获得胜利的时刻,曾经出任伪政府要职的周作人也便迎来了作为实体之中国的国家审判。

不过,在抗日战争爆发前后,一段时间里周作人对国家实力或政治的方面也不是完全没有关注。例如,1936年年底发表的《谈东方文化》一文就指出,日本近代接受西方的物质文明,而现实中的中国其所谓的"东方文化"也在消失,结果都只剩下了物质文明。因此周作人强调:"我觉得可以声明说,东方文化是早已死绝了,在中国和日本都一样的没有,大家还是老实的凭了物质文明亦即是力来硬挺,且莫说所谓文化,强者说了是脏,弱者说了也不免是丑。"①在此,他似乎对"文化"也失去了信心而更强调实力的较量。抗战开始不久,他与日本两位旧友的交流也反映了这样的态度。1937年8月12日,在接受日本改造社社长山本实彦采访时:

> 他谈到,无论哪一方的国家,如果能有一两个不为现实所束缚,具有远大谋略的政治家出现才好。我想再深入探问一下这话的涵义,但立刻止住了。因为他每提到政治都是一幅一言难尽的样子。不过,他却清楚地断言如今中国必须承认力之哲学。②

这是山本实彦的回忆。它至少可以说明在抗战之初的一段时间里,周作人不得不面对"国家"间发生的侵略与反侵略战争的现实,甚至试图从"国家"实力的角度来思考事态的发展和结局,虽然"具有远大谋略的政治家出现才好"一句,也可能是对日本访谈者的敷衍搪塞。而"如今中国必须承认力之哲学"又意味着什么?考虑到从"七七"事变到"八一三"上海战事发生期间中国军民浴血奋战的事实,我们可以理解为这是周作人对全国抗战的一种肯定,武力的侵略必须以武力来抵抗,文化和个人只能依靠"国家"民族共同体才能达成抵御外辱的目的。而1938年4月,当读到武者小路实笃发表于杂志上的随笔中多涉及自己时,周作人曾致函对方流露这样的感言:"现今中日两民族正在战斗中,既然别无道路,至于取最后的手段,如再讲什么别的话,非但无用,亦实太鄙陋矣。"③就是说,到了"取最后的手段"即战争状态下,即使是多年的旧友,周作人也只能站在本国的立场上拒绝与之多做交流。然而,遗憾的是这个"国家"的视角和立场并没有在周作人后来的言行抉择中得到贯彻,而是不久便完全倾斜到了"文化"的方面。

那么,周作人是如何接受国家审判的呢?1946年,记者黄裳曾到南京老虎桥监狱采访,当问到何以在法庭上做那么"俗"的辩解时,周作人答曰:"有许多事,在个人方面的确是不说的好,愈声明而愈糟,不过这次是国家的大法,情形便又微有不同,作为一个国民,他不能不答辩云云。"④这个"国家的大法"乃是作为政治国家而非"文化国家"的大法,在此,单纯以"文化"立场面对是无济于事的。日本学者木山英雄就曾有严厉指出:针对"国家的大法",作为国民必须做出申辩,这一点在区别个人之道德和政治的责任这一意义

---

① 陈子善、张铁荣编:《周作人集外文》,第465页。
② 山本实彦:《周作人的心境》,收方纪生编:《周作人先生的事》,东京:光风馆,1944年,第83页。
③ 周作人:《友情的通信》,收陈子善、张铁荣编:《周作人集外文》,第522页。
④ 黄裳:《老虎桥边看"知堂"》,收孙郁、黄乔生编:《国难声中》,郑州:河南大学出版社,2004年,第269页。

上,并没有错的。"然而,他讲'国家'的时候,并没有将其视为全国民的机关,也没有意识到要面对全体同胞借此弄清楚自己的个人行为之客观上的意义。我们从他在法庭上的辩诉中,要感到他面向这种全体性而展现出来的人之某种虔诚性,是极其困难的。"①

就是说,这时的周作人在法庭上主要是从个人的立场出发,列举保护北大校产、支援一些人参与抗战等事实,来为自己辩护。却没有对"国家"显示出更深一层的理解。这就又回到前面讨论的"国家与个人"的关系问题上来了。我们已知,自20世纪初现代民族国家建制以来,传统的绝对主义君权体制开始崩解,社会出现了明显的分层,国民作为独立的个体被置于由国家、文化和个人等因素构成的关系结构中。当国家正常运转时这个关系结构有较强的流动性,个体在其中的自由选择度也比较大,甚至可能获得一种超越民族国家的立场而达到世界主义或比较纯粹的个人主义境界。然而,当遇到外敌入侵或爆发战争之际,社会进入战时体制,这个关系中的民族国家共同体一极得到极度强化,原有的关系结构失掉平衡,其流动性和选择自由度也将受到严峻的限制。所谓身处"历史关头"个体将面临抉择的危机,就是指此。实际上,经历过五四激烈反传统运动的周作人到了20世纪30年代,在渐渐确立起艺术审美上的闲适冲淡风度、文化政治上的自由主义立场的同时,也开始注意到这个关系结构的变化和个人抉择的问题。从始于1935年的一系列"日本管窥"的写作和与之并行的《弃文就武》《国语与汉字》等谈论时政的文章观之,周作人已然显露出一种看似文化本质主义实则悲观绝望的政治立场。他认为文人知识分子只能从语言文化上去努力维系"中国民族"的思想感情上的统一,在此条件下力争保全个体的自由,则成为周作人在抗战爆发的"历史关头"甚至沦为"亡国奴"之际,于国家与个体之间做出抉择的重要逻辑依据。

周作人对国家和个人相对化的理解,以及在"文化民族主义"方面的艰苦努力,如果是在和平年代,将有利于他既保持对国家民族的基本认同,又能充分发挥其独立个体的价值意识,并对国家本身产生更为丰富的反思性认识。然而,他不幸遇到了中国现代历史上最严峻的民族危机,在这样的时刻国家必然要求全体国民一致对外抗敌而难以容许个人的考虑。这是现代主权国家的本质所决定的。木山英雄所谓难以看到他面向这种全体性而展现出来的人之某种虔诚性,也便是在这种意义上所做的批评吧。

六、简短的结语

关于战争年代被占领状态下人们的生存困境与反抗的可能性,如纳粹德国侵略欧洲时期法国维希傀儡政权下人们的生活思想等,欧美学界已有许多卓越的研究成果出现。关于朝鲜半岛被殖民的历史,以及战后"新日派"的被重用或被追究其罪责,也是韩国现代史的论争焦点之一。日本殖民朝鲜五十年,对伪满洲国实行傀儡统治十五年。而此间与日本人抗争或者合作的朝鲜半岛人,最后分别称为战后北南朝鲜的国家精英。这一样反映了现代史的复杂性。美国学者卡明斯在《朝鲜战争》一书中指出,1994年以前的韩国精英有90%曾在殖民地时代不得已与日本人合作②。关于中国呢?日本学者木山英雄曾在其日伪时期的周作人研究中,提出"失败主义式的抵抗其思想之可能性"问题。我还注意到,早在20世纪末美籍华人学者傅葆石也曾在其有关上海孤岛时期的研究中提出

---

① 木山英雄:《周作人对日"协力"的始末》,东京:岩波书店,2004年,第296—297页。
② 布鲁斯·卡明斯:《朝鲜战争》,林添贵译,北京:生活·读书·新知三联书店,2017年,第37页。

"经过掩饰的思想反抗"与"遮蔽的批判方式"①等概念,用于分析战争状态被占领地区人民生存的艰苦与复杂。这些对于深入理解20世纪中国乃至世界历史的复杂性,包括国家和个人的种种问题,都具有重要的学术思想意义。20世纪的两次世界大战几乎毁人类的文明和历史于一旦,而被占领地区包括殖民统治的"灰色地带"是这遭到毁灭的历史之不可或缺的一部分,它不该被忘却或者排除在研究视野之外,而应作为反思20世纪的重要资源。我从"国家"视角讨论了周作人一生的国家观念和民族意识,虽非针对其战争期间的思想言行,但期望能够对此提供有意义的参考。

通过以上分析我试图强调:从国家意识的角度观之,后期周作人的国家认同和民族意识并没有完全泯灭,即使在抗战爆发之后他曾在对国家的政治判断上有错误,但依然勉力在文化方面维持了其对国家和民族的认同。我们在批评周作人政治上判断的错误同时,还应该谴责帝国主义日本发动那场殖民侵略战争所造成的浩劫,并反思中国积贫积弱的国家实体未能维护国民的生命安全。周作人在个人性格意志和审美趣味上或者可能有未能适应时代和历史要求的地方,或者对现代民族国家的本质未能获得更深刻的体认和理解,但即使在战争状态下不得已附逆投敌期间,他依然按照自己的逻辑和内在思想理路做了超出一般敌伪统治地区知识分子所为的抵抗。如果不是单纯将周作人与沦陷区以外的抗战知识分子比较,而是从被占领这一特殊政治场域来观察他的言行,我们便可以对他的失败主义式的抵抗,做出更理智和客观的评价。

从中国"内部的视角"来看,周作人与敌合作而不曾更积极地参与抗战救国,他可以被视为民族的罪人,事实上他也在战后遭到了国民党政府的审判而承担了法律意义上的罪责。然而,日伪时期他坚持"文化民族主义"的中国立场,试图通过重提儒家文化的价值和意义而抵制日本侵略者树立"大东亚共荣圈"的中心思想,表明他并没有完全失去对国家和民族的认同。也因此,他最终招来了日本御用文人的抨击而发生了所谓"扫荡反动老作家"的事件。在此,我想从"外部的视角"提供一个看法,以进一步推动思考。

战争期间驻北京的日本《东亚新报》记者也是文学青年的中薗英助,1943年曾带着日本文学报国会事务局长久米正雄到八道湾周宅劝周作人参加大东亚文学者大会第二次会议,遭到婉言拒绝。中薗英助在晚年所著《我之北京留恋记》中说:"对于直接与周作人有所接触的我来说,不能不承认周作人是有其抵抗的风骨和气概。"中薗英助认为,1942年至1944年为战争期间中日"文化交流"的最盛期,日方最为活跃的文人是久米正雄和林房雄。而1943年周作人拒绝久米正雄参与大东亚文学者大会的邀请,并与林房雄之间发生有关"反动老作家"的争执,无疑是重要的事件。他回忆道:"此时,日本文学报国会对周作人的评价似乎已经确定。而且,其评价是以相当戏剧性的方式表现出来的。……不久,在华文报纸《武德报》文艺副刊上就出现了破口咒骂周作人对日中文化交流和大东亚文化之确立不予合作的攻击性匿名短文。今天看来,这似乎留下了周作人并非所谓汉奸的证据。而在当时断定某某不合作,无疑是视其为'抗日'而要予以彻底铲除的。因此,当然地此文引起了巨大的反响。"②

---

① 傅葆石:《灰色上海,1937—1945 中国文人的引退、反抗与合作》中文版,张霖译,北京:生活·读书·新知三联书店,2012年,第9页。
② 中薗英助:《我之北京留恋记》,东京:岩波书店,1994年,第136、180—182页。

赵京华

学术共建与政治歧途

——鲁迅与盐谷温关系考*

　　文学史上曾有一桩公案,即鲁迅《中国小说史略》抄袭盐谷温《支那文学概论讲话》说。虽然至今依然有人以此作为谈资,但实际上在鲁迅生前早已证明此说子虚乌有。本文以此为线索,跳出是非之争而力图全面梳理鲁迅与盐谷温的关系,并深入讨论以下两个问题:第一,文学史编撰体制形成于19世纪后期的欧洲,在进化论和实证科学引导下成为建构历史以寻找国民"心声"从而凝聚民族国家意识的工具。中日两国在这样的"国民文学"时代于20世纪最初二十年共同建构了中国文学史编撰体制,而盐谷温和鲁迅正是在这个过程中,彼此影响相互切磋共同完成了一般文学史和小说专史的建构而影响至今。第二,鲁迅与盐谷温的学术交往到了20世纪30年代后中断,则另有原因。作为东京帝国大学的汉学家,盐谷温一方面在学术上造诣深厚,另一方面却秉承明治维新后以儒教为国家意识形态并服务于帝国的政治使命,提倡尊孔并热衷于伪满洲国的"王道乐土"建设,而对现代苦斗中的革命中国没有理解。这成为后来鲁迅与盐谷温中断交往的深层政治原因,也显现了中日现代国家关系和文化交往史的复杂性。

一、国民时代之"文学"历史主义研究的发生

　　在西方,与启蒙运动相伴而生的文学上之狂飙突进运动(浪漫主义)到了19世纪中叶渐趋落潮,现代意义上的"文学"观念亦开始定型。因此,福柯说"文学"观念的确立不过是19世纪后期发生的事情。而同样是诞生于19世纪的以进化论和实证科学为根基的历史主义思潮,以及现代民族国家的出现,则导致了对文学加以规范化的国别文学史的大量产生。这种崭新的文学史编撰体制,意在通过回顾文学的历史以寻找"国民"的心声,从而凝聚作为民族国家之主体的国民意识。因此,我们可以说19世纪后期已然进入一个"国民文学"的时代,而文学史书写的兴起和发展乃是适应这个时代要求必然发生的一种学术制度构建。

　　这种文学史制度的建构发源于欧洲,正如现代民族国家最早出现于西方一样。它的源头,大概在德国作家赫尔德的《民歌中各族人民的心声》(1779)之中。赫尔德主张从诗歌与民族、地理、历史之间的关联入手来研究文学史。这预示了种族、时代、环境三位一体之国民文学史的诞生。如泰纳的《英国文学史》(1869),就是一部典型的寻找民族或国民精神认同的文学史叙述,他强调一个种族具有天生和遗传的倾向,这些倾向因民族的差异而不同,它体现在民族世代传承的伟大文学中,它成为一国国民区别于他国他民族

---

* 本文原为2017年11月17日"复旦中文学科百年讲坛"演讲稿,稿件由作者提供。

的标记。而时代精神和地理环境,则是铸成这种文学民族性的另外两个原因或外部压力。到了勃兰兑斯的《十九世纪文学主潮》(1890),则更明确把民族文学视为"国民性的文学",坚信"一个国家的文学,只要它是完整的,便可以表现这个国家的思想和感情的一般历史"①。

以国民文学的视野来观察文学的历史,要求建立一套全新的阐释架构。它试图颠覆以往分散的,文言的,以帝王将相、绅士淑女为主体的文学叙述,重新确立起以一个核心民族代表大多数的平民之口语化文学创作为核心的,即以戏曲小说为主体的所谓国民文学史。这种口语白话文学对抗文言古典文学的方式,也可称为对以往雅与俗文学关系的价值颠倒。这样一种全新的文学史编撰体制诞生于19世纪后期的欧洲,它传入东亚地区的日本和中国,则是在20世纪初前后。我们阅读周氏兄弟留学日本时期的文章,便可注意到他们已经接触了大量的西方文学史著作,如泰纳的《英国文学史》、勃兰兑斯的《十九世纪文学主潮》、利特耳《匈牙利文学史》等,并且强烈地感受到了文学史背后民族精神的兴亡和国民意识的凝聚。

日本和中国同样在19世纪中叶面临到西方列强向全球扩张的冲击,而在世界进入帝国主义时代的19世纪70年代前后,开始民族独立和主权国家建构的历程。如果说,日本经历明治维新而于19世纪80年代前后其现代国家的制度建设基本成型,伴随着征兵和教育等一系列现代制度的确立以及"言文一致"运动的展开,而迎来了国民时代学术文化的大发展,那么,中国也是在稍后的时期经过戊戌变法和辛亥革命而有了现代主权国家的雏形,从而推动了五四新时代思想学术的兴起。仅就文学史这一编撰体制的建立而言,在日本,与芳贺矢一《日本文学史》《国民性十论》(1907)和津田左右吉《文学上所见国民思想的研究》(1916)等有关日本文学史的著作大量涌现同时期,开始出现了汉学家有关中国文学的历史著作,如笹川临风《支那文学史》(1899),久保天随《中国文学史》(1904),狩野直喜《支那文学史》(1908年讲),《支那小说史》(1916年讲),《支那戏曲史》(1917)等。这期间,中日在现代化进程上的一二十年落差导致了下面这样一个特殊现象,即中国有关本国文学史的建构与先一步实现了学术之现代转换的日本汉学(支那学)几乎是同一时期发生,并于20世纪初在彼此影响相互切磋之中共同建构起了中国文学史的编撰体制。我们需要打破以往比较文学研究中影响比较视野下"日本影响中国"这一单线的观察视角,而看到交互影响的历史复杂性,并建立起在世界和东亚范围内观察中国文学史编撰体制建构过程的复线视角。

以中日之间有关元曲及明代以降的通俗文学研究为例,王国维的存在便是一个重要的象征。《宋元戏曲史》的单行本虽出版于1915年(商务印书馆),但王国维的元曲研究早在1907年便已开始,1911年至1916年寓居京都期间,更与日本汉学家多有交流,甚至对京都学派产生巨大影响②。

我们先来看同时代的读者傅斯年,在评王国维《宋元戏曲史》的文章中,是如何敏锐地道出了此类全新的文学专史出现于民国初年的时代意义的。这便是,发现和书写历史上的"新文学"即"国民文学"或曰"俗文学",以呼唤时代文学的发展;同时参照中外文学的历史,根据文学史自身的"体制"撰写"科学的文学史"。傅斯年说:

---

① 勃兰兑斯:《十九世纪文学主潮》序言,侍桁译,北京:人民文学出版社,1958年,第2页。
② 参见黄仕忠:《宋元戏曲史·导读》,南京:凤凰出版社,2010年。

> 宋金元明之新文学,一为白话小说,一为戏曲。当时不以为文章正宗,后人不以为文学宏业;时迁代异,尽从零落,其幸而存者,"泰山一毫芒"耳。……
>
> 研治中国文学,而不解外国文学,撰述中国文学史,而未读外国文学史,将永无得真之一日。以旧法著中国文学史,为文人列传可也,为类书可也,为杂抄可也,为辛文房"唐才子传体"可也,或变黄、全二君"学案体"以为"文案体"可也,或竟成《世说新语》可也;欲为近代科学的文学史,不可也。文学史有其职司,更有特殊之体制;若不能尽此职司,而从此体制,必为无意义之作。①

傅斯年所言《宋元戏曲史》的划时代意义,正道出了20世纪伴随着现代民族国家的建制而要求科学的国民文学史之出现的时代趋势。而在历史主义的科学态度和建构国民文学史这一全新意识上,王国维与日本汉学家尤其是京都学派的学者们达到了契合。他寓居京都期间与日本同行的多方面交流,则象征性地呈现了20世纪初叶中日两国学者共同建构中国现代"科学的文学史"之壮丽的景观。例如,盐谷温在《支那文学概论讲话》②第5章讲到戏曲研究时,就提到日本学者着其先鞭而开创研究俗文学(国民文学)的新时代,中国学者王国维则出手不凡而给日本以重大影响的事实。

> 词至南宋而极盛一时,遂转而为元曲,于中国文学史上放射出灿烂光芒。世上之文学史家将汉文、唐诗、宋词、元曲相并称,赞此四者为足以代表时代之所谓"Epoch-making"的大文学。然我国历来虽于汉文和唐诗研究上十分盛行,至宋词元曲研究却付等闲。作为我国之词曲研究者则前有田能村竹田,后仅有先师森槐南博士。……至近年,则中国本国亦曲学勃兴,曲话及杂剧传奇类的刊行不在少数,而吾师长沙叶德辉先生及海宁王国维君则为斯界之泰斗。尤其王氏有《戏曲考原》《曲录》《古剧脚色考》《宋元戏曲史》等有益之著作。王氏游寓京都以来,我国学界大受其刺激,自狩野君山博士始以至久保田髓学士、铃木豹轩学士、西村天囚居士及亡友金井君,均于斯文造诣极深。或对曲学研究发表卓见,或竟先鞭于名曲之翻译介绍,而呈万马奔腾之盛况。此前,明治三十年笹川临风学士刊行《支那小说戏曲小史》在先,后有幸田露伴博士之《元曲选》解说及森川竹磎学士之《词律大成》二十卷,皆为煞费苦心之作。近又有今关天彭氏著《支那戏曲集》。③

据此,我们足以肯定地指出:20世纪最初二十年间乃是中日学者在"国民文学"的崭新观念下共同建构全新的中国文学史编撰体制的时代。其中,思想方法上的相互切磋彼此学习和文献资料上的互通有无,这样一种学术交流的时代盛况值得我们记忆。同时,在考察20世纪中国文学史编撰体制的确立过程并思考其思想史意义的时候,或者研究近代中日学术交流史之际,这样一种历史大背景应该是我们思考的基点。

这里讨论的主要议题是鲁迅《中国小说史略》与盐谷温《支那文学概论讲话》两者之间的复杂关系。众所周知,在现代中国学术思想史上有一桩所谓"鲁迅抄袭盐谷温"的公

---

① 傅斯年书评载《新潮》第1卷第1号,1919年1月。
② 盐谷温:《支那文学概论讲话》,1919年5月由东京大日本雄辩会出版。二战以后,该书改名为《中国文学概论》,1983年由讲谈社推出新版,内容没有改动。这里涉及该书的引文,主要依据讲谈社版。
③ 盐谷温:《中国文学概论》,东京:讲谈社,1983年,第142—143页。另外,仓石武四郎所著《日本中国学之发展》也有这样的表述:"中国的国学先锋人物长期侨寓京都在极大程度上刺激了京都的支那学,使得诸位先学的学识日新月异。"见《日本中国学之发展》中文版,杜轶文译,北京:北京大学出版社,2013年,第188页。

案,自1926年年初事件发生以来直到新世纪的今天,依然有人议论纷纷。但在我看来,当年与《语丝》派交恶的陈源仅凭道听途说而对鲁迅的诬陷,早在1927年6月君左译出盐谷《支那文学概论讲话》中的小说部分并刊载于《小说月报》第17卷号外"中国文学研究"中,以及孙俍工的全译本于1929年出版之后,已经不攻自破。新世纪以来,虽依然有人借此话题攻击鲁迅,但也出现了一些从学术史和翻译传播的视角做脚踏实地之研究的论文。前者如鲍国华《鲁迅〈中国小说史略〉与盐谷温〈中国文学概论讲话〉——对于"抄袭"说的学术史考察》①,后者如牟利锋《盐谷温〈支那文学概论讲话〉在中国的传播》等,都是可贵而有益的学术努力。尤其是鲍文,不仅依据新史料进一步梳理"抄袭"谣言的生成过程与复杂背景,且着力论证了两者在"概论"重文体和"史略"讲变迁的文学史编撰体式上的同异,令人耳目一新。然而我注意到,即使是鲍国华的论文也仍然没有摆脱只强调"日本影响中国"的单线思维②,在论述鲁迅《史略》和盐谷温《概论》之文学史体制上的不同时,并没有结合"民国文学"的时代大背景,来讨论他们如何共同颠覆了以诗文为正宗而轻视小说戏曲的传统文学观。

鉴于此,我不再纠缠于"抄袭"公案的细节本身,而将从"国民文学"时代中日学者共建全新之中国文学史编撰体制的大视野出发,重点讨论鲁迅与盐谷温之间学术上相互认同彼此借鉴的互动关系,在确认他们的著作分别于对方国家得到传播而产生影响的情况之际,尤其注意考察《史略》在日本翻译的过程,以立体地呈现中日两国学者相互交流的学术史盛况。与此同时,我还将全面介绍盐谷温作为20世纪日本重要的汉学家其学术思想演变的内在理路,包括其政治立场上的复古之儒教意识形态与日本帝国殖民主义的内在关联,从而阐明20世纪30年代之后鲁迅何以不再与盐谷温交往并对其有所批评的深层原因。我认为,这样一种既看重其学术上的交往关系又不忘其背后之文化政治的批判性视角,对于深入理解中日近现代学术交流史乃至两国关系史,乃是非常必要的。

二、鲁迅与盐谷温学术交往始末

盐谷温(1878—1962)出生于一个日本汉学世家,字士健,号节山。早年接受过严格的传统儒学教育,承袭盐谷家"素读"(背诵)家法,5岁起始背诵四书五经③。1902年毕业于东京帝国大学文科大学汉学科,1906年始任东京帝国大学副教授,成为该校"支那文学讲座"科目的最早教员。上任伊始,便得到明治政府海外留学派遣令,于年底赴德国慕尼黑大学及莱比锡大学学习。在德国期间,曾听讲《老子道德经》《礼记》等课程。但就后来成为其学术志向的中国通俗文学尤其是戏曲小说研究而言,盐谷温当时更多受到了英国汉学家瞿理斯和德国汉学家葛鲁贝分别出版于1901年和1902年的《中国文学史》启发。至此,他形成了以德国文献校勘学和历史比较语言学为根基的汉学研究方法,以及将戏曲小说等口语俗文学置于核心位置来观察中国文学历史的"国民文学"观念。

盐谷温获得的海外留学时间为期四年,为了习得中国文化的必要知识,他结束在德国的留学后又于1909年秋转道赴中国,先在北京做为期一年的汉语学习。这期间,他遇

---

① 载《鲁迅研究月刊》2008年第5期。
② 如鲍文:"19世纪末到20世纪初,日本汉学家编撰了多部有关中国文学的研究著作,这些著作多采用'文学史'或'文学概论'体式,对中国学术界产生了重大影响。"
③ 据盐谷温之子盐谷桓回忆,其父早年接受了江户时代传统的私塾教育,善于朗读背诵,且留下了当时背书吟诗的录音。(盐谷桓《追忆父亲》,收入《中国文学概论》,东京:讲谈社,1983年)

到王国维并获赠《戏曲考源》《曲录》等著作,成为他日后完成博士论文《元曲研究》的重要指南。1910年冬赴长沙,拜叶德辉为师学习词曲。在湘期间,他还曾拜见硕学大儒王闿运、王先谦、瞿中唐等。王先谦劝其研究经史,盐谷温则婉拒,表明自己欲开拓中国文学研究的新生面而志在戏曲小说方面。另,他曾深入钻研《西厢记》《琵琶记》《牡丹亭》《燕子笺》《长生殿》和《桃花扇》等经典曲目,奠定了其后中国文学研究的深厚基础①。1912年结束留学生活回国后,始在大学开设"支那文学概说""支那戏曲讲读"等课程。而1917年夏季所做大学公开讲演《支那文学概论》,后整理出版名为《支那文学概论讲话》(1919),乃其传世的学术代表作。1920年,盐谷温以《元曲研究》获得文学博士学位,并于同年晋升为教授②。一般认为,东京大学中国文学之研究及教育初具规模,乃始于盐谷温③。

在盐谷温留学中国发现戏曲小说的文学史价值之际,鲁迅也正在默默地"钩沉"古小说材料。我们观其发表于1912年的《〈古小说钩沉〉序》,发现鲁迅在说明"余少喜披览古说,或见讹敚,则取证类书,偶会逸文,辄亦写出"的趣味喜好同时,也看到了小说之"况乃录自里巷,为国人所白心"④的性质。考虑到留学日本时期已经大量接受西方"国民文学"的思想熏陶,我认为此时的鲁迅已经对中国小说的历史有了新的认识。当然,从20世纪全新的中国文学史编撰体制之确立过程来讲,他的小说史观乃至文学史观的体系建构,还要等到1920年开始承担北京大学的小说史课程并着手编辑教材之时。换言之,鲁迅与盐谷温治文学史的学术路径虽或有不同,但都是自20世纪初便开始着手,一样在1920年前后推出传世著作,并参与了新时代中国文学史编撰体制的建构。

这里,我们首先要以《中国小说史略》和《支那文学概论讲话》为中心,确认两作者围绕小说史研究而建立起的一段不深不浅的因缘关系。周作人曾回忆:"豫才因为古小说逸文的搜集,后来能够有《小说史略》的著作,说起缘由来很有意思。……那时我在北京大学中国文学系里当'票友',马幼渔君正做主任,有一年叫我讲两个小时的小说史,我冒失的答应了,回来同豫才说起,或者由他去教更为适宜,他说去试试也好,于是我去找马君换了什么别的功课,请豫才教小说史,后来把讲义印了出来,即是那一部书。"⑤这是鲁迅编撰小说史的契机和起始。现代民族国家之基本的教育制度,特别是以培养新国民为终极目标的大学教育其科目上的需要催生了文学史编撰这样一种学术体制,这是19世纪后期以来的全新现象,各国莫不如此。

眼下的问题是,盐谷温《支那文学概论讲话》由东京大日本雄辩会出版于1919年5月15日,鲁迅于何时以怎样的渠道接触到该书的。查北京鲁迅博物馆编《鲁迅手迹和藏

---

① 以上参见盐谷温《师友的追忆》,收入文集《天马行空》,东京:日本加除出版株式会社,1956年;以及藤井省三对盐谷温学术历程的记述,见江上波夫主编《东洋学的谱系》第2集,东京:大修馆书店,1994年。
② 盐谷温回忆:"引导我进入支那戏曲领域的是森槐南先生,使我的研究得以大成的是叶德辉先生和王国维君。而两人均在国家变故之际横死,实在不可思议且痛惜不已。我最初跟随那珂先生读《元朝秘史》,略知蒙文一二;听槐南先生的西厢记讲义,得到元曲的启蒙。德国留学期间读到英国翟理斯及德国葛鲁贝的支那文学史,得知西洋学者之研究更重视戏曲小说。留学北京期间主要学习汉语,转至长沙从叶德辉先生学得元曲西厢和琵琶、明曲牡丹亭与燕子笺、清曲长生殿与桃花扇,而参考王君的曲录(在北京所惠赠)始完成学位论文《元曲之研究》。"(《天马行空》,东京:日本加除出版社株式会社,1956年,第91—92页)
③ 参见《东京大学百年史》,东京:东京大学出版会,1986年。
④ 《鲁迅全集》第10卷,北京:人民文学出版社,1981年,第3页。
⑤ 周作人:《鲁迅的青年时代》,石家庄:河北教育出版社,2002年,第121页。

书目录》(1959),其所藏的是该书当年的精装再版本。然而,我们在1920年前后的鲁迅日记及书帐中,并没有发现任何获得此书的记录。所幸,周作人日记有两条购入该书的记录。如日记所附书帐1920年6月项下有:"《支那文学概论讲话》盐谷温,让予遐先";9月项下又有:"《支那文学概论讲话》盐谷温"的字样。而日记正文6月2日项下曰:"至日本邮局取丸善十七日寄小包内《梵文学史》等五册以[及]《英语注音字典》一册",9月17日项下则曰"往日本邮局取丸善一日小包二个内《古代希腊の思想》等五册"①。从时间和书帐排列顺序等推断,可以知道周作人是通过东京的丸善书店购入盐谷温著作的,而相隔三个月两次购入同一图书,则由于第一次购得的送给了朱希祖(遐先)。从1923年"兄弟失和"之前两人的藏书时常共用的情况来看,可以推断鲁迅是通过周作人的购书而最早接触到盐谷温的著作,或者《手迹和藏书目录》中的盐谷温《支那文学概论讲话》就是周作人9月邮购的那本也说不定。而当时正在准备《中国小说史》讲义的鲁迅,从一开始便有机会参考到该书,则是毫无疑问的。

  盐谷温与鲁迅最早开始书信交往是在1926年8月。该年3月,盐谷温在日本内阁文库发现元刊《全相平话》五种,即元至治(1321—1323)年间新安虞氏所刊《武王伐纣书》《乐毅图齐七国春秋后集》《秦并六国》《吕后斩韩信前汉书续集》《三国志》,这"在小说史上,实为大事"(鲁迅语)。8月,盐谷温将其中一部的私藏版《至治新刊全相平话三国志》制成影本,托去北京访书的弟子辛岛骁送给鲁迅。于是,鲁迅日记8月17日项下有:"辛岛骁君来并送盐谷节山所赠《全相平话三国志》一部"的记载。而在这之前的8月9日,鲁迅已通过章川岛收到盐谷温的信函(《日记》曰:"下午矛尘来并交盐谷节山信及书目一分")。如今我们已无从知道信函和"目录"的详情,但可以确认这是两人通信的起始。直到1931年11月7日盐谷温的名字最后出现在《鲁迅日记》中,这期间相互往来书信及寄赠书籍的记载共9次,其内容基本上是都有关小说史文献资料的。

  而两人唯一一次晤面,则是1928年2月23日,地点在上海内山书店。鲁迅当日的日记记载:"晚往内山书店……遇盐谷节山,见赠《三国志平话》一部,《杂剧西游记》五部,又交辛岛毅君所赠小说、词曲影片七十四叶,赠以《唐宋传奇集》一部。"遗憾的是,两人都没有留下当时会面的个人观感的文字,其前后的通信往来也限于有关小说史的学术方面。值得注意的是,这种学术交往礼数周到,充分显示了相互之间的认可和尊敬。如在最初得到盐谷温的书信及目录之后,鲁迅便在一周之后的8月17日将刚刚由北新书局出版的《小说旧闻抄》寄赠盐谷温;与辛岛骁见面得到盐谷温所赠《全相平话三国志》后,鲁迅则于8月26日寄出答谢信;1929年2月21日,盐谷温通过内山书店转寄来宣德刊本《新编金童玉女娇红记》的新近影印本(《鲁迅日记》误记为"正德本"),鲁迅则于3月6日寄出答谢信;1931年9月,《中国小说史略》修订本出版,15日李小峰送来样书20本,鲁迅即刻于17日寄赠盐谷温3本。据悉,此赠本扉页上有"敬呈/节山先生教正/鲁迅/九月十七日"字样②。

  鲁迅与盐谷温的直接交往始于1926年8月,这似乎另有特殊的意义。众所周知,1926年1月30日陈源在《晨报副刊》上发表文章,散布鲁迅《史略》抄袭盐谷温《讲话》小

---

① 《周作人日记》(影印本),郑州:大象出版社,1996年,第176、178、128—129、146页。
② 见伊藤漱平:《关于盐谷温博士批注本〈中国小说史略〉》,收《伊藤漱平著作集》第5卷,东京:汲古书院,2010年。

说部分的谣言,鲁迅则于2月8日刊出《不是信》一文予以反驳:

> 盐谷氏的书,确是我的参考书之一,我的《小说史略》二十八篇的第二篇,是根据它的,还有论《红楼梦》的几点和一张《贾氏系图》,也是根据它的,但不过是大意,次序和意见就很不同。其他二十六篇,我都有我独立的准备,证据是和他的所说时常相反。例如现有的汉人小说,他以为真,我以为假;唐人小说的分类他据森槐南,我却用我法。六朝小说他据《汉魏丛书》,我据别本及自己的辑本,这功夫曾经费去两年多,稿本有十册在这里;唐人小说他据谬误最多的《唐人说荟》,我是用《太平广记》的,此外还一本一本搜起来……其余分量、取舍、考证的不同,尤难枚举。自然,大致是不能不同的,例如他说汉后有唐,唐后有宋,我也这样说,因为都以史实为"蓝本"。①

鲁迅的反驳有理有据且态度诚恳,而在1931年北新书局修订版中则于第十四篇和第二十一篇等处明确标出了源自盐谷温的材料出处。实际上如前所述,早在1927年君左译出《讲话》小说部分而公布于世的时候,陈源的诬陷便已不攻自破。那么,盐谷温是否对这桩"抄袭事件"有所知晓呢? 从现有的资料来看,我们还无从判断。但总之,他在与鲁迅通信之前便接触到《史略》,则是毫无疑问的。《中国小说史略》作为北京大学授课时的讲义,曾先后于1923年、1924年由北京大学新潮社分上下册印行;1925年又由北新书局合印一册出版。而在日本,1926年7月便有盐谷温的高足仓石武四郎于《支那学》杂志第4卷第1号以"卧云"笔名发表了相关的书评。由此,日本学者伊藤漱平推测:在此之前该书就可能通过东京的文求堂输入到日本,而盐谷温则最早获得此书并肯定了其价值②。就是说,不管盐谷温是否知晓,作为从"国民文学"立场出发而开创了中国小说戏曲研究新局面的日本学者,他对鲁迅的认可和尊敬自然非同一般。这不仅再次证明了陈源的造谣乃是诬陷不实之词,且显示了鲁迅小说史研究独自的学术价值而被外国同行所承认③。实际上,《中国小说史略》在日本还有一段中国人很少知晓的翻译传播史。

三、《中国小说史略》在日本的译介传播

郭沫若称王国维的《宋元戏曲史》和鲁迅的《中国小说史略》是"中国文艺史研究上的双璧"④,我们同样也可以称盐谷温的《支那文学概论讲话》与鲁迅的《中国小说史略》为东亚草创期的中国文学史研究方面的两个高峰。而且,两书在各自的对方国家都有一段不断被翻译和传播的历史,两位作者则互相认可其价值。鲁迅不仅在著作的修订版中

---

① 《鲁迅全集》第3卷,第229—230页。

② 伊藤漱平:《关于盐谷温博士批注本〈中国小说史略〉》,收《伊藤漱平著作集》第5卷,东京:汲古书院,2010年。

③ 1935年12月31日鲁迅作《且介亭杂文二集·后记》,对日文版《小说史略》序文做补充,再次提及陈源的诬陷,可见对鲁迅的打击之刻骨铭心,也可以感觉到他对日文版出版的在意:"在《中国小说史略》日译本的序文里,我声明了我的高兴,但还有一种原因却未曾说出,是经十年之久,我竟报复了我个人的私仇。当一九二六年时,陈源即西滢教授,曾在北京公开对于我的人身攻击,说我的这一部著作,是窃取盐谷温教授的《支那文学概论讲话》里面的'小说'一部分的;《闲话》里的所谓'整大本的剽',指的也是我。现在盐谷教授的书早有中译,我的也有了日译,两个的读者,有目共见,有谁指出我的'剽窃'来呢? 呜呼,'男盗女娼',是人间大可耻事,我负了十年'剽窃'的恶名,现在总算可以卸下……"

④ 郭沫若:《鲁迅与王国维》,载《文艺复兴》第2卷第3号,1946年10月。

吸收了盐谷温所提供的有关中国小说史的新材料,而且多次对其研究的成就给予高度评价。例如,1930年所作北新书局修订版的《题记》就肯定说:"盐谷节山教授之发现元刊全相平话残本及《三言》,并加考索,在小说史上,实为大事。"又如,1933年12月20日致曹靖华信曰:"中国文学概论还是日本盐谷温作的《中国文学讲话》清楚些,中国有译本。至于史,则我以为可看(一)谢无量:《中国大文学史》,(二)郑振铎:《插图本中国文学史》(已出四本,未完),(三)陆侃如、冯沅君:《中国诗史》(共三本),(四)王国维:《宋元词曲史》,(五)鲁迅:《中国小说史略》。但这些不过可看材料,见解却都是不正确的。"①而盐谷温,不仅以提供新史料和拜会鲁迅的方式表示尊敬,而且自1929年开始在东京帝国大学的课堂上采用《中国小说史略》为授课教材,甚至曾有组织学生一同翻译此书的计划,足见其对鲁迅著作的评价之高。盐谷温的《讲话》在中国曾有两个编译本、三个不同的翻译本,其译介传播过程已有学者的研究论文发表,可以参照。②

盐谷温于上海会见鲁迅之后,次年开始在东京帝国大学课堂上采用《中国小说史略》作为授课教材。1982年,日本著名中国文学研究家伊藤漱平(增田涉弟子)在天理图书馆发现了盐谷温生前捐赠的这本作为教材的《史略》原本,其中有盐谷温的大量批注,版权页上则有一年授课结束之际老师及学生7人的纪念签名。以此为契机,伊藤漱平调查有关情况,撰写了详细的论文《关于盐谷温博士注释本〈中国小说史略〉——〈中国小说史略〉日译史话断章》③。以下,我将主要依据此论文并结合鲁迅著作等原始文献,对《史略》在日本的译介传播情况略作介绍。

盐谷温1929年度担任的东京帝国大学课程为文学部的"支那文学演习",课堂用做教材的《史略》是1929年1月北新书局出版的第5版,即1931年修订本之前的版本。我们已知,鲁迅为撰写《史略》曾花费大量时间和心血广泛收集辑录有关史料。在1935年所作《小说旧闻抄》"再版序言"中他回忆道:"《小说旧闻抄》者,是十余年前在北京大学讲中国小说史时,所集史料之一部。时方困瘁,无力买书,则假之中央图书馆、通俗图书馆、教育部图书室等,废寝辍食,锐意穷搜,时或得之,瞿然则喜,故凡所采掇,虽无异书,然以得之之难也,颇亦珍惜。"④由于"无力买书"且时地有限,给鲁迅收集原始文献带来了种种限制,使他未能做到尽用善本。也因此,他不断增补新材料,每有再版的机会必做修改。而据曾参加盐谷温授课的学生内田道夫回忆:"演习课上的是鲁迅《中国小说史略》,老师要求所引书籍必核对原书,一字一句不可错过。"⑤而盐谷温在书中的批注则大概有四类:1.在原文段落之间加上小标题;2.断句并加说明;3.对引文中的异字等加标注,如《枕中记》的引文有"其罗者皆死",盐谷温在"其"字旁边注:"一作共","应据《说荟》之共罗";4.是对《史略》表示不同意见的加注。另据记载,1935年度盐谷温曾再次采用《史略》作为课堂教材。

在课堂上,盐谷温不仅要求学生对《中国小说史略》的引文一一核对原书,而且安排学生逐字逐句翻译,因此,后来甚至有学生们以汉文训读方式合译并寻书局出版的计划。

---

① 《鲁迅全集》第12卷,第299页。
② 牟利锋:《盐谷温的〈支那文学概论讲话〉在中国的传播》,《中国现代文学研究丛刊》2011年第11期。
③ 载《咿呀》月刊1987年3月号,收入《伊藤漱平著作集(5)中国近现代文學·日本文學編》,改题为《鹽谷温博士の書き入れ本『中國小說史略』邦譯史話斷章》,东京:汲古书院,2010年。
④ 《鲁迅全集》第10卷,第146页。
⑤ 伊藤漱平:《关于盐谷温博士注释本〈中国小说史略〉》,《咿呀》月刊1987年3月号。

说到《中国小说史略》的日译①，我们知道1935年东京赛棱社出版的增田涉译本是第一个在鲁迅直接指导下完成的完整译本。但实际上，在此之前还曾有两个翻译计划：一个就是盐谷温学生合译的计划，另一个则是已于1928年毕业并赴殖民地朝鲜京城大学任教的辛岛骁（1903—1967，盐谷温女婿），试图独立进行翻译的工作。如前所述，辛岛1926年曾作为盐谷温的信使于8月17日拜会过鲁迅，而查《鲁迅日记》，直到1933年为止他们之间的见面和书信往来记载竟有22条之多。其中，不仅有小说史方面资料书籍的相互馈赠，甚至有辛岛自朝鲜寄赠绢品、玩具、鱼子等，而鲁迅则赠其《李卓吾墓碣》拓本、翻刻本雷峰塔砖中佛经一纸等，以及两次宴请的记载，可见鲁迅对晚辈后学的关怀和两人交往的密切。

实际上，在这期间辛岛骁已经有了翻译《中国小说史略》的计划。据其子辛岛升回忆，1928年3月东京帝国大学毕业后立刻赴朝鲜京城大学任教的辛岛骁，也曾在课堂上采用鲁迅的《中国小说史略》作为教材，并在授课过程中产生翻译此书的想法。② 1929年途径上海回东京的辛岛骁再次拜见鲁迅，《鲁迅日记》9月8日和11日也确有"上午辛岛骁来""下午往内山书店，遇辛岛、达夫，谈至晚"的记载。另据辛岛本人战后的回忆，就是在这次会面中，他就《史略》的日译征得了鲁迅的同意③。而如上所述，在学生们准备以汉文训读方式翻译《史略》之际，盐谷温曾派某学生去汉城与辛岛骁联络以探听其翻译计划的虚实。当得知他已经译出大半之后，东京方面则只好作罢。与此同时，1931年同为盐谷温学生的增田涉到上海与鲁迅联系，并在鲁迅直接讲下开始《史略》的翻译工作。期间，增田曾致信汉城的辛岛骁，希望能将《史略》的翻译出版权让与自己。④ 结果，最后得以实现的翻译计划是出版于1935年的增田涉译本。

战后，鲁迅《中国小说史略》的日译仍不断有新的译本出现。1963年岩波书店出版了增田涉的新译本上卷，而下卷因其突然逝世由弟子伊藤漱平续译。1986年，日文版《鲁迅全集》由学习研究社出版，今村与志雄担任《中国小说史略》的翻译。今村还于1997年在东京筑摩书房出版了一个上下两册的单行修订本。最新一个译本则是中岛长文所译，由东京平凡社东洋文库于1997年出版的。该译者还于其后自费印行了《中国小说史略考证》的大部头研究著作。可以说，日本两代学人兢兢业业不遗余力地迻译《中国小说史略》，不仅使这部学术名著得以在日本广为流传，而且更反映了日本学者对该书的高度评价和长久不衰的敬重。这与盐谷温《支那文学概论讲话》在中国有多个译本并得到广泛传播的情形交相辉映，谱写了中日现代学术交流史的重要一页。

四、文学史编撰体制的建构及其两人方法论上的同异

如前所述，盐谷温和鲁迅身处"国民文学"的时代，在建构中国文学史编撰体制的过

---

① 实际上早在1924年北京发行的日文杂志《北京周报》曾就有以"一记者译"署名的《支那小说史略》的连载，这是最初的日文翻译。只可惜仅翻译到第十五篇前半部分，因此后来未能成书出版。
② 据伊藤漱平文章转述。
③ 辛岛骁：《回忆鲁迅》，任钧译，载《鲁迅研究资料》第13辑，天津：天津人民出版社，1984年。
④ 有关情况，辛岛骁本人在二战后曾做如下追忆："《小说史》的翻译方面，曾经准备跟东京和九州的同学们共同译出；可是占重要地位的我，对于那样的工作，还不如对于当前的朝鲜民族问题方面保持更多的关心。在停滞期间，呆在上海跟鲁迅很亲近的同学增田涉来了信，跟我商量，可否让与他来搞。增田君是我顶要好的朋友，这就使我跟东京的同学们之间陷进了进退两难，可我不吭声地交给他去努力了。这很对不起东京的同学们；但我觉得恐怕是鲁迅喜欢增田君的翻译。"（辛岛骁《回忆鲁迅》，1949年作，任钧译，载《鲁迅研究资料》第13辑）

程中,其最大的共同性体现在对雅俗文学关系的根本性颠覆方面。我们暂且抛开他们在处理"文学史概论"和"小说专史"方法上的不同,则可以看到他们共同把关注的焦点聚集在元明以后的通俗文学即平民文学上,由此形成了以戏曲小说为中心的文学史编撰体制。这在今天早已成为常识,但在当时的确有着革命性的意义。例如,《剑桥中国文学史》主编之一的宇文所安,在"上卷导言"中对20世纪20年代全新的中国文学史之诞生,如下精彩的描述:

> 地图转变为一种对抗叙事,转变为死的"文言"与活的"白话"之间的斗争。胡适,1920年代最富盛名的知识分子之一,将这场斗争的源头一直追溯到公元前一世纪。这是一种包含动机的文学史,1920、1930年代以降,从多部以汉语写就的文学史中,依然可见这一动机的痕迹。如果说这是一个新的中国试图脱离旧中国的时期,那么,文学史则成为一首表现抗争的史诗,由书面白话对抗文言令人麻木的统治。这个故事的结尾——1920年代现代国族文学白话文最终大获全胜,是早已预先设定的。①

20世纪20年代前后中国文学乃至文学史观念的变革运动的确是一场颠覆性的革命,而胡适也确实是这场运动的急先锋。仅就文学史编撰而言,他与鲁迅的小说史讲义几乎同时开讲的《国语文学史》(1921),便开宗明义将白话文学置于文学史的核心位置上:"白话文学史就是中国文学史的中心部分。中国文学史若去掉了白话文学的进化史,就不成中国文学了,只可叫做'古文传统史'罢了。……我们现在讲白话文学史,正是要讲明……中国文学史上这一大段最热闹,最富于创造性,最可以代表时代的文学史。"②在胡适的思想观念中,对文学之人民(国民、平民)性的价值肯定和进化论的历史观是两大支柱,而其表达方式尤显得高调而激越,也因此而成为一个时代文学革命的宣言。

盐谷温和鲁迅的文学史研究,自然也在这样一个大时代的发展脉络里面,虽相比之下没有胡适那么高调张扬,但人民性的视野和进化论的史观一样是他们文学史编撰体制的核心。例如,盐谷温《支那文学概论讲话》序言,就直接将元代之后的中国文学定义为"国民文学",并把元明戏曲小说与唐诗宋词并列:

> 支那乃文学之古国,有四千年之历史,横跨四百余州县,人口众多而号称四万万。泰华巍巍千秋耸立,江河洋洋万古流淌。天地正气凝聚于此,而开三代之文化。汉唐之世,尊崇儒道且奖励文教,济济人才翱翔翰林文苑,吟诵风月而展露诗赋文章之英华。元明以降,戏曲小说勃兴,于国民文学产生不朽杰作,而其中尤推汉文、唐诗、宋词、元曲达至空前绝后之境。

盐谷温进而称宋以后的小说为"真正的国民文学",而在狩野直喜于欧洲所见敦煌石窟经卷里的雅俗折中体之散文和韵文小说中,他甚至想象到"唐末五代之际于优美典雅之传奇体外,曾有极为俚俗且为一般下层民众所赏玩之所谓平民文学发生"③。他的《讲话》问世以来,得到高度评价者大概在两个方面。一是以文学体式为标准和顺序来叙述

---

① 孙康宜、宇文所安主编:《剑桥中国文学史》上卷,刘倩等译,北京:生活・读书・新知三联书店,2013年,第17页。
② 《胡适文集》第4卷,北京:人民文学出版社,1998年,第17页。
③ 盐谷温:《支那文学概论讲话》下篇第6章第4节,东京:大日本雄辩会,1919年,第303页。

文学的发展过程;二是重视戏曲小说的考察并将其与诗文同等看待,以寻找"国民文学"的发展轨迹。孙俍工的译本前有盐谷受业弟子内田泉之助作"内田新序",亦明确指出了上述两点。①

而叙述上更趋严谨内敛的鲁迅《中国小说史略》,也一样在书里书外透露出对白话文学之人民性的重视。如第十二篇"宋之话本"开篇曰:"宋一代文人之为志怪,既平实而乏文彩,其传奇,又多托往事而避近闻,拟古且远不逮,更无独创之可言矣。然在市井间,则别有艺文兴起。即以俚语著书,叙述故事,谓之'平话',即今所谓'白话小说'者是也。"②而1924年鲁迅到西北讲《中国小说的历史的变迁》,其开场白中就更为明确地表示,中国的历史包括文学史也都在人类进化的过程里③;第四讲中,则比较士大夫的创作而明确看重白话的文学,显示出鲁迅清晰的"平民文学观":"注意创作一方面,则宋之士大夫实在并没有什么贡献。但其社会上却另有一种平民底小说,代之而兴了。这类作品,不但体裁不同,文章上也起了改革,用的是白话,所以实在是小说史上的一大变迁。"④

以上,我们大致确认了盐谷温和鲁迅的著作,其在"国民文学"时代所建立起来的以平民白话文学为中心而循进化论之历史观建构文学史的基本特征。这在当时的确于文学史编撰体制上具有革命的颠覆性和开创性。尤其可贵的是,盐谷温的《讲话》没有遵循当时一般文学史以朝代兴亡为顺序阐述文学发展的惯例,而是采取了"横向阐明文学之性质种类",即以文体类型为中心的阐释架构。也因此得以用全书将近三分之二的篇幅来讨论戏曲小说,有力地彰显了最能代表"国民"精神的白话文学,而为中日两国学界所瞩目。鲁迅的《史略》则直接以专史的体式,为历来遭到歧视甚至被打入冷宫的小说树碑立传,其形式本身就具有革命性。

如前所述,诞生于20世纪20年代前后的盐谷温和鲁迅的文学史著作,共同参与了全新的中国文学史编撰体制的建构。尤其是在小说史方面,他们更发挥了筚路蓝缕而开创科学的阐释架构之功。《支那文学概论讲话》共有六章,虽按照文体的分类分别阐述唐代以前的文、诗、词和元代之后的戏曲、小说,但有关每种文体的说明部分又可以视为独立的文体发展略史。例如,其最后一章的"小说"如果单独抽取出来,就是一部初具规模的有关中国古代小说的略史。⑤盐谷温在这部分以四节的篇幅按如下顺序展开论述:第一节:神话传说;第二节:两汉六朝小说;第三节:唐代小说;第四节:浑词小说。内容包括从早期的神话传说直到清代的《红楼梦》为止。而鲁迅的《中国小说史略》作为专史自然内容更为丰富细致,不仅在汉魏六朝古小说的钩沉辑录、唐宋传奇的收集整理方面功勋至伟,而且明清部分的论述一直延伸到清末的"谴责小说",且以"通俗小说"概念统称之,显示出结构上的更加完整系统。但就总体的叙述结构与阐释架构而言,基本上与盐谷温的《讲话》相一致。这个阐释架构为后来中日两国文学史研究者所基本认可,并继承延续至今。中国有论者认为:盐谷温对中国古代小说脉络的描述"大的框架方面基本上是能成立的,因而它经鲁迅的补充与发展之后,一直到现在大体上还能被中国当今多数的学

---

① 盐谷温:《中国文学概论讲话》中文版,孙俍工译,上海:开明书局,1929年,第7页。
② 《鲁迅全集》第9卷,第110页。
③ 同上书,第301页。
④ 同上书,第319—320页。
⑤ 实际上,《支那文学概论讲话》最早翻译介绍到中国来的就是只选取第六章"小说"部分的节译本,并名之为《中国小说史略》,译者郭希汾(绍虞),上海:中国书局,1921年5月出版。

者所接受"①。而我认为,鲁迅早在接触到盐谷温的著作之前就已经确立起自己的小说史观,且完全按照自己的方式收集文献史料,故两者的关系并非鲁迅"补充与发展"了盐谷温,而是殊途同归共同建构起了中国小说史的阐释架构。

那么,既然盐谷温的《讲话》是"横向阐明文学之性质种类"的"概论",而鲁迅的《史略》是小说的专史,他们在具体的阐释方法和立论观点上当然会有所不同。比如,在史料考证方面,鲁迅采取的基本上是目录学的方法,又因为长年积累而具备了深厚精湛的考据功夫。所以,胡适在《白话文学史》"引子"(1928)中,对盐谷温于小说史料发现上的功绩做出肯定的同时,尤其强调:"最大的成绩自然是鲁迅先生的《中国小说史略》;这是一部开山的创作,搜集甚勤,取材甚精,断制也甚严,可以替我们研究文学史的人省无数精力。"②后年,在致苏雪林的信中,更重提"抄袭"旧话而为鲁迅辩护:"通伯先生当日误信一个小人张凤举之言,说鲁迅之小说史是抄袭盐谷温的就使鲁迅终身不忘此仇恨!现今盐谷温的文学史已由孙俍工译出了,其书是未见我和鲁迅之小说研究之前的作品,其考据部分浅陋可笑。说鲁迅抄袭盐谷温,真是万分的冤枉。盐谷一案,我们应该为鲁迅洗刷明白。"③公平地讲,鲁迅的考据确实精湛,但盐谷温的著作受到叙述体式的制约,显然重点不在考据而在对各式文体的论述方面。反过来讲,鲁迅在论述上的过分严谨内敛,也使我们在理解他的《史略》时不得不常常去参考《中国小说的历史的变迁》等别的文章。但总之,这是两人著作的主要差异点。

同样源自小说史叙述体式上的制约,鲁迅和盐谷温的著作还有以下不同,这不同也即各自的特色所在。第一,鲁迅的小说史注重小说本身的历史变迁和小说之外社会文化沿革的叙述,具有明显的"小说史意识"。中国学者鲍国华认为:盐谷温著作的小说部分,其史的意味不突出,"这并不是盐谷温的眼光或学养不足造成的,而源于该书著述体式的制约"。"鲁迅的小说史意识表现为:以小说发展的历史时期为背景,以小说类型的递变为线索,用类型概括一个时期小说发展的格局与面貌。……这是鲁迅与郑振铎及盐谷温等人在'小说史意识'上的重大区别。"④我完全赞同鲍文的观点,而且要进一步强调鲁迅拥有鲜明独特的进化论史观,他既看到了人类进化的一般规律,更注意到中国历史进化的两种特殊现象:"一是新的来了好久之后而旧的又恢复过来;一种是新的来了好久之后而旧的并不废去,即是羼杂。"⑤鲁迅看到中国历史进化的缓慢,因此他尤其注意小说史背后各种社会、文化、心情的复杂因素如何推动或者阻碍小说的发展,这是盐谷温的著作所不具备的。

第二,基于上述对中国历史进化过程的特殊认识,鲁迅在阐述小说发展史的同时,还注意对其思想艺术做出批判性的价值判断,即剖析其中"原始人民的思想手段的糟粕"。例如,讲到《西厢记》的大团圆结局,鲁迅则强调"所以凡是历史上不团圆的,在小说里往往给他团圆;没有报应的,给他报应,相互骗骗。——这实在是关于国民性底问题"⑥;论

---

① 黄霖、顾越:《盐谷温对中国小说史的研究》,1999年《复旦学报》第6期。
② 《胡适文集》第4卷,第15页。
③ 胡适:《致苏雪林》(1936),《胡适文集》第7卷,第155页。
④ 鲍国华:《鲁迅〈中国小说史略〉与盐谷温〈中国文学概论讲话〉——对于"抄袭"说的学术史考察》,《鲁迅研究月刊》2008年第5期。
⑤ 《鲁迅全集》第9卷,第301页。
⑥ 同上。

及《金瓶梅》之后的《平山冷燕》《好逑传》《玉娇梨》则批评才子佳人故事貌似有悖"父母之命",实则"到了团圆的时节,又常是奉旨成婚"①而落入旧套;至于清末的说部,鲁迅不仅独创"谴责小说"概念用以说明《官场现形记》等的特征,更在肯定其"命意在于匡世,似与讽刺小说同伦"的同时,指出其"辞气浮露,笔无藏锋,甚且过甚其辞,以合时人嗜好,则其度量技术之相去亦远矣"②。盐谷温则不同。鲁迅这种源于民族自我反省和国民性批判的对于小说"糟粕"部分的剖析,与其对传统小说思想艺术"精华"的阐发同在,共同构成"五四"中国一代批判性知识分子特有的文化政治立场和学术见识。这是在盐谷温的著作中所没有的。作为外国汉学家,盐谷温则更注意客观地呈现中华文化的光辉灿烂,在描述中国文学特别是元明以来的戏曲小说时,往往是落笔于成就和贡献及文体发展的来龙去脉,却很少做思想政治性的价值判断。面对西方人的偏见,他甚至起而为中国辩护。例如,在《讲话》第一章论述汉语的特征时,他承认欧洲人视汉语为孤立语的观点,但批评其视汉语为野蛮之物的态度,而强调汉语"实际上是很高级而实用的文字"③。至于对中国传统文化的核心之儒教思想更是称赞有加,这涉及日本近代汉学的儒教意识形态问题,我将在后面重点讨论。

第三,盐谷温著作的特点是从中日文化源远流长的交流关系入手,引入比较的视角来阐明中国文学的成就和特征,常常得出中国学者在本国的内部不易察觉的结论。例如,讲到宋以后的传奇志怪,盐谷温明确提示出其对日本近世小说的直接影响:"这些书籍很早便传入我国,而给予浅井了意、上田秋成、龙泽马琴等小说以直接影响。尤其是浅井了意的《伽婢子》便是译自《剪灯夜话》,其中《牡丹灯记》更成为圆朝《牡丹灯笼》的蓝本。菊池三溪曾著《本朝虞初新志》,而《燕山外史》中则有一篇《燕之山蕗》的日译,《聊斋志异》亦历来多有翻刻,近年来其中的数篇又被翻译过来在杂志上刊载。实际上《聊斋》多为短篇,文章亦优美,可供文人的谈资,更是小说家的宝库。"④此外,盐谷温还谈到《水浒传》给日本俗文学发展的多重影响,以及《红楼梦》与《源氏物语》的比较⑤,都显示出其"日本视角"的有效和中日文学比较研究的广阔天地。与此同时,盐谷温还常常援引日本学者的研究成果,使读者有可能了解到日本汉学方面的各种观点。

本雅明的《文学史与文学学》(1931)曾言:文学史"不是要把文学作品与它们的时代联系起来看,而是要与它们的产生,即它们被认识的时代——也就是我们的时代——联系起来看。这样,文学才能成为历史的机体,而不是史学的素材库,这是文学史的任务"⑥。我们回顾鲁迅与盐谷温的中国文学史研究,也可以看到他们的卓越成就之所以具有划时代的意义,根本的原因亦在于他们身处20世纪初"国民文学"的时代,能够自觉呼应历史的要求而建立起以通俗文学之小说戏曲为中心的文学史阐释架构,进而形成认识中国文学特别是小说历史的全新范式。他们学术上的历史功绩,将为后人所铭记。

---

① 《鲁迅全集》第9卷,第331页。
② 同上书,第282页。
③ 《中国文学概论》,东京:讲谈社,1983年,第23—24页。
④ 同上书,第302—303页。
⑤ 参见《中国文学概论》,东京:讲谈社,1983年,第319页。
⑥ 本雅明:《经验与贫乏》,王炳均、杨劲译,天津:百花文艺出版社,1999年,第251页。

五、政治上的不同道

以上,我就盐谷温《支那文学概论讲话》和鲁迅《中国小说史略》的独特价值以及两人学术上的交往事实,做了具体的梳理和分析。在此,我还要对盐谷温的汉学思想取向,特别是20世纪30年代以后的政治活动——如何拥护并参与到日本帝国主义海外殖民扩张的国家行动当中,怎样在晚年继续坚持儒教复古主义思想立场等,给予简要的介绍和剖析。因为不如此,我们将很难理解为什么鲁迅与盐谷温的交往后来中断了,何以在1932年鲁迅致增田涉的信中对其颇有微词,增田涉希望盐谷温邀请鲁迅赴日讲学疗养为何没有得到回应等等具体的史实问题;更无法深入20世纪中日关系史的深层,从而加深我们对于日本中国学的政治性格的理解。简言之,20世纪30年代之后,盐谷温和鲁迅分别身处征服和被征服、殖民与被殖民的日中两国不平等关系之中,其政治立场和文化感受是不一样的,他们走的是各自不同的政治之路。盐谷温作为东京帝国大学的教授,一直以来秉承汉学/支那学的儒教意识形态性格,对20世纪30年代前后日本国家之帝国主义性质没有批判,战后亦对战争历史不曾有反省而始终坚持复古主义的思想立场。这反映出日本近代汉学/支那学的复杂性,需要我们从文化政治的层面加以深入的分析。

所谓"儒教意识形态性格",是指近代以来日本将儒教作为建构现代国家的意识形态理论基础,借此来宣扬以天皇制为核心的"忠君爱国"思想。这影响到日本汉学/支那学的发展,使其具有"官学"的性质。户川芳郎在《汉学支那学的沿革及其问题——近代学术的确立与中国研究的"谱系"(二)》①一文中曾尖锐地指出:明治十三年(1880)伴随着采用德国式兵法操练改革而实施的学制《改正教育令》,为近代日本学术发展规定了明确的国家主导方向,其作用甚至超过了战后的学制改革。教育令的实施使大学教职人员获得了国家官吏的待遇(日本的国立大学至今仍称教师为"教官")。而始于该时期的日本近代汉学/支那学作为明治儒教意识形态的理论支柱,在直接服务于国家对封建道德复活强化之国策的同时,也得到了国家强有力的支持和保护。就是说,"'东洋哲学'或者其变种(汉学乃至东洋学)超越了所属学术机关和研究者的个人意图——中国认识上的差异等,直到战败为止始终笼罩在高度政治化的意识形态影响与支配之下,而成为一个必须指出的特征"。也因此,1890年东京帝国大学始设"汉学/支那哲学科"以来,该学科一直有着强烈的体制教学之权威主义味道,它与天皇制国家权力密切结合而不遗余力地用"科学方法"阐发作为国家精神支柱的儒教知识。

另一方面,在远离权力中心的京都,由对抗唯一官学东京帝国大学而形成了以东洋史/支那学乃至中国文学为中心的"京都学派"。然而,表面上的对抗官学并没有影响到京都支那学与日本国家"大陆政策"拥有密不可分的政治关系。正如日本的"东洋史"作为教学科目诞生于中日甲午战争日方胜利之后(从世界史科目中分离出来),而终结于(又归到世界史科目中)太平洋战争失败之际所象征的那样,乃是伴随着日本大陆政策的推行而产生发展起来的。

户川芳郎的观点,也由下列事实等到了进一步印证。例如,京都学派的史学方面代表如狩野直喜、内藤湖南、桑原骘藏,他们或者根据清朝考据学或者依据西方实证主义方法研究中国及其周边的历史,留下了不朽的学术业绩,仿佛纯然的象牙塔学者而很少涉

---

① 载《理想》杂志1966年6月号,东京。

及国家政治和意识形态似的。然而，如最早使"东洋史学"从"汉学"科目中独立出来并在东西方贸易交通史方面业绩卓著的桑原骘藏，就曾极端地蔑视中国人甚至不惜在教学和著述中加以侮辱。在19世纪末日本一跃成为新兴帝国且以西方为文明而视中国及周边诸国为野蛮的一般社会风潮中，桑原骘藏选择"中国"为研究对象并非在于喜爱中国文明或者要发现对象身上的固有价值，而是要证明日本人亦有不亚于西洋人的科学研究能力。实际上，明治政府确立起来的以儒教为国家意识形态核心的大政方针，乃是日本近代汉学/支那学不言自明的前提。日本当时的大部分汉学家不仅坚信儒教对本国的重要价值，而且期待能够以儒教思想统一东亚各国民众。桑原骘藏甚至称"中国人没有头脑"，要使其觉醒则需要尊奉儒教并学习大和魂。这与1914年出版《支那论》以后的内藤湖南称中国没有治理现代国家的能力，"为支那着想"建议采用国际"托管"方式的奇怪想法如出一辙，虽然内藤湖南对中国文明的偏爱与桑原骘藏的蔑视中国人大不一样。总之，即使在京都支那学派那里，我们一样可以感受到某种类似于宗主国观察殖民地那样的帝国主义视线。

盐谷温正是在近代日本这种特殊的学术脉络和政治背景下成为东京帝国大学"支那文学"科"教官"的。他出身汉学世家，青少年时期在培养皇族贵胄的学习院接受教育，任职东京帝国大学以后则始终得到了日本国家的优待。而他本人亦不讳言对国家的忠诚，在晚年回顾自己的一生时庆幸"依靠祖辈的积善，经历了明治、大正、昭和的盛世，身居高位，得以为国家尽其微力"①。他在中国文学研究上的确达到了相当高的学术境界，对于中国文明及其悠久传统的景仰亦真诚笃实。同时，他在政治思想上坚定拥护儒教文化，也是事实。对盐谷温而言，这不仅缘于儒教乃中国传统思想的核心，而且在于它是近代日本立国的意识形态基础，而对苦斗中的现代中国其反儒教的思想政治革命，他则不曾给予了解之同情。这正是鲁迅所谓"支那中毒"，或"中国迷"式的日本汉学家的根本属性。盐谷温20世纪20年代末之后的一系列不可思议的言行，也正源自这种汉学家属性。

如前所述，盐谷温与鲁迅的唯一一次会面是在1928年2月23日。而之后的26日，他所奔赴的则是山东曲阜，目的在于参加春季例行的祭孔活动。据马场春吉记述，盐谷温是跟随日本各大学及专科学校的教授们一同前往山东的。这次活动得到了日本涩泽荣一财阀捐助，山东督办张宗昌支援，无疑是一次极具政治意味的活动。不仅当晚在济南督办府有盛大的欢迎宴会，日本陆军相板垣征四郎和参谋本部的小野中佐以及日本领事馆的多名官员出席，而且那位"连自己也数不清金钱和兵丁和姨太太的数目"，"把圣道看作可以由肉体关系来传染的花柳病一样的东西，拿一个孔子后裔的谁来做了自己的女婿"②的张宗昌督办，还为其赴曲阜安排了特别列车。27日，在孔子圣庙，盐谷温曾行礼拜祭并会见孔门后裔，包括与孔氏七十七代孙衍圣公孔德成握手结交等。回到济南之后，又于齐鲁大学医科礼堂作题为《孔教与世界和平》的讲演，演绎孔教的真精神而斥批判者为应遭天之唾弃的人。③

山东祭孔之后回到北京的盐谷温还另有一个行程，即赶赴天津拜会废帝宣统溥仪。我们已知，1924年溥仪出宫之后便一直得到日本使馆的保护而蛰居于天津，在华的日本

---

① 盐谷温：《天马行空》，东京：日本加除出版株式会社，1956年，第192页。
② 鲁迅：《在现代中国的孔夫子》，见《鲁迅全集》第6卷，第317页。
③ 以上参见马场春吉：《参拜曲阜圣庙的盐谷先生》，收盐谷温：《天马行空》。

侨民包括政治家、学者以及活跃于新闻界的大陆浪人、支那通等多对这位废帝表示同情，而与中国的主流民意大不相同。更有一些汉学家从儒教意识形态出发，期待中国一直维持封建帝制和礼教而对现代中国的革命运动不予赞成。周作人当时曾指出："日本除了极少数的文学家美术家思想家以外，大抵是皇国主义者，他们或者是本国的忠良，但决不是中国的好友。"①他们相信"儒教为东方文化的精髓"，希望在大陆找到"经书中的中国"。② 盐谷温是不是也出于这样的感情和立场而去拜谒溥仪的呢？由于没有详细的资料留存下来，我们自然不得而知。但从他之前赴山东祭孔的行程来看，其拥护儒教的旨意还是清晰可见的。盐谷温在自制"年谱"中称山东祭孔和拜谒溥仪为一生中值得铭记的活动③，也颇能说明问题。

实际上，盐谷温拜会溥仪不只这一次。溥杰在《盐谷师与满洲国》一文中曰："我平生最感惊奇且难忘的是盐谷先生三次拜谒我满洲国皇帝，而且三次都是在不同环境和场合之下。第一次是在昭和三年（1928）我皇还在天津行宫蛰居之中。第二次是昭和七年（1932）时值满洲建国，皇帝正在执政期间。第三次是昭和十三年（1938），此时皇帝已即位新京，拜谒场所也是在如今的皇宫内而非此前的执政府。盐谷先生每次都慷慨陈词，高谈王道政治的要义，之后亦常挥毫执笔，以诗文发表当时的感想。人们传诵这些诗文，不仅视为先生的光荣，更敬佩其热诚。"④原来，礼赞东方"王道"和对"满洲国"的殷殷期待，才是盐谷温不断拜会溥仪的根本原因。这已然是一位汉学家积极配合日本帝国主义"大陆政策"的政治行为了。

也因此，鲁迅在1932年5月9日致增田涉信中明确指出：

> 节山先生真不离本色。我觉得，日本人一成中国迷，必然如此。但"满洲国"并没有孔孟之道，溥仪也不是行王者仁政。⑤

这样一种政治立场上的根本不同，大概是促使鲁迅20世纪30年代以后不再与盐谷温交往的原因。前面所引日本学者伊藤漱平的文章，也曾这样推测：

> 昭和七年（1932）六月，节山博士踏上第二次外游途次，并路径刚刚发生上海事变的上海。然而，鲁迅再没有会见此博士。出身学习院大学、皇室崇拜之念甚笃且以护持孔教之儒者自认的节山博士，大概是出于曾在学习院大学教过皇帝之弟溥杰和其妃子嵯峨浩氏的缘故，而对所谓"满洲国"有特别的亲近感，似乎真的将此视为"王道乐土"而怀抱着善意的幻想。鲁迅当然是反对王道乐土论的。结果，虽然作为小说史家他与鲁迅有了交往的契机，但满洲事变后的时局终于使两者之间发生裂痕。⑥

1932年6月盐谷温的游历欧美，也是由日本国家派遣的。据记述此次出访经过的游记《王道始于东方》（1934）披露，此时他已"决计向西方阐明东洋政教的精粹王道论并以此贡献于世界和平"，故"有必要对标榜王道建国的满洲国实际状况进行考察"。于是，他

---

① 周作人：《排日评议》，收《谈虎集》，石家庄：河北教育出版社，2002年，第330页。
② 周作人：《清浦子爵之特殊理解》，收《谈虎集》，第345页。
③ 盐谷温：《天马行空》，东京：日本加除出版株式会社，1956年，第248页。
④ 溥杰：《盐谷师与满洲国》，收《天马行空》，第249—250页。
⑤ 《鲁迅全集》第13卷，第481页。
⑥ 伊藤漱平：《关于盐谷温博士注释本〈中国小说史略〉》，《咿呀》月刊1987年3月号。

出访欧美之前特意征得日本外务省的批准,于5月18日赶赴新京拜谒溥仪皇帝,又在郑孝胥总理的欢迎宴会上提议"当务之急要设立王道大学"。盐谷温对满洲国才是实现"王道"的乐土坚信不疑,访问之后更使他增强了某种使命感。这和溥杰记述的1938年盐谷温第三次拜谒伪满洲国皇帝而"高谈王道政治的要义",其思想立场前后一贯,的确反映了日本一些汉学家的"本色"。

1937年中日战争爆发之后,盐谷温更积极参与日本的大东亚战争及其意识形态宣传。不仅在战争状态之下提倡"汉学的复兴",向天皇进言欲重新提高民众的汉文修养①,而且出任东亚文化协议会日方代表团团长出访中国(1938),完全支持并参与到日本的战时思想体制当中。1945日本战败后,盐谷温也没有表示出对那场侵略战争的些许反省。例如,他对自己门下的"四学士"死于战争追怀不已,曾记述道:"四学士乃是大东亚战争的直接牺牲者,其死正可谓为国殉难。我在战争结束的时候曾希望给支那哲学文学科出身的所有战死者举行慰灵仪式,结果未能实行。为此,我颇感遗憾,在昭和二十一年(1946)三月汤岛圣堂孔子祭之日,曾于斯文会会议室集合同好,设立祭坛,略供薄祭,表达了内心的追悼之意。"②

这里,另有一件事情需要一提。1931年日本青年学者增田涉为翻译《中国小说史略》而来上海求教鲁迅,半年之后回国时鲁迅曾于12月2日赠诗送别:"扶桑正是秋光好,枫叶如丹照嫩寒。却折垂杨送归客,心随东棹忆华年。"增田涉由此诗而感觉到鲁迅有意重游青年时代留学故地,或到日本疗养。于是:

> 我学校的后辈某君来上海旅行的时候,说起九州大学没有讲授中国文学的教师,正在找人呢,于是我就想起请鲁迅去怎样。当我与鲁迅说起我的想法后,他说若是一年左右的话可以。因此我就给盐谷温博士(我学生时代的老师)写信请他介绍斡旋。该博士与鲁迅面晤过,又通过《中国小说史略》了解到鲁迅在此方面的权威,因此我想大概没问题吧。但是,盐谷温博士却始终没有回信,计划也不了了之。这是我至今仍觉遗憾的。③

而鲁迅1932年4月13日致内山完造信,谈及不去日本疗养的理由:"早先我虽很想去日本小住,但现在感到不妥,决定还是作罢为好。第一,现在离开中国,什么情况都无从了解,结果也就不能写作了。第二,既是为了生活而写作,就必定会变成'新闻记者'那样,无论从那一方面看都没有好处。何况佐藤先生和增田兄大概也要为我的稿子多方奔走。这样一个累赘到东京去,确是不好。依我看,日本还不是可以讲真话的地方,一不小心,说不定会连累你们。再说,倘若为了生活而去写写迎合读者的东西,那最后就要变成真正的'新闻记者'了。"④鲁迅这段说明没有提到盐谷温,大概是增田涉不曾向他提起的缘故吧。这里,反映出鲁迅在20世纪30年代中日两国关系复杂变化的环境下,做出了明智的判断。一方面要在本土坚持斗争,另一方面不愿意麻烦日本的友人。而"日本还不是可以讲真话的地方",更可见鲁迅对帝国主义日本及其国内法西斯主义高压控制的警惕。至于盐谷温不理会增田涉的请求,恐怕也与其儒教捍卫者的立场有关,这样的思想

---

① 见《修养讲和》,载《斯文》1938年10月号,东京:斯文会。
② 盐谷温:《天马行空》,第136—137页。
③ 《鲁迅的印象》日文版,东京:角川书店,1970年,第140—141页。
④ 《鲁迅全集》第13卷,第476—477页。

立场自然难以认同持左翼倾向的鲁迅。

二战以后的盐谷温依然不改战前日本汉学家的"本色",面对天翻地覆的战后日本社会,他的思想立场越发趋于复古卫道,显得十分迂腐而可爱。其中,有两件事情最能反映其遗老的精神气象。一个是20世纪50年代中期,孔子第七十七代孙孔德成自台湾来日本访问,盐谷温曾全力迎接。不仅在孔德成面前行中国传统的跪拜叩头之礼,而且极力礼赞孔教对日本国体文教的功德,甚至期待漂泊台湾的孔德成能够安居日本。① 另一个是盐谷温的临终。据其子盐谷桓1983年回忆,他的父到晚年则越发执着于儒教礼仪,1962年病重期间,得到孔子后裔孔德成的台湾使者李建兴来访并呈上孔的亲笔信时,盐谷温在病床上行三拜九叩之礼;而临终前,则叫人拿来彩纸、守刀和在曲阜圣庙前参拜的照片置于枕旁,写下"今临终"三字而离开人世。② 我们不怀疑盐谷温对明治以来之日本国家的忠诚,以及对儒教乃至中国传统文化所怀抱的真挚感情,但这显然与二战以后所重建的民主日本的社会环境相脱节。

六、鲁迅与日本战前的中国文学研究

户川芳郎的《汉学支那学的沿革及其问题》一文,在深刻反省战前日本中国学追随儒教国家意识形态而造成的诸种政治问题的同时,也从学术传承和研究方法的角度恰如其分地肯定了京都支那学派的成就和贡献。

> 这样,京都支那学由狩野直喜等肇始,在培育出从小岛佑马、青木正儿、武内义雄到神田喜一郎、宫崎市定、吉川幸次郎、贝塚茂树等众多研究者的同时,也孕育了阿藤伯海、小林太一郎等风雅之士。在此,我只能象征性地简要介绍如下:小岛继承了其师的法国社会学方法,他的研究具有宗教社会学的倾向,而一向致力于对中国精神文化诸现象的阐发;青木尊崇实证与独创,有力发展了其师的中国戏曲研究,并对中国艺术的整体尤其是绘画音乐加以考察;武内同时接受了内藤湖南的影响而将文献批判的方法适用于先秦各种典籍,试图与津田左右吉一起探索中国古代思想史的发展历程。总之,他们在奠定了至今通用的方法论基础这一点上,与民国时代的中国学术相互竞争拮抗,而成就了足以供学术界共享的成果。③

鲁迅在《汉文学史纲要》各章后面所附"参考书"中,曾列出儿岛献吉郎《支那文学史纲》、铃木虎雄《支那文学研究》等。可见他的中国文学史研究,对日本学者的著作多有倚重。而在他的藏书中也可以见到京都学派乃至东京的汉学家们的各种著作,例如,狩野直喜《支那学文薮》(1927),内藤湖南《支那学丛考》(1928)、《读史丛录》(1929),武内义雄《老子原始》(1926),铃木虎雄《支那诗论史》(1925)、《赋史大要》(1936),青木正儿《支那文艺论薮》(1927)、《支那近世戏曲史》(1930)、《支那文学概说》(1935),金关天彭《近代支那的学艺》(1931),内田泉之助等编《支那文学史纲要》(1932),宫原民平《支那小说戏曲史概说》(1925),等等。

其中,宫原民平的《支那小说戏曲史概说》出版于鲁迅《中国小说史略》之后。据辛

---

① 参见盐谷温:《恭迎孔德成公》,载《雅友》杂志第45号。
② 盐谷桓:《追忆父亲》,收入《中国文学概论》,东京:讲谈社,1983年。
③ 户川芳郎:《汉学支那学的沿革及其问题——近代学术的确立与中国研究的"谱系"(二)》,载《理想》杂志1966年6月号,东京。

岛骁回忆,当时被认为有关小说的部分"依据"了鲁迅的《史略》,却在"序文"中不曾提及。当辛岛骁1926年第一次会面鲁迅的时候曾代为"告罪",鲁迅的反应却很特别,不仅"一点也没有表现出好像受到损害的态度",反而说"自己的东西还有着许多缺点,竟被加以利用,对此感到抱歉"。辛岛骁将此理解为"鲁迅式的谦虚心情的淳朴表现"[①]。而如果换一个视角来思考,我们是不是也可以把此事与所谓鲁迅"抄袭"盐谷温的谣言一起视为一个有意味的象征:中日两国学者在20世纪前期的"国民文学"时代里,相互借鉴彼此学习而共同建构起了中国文学史的编撰体制和阐释架构呢。

至于上述这些著作如何与盐谷温的《支那文学概论讲话》一起,成为鲁迅研究小说史乃至中国文学史的参考,怎样与鲁迅的杰出成就共同构建起20世纪初东亚的中国文学史阐释架构,并成为"足以供学术界共享的成果",则是一个更有丰富的学术史价值的研究课题。我希望未来有学者对此加以关注和探索。

---

① 辛岛骁著,任钧译:《回忆鲁迅》,载鲁迅博物馆鲁迅研究室、《鲁迅研究月刊》选编:《鲁迅回忆录·散著》下册,北京:北京出版社,1999年,第1513页。

李长声

茶道与日本美意识

——在复旦大学的演讲*

大家好！

日本有一个说法，"立着的板子上流水"，翻译成中文，意思是口若悬河。板子跟河，哪怕是一条小河，也不成比例，似乎这个比喻也足以表现中国和日本的国民性之不同。日本人嘲笑中国人爱夸张，"白发三千丈"，而我们称他们"小鬼子"，蕞尔小国，无非海上漂的一块板儿。当今是口若悬河的时代，但我试了几次，这口河怎么也悬不起来，终归是一块小板子。

今天的题目，倘若是标题党，或可题为"日本美意识是怎样炼成的"。我不研究茶道，也没进过学习班学习茶道，总归是门外看热闹。

日本的茶道很有名，不论见过没见过，大概都有点印象，可说是日本文化的一个符号。日本有几个文化符号都给我们留下了印象，例如艺妓、相扑，实际上都相当落后。艺妓是有钱人的玩物，相扑的肥胖违反现代的健康标准。比较现代的是漫画和动画片。茶道也有落后的一面。说到茶道，就会说三千家。日本最有名的"茶人"（茶道家），叫作千利休，姓千，利休是他晚年到皇宫里做茶会时天皇赐予他的号，他活着的时候作为茶人一直叫宗易。他生于1522年，因触怒丰臣秀吉，1591年被勒令剖腹自裁，基本上活在战国时代。茶道，令人有和平之感的修养，产生在战乱的时代。1603年以后，史称江户时代，所谓武士道在我们的印象里是杀戮的说教，产生于这个天下太平的时代。千利休死后，道统相传，第三代是千宗旦，后来他退隐，由三儿子继承，叫作表千家。表千家的象征性茶室是不审庵，取自大德寺的古溪和尚写了一行"不审花开今日春"。千宗旦在不审庵的后面建了一个茶室，因大德寺的清岩和尚写下"懈怠比丘不期明日"而名为今日庵，后来四儿子继承，就叫里千家。还有个二儿子过继给武者小路那里的漆匠，后来又回到千家，他从事茶道叫武者小路千家。这就是三千家。茶道是一门手艺，也是一个生意，甚至更像是传销。千家善于经营，在茶道界独大，以致说茶道，好像日本只有这么一家。茶道很难做出客观的技术评价，其延续主要靠血统和权威，那就是封建的家元制度。入门学艺，学成后就有资格开门授徒。师徒是主从关系，门徒不断晋级，但不能取代金字塔顶尖的"家元"，他是一家之主，一切都由他说了算。日本社会的秩序，所谓纵向社会，很大程度上建立在这种落后的家元性之上。

实际上，日本摆弄茶的人，通常称之为"茶汤"，或者就一个"茶"字，不大叫它茶道。

---

* 本文为2017年10月17日"复旦中文学科百年讲坛"演讲稿，稿件由作者提供，副题为编者所加。

反倒是我们中国人,用中国的意识,太在意那个"道"字,很有点神秘感,道可道非常道,玄之又玄。

茶道这个词是江户时代(1603—1867)才有的,那时候日本关起了国门,用台湾名人李敖的话说,像一个大酱缸,发酵各种道。道教早在佛教之前就传入日本。对于日本人来说,各种道,茶道、花道基本上就是个称呼,唯有武士道,近代以来大肆强调、鼓吹它的精神性,特别是一个道。有人从伦理的角度把日本历史划分为天理的古代,道理的中世(12世纪末镰仓幕府成立至16世纪末室町幕府灭亡),义理的近世(江户时代),公理的近代(明治维新至战败)。天理的天,具有道教的意思。起初,古代的平安时代(794—1192),道主要是知识分子的技艺,例如阴阳道,并不是伦理观的东西。好比当今中国卖茶叶的表演,叫茶艺。从中世到近世,武士执掌天下,各种艺逐渐加入伦理性。几乎凡事不打出宗教的旗号就不能算文化性活动,艺纷纷变成艺道。中国的茶艺用什么思想来指导,也会变成茶道,用来修身养性。教养,修养,其目的或结果使人同质,性质及人格同一,有助于形成共同体的秩序。

日本最有名的词典《广辞苑》这样解释——茶汤:招待客人,点抹茶,并且设筵开席,也叫作茶会。茶道:用茶汤修养精神,钻研交际礼法。可见,这两个词在日本有不同的用法。一般人并不把茶道当回事。茶道在明治时代(1868—1912)被纳入女子教育,现在学茶道的九成是女性,特别是女人要结婚了,学学茶道显得有教养,也就有了我们常悬想的温柔形象。

传说是千利休说的:所谓茶汤,就是把水烧热,点茶,喝。但实际上越弄越复杂,超出了常识的范畴。茶道是一个综合的文化体系。它涉及建筑、园林、美术、工艺、饮食乃至宗教、思想、文学、艺能,方方面面。例如茶室是建筑,叫作"露地"(茶庭)的是园林,各种茶具属于工艺,茶道用的陶器叫茶陶,更促进了陶瓷的发展,点茶和饮茶的动作仿佛舞台上的能剧表演。以茶道为题,几乎能道尽日本文化。

茶道给我们的印象是素雅,可能这也是整个日本文化给我们的印象。不过,素也好,雅也好,我们都是用我们中国的审美来感受的。日本常用雅来表示平安时代的美(794年桓武天皇把都城从奈良迁到京都,叫平安京,至1192年源赖朝受封为征夷大将军,在镰仓开立幕府),体现这个雅的文化几乎都是从中国拿来的。室町时代(1392年南北朝合一,至1573年第十五代将军被织田信长逐出京都,这中间1467年发生"应仁之乱",此后的一段历史也称作战国时代)日本逐渐确立了素的审美。虽然也出自中国文化,特别是宋代文化,但日本把它做到了极致,定型为自己的文化。茶道强调素的一面,但我们看茶道表演可能感觉到的是雅。

有一个日本哲学家叫久松真一,把茶道的美意识归纳为七种:一是不均齐,二是简素,三是枯高,四是自然,五是幽玄,六是脱俗,七是静寂。这七样,在中国文化里,尤其在老庄思想和禅宗里应有尽有,但日本拿了来,无所不用其极,连我们本家也不得不承认是他们的了。"枯高",枯是枯萎的枯,高是高迈的高,不是《老子》里说的"草木之生也柔脆,其死也枯槁"的槁。这个枯高就是所谓"寂",或者"涩味"。日语里"寂"与"锈"同音,历经岁月生锈了,不见了生气或活力,便显得高雅。例如茶室或寺庙里立着石灯笼,上面生长了青苔,那就是"寂"的样子。随便拿出一首古诗,例如"独坐幽篁里,弹琴复长啸,深林人不知,明月来相照",这七种情趣全有了(不对仗就是不均齐)。欧阳修也曾就绘画艺术提出"萧条淡泊"之说。在居酒屋(酒馆)喝酒,老气点儿,伙计端来一笸箩的杯子,各式各样,任客人选用。我们就友邦惊诧了,因为中国讲究筷子成双,碟碗相配,满桌子统一,如果杯子有大有小,说不定为了喝多喝少争执起来呢。

日本人谈论日本文化大都以西方文化为参照,与西方比较而言,所谓特色,往往在我们看来并不特,其色与中国有关,但有些人对自己的文化不了解、不关心,不免要大惊小怪。陈寿在3世纪末叶撰写《三国志》,也写到日本,而日本到了8世纪初叶才写出第一本史书《古事记》。由于旁边有一个过于先进的文化,日本美意识很大程度上不是自然发生的,而是取之于中国,再加以改造。不消说,改造就先得有所否定,有所破坏。

说茶道,先要说茶

茶最初被遣唐使带回日本。9世纪初他们用汉语作诗,叫"汉诗",有这样的诗句:"吟诗不厌捣香茗",或者,"提琴捣茗老梧间"。捣,就是把唐朝的团茶捣碎。那时候大内里也种植茶园。几代天皇积极引进唐朝的制度、文化,茶叶是其一。894年日本停止遣唐。自以为学好了,不必再冒险去中国倒腾文物制度,开始搞国风文化,要自立于世界民族之林。最重要的一件事是从汉字派生出假名,而喝茶这事儿不了了之。遣唐很费钱,国库空虚,王朝已无力操办,况且海上商船往来,民间贸易取代了国家行为。

中国到了南宋,书籍、香料、药品,特别是铜钱,源源不断输入日本。当时的日本朝纲紊乱,帮权贵打仗的武士进入政界,一个叫平清盛的把持了国柄,推进并掌控与宋朝的海上贸易。南宋年间每年有四五十艘日本船装载铜钱回来。他们给中国送去的是沙金、硫磺、刀剑、漆器、折扇、木材等。有一艘从泉州来的宋船,载有青瓷、白瓷之类的碗四千个,盘子二千个。平清盛死后,源赖朝灭了平家,在镰仓设立幕府,开创了武士执政的镰仓时代,天皇从此靠边站。荣西在镰仓幕府成立的前一年(1191)从南宋回到了日本。

不畏风险在海上来来往往的,除了商人,就是和尚。这位叫荣西的和尚,1141年生(这一年岳飞被解除兵权),1215年死(当年忽必烈出生,长白山天池喷发)。荣西两度到西天取经,第一次去是二十八岁,乘商船从博多(今福冈)渡海到明州(今宁波),逗留了将近半年,带回来三十多部经卷。四十七岁再次赴宋,打算借道去印度参拜佛迹,但南宋政府不许可,悻悻回国,可是船被风吹回来,只好重上天台山万年寺,可能把携带的沙金都捐给寺庙。南宋禅宗兴盛,荣西得到临济宗黄龙派的衣钵。四年后归国,不仅带回来禅宗,还带回来宋朝的生活文化,特别是茶种和饮茶的理念及作法。历史不能假设,假设他如愿去了印度,或许就不会带回来茶,日本也可能不会有茶道。历史的进程往往是偶然的。不过,南宋的商船往来频繁,在荣西之前,宋商已经把吃茶的习俗带到了日本亦未可知。

荣西回国在福冈一带上陆,先在那里布教,可能茶最初也种在那里。1195年荣西创建圣福寺,是日本第一座正规的禅寺,当时在位的后鸟羽天皇题匾额"扶桑最初禅窟"。荣西到京都,把茶种送给高山寺的明慧上人,在寺内栽培,很长时间里那一带出产的茶叫本茶,其他地方的茶叫非茶,低一等。日本人学宋人斗茶,辨别哪里出产的茶,可见茶的种植很快就普及各地。受到京都比睿山延历寺的既成宗教势力压迫,荣西去幕府所在地镰仓,使第二代将军源赖家皈依。有将军外护,回京都建立建仁寺。这座寺庙在花小路的尽头。游客去那里看艺妓特别是舞伎,以及京都特色的房屋,然后也不妨进建仁寺逛逛,境内有荣西圆寂的遗迹。荣西开创日本临济宗,但当初不得不与其他宗派妥协,真言、止观、禅三宗兼修。半个世纪后兰溪道隆来当住持才变成纯粹禅的寺院。兰溪道隆是西蜀人,从南宋带来地道的中国禅,此前他已经在镰仓创立建长寺。

荣西带回来的是宋茶,用石臼碾成齑粉,至今如故,叫"抹茶",也写作"挽茶"或"碾茶"。我小时候家穷,买茶叶末喝,那是茶叶在容器里碎成末,不是抹茶。胡适日记中记载:"铃木大拙先生自碾绿茶,煮了请我喝。这是中国喝茶古法。秦少游诗:'月团新碾瀹花瓷,饮罢呼儿课楚辞。'瀹,就是煮,宋代是煮茶。瀹还有浸渍的意思,当今日本茶道不是煮,而是用汤(热水)浸渍。

胡适说过:"铃木大拙一流人,总说禅是不可思议法,只可直接顿悟,而不可用理智言语来说明。此种说法,等于用×来讲×,全是自欺欺人。"胡适的这个说法对于我们领教日本人讲中国文化以及日本文化是一个提醒。

陈寅恪早年负笈东瀛,据杨联陞听隋唐史的笔记,他在课堂上说:"日本旧谓其本国史为'国史','东洋史'以中国为中心。日本人常有小贡献,但不免累赘。东京帝大一派,西学略佳,中文太差;西京一派,看中国史料能力较佳。"当今对日本人研究中国是一派恭维之声,例如他们编写了一套中国通史,本来是写给一般对中国历史没有多少知识的日本人看的,充其量是史话,但翻译过来,我们的史学家捧之唯恐不高。

鲁迅说过:"还有一样最能引读者入于迷途的,是'摘句'。它往往是衣裳上撕下来的一块绣花,经摘取者一吹嘘或附会,说是怎样超然物外,与尘浊无干,读者没有见过全体,便也被他弄得迷离惝恍。"我常觉得日本文化就是中国文化的"摘句",尤其是茶道。

茶在日本立下第一功是解酒。据史书记载,镰仓幕府第三代将军源实朝宿醒,日本叫"二日醉",荣西给他喝了一杯茶,同时献上自己撰写的《吃茶养生记》。源实朝这位大将军崇仰宋文化。有一个中国工匠,叫陈和卿,来日本帮助建造奈良东大寺的大佛,到镰仓晋见源实朝,说源实朝前世是宋的医王山长老,陈和卿是他的弟子。源实朝记得自己也做过同样的梦。陈和卿便鼓动源实朝赴宋参拜医王山,他欣然接受,不顾幕臣们反对,下令造大船,可能太大了,下不了水,最终朽烂在岸上。

茶来自中国,日本茶道的源头也是在中国。例如茶道有一个工具,叫茶筅,用它像刷锅一样把茶汤搅起泡沫。宋徽宗在《大观茶论》中写道:"茶筅以筋竹老者为之。"大概荣西头一个在日本寺庙里用茶筅点茶。现在日本使用的茶筅与宋代不同,是草庵茶的鼻祖村田珠光请人制作的。《大观茶论》中说使用茶筅要"手轻筅重,指绕腕旋",看日本茶道表演,手法正是如此。中国人喝茶讲究的是茶,而日本茶道更重视的是茶具和程式。宋人蔡襄所撰《茶录》关于茶器论说甚详,例如茶匙,"茶匙要重,击拂有力,黄金为上,民间以银铁为之"。明代以后中国用茶叶沏茶,这些器具就用不上了。很多日本的事物,我们仿佛站在河边,只见河水在眼前流淌,叹为观止,却不知道或者不关心它从哪里流来的。

日本人也喝茶叶,叫"煎茶"。煎茶也有道,鼻祖是明末清初来日本的隐元禅师。隐元创立日本黄檗宗,寺在京都府的宇治,叫万福寺,跟京都的其他寺庙相比,游人比较少,不像是景点,非常有寺庙的氛围。隐元带来了明朝文化,建筑、书画、诗文乃至饮食。宇治是有名的茶产地。江户幕府把那里收归为直辖的领地,每年四月(阴历)派出"宇治采茶使",从江户抬着四十来个茶罐浩浩荡荡走到宇治,装满了罐子再浩浩荡荡抬回江户,供将军家饮用。这个制度延续了二百五十来年。

茶之于日本,和中国最大的不同,在于我们开门七件事,柴米油盐酱醋茶,茶是从日常生活提升为文化,而日本却是从中国拿来茶文化,一开始就具有文化性,所以很容易成"道"。其他很多事物也如此。

禅寺有吃茶仪礼，临济宗叫茶礼，曹洞宗叫行茶。宋慈觉禅师宗赜的《禅苑清规》有详细的规定，例如，"院门特为茶汤，礼数殷重，受请之人不宜慢易"；"吃茶不得吹茶，不得掉盏，不得呼呻作声"。荣西的徒孙道元从南宋取经回来，开创日本曹洞宗。他学回来很多规矩，在永平寺制定"永平清规"，诸如不得嚼饭作声，不得伸舌舔唇，不得抓头落屑，喷嚏当掩鼻，剔牙须遮口。庙里的各种作法传到民间，逐渐形成日本人的饮食规矩，以至于今。这些吃饭的规矩对于茶道的做法也大有影响，是茶道制定一招一式的样本。

茶从禅寺传出去，茶礼也跟着传入民间。不仅是茶，日本和尚像倒爷一样把很多的生活文化从中国倒腾来，经由禅寺普及民间，例如豆腐、纳豆。所以我们看日本普通人的生活仿佛都带有禅味，但这不等于日本人就懂禅，正如我们中国人能把《论语》的词句挂在口头上，但不能说我们统统懂儒学。日本有各种道，茶道、花道、香道、剑道、武士道，等等，这些并不是禅的表现形式，而是各行各业都拿禅当指导思想。没有思想，清茶聊天成不了道。

茶禅一味，茶道之所以和禅有密切关系，首先在于茶是荣西把它和禅捆绑着带回日本的。其次，创立茶道的三代人村田珠光、武野绍鸥、千利休都曾在京都的大德寺参禅。他们极力把茶摆脱日常的俗世，搞成佛道修行，喝茶如打坐。珠光是奈良人，他跟一休和尚参禅。一休多才多艺，在艺术上对珠光也颇有影响。他把宋代高僧圆悟克勤的墨迹送给珠光当毕业证书，现今是茶道界第一墨宝，日本的国宝。珠光成天参禅、点茶，终于有一天觉悟禅就在茶汤中，茶与禅就一味了。庄子早说过，道在屎溺中。第三是禅僧的墨迹。进茶室（茶道术语叫"入席"）的做法是这样的：先在入口的踏石上蹲下来行礼，往里探头，便看见正对面墙上悬挂的墨迹，"初发心时便成正觉"。钻将进去，"乃见须弥入芥子中"，这就是脱离世俗与日常的美的空间。欣赏那些茶具之后坐到自己的席位。所谓墨迹，是禅林墨迹之略，多出自大德寺派禅僧之手。茶书《南方录》说墨迹为第一，乃主客一心得道之物也。也挂画，但画不如字一目了然，心里顿生禅意，与主人统一了思想。当然不限于禅宗，也有其他宗派以及民间信仰的茶人。

日本文化之美有两面

去京都旅游，有一个必看的景点——金阁寺。不大的三层楼阁坐落在水池边，上两层外壁贴金。这个金阁是20世纪50年代重建的，属于世界文化遗产，却不是日本国宝。它于20世纪80年代重新贴金，令游客惊叹其金光灿烂。它代表了日本文化的华丽一面，像精美的和服，像三岛由纪夫的繁缛文字。这种华丽一看就像是中国文化。

京都还有一个银阁寺，好像中国游客不大去，其实日本人也不大去。日本文化的另一面以银阁寺为代表，也就是他们大加张扬的日本美。银阁并没有贴银，而是涂了黑漆，泛起银光。它由于年久失修而剥落如疤，可能我们中国人便看见衰败，人去楼空，国家兴亡，日本人却看出美，名之为"寂""侘"。寺庙坚决不把银阁寺的外壁重新涂漆，大概修缮一新，也就不"寂"不"侘"了。"侘"是不求装饰，结构简素，色彩枯淡。典型是只使用砂子和石头布置的枯山水庭园，像留有大片余白的水墨画。

金阁寺重建之前金箔剥落，也是一副简素的模样，现在游客亲眼目睹的正是它最初的景象。有点像鲁迅说的，他认识一个土财主，买了一个鼎，土花斑驳，叫铜匠把它擦得一干二净，摆在客厅里闪闪发铜光。此事让鲁迅得了一种启示："例如希腊雕刻罢，我总以为它现在之见得'只剩一味醇朴'者，原因之一，是在曾埋土中，或久经风雨，失去了锋棱和光泽的缘故,雕造的当时,一定是崭新,雪白,而且发闪的,所以我们现在所见的希腊之美,其实并不准是当时希腊人之所谓美,我们应该悬想它是一件新东西。"

金阁寺在京都北边,起先室町幕府第三代将军足利义满在那里修建山庄,叫北山殿,他把将军的职位让给儿子,仍然在这里把持实权。义满垄断和明朝的贸易,大概北山殿里一屋子一屋子的中国舶来品,叫作"唐物"。义满死后北山殿改为禅寺,叫鹿苑寺,通称金阁寺。

长达十年的"应仁之乱"平息后,经济凋敝,第八代将军足利义政,他是义满的孙子,把职位让给儿子,自己在京都东边建造东山殿。实际上掌权的是他老婆,这个女人很贪婪,不给义政出钱。银阁想贴银箔也没有钱,上层里外涂黑漆,下层有色彩。义政死后变成禅寺,叫慈照寺,通称银阁寺。

金阁寺和银阁寺,一个华丽,一个简素,合在一起才是完整的日本美。这两个方面都来自中国文化,一个露骨地显示中国文化,一个把中国文化不突出的部分极致化。就好比去日本旅游,吃荞麦面,调味很简单,甚至就是芥末、葱、配制的酱油,让你足以领教日本人生活的简素。我曾仿照日本俳句写过一首吃荞麦面:辣味穿鼻过,面比市面更萧条,嘴里淡出鸟。但是住温泉旅馆里,吃一顿晚餐,丰盛而精致,就见识了日餐真是给人看的。

银阁寺中有一座东求堂(《六祖坛经》:东方人造罪,念佛求生西方),里面有一间同仁斋(韩愈:圣人一视同仁),四叠半大小,铺满榻榻米(榻榻米论叠,一叠有单人床大小,用以计算房间面积),这是所谓"书院造"的原型。书院,本来是禅寺里称呼客厅兼书斋,武士有权有势了,兴建豪宅,也弄个书院。以前京都贵族的住宅样式是"寝殿造",像中国住宅那样讲究对称。旅游日本,入住温泉旅馆,屋里铺一地榻榻米,家徒四壁,只是有一处很特殊,宽不足一米,长大约两米,几乎能睡一个人,这个空间叫"床之间"。叫法和格局有所变化,始终是用来装饰的。武士也要很文化,用这块地方挂字画、摆花瓶。榻榻米上摆一张大木桌,放两把没有腿的靠背椅,背对床之间是上座。富人装修,预先设计出摆放古玩的地方,而穷人的房间里如果有余地,也总想摆设点什么,哪怕不值钱。书院造建筑在江户时代初期定型,但床之间浪费空间,这种和式住宅现在越来越少。

我们作为游客看茶道,人家当面表演给我们看,双方都无"道"可言。但是在书院式宅第里请人喝茶,宽敞而豪华。点茶的人属于端茶倒水的等级,另有房间,就像办公楼里的茶水间,在那里点好了端过来。饮茶之前,先欣赏主人各屋子里收藏的唐物。室町时代,室内的技艺、娱乐多起来,招待客人当然要摆设,也就是显摆,权贵人家在床之间摆设唐物。对中国文化的敬畏之心古已有之,拥有了唐物似乎就拥有中国文化所具有的优越感。这样的茶汤叫"书院茶"。

中国喝的是茶本身,而日本把茶作为文化拿来,更注重喝的仪式。茶从禅寺连同形式一起传到民间化。日本菜也如此,过于形式化。战国时代不分贵贱,茶汤繁盛。织田信长把三十八种茶具带入本能寺,预定翌日开茶会,给博多豪商岛井宗室欣赏,但是被明智光秀造反,传说岛井趁乱拿走了空海书写的《千字文》。信长对茶汤感兴趣,更加以利用,拿茶具赏赐,赋予了特别的意义。道具变成工具,超出了茶道的范围,变为维护权力的工具。由他开了头,江户时代这种将军家与大名(诸侯)之间、大名与家臣之间茶具的进献、赐予几乎日常化。

织田信长强取豪夺地收集唐物。师事过武野绍鸥的武将松永久秀谋反,织田让他交出茶釜"平蜘蛛"来免罪,但松永不肯,砸碎了茶釜同归于尽。泷川一益是织田信长麾下的四大天王之一,论功行赏,比起大片的封地,他更为没得到织田的茶罐"小茄子"而丧气。

丰臣秀吉接替了织田信长,统一日本,把金矿银矿收归为自己的领地。他最爱黄金,于是便打造移动式黄金茶室。那时候的文化是黄金文化。秀吉好大喜功,在茶上比信长有过之而无不及,这固然是个人爱好,但更是为巩固权力,茶会也必然奢华而浩大。

村田珠光(1423—1502)也曾到足利义政的同仁斋里饮茶。他把这样的小房间加以简单化,也就是简素。日本中世纪文学中出现不完全的美、否定的美,珠光主张欣赏云间月,胜过当空一轮月。这种美意识,在14世纪前半镰仓时代(1192—1333)的兼好法师已经主张了。他撰写的《徒然草》,与《枕草子》齐名,是日本随笔文学双璧。兼好法师主张,花不看盛开,月不看圆满,否定圆满、完整、均齐的美。如今日本人赏花,成群结伙,在盛开的樱花下痛饮,有的还高歌,这违反了所谓独特的日本美。有人讲日本赏樱,讲的是过去的莫须有的东西,并不是日本的现实,造成我们对日本的误解。不平衡之美,是与中国的平衡之美比较出来的,残缺之美也是与中国的完整之美相对而言。中国讲究对称,西方也讲究对称,这是传统美,日本人打破对称,有一种当代艺术的感觉。断臂维纳斯是一种美,西方也欣赏,但日本人逐渐把残缺美弄成了日本审美的主流。苏轼有词,"月有阴晴圆缺,此事古难全",说不上谁胜过谁,"淡妆浓抹总相宜",自有一种豁达,我们觉得有禅意。把圆视为正常,缺则不正常,赏缺可说是另一种禅意。

当时流行的连歌美意识是枯冷,珠光把这种美意识引进茶汤里,在茶道历史上成为"侘茶"之祖。村田珠光本人没用过"侘"。和千利休同时代的山上宗二解释:没有了不起的器物,代之以具有了不起的境地和技术,在物质的匮乏中追求精神的丰富。千宗旦在《禅she录》中写道:不把不自由当作不自由,不把不足当作不足,不把不顺当作不顺。古人有"词不尽意"的说法,大概不尽的东西就是余情,从这里面生出"侘"。

什么样是"侘"呢?

传说有一天,千利休家的牵牛花(日本叫"朝颜")开得好,丰臣秀吉听说了,就要来他家赏花开茶会。孰料千利休赶在他到来之前把花统统拔掉了,秀吉十分恼怒,进得门来,却看见花瓶里插了一朵牵牛花,就唯有赞叹了。这就是"侘"之心造成的"侘"之美,但可能也含有对丰臣秀吉拥有天下的嘲讽。牵牛花的种子是遣唐使当作药材从中国带回来的。我们也有欣赏一支梅的审美。"前村深雪里,昨夜一枝开。"这是晚唐的齐己作的,他是禅师。"一枝开"已经有"侘"的倾向,终不如千利休决绝,扫荡了满园春色,只留一朵,造成了日本独特的美。

还有个传说。某人有一个茶罐,属于名物。所谓名物,是有来历、有说道的茶具,例如村田珠光用过的茶罐。这个人特意拿给千利休看,但他翻白眼。某人一气之下,把茶罐摔碎了。别的人觉得可惜,把碎片粘起来,恢复原形,千利休见了大赞其"侘",赏以青眼。

"侘茶",也叫"草庵茶",这个"侘"字在现代中文里不好理解,所以我把"侘茶"就叫草庵茶。草庵,可以望文生义:简陋,或者说得好听点,简素。草庵和书院,字面上形成对照。武家大宅院里喝的是书院茶,与之抗衡的草庵茶后世成了气候,以致说茶道,几乎就是指草庵茶,村田珠光也被说成了茶道之祖。当时还没有茶室的叫法。不消说,草庵并不是穷人居住的粗陋房屋,而是一些好茶的富商在自家的宅院里辟出一片让人想象深山幽谷的小庭园,搭建一个让人想象隐士所居的草庵,当作脱离世俗的"市中山居"。禅僧良宽有一首五言诗,描写了脱俗的生活:"生涯懒立身,腾腾任天真,囊中三升米,炉边一束薪,谁问迷悟迹,何知名利尘,夜雨草庵里,双脚等闲伸。"恐怕那些能玩茶的人不过是叶公好龙,不会真去过这种境界的生活。

　　村田珠光改造了富贵人家的茶室。书院茶的茶室墙上有画,珠光糊白纸,而继承他的武野绍鸥干脆就裸露土墙。绍鸥是富商,拥有五六十种唐物。他主张"侘"基于心的本性,不是装。"侘"不是从茶碗上看出来的,不是从茶汤里喝出来的,而是心里有"侘",则无处不"侘"。不过,他们在这样的房间里还是使用唐物,所以还不够简素,不够"侘"(草庵)。千利休跟武野绍鸥学茶,尊崇村田珠光。他继续革命,干脆把空间只留下二叠,大概有点像当今的胶囊旅馆,不知北京城里有没有。从武家大宅院的角度看,茶室是简化了,但是有园林,有各种布置,从生活来看,并不简素。简素不等于俭约,简素是一种美意识,其思想来自禅,终极是无。简约是过日子的方法。权贵所追求的简素更与实际生活的俭约无关。拿书法打比方,书院茶是楷书,珠光是行书,而绍鸥是草书,千利休就是狂草了。

　　京都的妙喜庵里有一个茶室,叫待庵,说是千利休用过的,也是最古的茶室,是国宝,参观需要提前一个月预约。草庵茶的茶室是四面土墙,有窗户和入口。茶客进去就关上入口的木板门,只剩下窗户采光。钻进这样封闭的空间,像禁闭室一样,脱离了日常,不喝茶也可以反省。禅宗的始祖菩提达摩在山洞里面壁九年,茶道也有意造成一个别有洞天的环境,借以脱俗。茶室小得不足二叠,不留余白,主人与客人几近促膝,倒像是过于执迷了。东京的新宿、涩谷等地小胡同里有非常小的酒馆,三五客人一个挨一个坐,里面的人要出去方便,全体起身到外边去,为之让路,这大概是茶室遗风,我们中国人很是受不了。四叠半是茶室的普遍形式。在小屋子里浅斟低唱,叫"四叠半趣味"。四叠半构成一丈见方的房间,大概是效仿维摩诘居士所居的方丈之室。维摩诘作为在家菩萨与大智的文殊菩萨论辩大乘妙理,这个佛经故事是禅寺的常识。维摩诘居室虽小,却广容大众,或许小小的茶室也暗含时间与空间的无限性,亦即精神性。更绝的是千利休在大阪看见渔民钻进船篷的入口,觉得有意思,看出"侘",于是在茶室窗下开个口,也就二尺见方,供茶客出入。写作蹦口,也叫"潜",就是来回钻。江户时代儒者太宰春台写道:"开有小窗,白昼也昏暗,夏天甚热,客人出入的口如狗窦,爬将进去,呼吸不畅,冬天也难以忍受。"这样爬进爬出,确像被蹂躏。在和式房间里起居,不宜站立,一切东西都是坐下来或跪下来看。茶室小,器具、颜色等与之搭配,审美标准也必然发生变化。蹦口像狗洞一样,武士也无法带那么长的刀钻进去,只好把刀摘下来。后来就附会诠释,茶室里人人平等云云,于是茶道又多了一种思想境界。

　　村田珠光、武野绍鸥并没有丢开唐物。珠光说,草棚拴良驹,从粗糙与豪华的对比中发现美。到了千利休,就在粗糙中找出粗糙的美,草棚里拴的是老马、瘦马、驽马。"驽马十驾,功在不舍",这就是对于驽马的欣赏。千利休这种审美的背景也在于战国时代武士下克上即以下犯上的造反精神。千利休更根本的改革是打破对唐物的崇拜和迷恋,这也是对中国文化的最大否定,改变价值观,建立自己的美意识。不过,他并非颠覆了中国传统的审美,犹如书法,只是笔走偏锋罢了。不按规则出牌,但毕竟在打牌,不可能下牌桌,中国文化就是一个大牌桌,如来佛的掌心,孙猴子也跳不出去。千利休不用唐物,自力更生，让一个叫长次郎的工匠来烧制。说来像千利休这样的美的创造者是非常偏执的，非常的自以为是。据说长次郎的祖先从中国渡海而来，他本人是烧制瓦片的。当时，日本已经濑户、美浓等茶碗，但千利休觉得长次郎烧制的茶碗正是他向往的美——"侘"。因为用丰臣秀吉建造聚乐第掘出来的土烧制，所以叫乐茶碗。千利休说它美，大家也跟着说，越看越喜欢。乐茶碗制作不使用辘轳，用手捏，用竹片削。做出来的东西当然像歪瓜裂枣，生不出双胞胎。这就是造型自然。明明是做出来的，却说它自然，意思是制作时无心，不装，看不见意志。

宋元陶瓷器已达到高不可攀的地步，学我者死，最好的办法就是打破中国的审美秩序，不跟着一条道上跑到黑，走岔路。这几乎是日本人把中国文化变成日本文化的基本路数。日本从中国拿来文化便开始山寨，但手工艺具有传统性，不是一下子就能做好的。京都陶艺家河合纪，在清华大学当过客座教授，北京机场有他的浮雕作品，他写道："道八、保全、周平（都是江户时代有名的陶工）尽全力烧制的是文化先导中国的陶瓷。抄袭好是目的，不可能有创作，大概他们相信，如果有，那也是不好的东西。抄袭就是日本陶工的中心性美学。"估计乐陶创始人当初也这么想，正当他努力山寨时，千利休来了，说：这就很好啦，比中国的陶器美，更有趣味。仿佛在传统文化中发现了"当代艺术"。当今我们喜爱日本的陶器，恐怕也不是把它当作日本的传统工艺，更像是赏玩当代艺术品。就汉字文化圈来说，反中国文化就是反传统，所以日本文化压根儿具有"前卫艺术"的潜质。中国也允许突破或破坏，像狂草那样打破以往的审美，但保守往往多过创新。

日本人喝茶，先于滋味，讲究的是形式。这也是因为形式更具有文化性，能显出对文化的崇仰，借以自尊。民间学权贵也凑到一块儿喝茶，用不起唐物就顺手拿日常器物代替。起初看似矫情，甚至有点变态，渐渐地见怪不怪，喝得美滋滋。扯上二尺红头绳，穷人自有穷人的做法和美法。这时千利休主张，用不着唐物，可以用日本自己烧制的碗，可以用高丽茶碗。朝鲜半岛的陶瓷技术也相当高，日本制陶基本靠朝鲜半岛的工匠发展起来。不过，千利休要用的是朝鲜半岛老百姓平日里吃饭的碗。点茶不是沏茶、泡茶，而是用茶勺把抹茶从茶罐舀进茶碗里，沃以热水（所谓"汤"），再用茶筅像刷锅一样转圈搅。满满点这么一碗，大家轮流啜，叫"吸茶"。与近乎完美的天目碗相比，乐陶茶碗和高丽茶碗造型不均衡，釉彩浓淡不匀，但个头儿大，沉甸甸的，拿在手里更有感觉。而且中国人使用桌椅，对于在榻榻米上活动的日本人来说，唐碗的底足有点矮。审美被千利休降低了身段，平民百姓当然很乐意接受。传说中国日常吃饭的碗、喝水的碗乃至笔洗，杂七杂八都派上用场，千利休喜爱的云鹤茶碗本来是朝鲜半岛上用来喝汤药的，德川将军本家传承的天下三茶罐之一"初花肩冲"（茶罐）居然是杨贵妃用来抹头发的香油壶。

脱离唐物，刻意去中国化，也不免闹出笑话。大阪湾有一个地方叫"堺"，由于和明朝贸易而繁荣，是千利休的家乡。那里立着纳屋助左卫门的铜像，城山三郎的长篇小说《黄金日日》就写他。他是搞贸易的，1594年从吕宋（今菲律宾）贩来几十个吕宋壶，千利休帮着兜售，高价卖给丰臣秀吉和各地诸侯，中饱私囊。助左卫门出了名，可国际倒爷不只他一人，东窗事发，所谓吕宋壶，原来是当地的尿壶，秀吉岂能不大怒。大祸临头，助左卫门把家产捐给大安寺，外逃柬埔寨。传闻大安寺藏有这种吕宋壶，乃镇寺之宝。

这只是传说，实际上千利休本人没留下只字片语，关于他的思想，大都是后世的传说和逸话。千利休先后侍奉两大霸主织田信长和丰臣秀吉，依附权贵，为政权服务。丰臣秀吉也是有名的茶人，他的茶是书院茶、黄金茶，而千利休私下大搞草庵茶，在审美上跟统治者作对。宋徽宗说"盏色贵青黑"。乐茶碗有黑赤两种,利休喜好黑,秀吉喜好赤。茶室与世隔绝,但千利休不甘闲寂,热衷于政治,却又不失独立而顽固的匠人之心,终于惹来杀身之祸。千家茶道有"一乐、二萩、三唐津"之说,乐陶的茶碗位居第一。倘若有三位客人,最先上的一碗茶用乐陶碗,第二个是山口的萩陶,第三个是九州的唐津陶。

"草庵茶"这个词也是江户时代才有的。千利休的高徒宗启著《南方录》强调精神论,所述千利休的观点和喜好是后世茶道的基本,对"草庵茶"观念的形成有巨大的影响,被视为茶道的圣书,其实此书是江户时代的伪作。

值得注意的是,唐物的茶具并不是中国流行的白瓷、青瓷、青花之类,主要是中国南方的民窑烧制的非主流的东西。最被珍重的天目茶碗是福建建窑的产品,留学的僧人从浙江天目山的佛寺里拿回来,故名天目。恐怕这是接受外来文化的一个特点,往往是接受另一种文化非主流的次等的东西,可能是由于水平所限,而且次等的东西才易于改造成自己的文化。大家都知道,日本人喜爱白居易,至今也超过对李白、杜甫的喜爱,白居易活着的时候日本人到唐朝来就把他的诗集抄写了回去。白居易作诗"老妪能解",大概与其他唐诗人相比是浅显易懂的。可见日本人在平安时代搬来唐文化时自然而然有简素的倾向。

千利休的弟子是各地大名(诸侯),他死后江户时代流行的是大名茶,也叫武家茶,追求华丽而悠闲。武家茶不取家元制度,由藩主们主持,茶人操作。明治维新以后武家茶随武家社会灭亡,市人(日本叫"町人")的草庵茶才扩张了发展空间,美意识被独尊。重视心的茶和偏重技艺、器物的茶各有所成,尤其是后者发展了日本的工艺、饮食等眼见为实的美。"侘",不是贫,不是俭,而是一个标新立异的审美角度。丰臣秀吉征讨小田原城,千利休随军,用竹子做了个花瓶,"侘"到了极致,后来被视为名物,也贵到极致。反对奢华,本应以"圆虚清静的一心为器",却造成另一种奢华。简素本身不简素。如今备置一套茶具需要好多钱,还要交学费。果真秉承千利休精神,身边吃饭的家伙不就可以搞茶道么?很多人对这种简直像遭罪的传统文化敬而远之。

茶道,又叫茶会,不只是喝喝茶。里千家传承十六代,上一代千玄室(健在)著述颇丰,在《伏见酒》中写道:"冬天的话,茶室里添炭加热釜中的水,到温度适宜之前,吃一汁三菜的怀石,也喝酒。首先喝点汁,吃点饭,垫垫肚子,这时主人出来侑一杯酒。煮的菜上来,再喝一杯。最后端上来山珍海味,主人和客人举杯共饮。不能喝的人不勉强,能喝的人要适量。三杯的酒量大约有一两合(一升等于一点八公升,一升的十分之一为一合)。正规用漆杯,喝到半酣也有主人会拿出珍藏的各式各样的杯子,大概是推杯换盏的意思。"看千先生这么写,按饭局、酒局的中式说法,吃吃喝喝的茶道应该叫茶局才是。

茶会的简素,不是从普通老百姓的家常便饭提炼出来的,而是把上层武士的宴席做了一些简化。茶会有七种,中午的茶会赶上饭点,跟吃最相关。茶道影响了日常生活,平日里待客,必定上茶,并配以点心,这就是来自茶会形式之一的点心茶会。有人称怀石的创造是日本菜肴文化史上的革命,其形式逐步完善,变成了日餐主流。怀石菜,日文写作"怀石料理",而茶道世界只叫它"怀石",或许一说菜就俗。室町时代作为武家的礼法形成了"本膳料理"的筵席形式,也叫"七五三",就是三道菜,第一道七个菜,第二道五个菜,第三道三个菜,足见其奢华。茶道兴起之初是筵席的附属,恰似我们酒足饭饱之后喝茶聊天。千利休给织田信长当茶头的时候,明智光秀搞茶会,器具是贴金描银的。到了战国时代,群雄割据,武士们忙于打仗,没工夫吃喝,饮食已趋向从简。千利休的茶道是草庵茶,主张和敬清寂(和睦,互敬,清静,寂然不动心),不仅要喝出这个境界,还要吃出这个境界。茶会上一汁三菜,尽量去除"本膳"的元素。"会席"(筵席),非茶道所特有,于是改称"怀石",音同字不同,就有了禅意。原来怀石的出典是禅院,过午不食,晚上修行时饥肠辘辘,怀里抱一块烤热的石头抵御饥寒,意思是吃一点点东西垫补垫补。怀石用一个食盘,吃一个上一个,控制了空间,在时间上幻想永远。这也与茶室过小有关。千利休把茶室缩为二叠,主人占一叠,两三个客人占一叠,每人面前放一个食盘都为难,当然非简素不可。怀石简素了,反而更追求形式,以求寓意,也就是禅味。

有个叫泽庵宗彭的和尚(1573—1646),当过大德寺住持,传说腌萝卜就是他创制的,所以叫泽庵渍。他在所著《茶亭记》中批评:"现在的人完全把茶道当作了招待朋友聊天的手段,以饮食为快,满足口腹。茶室极尽华丽,网罗珍贵的器物,夸示工巧,嘲讽他人的笨拙。这些都不是茶道的本义。"

里千家的家元,也就是大当家的,千宗室说:"茶道常被说是'招待的文化',其实是'寻找自我的文化'。"又说:"茶道是修炼。删繁就简,尽量舍弃身上的虚荣、嫉妒、鬼花样,寻找本来的自己,接近本来的自己。从招待进入修炼。"千宗室大学学的是心理学,在大德寺参禅得度,号坐忘斋。也是随笔家,写了好些书。他强调"寻找自我",也就是自我修养。"风尘小憩农夫舍,索得浓茶作胆尝",那也是一种修炼。茶道的特性有社交性、修行性、艺术性、仪式性,基础是社交,请人吃茶,好生招待,应算作招待文化。正因为是招待、款待,才产生了"一期一会"的思想,完全彻底为茶客服务。

茶道史专家桑田忠亲这样说:"做茶道,主人邀请的客人也好,不速之客或者不请自来的客人也好,都必须心情舒畅地由衷招待。客人也汲取主人招待的真心,由衷地接受其招待。主人和客人呼吸合拍,这是真正的茶道。"主人请客人喝茶,似乎意不在喝得有滋有味,而致力于喝得有板有眼,仪式完美。展览会、鉴赏会是为了显示,显示器物,显示拥有,而茶会要展现招待之心。茶道之祖村田珠光告诫,学茶最不好的是自傲与我执。茶道不在于器具,主人把自己变小,谦恭、谨慎,发自内心地招待客人,道即在其中。

日本华文文学小辑

[日] 王海蓝

李长声的随笔及其日本文学观初探

一、李长声其人其文

旅日作家李长声于1949年出生于吉林长春,近四十岁开始旅居日本,目前在日本当代华人中是成就最高的随笔作家之一。李长声旅日三十年间,自励"勤工观社会,博览著文章",他关注最多的是日本的社会文化、日本文学与出版事情等,从1994年敦煌文艺出版社出版的《樱下漫读》到2017年上海交通大学出版社出版的"李长声自选集"三种,洋洋洒洒已积累上百万的文字,出版了三十余部随笔专著、译著与编著①,是一位名副其实

---

① 李长声旅日三十年间的主要著作(包括编著与译著)如下:
1)《我的日本作家们》,李长声著,台湾东美出版事业有限公司,2017年。
2)《雪地茫茫呀》,李长声著,上海交通大学出版社,2017年。
3)《反正都能飞》,李长声著,上海交通大学出版社,2017年。
4)《况且况且况》,李长声著,上海交通大学出版社,2017年。
5)《东瀛百面相》,李长声著,三联书店(香港)有限公司,2015年。
6)《昼行灯闲话》,李长声著,译林出版社,2015年。
7)《瓢箪鲶闲话》,李长声著,海豚出版社,2015年。
8)《美在青苔》,李长声著,生活·读书·新知三联书店,2014年。
9)《太宰治的脸》,李长声著,生活·读书·新知三联书店,2014年。
10)《吃鱼歌》,李长声著,生活·读书·新知三联书店,2014年。
11)《系紧兜裆布》,李长声著,生活·读书·新知三联书店,2014年。
12)《中日之间:误解与错位》,李长声主编,社会科学文献出版社,2014年。
13)《阿Q的长凳》,李长声著,生活·读书·新知三联书店,2014年。
14)《纸上声》,李长声著,商务印书馆,2013年。
15)《浮世物语》,李长声著,上海书店出版社,2012年。
16)《温酒话东邻》,李长声著,上海书店出版社,2012年。
17)《黄昏清兵卫》(第2版精装),[日]藤泽周平著,李长声译,新星出版社,2012年。
18)《日和见闲话》,李长声著,博雅书屋有限公司,2011年。
19)《四方山闲话》,李长声著,联合文学出版社股份有限公司,2011年。
20)《哈,日本:二十年零距离观察》,李长声著,中国书店,2010年。
21)《东居闲话》,李长声著,生活·读书·新知三联书店,2010年。
22)《日下散记》,李长声著,花城出版社,2010年。
23)《枕日闲谈》,李长声著,中华书局,2010年。
24)《黄昏清兵卫》(平装版),[日]藤泽周平著,李长声译,新星出版社,2010年。

(转下页)

的高产作家,被华文媒体誉为周作人之后的"文化知日第一人"。

现实生活中的李长声,真诚且随和,清淡又幽默。从其随笔中可以了解到,李长声在日本旅居期间的两大爱好就是读书与喝酒。如何读书的呢？一是他爱逛旧书店。众所周知,日本自古就有旧书店的传统,旧书店成街成巷,仅东京就有八百多家,书价便宜,质量又好。李长声经常去旧书店淘书,他逛旧书店通常有二乐:"一乐淘到寻觅已久的书,二乐遇上价出意外的书,捡个大便宜。"①当然,他认为书的"价钱之贵贱,判断是看它对于你有多大价值罢"②。二是他最爱图书馆,日本的图书馆非常近便,他说自己不论春夏还是秋冬都喜欢躲进图书馆里看书借书。他的好友沈昌文说李长声读书很多,所读日本书的广度与深度,大概超过大部分日本人,更不用说我辈普通中国人了。还有,李长声对日本社会的认识,除了他对日本书籍的大量阅读,还得益于他喜欢去居酒屋(小酒馆)喝酒。他对居酒屋的钟爱,缘于他好酒,他说:"我属于能喝(当然不敢见大巫),大概是天生的,但原来可没这般好酒。好酒以至贪杯是在来日本跟谷川先生练成的。"这位谷川先生,是李长声初到日本后工作单位的领导,谷川有酒瘾,经常让李长声陪酒,喝酒时无所不聊,所以李长声说自己是透过酒杯认识日本、了解日本文学的。

李长声留日之后的20世纪90年代初,他当时接受了北京的《读书》杂志主编、著名出版人沈昌文的邀约,开设了《读书》专栏"东瀛孤灯",侧重介绍日本文化,引起了一定的反响,后来上海、广东、台湾等地的报刊邀他写随笔专栏。李长声把不同阶段的随笔文章,陆续在中国各地结集出版,成为当下在日华人著书最多的作家之一。著名学者陈子善对李长声的评价很高,他说:"在我看来,长声兄是当下国内状写日本的第一人,就像林达写美国,恺蒂写英国,卢岚写法国一样,尽管他们的视角和风格各个不同。"③

诚然,李长声对日本文化的认识与书写,不仅涉猎广泛,又有自己的独特思考。他跟周作人一样,喜欢借助大量阅读文学作品来比较中日之间的异同,推崇并秉承周作人的随笔写作模式,注重知识性与趣味性,即讲究有益与有趣,其文笔于轻松幽默中凸显老到睿智。止庵先生说:"李长声写日本有一种俯视的态度"④,李长声解释自己这种态度得益于读书,他认为人在现实生活中视线总被遮挡,总戴着有色眼镜看一切,他之所以喜欢日本人写的书,是因为日本人写的东西能够为他观察日本提供一个高度,并且认为这种俯

(接上页)

25)《日下书》,李长声著,上海人民出版社,2009年。
26)《风来坊闲话》,李长声著,远流出版事业股份有限公司,2008年。
27)《吉川英治与吉本芭娜娜之间》,李长声著,英属盖曼群岛商网路与书股份有限公司台湾分公司,2008年。
28)《浮世物语:日本杂事诗新注》,李长声著,上海书店出版社,2007年。
29)《居酒屋闲话》,李长声著,远流出版事业股份有限公司,2007年。
30)《日边瞻日本》,李长声著,中央编译出版社,2007年。
31)《四帖半闲话》,李长声著,春风文艺出版社,2003年。
32)《东游西话》,李长声著,辽宁教育出版社,2000年。
33)《大海獠牙》,[日]水上勉著,李长声译,群众出版社,1999年。
34)《日知漫录》,李长声著,中国电影出版社,1998年。
35)《樱下漫读》,李长声著,敦煌文艺出版社,1994年。

① 李长声:《旧书的标价》,《反正都能飞》,第177页。
② 李长声:《旧书店血案》,《反正都能飞》,第134页。
③ 陈子善:《与李长声"相遇"》,《哈,日本:二十年零距离观察》序言,中国书店,2010年。
④ 李长声:《日语将消亡》,《系紧兜裆裤》,第311页。

视态度也是把事物置于历史中看。

　　李长声在三十余种随笔专著中,冠于书名最多的词语是"闲话",比如《居酒屋闲话》、《风来坊闲话》、《日和见闲话》、《四方山闲话》、《长声闲话》(五卷本)、《瓢箪鲶闲话》、《昼行灯闲话》等等。李长声自嘲说:"闲话,无济于'世',于事无补。即便自己很当回事的话,别人听来也像是扯淡,用日本话来说,那是'昼行灯'。"①虽然"闲话"是表明随笔写作的不拘一格,兴致所至,诙谐幽默,但其背后的语境并非是等闲的,而是渗透着作家对所写事物的人文关怀与自身的人格色彩、真知灼见。例如李长声谈及日本人自己的日本论时,他指出"日本论的最大缺陷是无视亚洲"②,他认为日本文化在很大程度上是通过贬低、否定、破坏中国文化来建立的,他还揶揄日本人把《菊与刀》③奉为经典,他说:"本来美国人写给自己看的,日本人却从中看见了自己,看的是自己在美国人眼里什么样。原来日本文化还有个型,作为'耻文化'与西方的'罪文化'相对,平起平坐,哪里还能有这么长志气的呢?从此日本人更爱日本论。"④在这里李长声是鞭辟入里,一针见血,揭开了日本人对美国人的臣服心理与媚态之举。再如,对日本每年的赏樱活动,一般人都从生命短暂的樱花之美来谈大和民族的物哀精神,李长声却拿出自己好酒的豪爽、洒脱与嘲讽之力,把樱花喻为泼妇,哗地开了,又哗地落了,他在随笔中写道:"樱花的一哄而起、一哄而散最符合大众的脾气。似乎江户人在世界上也是最好起哄的民众,樱花的暴开暴落像打架、着火一样打破日常,特别让他们昂奋。赏花是由头,喝酒是主题。没有酒,樱花算个屁。"⑤这两例子都足以证明出版人沈昌文所言:李长声的日本,一言以蔽之,曰:"把玩。"

　　在李长声随笔作品中,不难发现,汉诗功底厚实为其另一特色,几乎在他的每篇随笔里都能读到汉诗,或引用或自创,信手拈来,出口成章。例如,谈到《菊与刀》里的二重性被视为日本人一大特性时,他指出:"这种二重性,中国人早在唐代就指出了:野情偏得礼,木性本含真。"⑥李长声曾说自己在"文革"时是逍遥派,当时学校罢课,他每天待在家中读书、写毛笔字、做古体诗,他那时偏爱魏晋文学,而诗赋是魏晋文学的主要成就。他对日本的短歌、俳句、川柳都有研究,在随笔中有几篇文章专谈这些,如《俏皮的川柳》《滑稽的汉俳》《芭蕉的俳号》《几只蛤蟆跳水塘》《连句与团队精神》《君若写诗君更好》等等。他写道,"拿俳句打油就变成川柳,不像俳句那样拘泥于季语,好用应时口语,跟生活脸贴脸。俳句与川柳都带有滑稽,但俳句的滑稽须不失雅趣,而川柳的滑稽多乐在嘲讽"⑦,即使不懂日本文化的读者也会觉得浅显易懂,颇多受益。

---

① 王淼:《以平常心看待日本文化》,《现代快报》,2015年11月30日。
② 李长声:《莫须有的日本论》,《纸上声》,第185页。
③ 《菊与刀》(The Chrysanthemum and the Sword),美国人类学家鲁思·本尼迪克特于第二次世界大战接近尾声时受美国政府委托,为解决盟军是否应该占领日本以及美国应该如何管理日本的问题,根据文化类型理论、运用文化人类学方法对即将战败的日本进行研究所得出的综合报告,这本书的主要内容是分析日本国民的性格。1946年该报告被作者整理成书出版,遂成本书。
④ 李长声:《没有〈菊与刀〉,我们有周作人》,《瓢箪鲶闲话》,第96页。
⑤ 李长声:《赏花与聚饮》,《瓢箪鲶闲话》,第13页。
⑥ 李长声:《纸上声》自序,第11页。
⑦ 李长声:《君若写诗君更好》,《东居闲话》,第63页。

二、李长声与日本文学及其日本文学观

李长声移居日本之前,在国内曾任《日本文学》杂志编辑,后升任副主编。在20世纪80年代,《日本文学》杂志有中国独一无二的日本文学专刊之称。李长声涉足日本文学翻译及研究界的第一篇文章,是关于著名日本文学翻译家李芒的专访。出国前李长声接触过的日本文学界的中国学术前辈自不必说,单是日本的著名作家,他在长春、北京就见识过几位,如水上勉、宫本辉、森村诚一等。李长声在随笔《悼念水上勉先生》中回忆道,他当年听说水上勉先生率日本作家代表团访问中国,便慕名专程到北京去拜访,水上勉还在宾馆与他饮酒相谈。

留日期间,李长声对日本文学及近现代作家的阅读与思考,是广泛而有趣的,他把自己的思考落实在随笔集里,尤其是近作"长声闲话"系列中的《太宰治的脸》,"李长声自选集"中的《反正都能飞》以及在台湾出版的《我的日本作家们》。在《我的日本作家们》这部专著中,他对日本从明治到平成的三十七位作家进行了梳理与点评,这部书应当是现今第一部由旅日华人在居住国著写的随笔式日本作家评论集。李长声基本上打破中国人对日本的"社会集体想象",在国际视野与历史视域下,给我们展示了一部有血有肉的小型而立体的"日本近现代文学史"。

从中也可看出李长声的日本文学观,大致较为突出的有以下几点:

第一,李长声指出,从自然主义文学到私小说,构成纯文学系统,是日本文学史的正宗。他还说到,日本人谈论近代文学,总是把寻根的眼光转向西方,而小说《棉被》率先把西方近代文学的告白精神导入日本文学,被视为近代文学的出发点,而日本近代文学的巅峰是夏目漱石文学。但李长声提到川端康成与三岛由纪夫不睬夏目漱石,其根由就是夏目漱石被某些文学家病态般夸饰称为大众文学。夏目漱石的作品是写给不曾见过文坛的后街小巷,写给那些受过教育但普通的士人,并且使读者保持精神性健康,漱石笔下没有性描写,他的作品赢得中流阶层的好感。李长声认为三岛由纪夫作品华丽,川端康成作品朦胧,谷崎润一郎笔下多修饰语,虽然日本文学崇尚简素,但作家们各有风采。他又指出,在日本"村上春树是被读者读得过分的作家,而三岛由纪夫是被评论家评得过高的作家"[①]。

第二,李长声擅长随笔,对日本的随笔文学也是了如指掌。李长声明确指出,日本文学传统就在随笔,《源氏物语》虽被奉为第一本日本小说,那都是近代日本人用西方文学看待自身而得出的结论,他认为《源氏物语》基本上仍是随笔性叙述。对于日本当代的随笔,李长声"爱读三岛由纪夫的见识、丸谷才一的学识,出久根达郎的知识"[②]。

第三,李长声将日本的"时代小说",译作武士小说,这类小说都是以江户时代为背景,类似中国的武侠小说。他还指出武士小说历来为日本人爱读,此类出版不见萧条过,但写武士小说的作者基本是中年作家,原因在于写作需要有阅读史料的能力、考证史料的功夫及人情世故,年轻人难以为继,所以武士小说的阅读市场被老作家垄断,长销不衰的有司马辽太郎、藤泽周平、池波正太郎等,这也是李长声老师最为喜欢的几位日本作家。

---

① 李长声:《书有金腰带》,《反正都能飞》,第181页。
② 李长声:《关于随笔的随笔》,《长声闲话系列:太宰治的脸》,第299页。

第四,李长声指出,日本颇受欢迎的推理小说是在欧美影响下发展起来的,比欧美推理小说的盛行晚了半个多世纪,原因就在于日本城市近代化落后,推理小说是近代城市的产物,各种各样的城市型犯罪为推理小说提供了取之不尽的素材,所以推理小说与特定的时代、社会以及特定阶级集团的关联极为密切。他说推理小说甚至被称作"教授的文学",原因就在于推理小说需要知识,还需要经济、时间与精神的富裕。近代城市为推理小说造就了这样的有闲阶层。

第五,李长声认为日本作家善于改写中国的东西,似乎从文学上证明着他们以改造为能事。比如《山月记》,就是小说家中岛敦改自唐传奇《人虎传》。指出作家北方谦三改造梁山,被他"翻案"的《水浒传》长达十九卷,洋洋洒洒,他不无嘲讽地说:"在我们看来,往白酒里掺水不能算改造,而且是奸商行为,但日本人自有日本人的喝法,《水浒传》还得了司马辽太郎奖。"

第六,李长声还指出,中国引进的日本文学作品有几个断代,开始是无产阶级文学,如小林多喜二,接着是夏目漱石这一批作家的作品,然后是引进推理小说,再后是渡边淳一等人的作品,现在就是村上春树。但村上春树在美国讲课时给学生推荐的一些他认为很好的日本作家作品,中国几乎都没有引进过。李长声认为,现在中国引进出版日本文学图书,关键在于版权合作是否通畅,能够很好合作的根本原因可能在于中国出版社的版税额度是否足够吸引日本的出版社。

三、李长声的日本文学评论之特点

(一) 知识性与趣味性较强的随笔式短评

李长声的日本文学论,显然不是注重分析与归纳的学者型研究论文。他是作家,且是随笔作家,所以他的日本文学论从严格意义上来说是随笔式短评,虽然缺乏精准的考证或严谨的论证,但李长声凭着自己多年积累的日本文学阅读经验,他既可以做到高屋建瓴式的全面把握与独到见解,也可以诙谐幽默地细数作家逸事与传闻,加上文化随笔本身就注重知识的丰富性与趣味性,所以让读者受益匪浅,对研究者来说也是颇有启发性的参考资料。比如,他在《漱石那只猫》一文中谈到,1903年漱石迁居后第二年跑进一只野猫,赶出去又进来,发现那只猫爪子底下也是全黑,据说是福神,漱石之妻便收养了它,李长声接着在文中这样写道:"果不其然,岂止给夏目家招财,更是给日本近代文学招来了一部不朽之作(指《我是猫》,笔者注)。"[1] 他还形象地写到《我是猫》"喵"一声惊人,夏目漱石又发表《少爷》《旅宿》等,一时间日本文坛成了夏目漱石一个人的舞台,于是李长声推论说:"《我是猫》具有符号论的价值,一说漱石,人们就会想到那只猫。"[2]

(二) 对日本作家评论立场的人性化特征

主要表现为,一是李长声的日本作家点评不是教科书的有板有眼,他更多的是讲故事一样把作家及其不为大家所知的生活与经历娓娓道来,他把作家真正当作人来写,甚至有些八卦,好处是给读者的印象深刻,而不是把它们看作是故纸堆里的符号化的知识性东西介绍给大家。正如台湾著名文化人傅月庵在给李长声的新著《我的日本作家们》的序文中所指出的那样:"一是他不仰视作家,多半是平视,有时则俯视,作家遂如邻居友

---

[1] 李长声:《书有金腰带》,《反正都能飞》,第3页。
[2] 同上书,第4页。

人,优缺点都列,绝不高高在上。……二是他把作家当人看,除了作品之外,更多的是谈论作家的性格与风格,许多的轶事或八卦,即因此得出,读起来自有一种亲切感。"①比如《漱石与嫂子》一文中开篇就指出,日本近代作家叫做文人,文人无行,主要表现为"醇酒妇人",提及山田花袋把自己和女弟子的情事写成小说《棉被》,如实而艺术;岛崎藤村更厉害,写的是自己与侄女乱伦,自曝家丑,作家获得了所谓的"新生",而现实中的侄女却不得不远奔中国台湾。李长声在文中慨叹日本的私小说够可怕,这类小说的创作需要勇气,并略带揶揄地断言说,如果以"作家和他的女人以及文学"为题,就能写出一部日本近代文学史。

评论立场的人性化特征,二是表现为他评介作家作品比较客观,向我们展示了当今一个中国人在了解日本方面所可能达到的程度。从不夹杂政治色彩与民族情绪等。比如对日本右翼作家石原慎太郎,李长声以平常心看之,他指出人家毕竟是日本人,当然是站在日本的立场说话。李长声曾明确表示欣赏这样一类人,既不带着历史使命感去憎恨日本,也不把日本的种种优先当作目标、一味地向日本学习,李长声喜欢的这类人热爱村上春树或渡边淳一,痴迷于东野圭吾的推理或高木直子的漫画,他们具备更多的"人性",脱掉作为集体的一员的桎梏,而只代表自己发出对日本或日本文化的看法。

(三)善于在中日作家作品之间做比较

身为越境作家,李长声进行随笔创作时,母国、异国两种文化之间互动中的个人意识是不自觉的,在谈到一些话题时会经常有意无意地在中日文学之间做比较。比如,在《芥川奖不语似无愁》一文中,他指出芥川的真面目是深深悲哀的人,觉得自己与周围都是丑陋的,而且看着这些丑陋的东西活着是一种痛苦,这也正构成了芥川文学的根柢。而在这篇文章结尾处,李长声想到了中国的作家,他略带讽味地指出:"似乎他们向来只看见周围的丑陋,就活得很快乐,尽情活下去,小苦也带着微甜。"②再如,论及太宰治的文学时,李长声写道:"太宰治死于1948年,那他的文学和当今中国文学比较似乎时间上有点错位。若说日本文学与中国文学的不同之处,首先在于私小说。虽然今天的作家们有所收敛,但没有写工农兵的传统,终究只能写自己,暴露隐私乃至出丑。中国作家即便写自己,往往也不会真写皮袍下藏着的小。人都不愿暴露自己的阴暗面,但喜欢看别人暴露,私下里认同并释然,这正是太宰治死后六十多年文学魅力不衰的奥妙所在。"③

(四)其随笔式评论或创作的边缘性

李长声不止在日本文学论方面,其他随笔作品都呈现出两元文化兼容状态的同时,母语写作的边缘化状态也突显出来,不仅有着生存的边缘性,也有着文化上的边缘性,思考与写作在母国与所在国之间游离,属于典型的越境写作。据《寻找身份——全球视野中的新移民文学研究》④一书,日本《新华侨》杂志曾组织在日华人作家李长声、靳飞等就所谓新移民文学进行座谈,这些作家痛切地指出了新移民游离于中国、阻隔于日本、封闭于华侨社会小圈子的现状,用在中国和日本"两边不是人"来形容这种多重性的边缘处境。

---

① 李长声:《我的日本作家们》,第5页。
② 同上书,第78页。
③ 李长声:《文学忌》,《反正都能飞》,第205页。
④ 吴奕锜、陈涵平:《寻找身份——全球视野中的新移民文学研究》,中国社会科学出版社,2012年,第97页。

武汉大学张益伟的博士论文《1990年以来日华文学的叙事学研究》是从正面意义上分析李长声边缘性写作的:"对日本知识和文化的剖析不是每一个在日华人作家都能做到的。就像李长声说的,'侨日不等于知日',表面上的走马观花在他看来都不是对日本文化的恰到好处的把握,只有从细微处和深层次中看日本,才能捕捉日本文化之所以是这般的奥妙'深义'。由此可以看出李长声的边缘文化立场,他完全是站在一种独立知识人的位置上看待日本和中国,这样,在他笔下的中国既需要不断地自我批判,而日本也并非是中国人想象中的天堂。"①但笔者从另一面来看,尽管是成熟稳健的独立知识人形象,但摆脱不了边缘文化身份的干系,因此,随着中日关系的不断变化,他们的立场与思想多少都要受到冲击与影响,这些微妙变化之处,就体现在他们对日本某些文化或事物赞许的同时,总不忘在最后添加一笔对日本的挑剔或揶揄,毕竟他们著作的消费主体在母国,无论如何在他们心里装着的仍然是母国的读者。当然在正常的两国关系下,李长声基本做到了较为客观的态度,去审视日本文化文学或中日之间的文化文学的比较。

---

① 张益伟:《1990年以来日华文学的叙事学研究》,武汉大学2014年度博士论文。

姜建强

研究川端学的一条新路
——读张石《川端康成与中国易学》

一

读罢张石先生的新著《川端康成与中国易学》(广东人民出版社 2016 年 5 月),开始想对我们并不陌生的川端康成做个再思考。这位 2 岁死了父亲,3 岁死了母亲,6 岁死了祖母,10 岁死了姐姐,14 岁死了祖父的大文豪,一辈子还是没能穿过死的隧道,最后还是用自杀走向"临终之眼"。如果说"无言的死,就是无限的活"这句话为真,那么一个简单的设问是:无限的活,为什么一定是无言死的结局呢?显然这是川端康成诡异之处。他在 1926 年发表《伊豆的舞女》。再过八年就是一百年了。快一百年的作品,今天读来恍如昨日。山峦依旧重叠,森林依旧原始,幽谷依旧深邃。被雨水冲过的秋夜,依旧银亮银亮,层层雾霭。而白里透红的舞女们,依旧给人"这孩子有恋情"的如烟似霞。人们在惊叹之余,感慨的是这块风土有一股神秘的耐久力,感慨的是这块风土上的人有一股难以变异的唯美情愫。

看来这就是川端康成的魔力了。多少年前我们读他的作品,只是被他的懒散和暧昧所迷惑。只知道他的懒散指向的是日式灵魂,只知道他的暧昧指向的是日式精神。但当读完张石的新著,再去读熟悉的川端作品,就会发现他的作品其实贯穿了这样一个设问:精神的放荡是罪恶吗?如果是罪恶,那岂不承认有精神罪?与思想家们的思想罪同格,岂不是我们所熟悉的专制通路?如果不是罪恶,那么人对精神的放荡又为何如此的惧怕,如此的不安,如此的有大祸临头之感呢?人类理智与精神放荡,绝对精神与精神放荡,为什么又为文学家们所热衷呢?

毫无疑问,川端康成的小说就是精神放荡的杰作。《山音》是精神放荡的产物,《睡美人》是精神放荡的产物,甚至连《千只鹤》也是精神放荡的产物。那么精神放荡是罪恶吗?也就是说作品主人公们都是罪人吗?显然不是。如果是罪人,如果我们死去的父辈身上有了罪恶,那么为此殉葬的又是谁?川端说自己经常躺在枯草上凝望着竹林。竹林用寂寞、体贴、纤细的感情眷恋着阳光,使自己坠入无我的境地。笔者以为,这就是情的激荡之处,这就是思的侵润之处。

二

客栈的女人叮嘱江口老人说:"请不要恶作剧,也不要把手指伸进昏睡的姑娘嘴里。"
这是小说《睡美人》开首句。
其实这是一句非常有意味的隐语:老人在青春胴体上的狂欢,不应该包括情事。

步入晚年的川端康成,在1963年写了一位67岁的老人来到一个供养女孩的客栈,与服下安眠药长睡不醒的美少女,裸睡了五夜的故事。不久行将就木的老人,对青春胴体还有反映,对少女体香还有嗅觉。甚至对情事还想入非非。还有什么比这如此清醒地走向死亡更令人动容的故事吗?

还不到20岁的青春肉体,使江口老人倒抽了一口气。他觉得自己的另一颗心脏仿佛在振翅欲飞。江口一边握住熟睡姑娘的手,一边撩拨她的秀发,让她的耳朵露了出来。皮肤洁白。脖颈和肩膀也很娇嫩。没有女人圆圆的鼓起的胸脯。江口虽然明知姑娘就是为了让人看才被人弄得昏睡不醒的,但他还是用被子盖上姑娘那显露的肩膀,然后闭上了眼睛。在飘逸着姑娘的芳香中,一股婴儿的气味蓦地扑鼻而来。这是吃奶婴儿的乳臭味,当然更是鲜活的生命之味。

自己身旁的姑娘是偶人?但是没有听说有活着的偶人呀。因而这位姑娘不可能变成活着的偶人。是不是有这么一种可能,为了使已经不是男性的老人不感到羞耻而被制作成活着的玩具。"不,不是玩具。对这样的一些老人来说,也许那就是生命本身。也许那就是可以放心地去触摸的生命。"以前,江口老人只知道吟诵这样一首歌:黑夜给我准备的,是蟾蜍、黑犬和溺死者。但这回的黑夜给他准备的是胴体、红颜和青春。他有受宠若惊之感,更有感恩之情。有这么一位青春胴体敞亮在垂死老人面前,这尊青春胴体不就是女神之胴体吗?不就是佛身之塑像吗?一位垂死的老人能近距离观察和触摸女神之胴体,佛身之塑像,他除了惊恐和感恩还能表现什么呢?

所以小说写江口很想把姑娘细长的手指放进嘴里咬一咬。如果让小指头留下齿痕,并渗出血来,那么姑娘明天醒来会怎么想呢?在与女孩睡觉的日子里,江口没有性侵她们。当然或许也无法完成性侵。但是他也没有性虐。而性虐是与性能力无关的。江口让自己昏昏入睡,就是怕"男人的嘴唇可以使女人身体的几乎所有部位出血"。这句话,还是以前一位艺妓教给他的。江口之所以没有陷入恶魔般丑陋的放荡,那是因为熟睡不醒的姑娘的睡姿着实太美的缘故。情色并不都表现为交欢,有时情色也可表现为一种无邪念无欲望无冲动,表现为一种虔诚,一种敬畏,一种温情。这就是日本自古以来"好色"所张扬的内涵。

性功能丧失了。但还有性感觉。仅仅抚摸女性的肌肤,就有快感。在面对图腾似的少女裸体,衰老与青春,死亡与活力、颓废与纯洁、悲凉与热情,永远是情色世界不衰的主题。

男人在他生命的最后一刻,以一种衰老的方式,死在一个浑身赤裸并且毫无知觉的10多岁的处女身边。这究竟是荒诞还是幸福?《睡美人》写作于1960年。评论家涉泽龙彦说过,这部小说基本上是可以说是玩弄少女的尸奸物语。但全然没有西方意义上的恶(善恶二元的恶)。十二年之后,即1972年的某一天,川端康成在自己卧室含煤气管自杀。一贯对少女有嗜好之心的川端,可能也像江口老人一样,一夜春宵,不举。只有快点死去才能完成对少女裸体的救赎。

应该说,川端康成的这部小说是惊世骇俗的。他将青春与老人,将生与死放置在了一个罪恶的临刑场,然后用看似罪恶的精神,放荡地透过窗口,眺望大海,但见岸边的斑斓微波迎着朝日闪闪发光。或者在动粗之前,雄性精神被真正少女的象征精神阻挡住了,抑制住了。这就如同1809年黑格尔在耶拿大学惊叫"我看见拿破仑了"的瞬间,世界精神用骑马的方式放荡一样。以前,笔者一直不明白川端康成这个惊世骇俗的源头来自何方？但在看了张石新著在第五章第一节中论述川端康成与一休的关系,使我顿然明白川端的源头在一休。从"睡美人"不就像身佛一样的设问,到可怜的老人似乎又被宽恕的欣喜,张石说这令人想起一休的汉诗:

> 盲森夜夜伴吟身,被底鸳鸯私语新。
> 新约慈尊三会晓,本居古佛万般春。

"如此将佛和女人及性的交涉重叠在一起加以表现,在日本和尚中一休是最极端的存在。"(第181页)这也就是说将少女之身与佛身相融,在一个极端相对的对象中创造出"绝对的同一性",在日本是从一休开始的。这既是人生难题也是宗教难题。而无论一休还是川端,他们要克服的就是在生涯中所体验到的"痛苦的爱的单向通行的感觉。"(第195页)这里,令我们的好奇是一休的这个宗教感觉又是从哪里来的呢?据作者说这与"中国的禅宗,特别是狂禅有着深刻的渊源关系"(第199页)。女孩的纯真正是老人们老丑的象征。躺在身边的睡美人还是个处女,这与其说是老人们的自重与守约,还不如说是他们凄惨地衰落下去的标志。但衰落中的精神放荡,就其本质而言却是"严峻深邃的禅的宗教问题"。

三

川端康成到了晚年对生命之丑产生了浓厚的兴趣。无疑,这是他思想的一个高度和亮点。如果没有这个高度与亮点,我们今天的谈资只能局限在雪国和伊豆舞女。幸好对这个问题的关注,我们今天还能谈论在青春胴体上的狂欢,到底是拯救了老人还是拯救了少女?还能谈论翁媳关系是如何从禁忌走向一个无心的高度的。这与"佛界易入,魔界难入"有关。如果说佛界就是真善美的彼岸之门,那么魔界就是假恶丑的地狱之门。这个世界,这个世界中的人性,究竟是佛界的还是魔界的?究竟是涅槃的还是鬼魅的?艺术要拯救的对象,处女们要救赎的对象,在很大程度上是否与魔界有关?

什么叫老朽?川端康成在1954年出版单行本的《山音》这部小说里,主人公信吾无论是梦见儿媳菊子也好,还是梦见儿子修一朋友的妹妹也好,在淫靡的梦中有淫心却没有淫举。信吾意识到这大概是比奸淫更为丑恶之举。大概这就是所谓的老朽吧。老人都是这样吗?人老既翁。翁既善?这个善是否就是入魔界了或者就是魔界之人了?信吾有时也在骂自己无能无用,责问自己就是在现实中真正爱上了菊子又如何?为什么连做梦都害怕?但是信吾的脑海里浮现了俳人芜村的句子:老身忘恋泪纵横。为什么"泪纵横"呢?是情思的衰萎还是入界的浑然不知?院子里的虫鸣声,高高低低,长长短短。信吾能分辨出这鸣声不是金铃子,也不是金琵琶,都是些不知名的虫在鸣叫。信吾感到自己就像虫一样,"被迫躺在黝黑而潮湿的泥土中"。

62岁的信吾迷恋儿媳的美。菊子从下巴到脖颈的线条美,使得信吾得出这样的结论:"这是一代无法产生的美,大概是经过好几代的血统才能产生的美吧。"他不由地感伤起来,感觉自己的个体生命无法逾越几代。而菊子在电话里的声音犹如少女的悦耳,使信吾又有一股暖流渗进了心胸。问题是菊子。当她察觉自己的公公从后边盯视着她,便倏地将双手举到头上,将凌乱的头发束了起来。不经意间的一个动作,表露的是女人本能的受动之美。这就像神社的大银杏还未抽芽。可是,不知为什么在晨光中,总能嗅到一股嫩叶的芳香。

吐血了。这是突然有一天的事。但信吾马上联想到自己是否快要死了？这时传来阵阵山音。像远方的风声，低鸣般地低吟着。带来恐惧是无疑的。而摆脱死亡的恐惧，最有力的内向手段是什么？从川端康成的《山音》来看就是唤醒人体内的性的张力。简言之就是回春。但回春有道德之恋和背德之恋之分。《山音》所强调的是背德之恋，这比道德之恋更有威猛之力。因为背德是内心搏斗和厮杀的结果，更能体现人的本真。小说中，菊子流产了，这使得信吾潜意识中伸向无限生命的欲望被切断了。因此他哀伤，对生命投胎转生而停滞的哀伤。而儿子修一的情人娟子则怀孕了。信吾则是表面的劝阻暗地里的慰藉：就是自己死了，还有未曾谋面的孙子存在。因此他欣喜，对生命流转不息的欣喜。

对此张石在《川端康成与中国易学》中指出，将山的风声视为不祥的预兆这种说法，也是最早见于《易经》。《易经·蛊》曰："象曰：山下有风，蛊。""信吾听到这声音（指山音）还是在初秋的8月10日的夜里，这就不能不使人想到川端康成在这里借用《易经》之说。"（第215页）张石对此分析道：老人所面对的是生命的断绝——无时间的死，而性所展开的，是以生命的继续为特征的时间的无限的延续。老人如果以同样的老人为对象追求性的拯救，生命的相继则难以实现。可是，如果老人向年轻的生命寻求性的拯救，则可能使老人衰老的生命在年轻的生命中放出余晖，展开通往无限的生命的时间。《易经·大过》根据这种生命现象的存在方式，提出了可以说是生命哲学的"枯杨生稊，老夫得女妻，无不利"的观点。这里的"女妻"是少幼之妻，"枯杨生稊"是干枯的杨树根部抽出新芽，枯木再生的意思。在张石看来，川端康成《山音》小说的整个立意和框架就是来自《易经》的"枯杨生稊"。这一揭示显然是有新意的。这个新意就是为我们作了个解惑：为什么川端康成既是本土的也是东洋的，即是唯美的也是物哀的，就在于他无限接近了中国易学，无限接近了中国易学中的"整体精神——无心"。这样小说中的信吾就从"弗洛伊德的个体无意识到达了东方文化的深髓宇宙无意识"（第261页）。当然与其说是信吾达到了这个高度还不如说是川端康成自己达到了这个高度。因此他的小说虽然写的是背德，但并不色情；虽然挑战的是人伦，但并不惊涛骇浪。

四

《千只鹤》我们并不陌生。

《千只鹤》写唯有女人恩泽才能宽恕极恶的罪人。"在熟睡的雪子身边，菊治感受到一种甜美而温馨的赦免。"片刻间忘却了罪孽，片刻间得到了安然。菊治的父亲有栗本近子和太田夫人二位情人。而菊治的父亲死后，太田夫人又情移于他的儿子菊治。菊治也接受了这个爱。而太田夫人死后，菊治极度思念她，又爱上了她的女儿文子。而最后，菊治又与近子介绍的雪子相好。虽是同房，但不做接吻之外的任何情事。

这里读者你是否发现这样一个问题：是道德让菊治的父亲，太田夫人和文子相继死去。这样做显然是为了不再持续罪孽。这表明川端还是个道德至上者，还是个人文情怀者。但是也做过菊治父亲情人的近子，这位乳房上先天有个大黑痣的近子，却借着佛像化身的雪子打压文子，最后潇洒地活在这世上的是她。这样看仅仅是近子成了道德的逍遥者。死的救赎在近子身上失效。这也表明罪孽这个东西，在川端那里具有不确定。而雪子模糊与抽象的美，则是想表明女人的恩泽。

小说中，菊治比太田夫人年长20岁。但他与她却享受着来自"夫人经验"的那份愉悦。菊治并不胆怯,也不觉得自己是个经验肤浅的度生者。在每次情事完毕后,不知为什么菊治总觉得有一种厌恶感。但是在理应最可憎的时候,却又觉得甜美而安详。这就是背德的双重体验:有罪感,但更有甜美。在《千只鹤》的续篇《波千鸟》中,菊治和雪子已经结婚。这显然是期待人能够克服过去的罪孽。虽然被我们看出了媚俗的梦幻之痕迹,但当看到雪子那双"已经被冬天的水浸泡出粗燥之痕"的手时,则又强烈的表明任何的美与任何的观念都抵挡不过岁月。岁月并不包容任何的美与任何的观念。因为任何的美与任何的观念都是人将当下情感对象化的一个幻觉而已。那么还有比这更哀婉更物哀吗?虽然颂花,但实际上并不觉得它是花;尽管咏月,但实际上不认为它是那轮月。川端康成说这就是日本或东洋式的虚空或无。人终将老去。任何的凄美也终将过去。那么,川端康成问:这其中是否有死的哀婉和生的物哀?

川端康成喜欢王维"日落江湖白,潮来天地青"的诗句。但他又说当我喝着鳍酒,脑海里则浮现出杜甫的诗句:"明年此会知谁健,醉把茱萸仔细看。"有谁知道明年还能健康地活着?边喝着醉酒边端详这小小的红色茱萸。川端说近代的孤独感就这样步步逼近而来。死就是拒绝一切的理解。所以在川端的小说里,我们看不到冤仇,看不到报复,看不到怨恨。有的只是哀伤。张石对此揭示说:"他承受着哀伤,玩味着哀伤,但不去探求哀伤的原因,而只把它看做一种无常,一种宿命,一种美。"(第12页)

川端康成时常回忆这样的一幕:小时候被赶出家门的老保姆,在我家的篱笆墙外长久地徘徊,叫着"少爷""少爷"。那呼唤少爷的声音至今无法让我忘怀。川端说,这仅是小例,但这种情谊与恩惠已经深深地浸透了我的身体,伴随我整个的人生。可以说川端一辈子都活在自我一元的世界里,万物如一,自他如一。这里的"如一"就是如何既是道德的也是生活的?如何既是人伦的也是现实的。所谓的"山音"不就是背德坟场吹来的山音与情念场吹来的山音这两种声音吗?人至垂暮,体验这看似极端的撞击,不就是一种趋同的"如一"吗?规范与趋乐,如果能在"天之邪恋"中达到"如一",就是张石所概括的"哀"与"不哀"之凄美文学,"易"与"不易"之神秘宇宙了。看来是有思考力的张石,率先走出了研究川端学的一条新路。

万景路

指向一个与我们观念有异的日本

——读姜建强《岛国日本》

前些年国人如果想要了解日本,那只有通过有限的如"日本四书"(本尼迪克特的《菊与刀》、新渡户稻造的《武士道》、蒋百里的《日本人》以及戴季陶的《日本论》)等一些数十年前的著作,虽然博大精深,但毕竟限于出版时代,与当下的日本现状已不能完全相互印证。而近几年,关于研究、介绍日本方面的书籍可谓是推陈出新不断面世。而且,研究领域、方式等也各有侧重;通俗易懂深奥渺远也是各擅胜场,就颇有百家争鸣之势。最近读姜建强先生的新著《岛国日本》(中国法制出版社,2015 年),感觉姜建强先生以哲学的角度和眼光对日本文化、历史的细腻、层层深入的梳理、论证手法,不觉让人眼前一亮,使得我们意识并感受到了还有一个这样的日本在等待着我们去观察、认识和理解。《岛国日本》全书以十六篇文章洋洋洒洒十余万字,通过对日本地理、历史、宗教、战争、哲学、人文等方面的阐述,贯穿古今、旁征博引、精妙论证,让读者从一个全新的视角下看到了一个不一样的日本。

作者首先从日本的地理特性方面着手,通过对频发的火山、地震、海啸等天灾的介绍,引出由不间断的天灾使得日本人认识到人生无常,并由此开始思考生死。作者以大量的事例、数据娓娓向人们道来日本人是如何把死看作生命之中的一个必经之过程,领会死并不是完全的生命终焉而是持续的生命的一部分。只有以平常心理解了这样的生命过程,才能直面生死,这也才是日本人能够看淡生死的独有的死生观,而不是我们所说的生死观,"死"与"生"二字的前后调位,背后透射出的却是日本人的死生文化。而作者正是通过对日本人的这种死生文化的论述来让我们冷静地了解日本人,进而了解日本这个国家。

看淡生死固然貌似潇洒,但无视生命却是脑残行为。作者通过对"3.11"大地震所造成的巨大灾难的原因、过程、后果的全方位的梳理,指出了正是由于掌权者的缺少前瞻性的"村落心性"才导致了他们单纯地为了追求经济发展的最大值,从而忽视了或曰故意忽视了坐落于太平洋地震带上的日本是不适合发展核电站的这一事实。造了核电站,而且是在列岛上造了 57 座 300 多个核电机组。没有有识之士吗? 有的,但正是基于日本的国家构造和暧昧本性所形成的无责任体系导致的集体无责任意识,让有识之士们闭上了嘴巴,享受核发电给人们带来的生活便利和舒适。当然,发生可怕后果的时候,就和二战后东京国际军事法庭审判日本战犯时如出一辙,找不到肯站出来的负责之人。每逢类似情况,一般日本人都会以一句"没有办法"的口头禅来模糊应负的责任。或许在这个时候,日本人的无常观和死生观所具有的消极处事方式就起了主导作用吧。作者以无可辩驳的真实数据、论证,让日本人的矛盾性格在此又得到了一次印证。

在本书中，尤其值得一提的是，作者在总共十六篇的煌煌之论中共有三篇文章涉及了佛教。作者首先从考证天皇家祖神与佛教的关系开始，通过日本神话史料论证，日本的天照大神其实是一字金轮（北极星）与佛眼佛母（密教供奉的本尊）所生的大日如来通过"神佛习合"在"本地垂迹"变身而来。换言之，就是日本历代天皇都可以说拥有佛教的传承了。但一个令人尴尬的事实却是，如果此论成立，那也就是说在日本人精神信仰的中心地带——皇家，首先就出现了神道教天皇玩佛教行事的现实了。从天皇家包括即位大典在内的主要宫中行事都是以佛教形式所进行的宗教仪式上来看，事实也正是如此，这倒是莫大的讽刺了。而从作者考察天皇家"万世一系"的血脉传承与佛教公德认识的关系，以及对从奈良时代到幕末为止历代天皇都热心佛教活动的介绍这些事实来看，这天皇家和佛教还真就很难脱干系。如此说来，是日本人自己欲神化天皇，神化日本史，才使得天皇家陷于了这不伦不类的尴尬境地，却是自作自受了。

那么佛教在日本又是如何发展的呢？作者告诉我们，自从最澄在中国学佛归来后，创天台宗，废掉佛家戒律，以只是形式上的"天台圆戒"来代替正宗佛家之戒，佛教在日本就已经开始变味了。非但最澄如此，和他一起渡唐学佛的空海回来后，创立的真言宗，也是集儒、道、密教于一体的新佛教，这与释迦的佛教也已经不太搭界了。

先辈们如此，接下来创宗的日本大和尚也不能输于前辈，于是，开创了净土真宗的亲鸾上阵了，他颠覆了空海师傅法然大和尚主张的人只要不停的念叨"阿弥陀佛"，就能得赴净土的说法，而是主张只念一句佛就可以往生。非但如此，这主儿还公然藐视佛门之清规戒律，吃肉娶妻，而且还生子，不过却硬是做成了日本前无古人后有来者的佛门开山祖师。接下来的日莲宗始祖日莲，这老先生倒是认为需要修行，但是只需修行一部《南无妙法莲华经》就足够了。以此来忽悠，居然使得今日日本佛教徒众之中80%的人都属于日莲宗，包括日本著名的半宗教半政党的创价学会会众，也都是日莲宗信徒。

有大先辈和中先辈们这样的模范，你就不能怪今时的小和尚们有样学样。急和尚之所急，平地一声春雷，明治大帝颁布了"食肉带妻"法令，一时间，日本举国上下，和尚欢腾，小和尚们也终于熬到享受甜蜜生活的时候了。从此，日本和尚们把吃肉喝酒娶妻行动进行得如火如荼。据日本佛教网统计，今日之日本和尚，已有80%拥有家室，甚至有些寺院直接就是子承父业，世袭住持。有钱有地产，还有信众上供，万事无忧，却让非宗教人士内心满满的都是羡慕嫉妒恨。至此，作者以众多佛教史实为我们展现出了一个生动别样的日本佛门世界。

宫崎骏的动漫，一直以其技术精湛、故事动人、风格温馨著称。他的作品在探索人与自然的关系，宣扬和平主义方面也广受日本以及包括中国的影迷喜欢。但姜建强先生从宫崎骏的收山作《起风了》的创作背景、手法、主题宣扬等方面入手，通过层层剥茧式的剖析，引证有识之士的评论，对宫崎骏虽醉心于动漫，追求唯美艺术，但却根本没意识到自己为追求唯美所借用的人物原型却是"杀人利器""战争工具"的制造者这一事实。直到在享受成功的喜悦的同时，面对有识之士的"对兵器的礼赞是否等于对战争的礼赞"的尖锐质问，宫崎骏赫然难对，最后宣布了隐退。虽然上述质问不一定就是他选择隐退的主要成因，但作者通过这样一个典型事例，却告诉了我们在知性方面日本人还是只关心美丑而缺乏善恶意识的这样一个民族，从而设问《起风了》何以成了宫崎骏的精神炼狱？

"间"为何物？作者对日本的"间文化"可以说是着墨颇多，也足见作者对日本的"间"之重视程度。也确实，一个"间"字，几乎可以体现在日本的方方面面，所以，作者说

"日本文化的密码,就暗含在这个神奇的'间'"里。尤其是人与人之间的"间",这种日本人得意的暧昧的表现形式,让日本人在处理人与人的关系时如鱼得水,但却让我们这些外人云里雾里难明所以。但作者从"间的雾雾霭霭的心相"着笔,通过对无处不在的"间"在生活中所扮演的重要角色之循循介绍,让我们知道了"间"是日本人暧昧性格形成的根源。掌握好"间",就是日本人的处事哲学。从而,让我们认识到了"间文化"在日本人心相中的重要性。比如,日本人不喜欢打官司,遇到纠纷尽量以常识、规矩来作为指导行为、解决争端的准绳,就是为了避免人与人之间因诉诸法律而致使最后的一点暧昧的"间"也丧失殆尽。日本人视法律条文为恶文,因为必须小葱拌豆腐的法律条文使得"间"没有了用武之地,没了转圜的暧昧空间,这些都是日本人生活中要极力避免发生的现象。作者所指出的,也让我们意识到,日本始终不愿以法律条文的形式来为自己的侵略行为定论,是否就是因惧于在法律条文中,"间"的暧昧表现就会难以有发挥空间呢?而像村山谈话、河野谈话那样的谈话形式就可极尽"间"的暧昧之能事。2015 年的安倍谈话,更是极尽暧昧之能事,对战争责任轻描淡写,言里言外渗透、宣扬日本遭受核爆的受害国意识,以"我们不能让与战争毫无关系的子孙后代担负起继续道歉的宿命"的怨妇论调,行打悲情牌之实,等等,可谓是通篇充斥着"间文化"。依据姜先生对日本"间文化"的剖析,就让我们又一次认识了把"间"的艺术玩到炉火纯清的日本人。

在介绍日本史上十大人物时,虽然作者着墨不多,但却以其一贯的严谨、不苟,翔实的笔调,向读者展现出了包括最澄、足利尊、丰臣秀吉、德川家康、东条英机等十人或霸气、或狡诈、或仁慈、或果决等栩栩如生的形象,也让我们得以重新认识日本历史人物的往事今生。读史札记可以说是野史趣事,但通过作者形象、生动的记述,不仅让我们了解了古代日本人的智慧和行事方式等。如像"铁火祭"这样的传统活动,"铁火裁判"的争斗延续至今,还让我们更加认识到了日本人骨子里的仇恨心理的跨代传承之可怕。记得曾看到过一篇介绍日本宫城县知事与相邻县(具体那个县忘了)知事见面之冷淡场面的新闻记事,究其原因却是因为对方县在战国时期曾经屠杀了宫城县 3000 将士并悬首城门以示众,这个仇却是一记数百年,世事变幻,人事更新,都没能使两县泯灭恩仇,日本人对于记仇的执着就足够可怕了。

作者以解析突然变成"零核电"急先锋的日本前首相小泉纯一郎近期举动为《岛国日本》的最后一章,以此呼应开篇的关于日本火山、地震的地理介绍,不仅使文章前后呼应更加自然、紧密,而且,在最后又提出了一个吸引读者眼球的目前广受关注的"核电"问题,使得人们认识到核电危害的同时,也对原本是核电积极推进派的小泉前首相犹若变魔术般华丽变身为废核急先锋的举动引起了无限好奇。当然,解析其动机的论述有多种版本,比如有说是受恩师临终遗言触动而改变观念的;也有说是因为其在荷兰参观了核废料处理厂后改变的看法;还有说是为了给儿子的从政之路再进一份老爸之责而出头的;亦有分析认为是为了帮安倍过关给安倍解围而故意出来转移注意力的。不过,虽然最终结果是小泉前首相和细川前首相合伙也没折腾成功,但多数意见还是认为这次小泉实际上是联手细川与安倍对着干的。顺便提一嘴,安倍曾是小泉的原盟友、部下、亲密同志。

此外在《岛国日本》中作者姜建强先生还有更为精彩的再发现,比如天皇家一套独特的"软件"系统是如何设定的?是谁杀死了日本人心中的神佛?日本人也发现原来历史可以不流血?在长寿与无缘之间,日本人选择什么?日本人为什么要唱南无阿弥陀佛?

日本人是如何用汉字守住日本人心魂的？日本人死和血的污秽思想来自哪里？日本人对石头信仰从何而来？在东京为什么没有麦克阿瑟的塑像？等等。毫无疑问，再发现的曲径通幽，都指向一个本真的日本，指向一个与我们观念中有异的日本人。这也是我们读《岛国日本》的价值所在。

张　石

短评三篇

"迷失"之圆
——评亦夫的长篇《迷失》

我们古代的哲人告诉我们：人生是一个圆而不是一条线。"乐极生悲""否极泰来"，就是对人生之圆的透彻的表现。佛教用"轮回"来表现人生之圆。僧人们也常用诗来表达他们对人生之圆的认识，唐代僧人皎然诗云：

> 春歌已寂寂，古水自涓涓。
> 徒误时人辈，伤心作逝川。

今日春歌虽已寂寂，但昔日之古水依然流淌，古今首尾相接，环绕不已，夫子又何必叹息于川上，说什么"逝者如斯夫，不舍昼夜"？唐代诗人张志和于《空洞歌》中云："无自而然，自然之元。无造而化，造化之端。廓然㲣然，其形团栾。"旅居日本的作家亦夫的长篇小说《迷失》（作家出版社2008年6月版），充分表现了作者对生活之"圆"的深邃的体认。

小说的叙事始于玄关楼，也终于玄关楼。情节是以在玄关楼附近的画展上野老认识文仆开始的，以文仆寻找野老，来到了玄关楼结束。文仆以希望与追求开始，以失望乃至绝望告终，他呕心沥血创作的《新窦娥传》经过他呕心沥血的折腾，最后仍然无人问津，最后几乎是无家可归，像一只在垃圾堆里四处觅食的返祖的老鼠。而野老虽然"坐拥享用不尽名利和富贵"，但是这些压根就不是他要得到的，他是一个无自而然，无造而化，寄身红尘，心系空灵的人，在作品最后作者写道："文仆到玄关楼时，发现青砖院墙内，已经搭起了高高的脚手架。野老要在这里重建妙见寺的消息，几乎全市所有的媒体都做了报道，早已成了一件人人皆知的消息。"作者在这里暗示，野老要把自己的所得，用在重建"空"的象征——妙心寺上，他将重新回到他的起点，回到一无所有"空"灵状态。他在不同的层次上和文仆一样，正在回到一个"圆"的起点，不过他对这个"圆"的认识更透彻、更主动，不像文仆，像一只尾巴上沾满污秽的老鼠，被动地在不可摆脱的宿命之圆上爬行。而从这里我们可以看出，作者从玄关楼开始又在玄关楼结束的结构，是独具匠心的安排了一个神秘的"圆相"。

日本作家村上春树在他的小说《海边的卡夫卡》中借作品中人物佐伯之口说："我深深地爱上了生在离这里很近的地方，并在这个房子里生活过的一个男孩子，我爱他超过了一切,他也像我爱他一样爱着我,我们在完全的圆中活着,所有的一切都在这个圆之内完结。当然,这种状况不能永远地继续下去,我们会长大成人,时代也将变迁,圆的各个地方发生破绽,外面的东西进入乐园的内侧,内侧的东西,也要向外流出。"

《迷失》中的人物,也都是处于一个时代激变的大潮,冲击着一个一个安稳的生活之"圆"的环境中,经济的飞速发展给人们新的梦想,人们为了追求事业与生活的"直线上升"而力图冲破安稳的生活之"圆"。作品中的三个家庭,野老和卜红、文仆和小秀、老郝和韩颖,本来都可以是相亲相爱的幸福家庭,但是连洋人都把她看作"完美的东方古典女人"的朴红,为了追求"有激情的爱情",背叛了野老,而她的所谓男友薛永亮,不过是为她设计了一个"男色陷阱",全部目的是为了让她把200万人民币汇到自己的账户上,然后神秘失踪;文仆也完全有能力做一个文化职员和业余作家,但是他鬼使神差地把自己投入商品大潮中,以为能发财成名,最后落了个妻子扫厕所、儿子走上杀人越货之路的下场;韩颖有一个深深爱她的丈夫,而她却去追求"性的极致",和无数男人滥交,最后为了自己的秘密走向死亡……这些人都希望得到一种直线上升的生命的极致,然而不是回到了原点就是坠落到更加诡谲怪圈中,这就是迷失:"蝇为寻光纸上钻,不能透处几多般。忽然撞着来时路,始觉平生被眼瞒。"

这就是迷失:稳定、安全的生活,今天可以预测明天,今天的幸福和安宁会向未来安稳地延续的生活之圆失去了,那"日暮苍山远,天寒白屋贫。柴门闻犬吠,风雪夜归人"的心灵的故乡失去了,但是生活中没有直线上升的轨道,冲破了生活之圆的恬静与安稳,却在生活之圆中疯狂而被动地转动,道路不是新走出来的路,路,仍是原来的路,只是由于你的轻视和疏于呵护,而变的荆棘满目,杂草丛生而使你迷路。

生命的过程不是一个圆吗?我们从孕育着所有生命最原点处起点"无"中来到这个世界,无论我们上升到何等的高度哪怕是帝王,我们终究要回到这个"无"中。不论时代怎样变化,不论我们如何挣扎,生命终究是一个圆,如果我们执着地认为它是一个不断上升的直线,我们就会悲哀绝望地走完这个圆;如果我们悦怿风神,悠然自足地参悟这个圆,往往会得到一种圆融澄明的人生境界。

永无答案的天问
—— 读亦夫的小说《一树谎花》

旅日作家亦夫的长篇小说《一树谎花》2012年由中国工人出版社出版。《一树谎花》以20世纪初匪患横行时期西北黄土高原一个叫作"官庄"的村落舞台,描写了几乎是生活在原生状态的贺、楼两家及其他人物的结合、生育、挣扎、复仇等充满温馨而又血肉横飞的生存状态,洞见了人与环境、宗教与原欲、道德与冲动的二律背反后面横陈的冥冥的神秘。在作品中,人间社会的一切惊天动地、鬼泣神惊、乾坤倒转的事件,在冥冥神秘的支配下,只不过是"一树谎花"落晚风,零落成泥碾作尘,化作和往昔一模一样的黄土,一模一样的粮食,一模一样后代,重复一模一样的喧嚣与骚动……

在小说中,以"善"之形象出现的人物,似乎是"官庄"古村"蛮荒王国"中的一线光明。开办学校的方兴科从远方风尘仆仆赶来,像一个送来火的普罗米修斯,他兴办义学、救死扶伤,不仅给这个古老的山乡带来了文化,带来富裕,而且带来的"以德报怨"的古老美德,他忠恕犹如孔子,禁欲犹如佛徒,身住破塔漏屋,捧出赤诚与智慧。

楼公尚在小说的前半部也可以说是个"善人",他对妻子改莲几乎是百依百顺,明明知道她在暗恋方兴科,但处处为她辩护,在母亲面前为她力争青白。特别是她怀孕以后,更是对她百般呵护。而改莲对于房事无能的楼公尚也是豪无抱怨,一味柔情,对自己憧憬方兴科的感情极力按捺压抑,他们都是某种境遇中的"善人"。丈八寺的无能禅师更是如此,他施粥救饥,传道弘法,拯救生灵,施教扬善,他劝恶从善,循循善诱,在为"狼影"而近于发疯的村民手里救出了献给狼的"活祭"——一个无辜的孩子。

但是无论是谁,都无法把这种"善"进行到底,方兴科陷入了对改莲的苦恋,并和她一起谋划私奔;改莲因为发现了诅咒自己的布偶,不惜自行堕胎,杀死腹中的婴儿,而"温良恭俭让"的楼公尚知道了方兴科欲与妻子私奔后,竟表现出无比的残忍:"在众目睽睽之下,方先生被两个村丁扒掉了裤子,露出了裆间那只羞涩的小鸟。公尚手执利刃的手似乎有些颤抖,但戏台底下一片叫好声给了他勇气。只见他利索地一扬手,随着一股黑血喷出,方先生的人根便飞落在了戏台上。"无能禅师虽然在自身中实现了善的完成,但是他无法将他的善行延及他人,他救了被当作"活祭"的孩子,但在他离开以后,人们照样把这孩子祭狼。

善是什么?是一树谎花,在美丽中开放,在残酷中凋落,脆弱如累卵,单薄如蝉翼。那种善与道德的美好向往,一旦遇到了原欲,就像"红炉上的一点雪",在燃烧的原欲中蒸发得无影无踪,善愈是压抑原欲,原欲的爆发就愈凶残,愈丑陋,它是比文化更久远的无意识的岩浆,它是比道德更深厚的蛮荒的能量。善无法改变命运?那么什么能拯救自己呢?难道是恶吗?难道真的以恶消灭了他人,自己生活的障碍就消除了吗?自己就得到了拯救了吗?不!"螳螂扑蝉,黄雀在后",恶是更大的恶的诱饵,当你用"恶"消灭了阻碍你的对手,捕捉、吞噬你自己的恶的罗网就以你自己制造的恶为原点向你自己展开,像雨后的毒蘑菇一样疯狂:吴半仙妖术惑众,骗奸妇女,自以为已"播种四方,儿孙遍地",到头来却被自己的儿子一刀砍死;麻子娃杀了自己的父亲与土匪同流合污,最后消失在深山中生死不明;楼公尚骗了方兴科,将他和改莲扔去喂狼,最后孑然一身,面对吞没他的洪水⋯⋯

如果善与恶都不能拯救,那么拯救者在哪里呢?这也许就是作者的"天问"。在《一树谎花》中,动物是一种神秘的隐喻,它们既是魔幻的,也是真实的;既是凶恶的,也是温情的。"狼影"是官庄的一大灾难,它们吃掉大量的牲畜、家禽及人,但它们也在大火中救了小和尚惠义;它们用计谋吃掉了老猎手,而加入了狼群的黑狗也多次帮助主人麻子娃脱险。在作品中,自然也是这种角色,它慷慨地把自己的财富馈赠给官庄的人们,给予它们粮食、药材、山珍野味,让他们富甲一方,丰衣足食;但有时也降一场旱灾,让官庄饿莩遍野,发一阵水灾,让满村房倒屋塌⋯⋯

在这自然与被包括在自然之中的动物们的双重性格中,亦夫完成了他的隐喻,那就是,人可以向自然索取,治理自然,但是终究不能"人定胜天",自然有它自己的规律,自己的法则,自己的神秘,自己的性格,"天地有大美而不言,四时有明法而不议,万物有成理而不说"(庄子语),人可以利用,但必须敬畏;可以榨取,过度必遭报应。人不仅是自然的支配者,更是被制造者,被支配者。自然有它自身的意志,它非善非恶,也是善与恶都无法触及的,而对自然意志的破解和预测,往往是一种徒劳和愚蠢。

为了使这样的隐喻进一步拓展,亦夫还安排了那只会说人话的鹩鸟。它是人类瞒天过海的阴谋诡计的揭露者,也是总想猜透命运之神秘的人类的嘲笑者。它满嘴匪话,吓得自称能掐会算的算卦先生吴半仙魂不附体,它嘲笑吴半仙"算黄算割,骗吃骗喝",它无情嘲笑那些一心想看透自己未来命运的人。贺白氏万事求吴半仙占卜问卦,结果被吴半仙骗奸,生了麻子娃,鹩鸟漫不经心地揭穿了这个秘密:"麻子其实是我娃,贺家财东白养下。"而且吴半仙这个自称猜透了所有命运的人下场很惨——死于他亲生儿子的刀下。鹩鸟是与人不同层次的生灵,它貌似与人牙牙学语,却在人们意想不到之处以人语传达天声。

　　人们未来的命运是个谜,无论是谁都想解透这个谜,趋吉避凶。可是,人们解透了未来的谜,就真的能幸福吗?希腊神话中有个俄底普斯的故事,讲的是特比王拉伊欧斯知道了一个预言,就是他新出生的儿子将来要杀父娶母。拉伊欧斯王就让一个牧人去把这个孩子杀掉。牧人觉得这个孩子很可怜,没有杀他,而是把他扔到了一棵大树下。一个农民看到了这个孩子,就把他抱到了自己的主人那里,主人收养了这个孩子,并给他起了个名字叫"俄底普斯"。有一次拉伊欧斯带一个伺者去迪鲁拜,在通过一条窄小的道路时,一个青年驾驶着一辆马车从对面过来。伊欧斯王的伺者高呼让路,而俄底普斯没有听见,伺者大怒,杀死了青年的马。青年也非常生气,盛怒之下他把拉伊欧斯与伺者都杀掉了,这个青年就是俄底普斯。后来,在特比的城中出现了一个人面狮身的怪物斯芬克斯,它坐在岩石上,拦住所有的过路人,要求解答一个谜语,能解答的人就可以通过,不能解答的人就都要杀掉。没有人能解答这个问题,因此都陆续被杀掉了。俄底普斯从这里经过,他解答了这个谜,斯芬克斯羞愧难当,从岩石上跳下来自杀身死。特比的民众非常高兴,拥戴俄底普斯为特比的国王,并让他娶了原来的皇后为妻,而皇后正是他的母亲。后来俄底普斯知道了这个事实,悔恨之中痛不欲生,于是刺瞎了自己的双眼到处流浪。

　　这个著名的神话似乎是在告诉我们命里注定的悲剧是不可避免的,然而仔细分析,我们会发现俄底普斯悲剧的直接原因有两个:一个是他父亲按照预言行事,企图杀掉俄底普斯,使俄底普斯不知谁是其父;其二就是俄底普斯本人猜透了斯芬克斯之谜,使其娶母。因此我们也可以说这是预言造成的悲剧和猜测了自然秘密的悲剧。

　　善无法改变我们的自然的命运,恶也无法改变我们自然命运,而且我们也无法猜透与预测这个命运趋吉避凶,那么这个命运究竟是什么?它是被一种怎样的力量掌控?它是一种怎样的意志?它"是比智力更多基本,存在于一切存在物的根基中的原理,它把所有的存在物结合为一。岩石在它所在之处——这是它的意志;江河泊流——这是它的意志。四季变迁,天降雨雪,大地有时震动,波涛滚动,星辰闪耀——各随它们的意志。存在就是意识,也因之即是成为(to be is to will and so is become)"(见弗罗姆、铃木大拙《禅与心理分析》)。

　　人类无法用理性去接触这个意志,人类用理性制造的诸如"因果报应""弱肉强食"等一切逻辑法则都会在它的面前止步。对它的一切猜测与反抗也只不过是"春天绚烂盛开而秋至不落一果的谎花"(《一树谎花》中语),它"究竟给我们昭示了什么"(《一树谎花》中语)——这是作者提出的答案无限后退的天问,它永远不会得到解答,然而正是这永远无解的天问,催生了哲学,催生了艺术,也催生了文学。

一个中国人有关日本史的立体揭秘
——读姜建强的《另类日本史》

有人说：日本文化是暧昧的，而日本的历史是不是暧昧的呢？如果不是暧昧的，为什么留下如此多的疑团？这个国家从神武天皇开始到今天的明仁天皇，两千多年来一共125代，尽管在历史上经常是外戚夺权、幕府称霸，但是皇室的血统为什么没有断绝过，也没有一个是亡命国外的？其中的原因何在？这个国家为什么把外来征服者的肖像，把反叛者的肖像和那些功臣豪杰一样，在公园里铸成铜像，永久纪念？为什么这个国家心理依托的核心，仅仅是一个神圣却没有权力的"虚无"？但是日本民族却仍有如此强大的凝聚力？这些深藏在时间的深处，也深藏在日本民族潜意识深层的神秘，使世界及日本的许多历史学家、人类文化学家为此皓首穷经，苦思冥想。

而我们在读一些历史书籍时，有时会感到枯燥无味，那可能是因为繁琐而精微的考证淹没了深藏在史料中的历史动机和历史感情；有时我们会感到缥缈不定，那可能是过多的主观猜测稀释了坚实的史料；有时觉得历史已死，那也许是因为缺少释义的智慧，难以唤会历史永活的灵魂。

而旅日中国学者姜建强先生的近作《另类日本史》（上海交通大学出版社，2011年出版），无论是在叙事方式还是在释义方法上都为我们塑造了一个全新的历史回廊，似使我们身临其境般地进入两千年千变万化的历史旋转舞台，和千姿百态的历史人物对话。使我们看到了"暗香浮动，月影朦胧，春残花落"的王朝文化的"夜"的世界，看到了文化的主潮从朦胧月下幽深的宫影中转移到辽阔的沃野，樱花微颤梦般的呢喃为强悍肌肉间的刀光剑影所代替的武士世界，更看到了在黑船的浓烟中凤凰涅槃，浴火重生的近代日本的诞生。全书以破解日本历史100多个谜的形式出现，如西乡隆盛为什么牵一条狗？恶的元祖是谁？日本为什么没有被殖民侵略？殉死是什么？德川家康的遗言究竟想说什么？而每一段文章，都在奔涌的溪流般流畅的历史叙事中严密构筑作者的历史结构与解沟的释义框架。

首先，作品参考了上百家历史学家的历史考证，使其历史叙述具有坚实的史料基础，无论接触哪个历史之谜，一般都首先介绍以往的历史学家对这个问题的解释和考证，然后找出新的史料或高屋建瓴地进行透辟的分析，得出自己独特的结论。

第二，发掘出解释历史事件的"关节点"，设法找到被释义对象在整个文化符号系统中的位置，也就是找到他与其他文化符号系统的联系，而这种联系的发掘越广泛，其联系方式越丰富，就越能使历史事件凸显出其个性和内涵的丰富性，也就越逼进历史真实的核心。作者绝不单纯去叙述历史事件和其他历史事件的关系，而是利用历史哲学、文化人类学、心理学等方法，让平面的史料回归立体，不是只让历史事实，而是让历史的行动与声音，光影与色彩与历史事实本身一起澎湃在读者的眼前。

第三，历史事件美学性的升华。历史中有轻歌曼舞，也有刀光剑影；有慈悲宽容，也有骨肉相残；有狂欢盛宴，也有青铜铅泪，但是无论什么样的历史，都有它内在的美学。恶之花也是花，佛界易入，魔界难入（一休语），日本更有其"死的美学"，在日本人的美意识中，存在着一种凋灭，残破的美学。一般西方人和中国人描写凋灭与残破时往往流露出悲哀的情绪，然而日本人往往以欣赏的眼光去寻找一种凋灭与残破的美。既然无常与变化是生命的真谛,那它就一定孕含天之大美。而凋灭与残破都是无常变化中的一环,它不是通往永恒的死,而是走向流转的生。"白雪坚冰育嫩草,枯木昏鸦是绿荫",日本人正是在对这沉沉寂灭的深情的凝视之中,让灼热的目光望穿了这寂灭,使生之鲜活从中透露。

而《另类日本史》用优美的文笔,对每个历史事件都在形而上的历史哲学层次,进行了美的升华,这本书既是历史的解谜,又是哲学的构筑,也是有歌有泪的优美的散文。如在叙述在日本历史上著名的"源平之争"中灭亡的平氏一族时作者写道:

> 平家一族从兴隆到没落,然后沉入西海,有一种落日的美,悲凉的美。一之谷之战、屋岛之战、坛浦之战,虽然失败了,但是,有一种华丽,像画卷般的华丽。平清盛的女儿、安德天皇的母亲建礼门院德子。最终于1185年5月削发出家,独居京都的寂光院。一门亲人自殉投海。自己像朝露一般的性命。虽苟延至今,但无法忍住伤心之泪。野寺的晚钟,声声悲凄;秋暮的冷雨,滴滴肃杀。花香随秋风飘散,月影为乌云遮掩。唯有应时的秋虫,从满岩青苔处,传来唧唧叫声。悲凉透岩石。

作者自己则在此书的序言中指出:

> 实际上,历史在这里以双重身份栖息着:一方面历史是一去不复返地在特定时空下向人们反复述说着经验的话语;另一方面历史又是超越特定时空而与我们当下交会融合的某种情感。再具体地说,前者是书写、记录、工具、经验的历史,后者是感伤、感激、感慨的历史;前者是帝王古垒、将相城池的死历史,后者是用当代人情感的袈裟披在死人身上使其复苏的历史。或许也正是在这个意义上,克罗奇才说"一切历史都是当代史";柯林伍德才说"一切历史都是思想史";培根才说"读史可以明智"。

总之,在姜建强先生这部新作中,我们得到了一种全新的历史阅读的立体经验,它使我们在沉思历史事实和历史哲学的同时,看到了历史深处的歌台舞榭,听到了悠远的鼙鼓炮声,闻到了浓郁的墨迹纸香,触到了古老的青铜绿霜,它是多维的,立体的,是历史的,也是现代的。

陈庆妃

遗落在"东洋"的文学陕军
——亦夫论*

陈忠实认为,《土街》是"陕军东征"被遗漏的作品。"1993年陕西作家五部小说产生反响时,同时出版的还有在京的两位陕西旅京作家的发轫之作,即老村的《骚土》和亦夫的《土街》。"①

1994年,亦夫第一部长篇小说《土街》出版(2010年再版),随后《媾疫》《玄鸟》相继出版。两年之间,亦夫完成三部长篇小说。1998年,亦夫告别体制内的"单位"生活,远赴日本,创作成为他生活所寄,随后陆续出版5部长篇小说、1本散文集:《城市尖叫》(2001)、《迷失》(2008)、《一树谎花》(2012)、《虚无的守望》(2015)、《吕镇》(2015)、《生旦净末的爱情物语》(2017)。亦夫属土,其性格与作品的稳定性非常高,尽管他的身份随着生活的选择在不断流动。亦夫的长篇小说创作符合文学陕军地域化、风格化写作,以及擅长表现人物的钝觉(后知后觉)与拙感的创作无意识。相对于其他陕西籍作家,亦夫不着力于小说历史意识的挖掘,但空间意识非常敏锐。传统乡土空间、现代都市空间,以及城乡交接的过渡空间共同构成亦夫小说的创作地图。

陕西位于西北内陆,不仅经济发展滞后,农村生活形态相对原始,其文学创作也同样具有乡土性和保守性,很少跟风,追求时尚。20世纪80年代中后期到90年代,中国文坛流行新写实小说、新历史小说、先锋实验小说,文学陕军都没有赶上趟,但文学陕军仍然有颇具全国影响力的长篇小说创作传统。②贾平凹在谈到"陕军东征"时认为,"陕西作家大部分从农村进入城市,生活扎实,但在伤痕文学时期并不冒尖。进入九十年代前后,没有人组织,没有人策划,大家都在埋头写作,差不多在同一时间冒出几部,就像拳头攥在一起"③。当时这些陕西籍的作家进入城市接受教育,仍然以陕西境内居多,长期蛰伏,未能早早成名,但也并非如贾平凹所言是毫无组织,而是有一定的政策引导和市场策划因素。陈忠实就提到1985年参加陕西省作协组织的"陕西长篇小说促进会"。"陕军东征"文学现象的生成,以及后续作品的推广与发行,也得力于传媒效应与出版策划。④而1983年入北京大学求学的亦夫反而在这个文学氛围之外,他的创作与籍贯身份都游离于

---

* 本文为"华侨大学华侨华人研究专项经费资助项目"(HQHRYB2015-06)、"华侨大学高层次人才科研启动项目"(15SKBS306)之阶段成果。
① 陈忠实:《〈城市尖叫〉阅读笔记(代序)》,亦夫:《城市尖叫》,文化艺术出版社,2001年,第5页。
② 中华人民共和国成立以来,杜鹏程《保卫延安》、柳青《创业史》、路遥《平凡的世界》、贾平凹《浮躁》等长篇创作都具有全国影响力。
③ 王艳荣:《1993:文学的转型与突变》,中国社会科学出版社,2013年,第101页。
④ 樊宇婷:《"陕军东征"的知识考古》,《小说评论》2015年第1期。

文学陕军的视野。

作为一名理科生,亦夫并不熟悉文坛,也无文学经典作为创作的储备。20世纪90年代初开始的写作远离陕军的文化土壤,但凭着对黄土地的"乡愁",强烈的"返乡"意识,他埋首创作与文明的都市生活毫无牵连的封闭世界。家乡风物习俗、宗法社会复杂的人性纠葛深刻地影响了他的写作,亦夫的早期创作无意中也成为"九十年代文学中的新保守主义现象"。从地域文化、宗族文化入手,将乡野趣闻、俚俗传说汇为一体,亦夫与文学陕军站在同一写作立场,与贫瘠、愚昧的前现代社会缠斗。在这种封闭自足的文化写作场域,亦夫让黄土地的家乡父老陷入因欲望生仇恨,因仇恨而相互毁灭的宿命当中。亦夫以夸张、扭曲、变形的狠劲表现乡土,将人性的不堪与残忍推到极致,有违宗法制社会以"善"为先,以"仁义"等道德训诫为价值尺度的乡村生活法则。"土街""吊庄""官庄"迥异于陈忠实的仁义"白鹿村",集结了仇恨、杀戮、乱伦、背叛……一切恶的形态。对于农村对立面的都市,已经成功进入知识精英行列的亦夫也没有给予诗意的抒情,他在挖掘人性的"原欲"上继续自虐。面对两者皆恶、无处容身的处境,亦夫没有创造一个可供逃离的所在,也无力提供救赎的可能与途径。走出"秦川",远渡"东洋"的亦夫只能在虚无中守望。而在自揭疮疤饱受争议背后,亦夫"想起过去苦难却让人怀恋的乡居的日子,想起或近或远的亲人们,心中充满了缠绵的温情和世俗的快乐"。

欲望的异形

亦夫小说中的人物都是欲望的奴隶。欲望是创造力,也是破坏力。他不以美的形式展示生命的健康形态,总是以"异形"张扬其破坏力。这种"异形"在亦夫不同的创作阶段又有各种不易察觉的"变形",需要读者发掘的能力。

陕西关中平原拥有早熟的文明形态,很早就进入华夏民族的历史版图。与其丰厚沉重的历史相对的是荒凉与贫瘠的生存环境,土地越苍凉,礼制越森严,滋生的生命欲望就越强烈。"原欲"三部曲包括《土街》《媾疫》《一树谎花》,从1994年写到2012年。亦夫将黄土地上的原欲呈现为身体欲望、生存欲望、生命欲望,三种欲望相互催化,将三个封闭的乡土空间推入无望的深渊。亦夫意在批判乡土,关中宗法文化已经沉沦,无力自救,封闭则助长恶的生长,阻碍了外来理性的输入与生长的可能,人们陷入一个个恶的漩涡当中。《土街》的户主是掌才,五个儿子分别为宗孝、宗礼、宗信、宗志、宗才,然而,乡间儒家礼法制度早已没落,掌才寄予厚望的儿子都背离了他的训教:不孝、不礼、不信、不志、不才。掌才依旧"沉醉在操纵自己的女人、儿子、畜生和家禽的喜悦中",受过教育的长子宗孝离乡进城招工的愿望屡次被他粗暴地否决。守住土地、守住家业是祖祖辈辈的遗训,土街的人们冀望在贫困中延续传统的安详和从容。被乡间推崇的男人身上往往拥有一股不可抗拒的力量,这股力量来自土地。它能带来财富和声望,同时也招致嫉妒与仇恨。土改不仅改变了掌才家的阶级身份,就连作为父亲的尊严也被儿子颠覆,掌才失去了生存的意义。长子宗孝接续了父亲在家中的地位,但无边无际的黄土、屈辱的地主身份仍然成为他的枷锁,只有爱情给予他神秘的力量。"宗孝觉得自己浑身充斥着膨胀一般的力量,在不断劳作和不断在爱莲身上完成一次又一次的壮举。"然而,最后打倒这个强健生命个体的是性能力的丧失。性能力主宰了乡村男性的尊严与家族的未来,性的失控则导致家庭乃至乡村生活的失序。《媾疫》中的乱伦造成吊庄最有势力的袁家解体,母亲不像母亲,父亲不像父亲,兄弟不成兄弟。以狐狸缠身、梦境完成的非正常交媾成为袁家无法逃避的疫症,随后蔓延至整个吊庄。袁家母子乱伦产下的五斤尽管是一个孩童,但性器异常。而这种异形的欲望与性器并不能够繁衍生息,只能沦为被嘲弄的奇观。最后五斤逃向无边的荒野,被土地吞噬。只有"怀了野种的寡妇,倒像是给袁家传宗接代的功臣了"。

时隔近二十年后,亦夫以《一树谎花》继续书写黄土地上的"原欲"。借春来绚烂盛开而秋至不落一果的谎花,海外归来的亦夫究竟要如何讲述闭塞蛮荒的秦川故事?《一树谎花》出现了亮色,一点破壁而出的希望。"谎花"毕竟是花,徘徊于开或未开的恍惚中。旅居日本多年,受东洋岛国"物语"文化的浸染,亦夫对自然,对日常,对人性有了善解的温情。"原欲"第三部呈现为对欲望的理解与和解,"恶"不再是邪恶,"恨"也有转化的机缘,官庄的人们不计身份,不分内外,不忘恩德,以德报怨。德高望重的执事老汉楼忠贤为报恩,让其子楼公尚迎娶美丽而野性的猎户之女。"私塾"先生方兴科放下父母的深仇大恨,兴办义学。长工伙计二顺子投身为匪,却知廉耻,讲信义,对东家也时常关照。官庄虽然依旧闭塞,但逐渐开始接受新的观念。楼忠贤摈弃家大人众、儿孙绕膝的古老生活方式。村民渐渐送孩子入学,希望他们见大世面,成大出息。尽管出现自我更新的历史转机,欲望引来杀戮的阴云依旧笼罩着官庄。"软蛋子"贺仓山不明来历的儿子麻子娃成了杀人不眨眼的硬种,与忍辱求生的贺仓山合谋杀了生父吴半仙。官庄新上任执事头人楼公尚赢得好声望却有隐疾,外强中干使他在男性与男权之间自我搏斗,终于埋下疑虑的种子,毁灭了方先生和改莲,最后毁灭了官庄。"仁义"官庄最终"操上刀了",官庄人死的死,疯的疯,淹没在一片汪洋当中。作为旧道德人格美好象征的楼忠贤,及其治下作为美好家园象征的逝去的官庄与倒塌的古塔,幻化成为楼公尚最后的人生影像。

缺乏现代理性观照,依循欲望逻辑,乡村宗法社会在凋敝,自我毁灭,然而,作为现代文明载体的都市也同样不是逃生所在。亦夫笔下的都市是精神与信仰的荒原,《玄鸟》《城市尖叫》《迷失》兼融写实与象征,将"城"与"人"的疏离、"大逃亡"作为精神意向。《玄鸟》的故事围绕着一个古里古怪的朋友圈:画家俑暴得大名,妻子水赴国外出长差,夫妻感情看上去很美,但时时感觉陌生与压抑;雾和虹兄妹是从外地一个小镇考到这座大都市,上完大学后留下来的城市新移民,雾是擅长狡辩的哲学硕士,也是生意场上的成功者,常常处于崩溃的边缘;工作不如意却因死亡笼罩下的夏天而发财的立和彪最后顿悟。

乡野村民因纵欲而堕落,都市的知识精英却普遍患上身体与精神的阳痿。俑因妻子水出国而欲望膨胀,却逃不脱水的隐形控制,他无时无刻不在用书信表达对妻子的依恋,却始终不敢寄出一封。他无法拒绝思念的折磨,却又不敢承担思念的重压,他为自己的劣行辩护:"圣洁的爱"未必就比随性而安的情感更有道德高度。"俑把水最后寄来的那封信拿在手里,孤独得如同拿着母亲留下一把钥匙的孩子,怎么也不敢打开那扇通往黑洞洞空无一人的房间的大门。"作为成功商人的雾可以在商场上纵横其才,但剃光了胡须、眉毛和头发,脸孔浮肿,像个阴柔的太监,感情在男女之间徘徊,精神在放纵与纯洁之间挣扎。都市恐惧症是《城市尖叫》主题,戚思泰"尽管我适应了很多年,我还是对城市生活束手无策。我太累了,我不想再做无休止的适应。我注定是一个属于土地的人,而对你,这里却只有落后和陌生"。《迷失》以类似《废都》的情节模式,在新世纪大众文化的历史语境中,将文化废墟的时代病症扩展到古都西安之外,无处不废墟。亦夫以此三部都市题材的小说对现代都市的欲望逻辑做了不同的批判。

相对于早期小说乡土和都市对立的结构模式,亦夫近期力作《吕镇》《生旦净末的爱情》开辟出一个城乡接触、频繁互动的混杂性生存空间。在此混杂性空间中，欲望的"形状"以新的面目出现，亦夫借此展开更复杂的想象力。全球化和市场化是20世纪90年代以来中国社会发展的主调，亦夫对"乡村现代性"的思考摆脱了"传统"与"现代"的二元竞争模式，进入一个更吊诡的时期。欲望与利益的连接以前所未见的方式出现，欲望的"异形"扩张到身体、视野无法体验与想象之外。

无力拯救的生活

曾经身处启蒙意识高涨的20世纪80年代的文化核心区，领略过当代文学的"黄金时代"，亦夫却错失了。他常常自嘲心无大志，因此，也从不以文学作为现实生活的拯救方式，他以极端否定的方式刺激读者反省需要自我拯救的生活。

对现代文明与传统乡土的双重批判与再认识是亦夫文学创作矢志不移的坚持。乡土中国在现代文明面前丧失了基本的抵抗力，没有自救的可能，只能以文学记忆的方式局部呈现，黯然凭吊。亦夫在散文中流露的温情脉脉的乡土在其小说中都无一例外地彻底瓦解。"土街通往外界的土路已久无人迹，渐渐被刮起来的黄土掩盖起来，让人感到土街与外界彻底断了联系。那颗乏力的太阳像一只巨大而漠然的眼睛，从高远的天空俯视着大地上的万物。""吊庄这块沉睡了不知几千年的土地，忽然像一只睡醒的野兽般蠕动起来。顿时，立在吊庄村前的那座古塔及牌坊轰然倒下，接着梁裂椽断、房倒墙塌，巨大的轰鸣声立即响彻夜空。"

从黄土地到皇城根儿，从西北内陆到东洋海岛，随着行脚的延伸，亦夫对所谓的现代生活有了更尖锐的反思，废都不仅是西安、北京这样的北方古都，一切正在兴盛发展中的新生事物也正在废弃当中。《玄鸟》的写作年代与20世纪80年代相去不远，属于都市知识分子小说，有明显的为作者及其同时代青年知识分子作精神自传的意味。"两间余一卒，荷戟独彷徨。"经历过80年代的青年知识分子在后文学艺术的狂欢时代陷入集体的迷惘与堕落，急遽分化。出国的出国，下海的下海，少数坚守者也面临精神与经济的双重困境。"没有了那种节日般狂欢的热情，那些本来具有生命感的高楼大厦顷刻间变成了一座座神秘阴森的古堡，似乎随时都会轰然倒塌下来，让这个城市变成一座废墟。""当死亡的气息在这座城市上空四处弥漫的时候，曾一度如火如荼的艺术活动再次被人们冷落下去。那些曾张贴得到处都是的海报，被火焰般的太阳晒得卷缩起来，像一副副五颜六色的花圈。"价值失落，一切美好的都要被重新检验和质疑。"他（立）想起她和父亲共同生活的细节，觉得她所表现出来的关切、亲和与爱怜中，处处都包含着阴谋和杀机。那我算什么呢？在这场漫长的谋杀中究竟扮演着什么角色？是母亲阴谋游戏的一个道具？是蒙在鼓里的那个可怜男人对谋害自己的凶手爱情延续的寄托？"

《城市尖叫》将城市的边界不断从中心向边缘延伸，将城市的群体复杂化。城市不再带有某种特定的历史典故与文化身份，它是所有无处归依的"流浪汉"城市，也是他们倾其所有努力仍然无法落脚的城市，一座高度寓言化的末日之城。酸雾造成白斑病流行、建筑损毁和市容污染，摧毁了方圆百里的菜园、果林、鱼塘和禽舍……乌鸦成灾，"青天白日下，乌鸦如秋天的落叶般铺天盖地；满街行走着营养不良、面容狰狞的阴阳人；原本就破败不堪的建筑上到处是厚厚的白色鸟粪；食品匮乏，人们饿狼般游走在大街小巷，捕捉乌鸦用以烹制桌上美餐……"

世界已不可思议的速度和方式在堕落中，铁炉庙，这个曾代表着前卫艺术和先锋思想的所在,逐渐异化为这座城市肉体上长出来的毒瘤(淫窝赌城)。然而,随着时间的推移,它"竟然不再是一个危害健康肌体的附赘物,而是具有了它自己的官能,成了一个无法分割的器官。就如同蛇头生角、人尻长尾一样,使这座古老的北方城市变得似蛇非蛇、似人非人。令人更为可怕的是,这个异生的器官竟然日益变得粗壮有力。相反,原有的器官却渐渐萎缩衰弱起来"。以废弃作为城市再生的机缘,铁炉庙新城区取代了老城,老城终将沦为一个残骸、一处遗址。

陷入极度恐慌的都市人都在寻找疗救的可能,以荒诞拯救荒诞,"秘方"——异香、乌鸦肉、死囚之书都成为魔怔了的市民自救之道。在荒诞面前,宗教丧失了救世的力量,也只能成为个人的逃遁术。

"绿婆"是《城市尖叫》中隐形的主角,她具有通灵术,也被赋予某种拯救的力量。这个脸上泛着绿色的开电梯的女人,似乎像站在阳界和阴界的临界线上的似人近鬼的神秘人物。神秘的绿婆到静虚庵熬制香精,庵里那种奇妙无比的香味总让尹兰回味不尽。"那是一种让她无法用语言形容的独特味道,让人闻后既像进了百花盛开的田野,又似入了果实盈枝的深林,既像身处香雾缭绕的孤寺,又似安卧脂粉四溢的香闺……""等六十四中颜色全部熬制完毕后,大殿里的佛像就会重着彩妆,在这场灾难中变得破败凋敝、横遭遗弃的静虚庵,就会面貌一新、重现辉煌。"毛阳父亲的老保姆则是乌鸦肉神奇美味的发现者。乌鸦成灾与肉食短缺使得乌鸦肉的生产制作开发成一个产业。"城市里万人空巷,采用各种各样的方法捕杀乌鸦,烹制美食。甚至有一个精明的外地商人斥巨资修建了一座工厂,用现代化的流水线制造出了各种规格的系列产品。这对缓解肉类紧缺起到了有目共睹的积极作用。"

一本名为《A+B=？——一个死囚的手记》的书忽然四处流行了起来。这是一部研究解梦术的书,类似于旧书摊上常见的那些算命、测风水、看手相之类的占卜用书。尽管内容深奥艰涩或不知所云,各行各业各取所需,获利无数,获利最大的则属齐河县旅游文化公司。不问苍生问鬼神,一本死囚手记成为拯救颓靡的经济和惶恐溃散的人心的百宝书。而该书作者即死囚犯孙见方对梦境符号进行缜密推算,结论却是一场"笼破兽散"的结局。

《玄鸟》和《城市尖叫》都制造了一个令人窒息的恐怖之城,一个充满绝望气息的孤岛,同时,也预留出一个围城之外的视界。《玄鸟》中的"水"是俑的妻子,在国外出长差,她焦虑地而徒劳无力地在孤独中等待消息,期待被丈夫和围城隔绝的感情,却在丈夫俑的世界中,成为一个无法让人去面对的符号。《城市尖叫》中的毛燕赴日留学,却找不到留学的意义,反而将自己卷入一宗日本夫妇与女儿之间迷离扑朔的恩怨,在火灾中毁容。整容后的毛燕,从外表到感情都变成与过去无关的陌生日本女人。她们都远在他方,旁观着城市的沦陷,自己也在沦陷中。

《迷失》是亦夫在新世纪的现实主义力作。它反映了文化艺术界的当代命运,是当代文化人困溺在现行文化(市场)制度中陷入迷惘,继而不断败逃的浮世写真。成功如野老,落拓如文仆,都无法承担与传承中华文化精神,文化沦为特殊的经济产品。作家文仆有古人之风,"换上长袍,说老子是老子,说庄子是庄子,说孙子是孙子"。然而其呕心沥血的新小说《新窦娥传》出版坎坷,费尽心思依旧毫无反响,只有感叹这是一个庸俗弱智的时代。A国使馆文化处的兰德福是中国通,然而,他极力推崇赞赏的中国传统之美的化身卜红却是一个伪古典的赝品——一个外国人眼中的中华幻象。

作为解药的神秘主义

亦夫的小说都具有某种神秘主义倾向,他对神秘主义的青睐已经超出作为一个写作技巧的运用,但也不将其作为生命本体,而指向生命意识。在20世纪80年代的"寻根文学"以降的文学潮流中,神秘主义更多是一种突破现实主义创作窠臼的方法论,少数先锋作家(余华等)曾经将神秘主义引入到本体论的深渊。"与时代发展背道而驰,显出它柔弱无力的一面,难以成为有效成分纳入后来的文学再生产中,成为新一代作家的文学资源。"神秘主义在80年代的出现与流行有西方文艺理论与创作实践的启发,更有本土神秘主义传统的重新复苏。易晖认为,神秘主义曾经是中国文学的一大特色,它源自传统文化中的神秘主义思想。在中国人看来,人的精神生活、道德伦理同自然之间存在着某种神秘的对应,无论儒道,"天人感应""天人合一"都是其自然观、人生观的思想核心和最高境界。已经成为当代文学经典的《白鹿原》有浓厚的西北黄土地的文化神秘主义特征,"它超出了主体理性认知的界限,又切切实实存在于文化之中,存在于民族的语言、意识和行动中,并直接参与塑造民族的文化性格,这里面分明有着难以破译的密码,无法穿透的种族记忆、历史逻辑。这种神秘是作家追寻深度、无边的文化渊源时所遭遇到的,仿佛一片巨大的迷宫"①。亦夫的创作无意识也与弥漫着文化神秘主义的乡土生活体验深刻连接,陕西秦川苍凉厚重的悲剧意识早已内化为亦夫的生命底色。

初识亦夫,其人其文往往无法对应。一个温和自持,一个半隐居在北京、东京——全球化的两个旋涡中心的闲适文人,为何有如此狂野的精神自虐无意识与恣意夸张的文学想象力?"在我们每个人身上,其实天生都混合着许多不同甚至对立的性格特征,一个人的成长环境和人生经历,会让这些不同的特征变得具有强弱和显隐之分。成年后的我们虽然会表现为一种相对恒定的个性特征,但一旦有合适的环境或机会,那些已经被弱化和隐性化的特征,依旧会适时地表现出来。只是对普通人而言,这样的环境和机会并不可多得而已。但对于一个写作者,不同的文字形态却会提供不同的环境,使得作者本人各种隐性的性格特征得以充分展现。"亦夫评张石《空虚日本》之言也是夫子自道。

全球化是一个扁平的时代,一个透明的时代,一个科学昌明、理性发达的时代,然而现实提供的"无解"程度远超出人们体验、经验的世界。亦夫是一个受科学理性教育的,拥有理工科知识结构的作家,但他仍以不再是文学时尚的神秘主义进行写作。寻找生活的迷魅,以梦境、幻觉探讨理性与非理性之间的文学空间,用生命的直觉意识道破理性无法抵达之所在,以旧为新,在混杂的文化碰撞与接触地带创造一种亦夫式的叙事。如陈刚所言:"我们身处的今天这个时代是一个无法表述的时代,讲什么都不够,讲什么都不过瘾,也不到位,但又必须要创造关于时代文学的叙述。亦夫的作品把很多复杂的社会现象,包括传统与现代的都集中在吕镇来表现,他一直在努力试图创造一种叙述。"

"陕军东征"转眼二十年。2013年,中国作家协会和陕西省委宣传部联合在京举办"文学陕军再出发"学术研讨会,"文学陕军"后劲被质疑。② 作为文学陕军的"成员",亦

---

① 易晖:《神秘主义在当代文学的挫败与恢复》,《中国现代文学研究丛刊》2011年第5期。
② 王国平:《陕军东征再度启程》,《光明日报》2013年12月12日。

夫一直被"包括在外",但以"外在"的视野为文学陕军的持续创作增加一种内在的"变量",亦夫从20世纪90年代开始长达二十余年的跨界写作,提供了一个可供当代文学史分析的有价值的个案。

[日] 王海蓝

日本当代移民文学初探

在全球化时代，移民在世界各国已成为普遍现象，日本也不例外。日本基本是单一民族国家，自然跟欧美各国的移民情况有所不同，但相同的是都存在着移民文学。日本移民文学的概念是如何界定的？日本当代移民文学呈现出怎样的面貌？有何值得中国/华语移民文学创作与研究借鉴与思考之处？这是本论文所关注的主要问题。希望借由这方面的研究，能为中国当下新移民文学的研究提供一个有意义的参照，注入一点新鲜血液，以拓宽国际视野，从而有助于宏观把握中国新移民文学的研究方向与发展趋势。

一、从移民现象谈起

对于移民文学的观察，必须从移民现象谈起。

众所周知，所谓移民现象，是指个人或集团由于经济的或政治的或宗教的或社会的（例如人种迫害、政治避难、人口过剩等）主要原因，去谋求另一种更好的生活或达到其他目的，而从母国移居到他国的这种现象。对一个国家而言，移民应包含两类：一类是从母国移居到域外他国的，在日本称之为"移出民"；另一类是从他国移居到母国的，在日本称之为"移入民"。《当代日本报告》（冯昭奎、林昶著）中的"日本的移出民与移入民"[①]等章节可以参考。

（一）日本移出民

明治维新以前的日本因实行锁国政策，没有大规模输出移民。明治维新初年（1868），日本应夏威夷驻日总领事的要求，向夏威夷送出150多名契约移民，成为日本结束锁国政策后送出的第一批移民。日本不同时期进行的国策移民，可从刘柠撰写的《早发早移与国策移民》[②]一文中了解到。日本最初的移民目的地是美国、巴西等南美国家、美国统治下的菲律宾以及日本托管的太平洋岛屿，其中巴西是世界上最大的有日本血统的人们的居住地。日本最初移民的原因，是国内生产力的增长要求减少人口，向海外移民可以消减国内过剩的人口，甚至政府在20世纪50年代为高调推进多米尼加移民项目做了虚假宣传，第一代移民的人生惨遭践踏，甚至殃及二代、三代，移民成了事实上的弃民，结果导致了多米尼加骚动事件。

除了这种弃民方式，日本还在中国东北、朝鲜等地进行拓殖移民，尤其是从1931年到1945年期间，日本向伪"满洲国"和内蒙古地区移送了大约27万名"满蒙开拓团"团员

---

① 冯昭奎、林昶：《当代日本报告》，社会科学文献出版社，2011年，第29—33页。
② 参照 http://www.weibo.com/ttarticle/p/show? id=2309614062340671787480。

入殖黑土地。战后日本进入经济高速增长时期,由于国内对劳动力的需求增大,移出民迅速减少。学者刘柠指出,即使在泡沫经济鼎盛期和崩溃后,日本也有过短暂的海外移住热,但再未掀起过国策移民运动,连"3.11"大地震之后也未引发移民效应。当然,现今日本人去往海外的免签国家高达150多个,工作、婚姻等各种因素引起的个人或家族移民源源不断,至今每年仍有大约7000个日本人移居美国。

(二) 日本移入民

移入民现象主要发生在二战后。首先流入日本的,是战前沦为日本殖民地的朝鲜移民,据统计,到目前为止旅居日本的朝鲜移民高达63万多人,居旅日外国人首位,如今在日朝鲜人大都进入三世、四世,绝大多数融入了日本社会。被日本殖民统治五十年的台湾侨民,在战后也有大量以日本国民的身份移入日本。20世纪70年代,巴西经济陷入困境,而日本实现了高速增长,早期移民到巴西的日裔开始回流日本,目前在日本生活的巴西日裔已增至30万人。近邻中国,因为实行了改革开放而在80年代出现移民潮,日本当时正值经济高速增长阶段,成为中国在亚洲的主要移民国,主要是留学移民、技术移民、劳务输出、跨国婚姻等。

有关资料[①]表明,从移入民的人口增长率上看,日本比其他国家低得多,但从外国人在留人数的趋势来看,从1995年年末的136万人到2015年年末的223万人,二十年间增加了六成,特别是从20世纪90年代末开始,增势引人注目。在增长规模上,中国人数比同期增长49.2万,占全体增长人数87万人的57%,尤为突出。日本少子化、高龄化日益严重,为了确保年轻廉价劳动力,企业界和政界都呼吁接受移民,当时计划到2014年,移民1000万人之多,网关标准化构想的方式则有30万名留学生计划、高度人才评分制,外国人研修制度、技能实习制度的扩延等。可以断定,日本将有更多的高知移入民。

二、"移民文学"与"越境文学"

移民现象派生出"移民文学"。"移民文学"的概念界定与分类是考察研究移民文学的必然前提。

"移民文学"这个概念起源于德国,德国是典型的移民国家,目前德国人中约五分之一有移民背景,德国移民文学基本是指"移入民文学"。而对中国这样的非移民国家,我们通常所说的移民文学(或新移民文学),是指"移出民文学",即移出到中国境外的华人的华文文学创作。

然而,日本的移民文学与上述二者皆有所不同。

在日本,学术界对"移民文学"这一概念的提法并不多见,当然也有少数学者使用,比如,细川周平著有《巴西日裔移民文学——日本语的长旅(历史)》[②]、《巴西日裔移民文学——日本语的长旅(评论)》[③],内容主要围绕着那些与日语这门语言关联紧密的俳句、短歌、川柳、歌谣和诗、小说等的创作情况,梳理出巴西日裔的移民文化史以及移民社会的全貌。再如,学者日比嘉高著有《日本人·美国——移民文学·出版文化·收容所》[④],

---

① 《社会実情データ図録》,参照 http://www2.ttcn.ne.jp/honkawa/1180.html。
② 原书名为《日系ブラジル移民文学Ⅰ日本語の長い旅(歴史)》,细川周平著,日みすず書房,2012年12月21日。
③ 原书名为《日系ブラジル移民文学Ⅱ日本語の長い旅(評論)》,细川周平著,日みすず書房,2013年2月21日。
④ 原书名为《ジャパニーズ・アメリカ——移民文学・出版文化・収容所》,日比嘉高著,新曜社,2014年2月20日。

主要研究早期移居到美国的日本人在当地创办的日文报刊、日文书店及出版文化,还有在美国文化夹缝中生存的文学创作等。事实上,日本学者当下对"移民文学"的称谓,用语最多的是"越境文学"。

那么,什么是越境文学?到目前为止,日本学者们也没有给出一个固定、公认的概念或界定。日本学者土屋胜彦认为越境文学,即"跨越国境的文学","不仅仅是指旅行、探险、移民、逃亡、朝圣等空间的移动,也包含了在后现代、后殖民主义的文脉中生成的混杂、交融或者可以说是混合型的经验。越境文学就是将其作为文化与个体意识的互动过程描述出来,并以国际视野为伦理价值观的创作。同时,它还包含了超越国家、人种或男女性别界限的社会批判性的诸信息在内"。① 可见,土屋胜彦的主张,强调了越境文学的融合性与混杂性、身份意识与他国文化的互动与认同以及创作的国际视野与批判性思维。

从日本学者的相关研究论文与著作来看,越境文学这个概念的外延很大,它基本上分为两类文学:一类是移出民的文学创作,即移居到日本境外的日本人的创作,既包括用母语日语创作的文学作品,也包括用所在国的语言创作的文学作品;另一类是移入民的文学创作,即移入日本境内的外国人的文学创作,它强调的是移入民用非母语日语创作的文学作品。需要注意的是,日本华人的日语写作属于此类,但是他们的华文写作不属于日本的越境文学范畴,而基本归属于中国的移民文学范畴。以上两类越境文学的基本条件是作家本人必须"越境",从一个国家移居到另一个国家。

但笔者发现,在日本还有一类作品也被学者称为"越境文学",即作家本人没有越境,但其作品越境到另一国被翻译出版以及被该国读者接受,比如"村上春树在中国""鲁迅在日本"等研究课题中相关作家的作品,在日本学术界也被称为越境文学。东京大学的中国文学研究者藤井省三、俄罗斯文学会会长沼野充义等学者的论著中经常使用"越境文学"这一概念。但笔者认为,这类作品更应该归入比较文学、外国文学研究的范畴。当然文学的这些学科相互之间都有交叉,有时或难以分清归属。需要强调的是,此类"越境文学"不在本论文讨论范围之内。

因为日本早期国策下的移出民,大都是社会底层人,如偏远地区的村民、渔民等,他们移民海外后多从事农业、开荒、种田,所以早期极少出现移民文学。19世纪末20世纪上半叶,随着日本的西化,日本与海外的交流越来越多,知识分子的留学或访问也逐渐增多。日本大文豪中有海外留学经验的不在少数,比如被称为"国民大作家"的夏目漱石,曾在英国伦敦大学度过三年的留学生活,在其早期作品中,像《幻影之盾》《伦敦塔》《克莱喀博士》直接取材于英国或英国人。再如森鸥外,以自己在德国留学时的恋爱经历为题材创作了《舞姬》,这部小说被誉为日本近代浪漫主义文学的开山之作。日本的俄罗斯文学会会长、"越境文学"第一人沼野充义,就提出过夏目漱石文学也应考虑归为越境文学范畴,但笔者认为,他们都是短期的海外留学,且创作都是在归国之后,是否属于真正意义上的越境文学值得商榷。这跟20世纪初中国留学日本的鲁迅、郭沫若、周作人、郁达夫等中国现代文学奠基人情形相似,把他们归为越境文学或者说移民文学,也是有不少学者提出了异议。在日本当代移民文学或者说越境文学中,如前所述,有两类情形:一类是以多和田叶子、石黑一雄等为代表的日本移出民即域外日本作家的文学创作;另一

---

① 土屋勝彦编:《越境する文学》,水声社,2009年。

类是以李维·英雄、杨逸、温又柔等为代表的非母语作家在日本的日语写作。他们都具有典型的越境特征,"都属于在自我形成的过程中因地理上的移动而具备了复数文化的边界儿"①。

三、日本移出民文学

移出民文学,即域外日本人作家创作的文学,主要的代表作家有多和田叶子、石黑一雄、茅野裕城子等。

(一)旅德作家——双语写作的多和田叶子

域外日本人作家中首推旅居德国三十余年的女诗人、小说家多和田叶子②。她是日本少有的双语写作者,并获奖颇多,著作被翻译成法、英、意、中(繁、简体)等多种文字,中国内地已翻译出版过她的《三人关系》等三部著作③。多和田叶子语言天赋极强,她的双语写作游刃有余,也因此她在两国文化层面的身份认同上,没有明显的困惑与焦虑感。其作品基本上也没有移民文学常见的"离散"主题,而是超越国界去寻求人的共性,呈现出世界性的特征。作品大多构思奇特,将幻想与现实交织在一起,从非现实视角挖掘全球背景下现代社会人的内心不安和自信丧失。比如她那部获得芥川奖的小说《入赘的狗女婿》(1993),写的是现代异类婚姻的故事,发生在一位私塾女教师与一个由狗变成的男人之间。诺贝尔文学奖获得者大江健三郎作为当届的评委之一,这样评价多和田叶子的作品:"以异类婚姻故事的形式展开,并作为小说创作的基盘。它有两个成果,一个是文体,另一个是给社会、家庭的人物的新定位。"④

学者孙洛丹指出:"不论是在日本还是在德国,不论是小说还是诗歌,多和田叶子的创作都被打上了'纯文学'和'先锋派'的烙印,其作品的想象力、语言、形态和叙事从来都是研究者热衷的话题,被认为具有强烈的'实验性'特点。这样的作品是如何始终保持对现实的关照的,我想这是阅读多和田叶子的意义之一。而另一层意义则在于,在全球化的时代,其作品中展现出的多元和丰富正是对抗全球化单一化趋势的最好武器。"⑤

(二)旅英作家——"英国文坛移民三雄"之一的石黑一雄

域外日本人作家的另一位代表人物,是日裔英国籍的小说家石黑一雄⑥(Kazuo

---

① 孙洛丹:《2016年日本文学回顾:对现实世界的不确定回应》,《文艺报》2017年第73期,2月13日。
② 多和田叶子(たわだようこ,1960—),出生于东京,1981年毕业于早稻田大学俄罗斯文学专业,次年因入职德国一家图书输出公司而移居德国。1987年推出第一本德日双语诗集《唯有你所在的地方什么也没有》,1991年凭借描写异国婚姻的小说《失去脚后跟》获得日本群像新人文学奖,1993年又以《入赘的狗女婿》摘得第108届芥川奖。进入新世纪,其创作达到高峰,作品几乎囊括了日本各大文学奖项。其德语创作同样不可小觑,1996年获得德国沙米索文学奖,2005年获取歌德勋章,2016年荣获德国历史最悠久、影响力最大的文学奖之一克莱斯特文学奖。
③ 多和田叶子作品的内地中译本有:《三人关系》(于荣胜、翁家慧译,中国文联出版社,2001年9月版)、《雪的练习生》(田肖霞译,吉林文史出版社,2012年9月版)、《嫌疑犯的夜行列车》(田肖霞译,吉林文史出版社,2013年1月版)。
④ 大江健三郎的评选意见,原文如下:"異類婚姻譚のかたちを展開して、小説作りの基盤としたことには、ふたつの成果があったと思う。ひとつは文体に、もうひとつは社会、家庭での人物の新しい位置づけに。"详见《芥川賞のすべて・のようなもの》,参照 http://prizesworld.com/akutagawa/senpyo/senpyo108.htm。
⑤ 孙洛丹:《2016年日本文学回顾:对现实世界的不确定回应》,《文艺报》2017年第73期,2月13日。
⑥ 石黑一雄,1954年11月8日生于日本长崎,1960年随家人移民英国,先后毕业于肯特大学和东安格利亚大学,并于1982年获得英国籍。1983年开始发表小说,其主要作品有《群山淡景》《浮世画家》和《长日将尽》等。曾获得1989年布克奖、大英帝国勋章、法国艺术及文学骑士勋章等多个奖项,与鲁西迪、奈保尔被称为"英国文坛移民三雄"。

Ishiguro),与多和田叶子不同的是,石黑一雄并非双语创作,因为他五岁时随父母移居英国后近三十年没有回过日本,母语日语几乎不会说,遑论日语创作。他从小接受的就是正统的英伦文化,完全是用所在国语言即英语进行写作,因此越境文学中的身份认同、种族融合、离散与回归都不是他作品的主题,但他称自己为"国际主义作家",细腻优美的文笔和风格也为他赢得国际认可。他的作品不多,但几乎每部小说都得奖或被提名,1986年以《浮世画家》获得英国惠特贝瑞图书奖,1989年以《长日留痕》获得英国享有盛誉的"布克奖",2017年获得诺贝尔文学奖。其作品已被翻译成近三十种语言,而中国内地也已翻译出版了他的九部作品①。石黑一雄与鲁西迪、奈波尔被称为"英国文坛移民三雄",与享誉世界的日本作家村上春树相提并论。石黑一雄作品的一贯主题是记忆与怀旧。其技惊文坛的处女作《远山淡影》,一部问世三十年仍在不断重印的名著,写的是一个在英国生活的女人短短几天的回忆,时空拉回到战后长崎,一对饱受磨难的母女渴望安定与新生,却始终走不出战乱的阴影与心魔。碎片似的虚实难辨的记忆拼图,是这部作品的最大特点。而新作《被遗忘的巨人》是秉承着石黑惯用的"记忆和遗忘"的主题而创作的一部寓言性小说。石黑一雄曾经这样说到自己:"怀旧没有错,这是一种饱受诟病的情感。英国人不喜欢它,轻视它,因为怀旧会让人想起帝国时代并对其感到愧疚。但怀旧是一种类似于理想主义的情感。你通过回忆回到了一个比你现在身处的世界更好的一个地方。我试图给怀旧取一个更好听的名字。"②

(三)越境中国的茅野裕城子

域外日本人作家中,移出的越境文学大都集中在欧美,值得一提的是,填补了移民中国空白的是女作家茅野裕城子。茅野裕城子1955年出生于东京,青山学院法国文学科毕业。做过女演员,作为纪行作家而周游世界。1992年进入北京大学留学,学习汉语和中国现代文学。1995年,《韩素音的月亮》获得第19届昂文学奖,成为她的代表作。另外著有《大陆游民》等小说。《韩素音的月亮》以急剧变化的现代北京为舞台,写出了日本女性和中国男性的一对恋人,因文化和语言不同,彼此产生滑稽可笑的误解以及身体之间轻快鲜明的交流,这显然是越境的恋爱故事。作家身居北京,毕竟离开了日本的文化视角,写得新鲜有趣。而茅野裕城子的《蝙蝠》与《淡交》两部小说,均为亚裔人仰视华裔人的构图。学者藤井省三指出:"茅野裕城子出现的意义,决不限于近代日本文学以中国为主题的传统复活,她所欲叙述的是越境中国的故事。通过越境使自己相对化,使探求新的认同方法化。已经进入国民国家体制的成熟期的日本和欧美,以往仅仅以一个国家为单位的国民市场正在急速地'国际化',随之而来的大规模跨越国境的移动,极大地激活了人们对国民国家形成之前的历史状况的想象。曾经参与了国民国家想象的文学,现在,则在促动读者思考越境的意义。越境行为使旧有的认同废弃,要求新的认同形成;而所谓现代的文学,就是开始向读者叙述这一行为的破坏性与创造性的文学。"③藤井的这段总结一针见血地指出了越境文学的本质与意义所在,值得借鉴与深思。

---

① 石黑一雄作品的中译本包括《小夜曲——音乐与黄昏五故事集》(张晓意译,上海译文出版社,2011年4月版)、《浮世画家》(马爱农译,上海译文出版社,2011年5月版)、《远山淡影》(张晓意译,上海译文出版社,2011年5月版)、《无可慰藉》(郭国良、李杨译,上海译文出版社,2013年4月版)、《被掩埋的巨人》(周小进译,上海译文出版社,2016年1月版)等9部。

② 《石黑一雄:拒绝遗忘的国际作家》,《北京晨报》2015年5月29日。

③ 藤井省三:《日本文学越境中国的时候》,《读书》1998年第10期。

四、日本移入民文学

移入民文学,即移居到日本境内的外国人作家创作的作品,代表作家有李维·英雄、杨逸、温又柔等。

长期居住在日本(与入籍无关)并用日语写作的外国人作家,较为突出的是上述几位,但不包括旅日的运用华文创作的华人作家。日本华文文学圈也有能够用双语写作的其他华人作家,比如毛丹青、黑孩,但目前尚未得到日本文坛的关注。

(一)叱咤日本文坛的美国作家——李维·英雄[①](Ian Hideo Levy)

李维·英雄1950年出生于美国加利福尼亚州,具有犹太人血统。1956年跟随研究中国唐史的父亲,全家移居台湾,学会了汉语,直到12岁左右返美。18岁时考入普林斯顿大学以后,李维主修了汉、日、韩三语。1981年李维翻译出版了《万叶集全译》第一卷,次年荣获美国国家图书奖。1987年李维创作了他的第一篇日文小说《听不见星条旗的房间》,发表在《群像》上。这篇小说深受日本私小说传统的影响,凭借该作品,李维·英雄获得1992年度的野间文艺新人奖。他经常来往于英语、日语、汉语三个世界,在语言上他具有越境的充分条件,从他的对谈集《越境的声音》[②]一书中,可知李维·英雄并不想把身份固着在哪个地方,他崇尚自由自在地往来,一边越境,一边再找寻越境地带,从哪里都可以出去,去哪里都可以。简言之,李维·英雄是孤独与自由的人,且乐于将这样的人生继续下去,这一点体现出英文世界里的个人主义特性。这跟中国移民作家普遍的寻找身份认同的焦躁不安心态,是十分不同的。

李维·英雄与中国的渊源也很深,他的童年部分时光在台湾度过。1993年第一次游历中国内地,至今往返于中国二十余次。更重要的是,他发表的很多作品跟中国有关。他曾在日本《现代月刊》上发表了纪实性作品《天安门》,之后相继创作出《现代·中国·文学》《听不见北京话的房间》《我的中国》和《从长安到北京——另一个"旅行自由"》等作品。2010年中国社会科学院外国文学研究所邀请李维·英雄到北京,与中国作家、学者共同就越境文学、文学写作与市场化关系和翻译等问题进行了座谈与交流。据会后综述性报道,在座谈会上,李维·英雄首先回顾了自己的创作之路,着重谈到了越境文学。"李维表示,'越境'在日语中毫无贬义,而自己不知不觉地成为使用这个词语的代表性人物……李维赞赏用德语写作的日本女作家多和田叶子,认为研究异国文化不一定要改变自己的身份,最为重要的是行动,是尽可能地去接触异文化和另一门语言。最后,李维根据自己的经验得出结论:作为个人,能够成为什么样的人并不重要,重要的是在新的语言里感悟新的生命状态。"[③]

---

① 李维·英雄,1950年出生于美国加州犹太人家庭。文学博士,日本古典和歌专家。先后任教美国普林斯顿大学、斯坦福大学。1982年以英译日本和歌集《万叶集》获全美国家图书奖。1989年移居日本,专事日文写作。1987年发表的第一篇日文小说《听不见星条旗的房间》此后获颁野间文艺新人赏,成为第一位以日文写作获奖的美国作家。1996年以《天安门》提名角逐日本文学芥川赏。2005年以《千千碎片》获赠大佛次郎赏。2007年获日本国际交流基金会赠予的国际文化奖,奖励他多年来对海外介绍日本文学的贡献。2009年描写现代中国世相的《假水》得到伊藤整文学赏。现任日本法政大学国际文化学部教授,并创作小说、评论及从事翻译。
② 原著为リービ英雄:《越境の声》,岩波書店,2007年11月版。
③ 唐卉、王杨:《越境·身份·文学——越境文学座谈会综述》,《文艺报》,2010年1月29日。

(二) 首位以非日语为母语的芥川文学奖获奖者杨逸①

杨逸,作为外国作家,在日本文坛上的地位,完全来自她获取的两个大奖:一是2007年,她凭日语处女作《小王》(日文原题《ワンちゃん》)获第105届文学界新人赏及第138届芥川奖提名;二是2008年她凭《浸着时光的早晨》(日文原题《時が滲む朝》)一书获得第139届芥川奖。杨逸是首位获得芥川奖的中国籍人士,也是首位不以日语为母语而获得文学界新人赏的作家,这在日本华人作家圈里是历史性的突破。杨逸早在1987年赴日留学,开始在日语学校学习,1991年进入御茶水女子大学教育学部地理系,后从文学系毕业,先后任职华文报社及教师。她移居日本二十年后正式开始日文写作,第一部作品《小王》写于2007年,是揭示中日跨国婚姻的无奈,寄给《文学界》之后顺利发表并被推荐参评新人奖。2008年杨逸获得芥川奖的那部《浸着时光的早晨》,不仅写了中国大陆青年学生在20世纪80年代末中国社会转型期里的生活经验,还写了不少学生后来出国对外国生活的种种体验。作为获奖的一部越境文学作品,自有它自身的价值。日本作家浅田彰认为杨逸的作品一扫日本文坛近年来为获奖而无病呻吟的文风,把创作从虚无迷茫或暴力性爱刺激的肤浅中,拉回到文学关注社会胎动、反映社会现实思想的轨道上来。日本学者川村凑认为杨逸获得芥川奖是"世界性壮举,见证了日本文学上的历史时刻。迄今为止只能日本人写日本文学,说不定今后不同国籍的作家会陆续出现"②。日本文艺春秋出版社的杂志《文学界》月刊主编船山干雄认为,杨逸的作品为日本文坛注入活力,目前日本作家的作品风格优雅,但是缺乏冲击性的感染力,杨逸作品的获奖将成为日本文学的一个转折点,他说:"跨越国境的外国人运用日语创作文学作品,这将为日语文学开辟更为广阔的空间,成为更多群体享受的文学体裁。"③

(三) 80后旅日新锐华人女作家温又柔

温又柔是一位出生于台湾、成长在日本的"八零后"新锐女作家。她三岁时随父母移居日本,从小学到硕士的教育与学习都是在日本完成的,其日语的熟练程度如同母语,这一点与前述英籍日裔作家石黑一雄有相似之处。但不同的是,温又柔因为从小在家庭中混杂使用日语、中国语、台湾方言,她对母语、母语文化、母语与日本的关系注入了更多的思考,尤其是对她那不是母语胜似母语的日语进行意义上的思考。她对自己身份的迷茫与烦恼甚于父辈,这种思考促成了她的日文小说《好去好来歌》,她凭借这部作品在2009年获得第33届昴文学赏佳作奖,成为首位获此殊荣的华人作家。成名作《好去好来歌》,被收录在她的第一部小说集《来福之家》④。这部小说集中的另一篇小说《来福之家》,最初刊登在文学杂志《昴》上,文中书写了"非日本出生,也非日本人,却使用日语活着"的生存意义。温又柔在被采访中表示,自己并非自豪她征服了日本语,而是以她在母语与非母语之间挣扎游离的故事来彰显文化、语言的"不可译性"及(地理、语言)跨界时所触发的方向迷失的感觉。对母国语或客居语的疏离感是温又柔文学创作的原动力。⑤ 温又

---

① 杨逸(1964—),原名刘荍,旅日中国小说家,出生于黑龙江省哈尔滨市。2007年,凭日语处女作《小王》获第105届文学界新人赏及第138届芥川奖提名;2008年,凭小说《浸着时光的早晨》获第139届芥川奖。她是首位获芥川奖的中国籍人士,也是首位不是以日语为母语而获得文学界新人赏的作家。
② 《芥川赏:〈日本文学〉から〈日本語文学〉か…杨逸さん受賞》,《每日新聞》(電子版)2008年7月16日。
③ 《旅日中国女作家杨逸六四作品获文学奖》,CND《华夏文摘》2008年7月17日。
④ 原书名为《来福の家》,温又柔著,集英社,2011年1月版。
⑤ 《旅日华人作家温又柔以混血文学摘日本文学新人奖》,中国新闻网,2010年6月28日。

柔最新的作品是《生在台湾,说日语长大》①,是一部接近小说形式的散文佳作。温又柔的父母都是台湾人,所以她不是混血儿,但温又柔的文学是混血文学,是复数文化杂糅下的结晶。温又柔在法政大学读本科与硕士时,先后师从于日本文艺评论家川村凑与叱咤日本文坛的美籍作家学者李维·英雄,属于其研究室的学生。她曾跟着李维教授在2010年参加中国社会科学院外国文学研究所的"越境·身份·文学——越境文学座谈会",温又柔在会上表示,日本文学日趋国际化,中国也面临同样的问题,生活在中国的一些外国人爱上了中国,开始用中文写作,这种现象已经出现。温又柔也希望将来能够用独具魅力的中文写作,想要与更多的中国作家、日本的中国文学研究者、译者以及出版社共同努力,把中国文学作品介绍到日本。

五、日本"越境文学"之异

综上所论,可以见出日本当代越境文学与他国移民文学有着两个显著的不同,从而彰显了她的独异性或曰特色:

(一) 对移民作家身份认定的包容性

首先,是表现在概念的外延上,日本"越境文学"的概念具有很大的包容性。如前所述,她不仅包括移出民日本人所创作的文学,还包括移入民即外来作家的日语写作。虽然很多人指出日本狭隘的地理位置导致了日本狭隘的民族心理,但在文学关照层面上,日本这个岛国却是宽容的、大度的。换而言之,日本文学界拥有国际视野,将区域文学提升到全球的战略高度,以谋求更多的关注与更好的发展。比照之下,中国的移民文学范畴却是偏于狭隘,所指仅仅是从中国移居海外各国的华人创作,而对移居到中国境内的外来人的华文写作似乎无人关照,不得不说这是一种缺憾。事实上,成熟的非母语写作由于写作者的异文化跨国际背景,其作品将会给所在国的文学界注入新鲜血液,不论是语言的运用、创作的技巧还是思想的表达,都有着值得学习与借鉴的地方。中国文学界应当关注当下那些移居中国的非母语创作的华文文学,把他们的文学成就纳入中国的移民文学(或新移民文学)范畴里,这对繁荣华人移民文学事业、提升华文文学的国际地位都有帮助。

其次,是对非母语写作者的鼓励与认可。如前文所述,不管是移居德国的双语写作高手多和田叶子、"英国文坛移民三雄"之一的石黑一雄,还是叱咤日本文坛的美国犹太裔作家李维·英雄、首位获得芥川奖的中国籍作家杨逸,他们的非母语创作都获取了所在国的文学奖。当然,英、德都是移民国家,对移民文学的肯定与奖励应是自然之事。而在日本的各大文学奖项里经常出现移入民的作家之名,且不说其他国家的移入民,单是当代日本华人中的日文写作者就有多位,例如来自台湾的陈舜臣,一生获得大大小小十几个奖项,其中1961年以《枯草的根》获得第七届江户川乱步文学奖,1969年以《青玉狮子炉》获得第六十届直木文学奖,1970年获得推理作家协会大奖;邱永汉在1955年凭借小说《香港》,成为日本文坛第一个荣获直木奖(第34届)的外国人;杨逸在2007年,以日语处女作《小王》获得第105届文学界新人奖,且首度被芥川奖提名,2008年以《浸着时光的早晨》获得第139届芥川文学奖,是该奖创办七十三年来首位获奖的外国人作家;诗人田原凭借诗集《石头的记忆》于2010年获得日本第60届"H氏诗歌大奖";作家毛丹青

---

① 原书名为《台湾生まれ日本語育ち》,温又柔著,白水社,2015年12月版。

于 2009 年获得日本第 28 届蓝海文学奖等等,不一而足。尤其是素有日本文坛"奥斯卡"之称的芥川文学奖,打破常规颁给中国籍作家杨逸,也是芥川文学奖在国际化开放性上挖掘文学新人作家具有里程碑意义的大转变。而在中国文学界享有较高声誉的文学奖,比如中国作家协会主办的茅盾文学奖,其评选条例明确规定参选作品必须是"由中国籍作家创作的、在中国大陆公开发表与出版的 13 万字以上的作品",基本上把中国的移民文学中的优秀作家作品排除在参评对象之外。

日本《文学界》主编船山干雄曾经就杨逸的获奖而发表的一段话,值得我们思考:"我们在选择和评选文学界新人奖时,并没有因为《小王》是在日外国人撰写的日语小说而轻视,虽然它在日语表现上确实还有不足之处,我们甚至还对一些日语助词作了修改。但恰恰是这些'不正宗'的差异性,令杨逸的小说在日语表现上显得很有特色。如一般日语的遣词造句比较委婉,而杨逸作品的日语表现则比较直接,用在特定的主人公小王身上,这种直率反而使人物性格更加鲜明,作品描述更有力度。实际上写出了一般日本作家写不出的或难以如此表达的情感,增添了作品的新鲜感。另外,杨逸在作品中直接引用了汉语成语'奇装异服''千杯不醉'等,也在一定程度上丰富了日语的表现力。所以,杨逸能够获得日本文学界新人奖,也反映了日本文坛可以用更开放的姿态去超越国界的局限,培育文学新人的可能性。"①

(二)注重开展越境作家的寻根活动

越境作家的生存模式是跨国的,作家在母国与所在国之间游走是常态,所以在对待越境作家的态度上,除了重大的政治异见人士,母国应给予他们浓厚的人文关怀,给他们提供各种便利的文学平台。日本在这方面的做法值得借鉴。比如,前述双语作家多和田叶子,她的一部充满想象力的小说新作《被镶嵌在地球上》从 2016 年 12 月开始,就在日本的文学杂志《群像》上连载。这种连载方式可以拉近越境作家与母国读者的距离,使得越境的作家作品都有了寻根意识。当然还有多种寻根方式,如邀约越境作家(移民作家)回国参加演讲或文学纪念活动等。2016 年神奈川近代文学馆举办了以展览"遇见百年夏目漱石"为中心的一系列纪念活动,4 月邀约越境作家水村美苗(1951—)做了题为"漱石与日本及日语文学"的演讲。水村美苗是日本小说家、评论家,12 岁时移居美国,她步入日本文坛恰是以续写夏目漱石未完成的小说《明暗》开始的,1990 年就出版了《续明暗》。不只是开展越境作家移出民作家的寻根活动,还重视移入民作家的追忆之旅。前述美籍作家李维·英雄,据学者孙洛丹的记述②,2013 年 3 月,受台湾东海大学的邀请,李维·英雄阔别五十二年再度访问少年时(6—10 岁)居住过的台湾台中一个集中了日式建筑的街区,同行的还有日本诗人管启次郎、电影导演大川景子和青年作家温又柔。同行人在旅行后出版了纪录片《异境中的故乡》,记录了李维·英雄的此次故地重游,这也促成了 2016 年 3 月李维·英雄出版了小说集《模范乡》(*Model Village*),所有这些安排和活动都会增强越境了的作家对于"根"的多重联系,效果无疑是正面的。

综上论述,可以分明见出日本越境文学在全球移民文学中的独特地位和价值。了解和研究日本越境文学,无疑有助于我们进行华人移民文学(包括新移民文学)的进一步研究,并向更深入、更全面、更具学理性的走向发展。

---

① 毛峰:《专访杨逸》,《亚洲周刊》2008 年第 4 期。
② 孙洛丹:《2016 年日本文学回顾:对现实世界的不确定回应》,《文艺报》2017 年第 73 期,2 月 13 日。

参考文献:

1. 《日本文学を引用する越境の作家たち——水村美苗・デビッド・ゾペティ・多和田葉子》,土屋勝彦編《越境する文学》,水声社,2009年。
2. 《越境する言の葉:日本比較文学会創立六〇周年記念論集》,日本比較文学会編集,彩流社,2011年6月。
3. 細川周平《日系ブラジル移民文学》,2012年12月発行,みすず書房。
4. 青柳悦子《境界地帯の子どもたち 現代的越境者にみる文学の渇望》,土田知則・青柳悦子編《文学理論のプラクティス》,新曜社,2001年。
5. 土屋勝彦編《越境する文学》,水声社,2009年。
6. 《多和田葉子全著作解題》(日本語作品),《ユリイカ》第36巻14号,2004年。
7. 多和田葉子《エクソフォニー——母語の外へ出る旅》,岩波現代文庫,2012年。
8. 孙洛丹《文字移植之后——多和田叶子创作述评》,《外国文学动态》2013年第1期。
9. 刘军、李云《跨文化与异质语言体验——多和田叶子的翻译和语言世界管窥》,《外语研究》2009年第1期。
10. 清水光二《越境の試み-多和田葉子とリービ英雄の場合》,《吉備国際大学社会福祉学部研究紀要》(13),2008年3月。
11. 宮田文久《リービ英雄(千々にくだけて)を読む—〈越境文学〉の可能性—》,《日本大学大学院総合社会情報研究科紀要》(13),2012年。
12. 沼野充義《世界は文学でできている 対話で学ぶ〈世界文学〉連続講義》,光文社,2012年1月。

文献

晓　风

《胡风日记》编辑说明

《胡风日记全编》共三部分：

一、自1937年8月13日至1948年12月，电子文本约20万字；

二、自1949年至1955年5月15日，原为《胡风全集》第10卷（第10卷中为559页，电子文本约12万2千字），另增补入新整理出的独立的1951年土改日记（电子文本约3万字）；

三、自1977年1月1日尚在监狱中时至1985年5月（6月8日去世），电子文本约8万5千字。

需要说明的是：自1937年8月13日起，完整地一直记至1941年4月27日胡风因皖南事变离开重庆动身去香港。这之后，不得不中断了。作者经过了香港沦陷等变故，最后脱险来到桂林住定下来，于1942年4月28日才又开始记日记，直至1948年11月29日作者按照中共党的安排离开白色恐怖下的上海止。此为日记的第一部分。作者来到东北解放区后，自1949年1月6日又开始记，到1955年5月15日作者被捕离开家的前夜止，此为日记的第二部分。最后一部分，也即第三部分，写自他尚未恢复自由但已能看见曙光的1977年年初，至他去世前的1985年5月19日。

第一部分为胡风日记中最为详尽的部分。作者详细记述了自抗战起后他在极其困难的条件下所从事的文学活动、文学创作和个人生活等方面的种种情况。既有义不容辞的中华全国抗敌文协的工作，也有在中共南方局的领导下所做的一些事情，还有进步文化界的一些社会活动，更有编辑出版《七月》《希望》与国民党宣传部门和书商所进行的大大小小的斗争……所记中仅与他有来往、通信等联系的就有数百人之多，包括了董必武、周恩来、叶剑英、陈家康、乔冠华、徐冰、冯乃超等党内领导人，陶行知、柳亚子、熊佛西等党外知名人士，艾青、田间、聂绀弩、萧军、萧红、丁玲、巴金等文艺界友人以及众多的投稿者和读者。

第二部分。由于作者在中华人民共和国成立后的处境越来越困难，所以记叙得较为简略，仅为大事记。但从中也可看出当时的政治氛围和作者的困惑、思虑及抗争等。

第三部分。开始记的前两年，作者尚在监狱中，我们从中可以看到作者作为一名"犯人"在这两年内的心理和思想变化过程。在恢复自由后的第一年，作者本着实事求是的宗旨，尽力写了一些回忆材料，以供中央参考，直至病倒。后几年的记载则为大事记，病重时只得由家人代记。

第一部分日记的内容最为详尽，涉及的人与事最多。由于是日记，并非为发表而写，兴之所至随手记出，并无顾忌，难免有不恰当之处。为慎重起见，在这一部分中，特地略去了少许段落。其他部分则全文依原样发表。第二部分曾收入《胡风全集》第10卷中,这次又校勘了一下,纠正了一些错失,并补入了1951年土改期间另写的一段日记。第三部分中涉及的那几年中,有时作者处在精神疾病困扰中,所记明显不正常,为了完整地反映作者的实际情况,所以仍保留原样,这点望读者明察,在他因病不能记载时,则用家人的记录补入,以楷体区分。

对于日记中提到的一些人名,为便于读者了解,编者尽量予以了简注,至于化名或别名,也尽编者所知予以指明。作者在记时所作的各种符号,现仍依原样照录不变。无法辨认的字则以□代之。

此前,《新文学史料》曾于2016年第3期至2017年第1期分三期连载了《胡风日记·武汉一年》,起讫日期为1937年10月1日至1938年9月28日。此次自1938年9月29日开始,连载没有在其他地方发表过的日记(含第二部分新增及校正内容)。胡风在中国现代文学史、思想史上的重要地位毋庸置疑,日记的发表当为胡风研究提供极为珍贵的第一手资料,定为各界所瞩目。

晓　风　辑校

胡风日记（1938.9.29—1941.4.27）

一九三八年

9月

29日，六时许到城陵矶，这算是湖南境界了。望去不过几十家（至多也不[过]一百多家罢）的古老的房子。高处有一栋旧式洋房，前面扬着中国旗子，江面照例有漆着英国旗子的小拖轮。这个小要点将是敌人底目标，从咸宁穿过来切断武汉从水上的退路。

读完八月号《改造》上的《麦と兵队》，为一伍长玉井胜则之日记，笔名火野苇平。因鹿地誉为"真正的战争文学"，所以从崔万秋借了来的。然而是极无聊的作品，除了一两处暗示了兵士底苦痛，中国兵底勇敢以外，给读者的还是法西斯的麻醉。最后以中国兵被俘后不屈的场面作结。作者自己倒还能以"自己还没有变成恶魔"自慰。船在城陵矶抛锚过夜。

30日，读了几十页罗曼罗兰底《托尔斯泰传》。作者自己兴奋地抒起情来，恐怕不是真的托尔斯泰罢。

读了《改造》上的《孤雁》，作者芹泽光治良。依然是无聊之作，不晓得鹿地为什么也要说好。在石首过夜。

10月

1日，看了几十页《托尔斯泰传》，译得太坏，看不下去了。

下午七时过到沙市，有码头，在这里过夜。上岸走了一会，似乎离市街还有一段路，没有去。什么也没有看到，只马路边的洋楼里透出了麻将声。看本地报，英法德意四强会议开成了，捷克被英国送给了希特拉。中国的官们白喜了。

2日，看一百多页André Malraux底《征服者》，到现在为止，还是用对话来展开，觉得沉闷。晚八时停航，离宜昌约二十里。

3日，上午八时左右到宜昌，叫小船上岸，嘈乱不堪。在小客栈的污旧的房间住下后，到街上走了一转，和中国各地的城市都是一个灵魂。夜，在路上遇见了段公爽①，一路到《武汉日报》公馆坐了一会。到另一旅馆会见了陈理源，谈了一通闲天。

4日，二时即起来上小轮，挤得没有插足之地。五时半开，八时不到即到宜都。上小

---

① "段公爽"（1906—？），曾在多家报社任职。时任《武汉日报》宜昌分社主任。

轮后,碰着了金宗武着到宜昌来接的佣人。在宜昌没有遇着,他也搭今天小轮回宜都。十时左右到宗武家,吃了两碗稀饭,下午很不舒服,睡下,温度高到一〇三。M同父亲等到预先租下的房子去了,我留在金家过夜。吃阿司匹林,出汗甚多,热度渐退。

5日,早起,温度退到九十九度多。给子民一短信。下午到租居的屋子。是富农底住宅,空气光线都不够,但最困难的是苍蝇一片黑,一拍子下去能够打死十多个。

6日,早起,热度全退。饭后到也是逃居在这里的马、胡二家。下午到宗武处。

看了未到时曹白和费老板底来信①。

7日,看了契诃夫底《活动产》。作者底观念流出得太显了。

下午宗武夫妇及马、胡二位来。引着晓谷在附近走了一圈,到陈氏祠堂,附设有短期小学,添派来了两个流亡教员,是一对夫妇,从上海逃来安徽,又逃汉口,这次再逃到了这里。据说每人只能领到五元一月的生活费云。

8日,看了契诃夫底《决斗》。今天是旧历中秋。下午同晓谷、M到金家走了一转。

9日,看了几页《征服者》。下午,金家老头子来坐,谈到做生意的雄志。给张仲实、张定夫、凡海、艾青、萧军信。

10日,送南正上学②,教员说是今天没有课,在这里算是也记得有双十节。得熊子民信,他八号去桂林了。下午到金家坐了一会。

11日,给沈钧儒等四参议员回信,要求他们提议废止原稿检查。得曹白、艾青信。

12日,下午见太阳,到金家坐了一会。

13日,看完《征服者》。得费慎祥信。下午,宗武夫妇来,一道到马家看制油墨。

14日,得大哥信,他已到汉,但没有说来了多少人,我看是有了变故的。他买不到船票。即回一信,且给信杨幸之、陈纪滢,托他们帮忙。得张仲实信,约定了译《文艺底本质》,且说《七月》事待到重庆后决定。复他。得"黎明"魏志澄信,答应《七月》可出,但不能现拿稿费。

复曹白、艾青。

15日,今天有师管区的补充团的副官来要这房子驻兵,开始命令我们搬出去,但后来也声明了回去商量。下午金家小孩子来叫,说是武昌来了客。过去一看,原来是中学同学的卢骥,预备从沙市移居这里的。这人还和从前一样,以为自己并不是一知半解,但整个是空空洞洞的。

夜,看了几篇《杰克·伦敦》。

16日,今天开始放晴。把一本《杰克·伦敦》看完了。这人精力蓬勃,对于资本主义社会下的虚伪、残酷、黑暗以及金钱欲抱有了最大的憎恶,但也因为这,作品里的人生相大半过度地被作者自己底立意支配住了。

16日宜昌《武汉日报》剪报:
惊天地泣鬼神
姚子青第二
蕲春守将谭灿华将军
全营与孤城同殉

---

① "费老板"即费慎祥。
② "南正"为胡风的一位侄儿。

【中央社浠水十五日电】我固守蕲春之谭营长灿华,与由田家镇方面西侵之一联队并附海空联合之敌,自八日拂晓起发生激战,我谭营处三面环水之绝地,四围受敌之孤城,浴血苦斗,增援无路,经两昼夜,该营长卒能再接再厉,以姚子青死守宝山之精神,率领官长歼敌无算,然终以众寡悬殊,装备劣势,全部殉国。该营长临终犹呼委座万岁不已。其忠勇义烈,洵足以惊天地而泣鬼神云。①

17日,看了契诃夫底两个短篇。下午,同M、晓谷到街上,宜都县城,大都市底一条小横街。

敌人占领了惠阳。

18日,看果戈理底《魏》和《旧式的地主》。

19日,看果戈理底《塔拉斯·布尔巴》及《伊万·伊万诺维奇同伊万·尼基佛洛维奇怎样争吵的》。合昨天看的两篇,即《密尔格拉得》底全部。得张仲实信。

今天为鲁迅先生两周年忌日,但我是什么也没写了。前数日也想写一点什么寄出,但心绪凝集不来,而且也不愿和那些啃死人骨头的英雄们搅在一道了。

20日,看了几章《小约翰》。下午到金家坐了一会。

21日,续看《小约翰》。夜,复丁玲、雪苇。

22日,看完《小约翰》。作者底艺术手腕很高,但这里所有的其实是反科学的精神,虽然部分地反映了对于现实社会的反抗。译者声明了对于这书如劝别人也吃自己喜欢吃的东西;但我看,这喜欢不外是在时代重压下的译者底徬徨的心境。

复熊子民,给姚楚琦、胡绳②。下午同M上街,得沈钧儒信。

23日,看完了《福玛·高蒂耶夫》上卷。下午,金家老头子带三个孙儿来,携晓谷同他们一道上姚家店,等到五时过才吃了特做的烧饼,回来。

24日,看完了《福玛》下卷。较之福玛本人,倒是那些商人被写得好。用福玛,这反抗意识底反映,作者对商人社会提出了无情的控告。译得坏极了。广州失陷。

得萧军信,他在成都编一个副刊,寄来了三天的追悼鲁迅专页。给信杨幸之、胡兰畦,托他们打听大哥底行踪。

25日,又下起阴雨来了。看来武汉底运命不久了。

给崔万秋信,看能否藉他弄得面包来源。

26日,看了几篇《高尔基回忆琐记》。

报载,中国军队昨夜开始由武汉撤退,三镇升起了焦土抗战的大火。几天以来,宛如守候一个垂死的人似地守候武汉底消息,这算是得到了最后的结果了。

大哥来信,全家已由"江新轮"逃来了,大概明后天可到。

得曹白信及稿子两篇,这恐怕也是最后的交通了。得老舍、史枚信③。

27日,冒雨进城,到河边候大哥等,不见来。

得老舍、伍蠡甫等电报④,复旦大学约去担任六小时日语,月约百元。拟同意的回电,

---

① 该剪报系作者粘贴于此页日记本上。
② "胡绳"(1918—2000),历史学家,哲学家。抗战期间任中共南方局文委委员、《新华日报》社编委、上海和香港生活书店总编辑等职。中华人民共和国成立后,历任中宣部秘书长、《红旗》杂志副总编辑、中共中央党史研究室主任、中国社会科学院院长等职。
③ 史枚,编辑出版家。抗战时期为重庆生活书店编辑。
④ 伍蠡甫,时任复旦大学文学院院长。

明天发出。给张定夫、张仲实信,复史枚。

28日,看了几篇《高尔基回忆琐记》。下午同M上街,发电报,到江边接大哥等,不见来。江边有人看见"江新"今天下午三时左右上去。那明天当可以到了。复老舍。

29日,早起即到码头等大哥等,坐在那里看完了《高尔基回忆琐记》。到下午四时左右,不见来,始回。

30日,上午,看了几页《冰岛渔夫》。下午又到码头等大哥等,六时过还不见来,始回。到江边城垣上走了一转,那下面有许多后方医院草率埋掉的坟堆,有两个穿灰军装的在掘一个新的坟坑。在码头上遇见中学同学的彭年,由沙市逃难到此。

31日,同宗武进城到码头,坐不久,大哥等乘小轮到了。整天料理他们底事情。

11月

1日,没有做事。同大哥到金家坐了一会。

2日,看《冰岛渔夫》数十页。据说宜都已经动摇了。下午到金家,通志馆有人到宜昌,托他去找人买船票。

3日,看完《冰岛渔夫》。

4日,看完《往星中》。得史枚信。

5日,看《静静的顿河》数十页。得老舍信。晚,在金家吃面。

6日,去宜昌的人转来了,史枚说船票有办法。金家想从这里迁移。夜,与家人谈去向问题,无结果。大哥主张不走。

7日,得伍蠡甫催促的电报。

8日,决定同M、晓儿去重庆。复老舍。

夜,和家里人讨论去向,引起了一些不快的谈话。

9日,整理行李。下午进城等船,大哥送,在污秽的小客栈住下。

10日,十二时过始挤上了一只上水船,大哥挨了一个兵士一掌,我自己几乎被一位军政部底皮带先生所打。六时过到宜昌,但码头上的管理员不在,不能靠,在江面游了二小时左右,才在离市街四、五里的下游靠了岸。找史枚,搬行李,到凤台客栈,花钱三元左右,费时二小时以上了。

11日,阴天。上午去河西,想找一个暂住的地方,但看情形是做不到的。警报两次。史枚说,只有到万县的船。四五日[后]可去。直航既不可能,只好到万县去等了。夜,到杂志公司看到了张静庐。他依然过得神气。

12日,给大哥信。给宗武信,叫他送文仙来一道去万县。这两信由老四的亲家带去。陈理源来。段公爽来。听到了一些此间军政要人底笑话。路遇李剑华①。

13日,从《武汉日报》借来了十月份的《大公报》,翻阅了一遍。史枚来,说直航船没有办法。陈理源来。上午警报,敌机飞入了市空。

14日,看报知战时工作总队到了宜昌。打听恩底消息。船票依然无着。

15日,恩来,他原来是由宜都过时回家去看了一次的。他们退出时收容了一百多难童,但在路上又丢光了。在路上遭劫,土匪就是他们底队长底旧部云。居俊明来②,从新

---

① 李剑华(1900—?),社会学家,法学家。
② 居俊明为胡风二哥的女婿,即张梅芬(细花儿)的丈夫。

沟步行逃出的。警报两次。路遇罗又玄①。

16日,船票依然无着。警报两次。夜,罗又玄来,谈到很晚。他是陈诚派来料理联合中学事情的,答应了保送望隆进学校②。打电话给大哥,叫他送望隆来。

17日,警报两次。奔走船票事。留一信给大哥。

18日,罗又玄约去吃午饭。回来后得通知书,七时起买票,即收拾行李上船。恩和陈理源送。人甚多,划子在江心闹得一团糟,天下雨,由划子爬着挤上船,危险得很。船叫"民本",据说是民生公司最大的船,但却挤得没有人行路了。

19日,醒来时船已经开了,据云有了警报。两岸尽是险山,晓谷说"蛮好上天的"。水流甚急,这就是有名的三峡道了。会了这船底经理冉庆之。在巫山抛锚过夜。

20日,船上传着一个消息,说广州、岳阳、九江、田家镇、信阳都克复了,而且是得于官电的。六时过到万县。又下着小雨。冒雨吊划子下来。到中正街,李书城已搬住天生城寨去了。幸好脚夫找着了一个客栈(三元商栈),房子又小又脏,但总算能够暖暖地睡觉了。

21日,到民生公司会经理,不见。船票是很渺茫的。路遇徐迈进③。宪兵在各书店没收书籍。下午,坐箯子到天生城。原来是在高山顶上,上去的路悬陡得很,等于"上天"。

李书城和杨景煜同居。在杨家吃了晚饭,再在黑暗里乘箯子下山来。给信大哥、宗武。昨天的那个大胜利消息原来是假的,不过这万县也大放了一通鞭炮。

22日,上午,李书城夫妇来,一道在馆子吃午饭。下午,同M、晓谷游西山公园,依山而成,比武汉几个公园都好。

23日,雨,不能出门。夜,同M、晓谷看四川戏,低级得很。

24日,到民生公司遇见史枚。接洽船票,说明天的"民联"可以去,不过只能有活动统舱云。给关白蓉信④,希望船到时他到码头上来照料一下。

25日,买船票不成。史枚友人李君有了给船上无线电员的介绍信,说是明早可以先搬行李上船,上了以后再补票。姚楚琦来,睡在这里。

26日,一早送行李上船,再下来,下午同M、晓谷上船。到晚上才交涉到了一个睡的地方。公司牌示明天十二时开船。晚上不断地有人上船来。

27日,人愈来愈多,船不开。

28日,人挤得不能走路了,但依然陆续地来。争位子,发生了几次打架的事情。船不开。

29日,早上,船开了。为了吃饭,又打起架来了。看完了《静静的顿河》(原书第一卷的上半),觉得写得很平凡。夜,在忠州附近抛锚。

30日,看了从旁边兵士借来的《描金凤》,二册的很无聊的小说。夜,在涪陵下游抛锚。

---

① 罗又玄,胡风在《时事类编》时任主编。
② 望隆为胡风的一位侄儿。
③ 徐迈进(1907—1992),时任重庆《新华日报》编辑部副主任。
④ 关白蓉,即关伯庸,和陈理源一起在重庆《新民报》工作,也是刘雪苇的同乡。

12 月

1 日,看了从兵士借来的《走马春秋》,也是很无聊的小说。为吃饭,又打了起来。五时左右,第二餐饭还没有影子,于是船停在一个小镇(属江北县)旁边,让乘客上岸去买东西吃。上岸吃了一顿饭,买了一袋食物回船。夜,为了争便所,又有人打了起来。

2 日,一时过到重庆。白蓉来接,费了很大的力才把行李取了出来。上岸坐车到磁器街永华旅馆,是雪苇底朋友孙君让出的。整理行李后休息。

3 日,早,到青年会会见老舍。得到复旦底聘书和时间表。一道到文协,会见猛克、宋之的、王萍等①。出来吃了饭后,同老舍、宋之的到旅馆来坐了一会。到生活书店会到张仲实、柳湜。不在时,M 说刘仁及长谷川照子来这里找房子,国际宣传处迁到重庆来了。张西曼来访。给萧军、宛君、伍蠡甫、高警寒信。

4 日,上午子冈来,宋之的、王萍来,一道出去吃饭,宋之的夫妇请客。下午王春江来。夜,到柳湜处谈了很久。

昨日在老舍处收到侯唯动诗稿一卷,内附信及照片。

给艾青、凡海、熊子民信。

5 日,送挽词给《新华日报》十六个殉难者。不在中沙梅夫妇、陈白尘、安娥、蓬子等来②。下午,老舍、陈纪滢、孔罗荪来,一道去参加《新华日报》追悼会。会场中遇熟人甚多,如罗果夫、华西园、绿川英子夫妇等。绿川说话,被迫作了她底翻译者。同西园到小馆子吃饭,他请客。

6 日,上午,伍蠡甫来。访董胡子。下午,为《全民抗战》写了《关于风气》。陈理源来。六时应伍蠡甫之宴,同座者有马宗融等③。不在中,柳湜、史枚、崔万秋、蓬子等来。到柳湜处闲谈了一会。

7 日,上午,木刻者郯中铁来④。应崔万秋之约,一路到"冠生园"吃茶点。《新华日报》开始登载毛泽东底《论新阶段》。

8 日,上午会秦君,他倒非常赞成《七月》复刊。到千厮门去看码头情形,预备明天早上去北碚。下午,文协开理事会。晚,到"小洞天"赴《全民抗战》之宴。法国记者李蒙夫妇出席讲话。

9 日,晨三时起来到千厮门码头。早牌的船没有,等到九时午牌的船才开。四时左右到北碚。过江到复旦大学(黄桷树镇)。先到伍蠡甫处。伍邀陈子展来⑤,吃晚饭。见到了校长(吴南轩)。访张定夫。

10 日,上午上课,只谈了半小时的话。下午同陈子展到马宗融处。晚,在"文史地学会"及"抗战文艺习作会"讲《抗战后的文艺动向》。

11 日,晨五时起身到北碚赶船。大雾,船到十一时才开。学生陈绪宗赶到码头来,在船上遇见学生王、刘二君。二时过到重庆。三时同 M、晓谷看《巩固国防》影片。夜,到柳湜处,得艾青及姚楚琦信。访张西曼、张仲实。不在中关去罡来。

---

① 王萍,电影艺术家,宋之的妻。
② 安娥(1905—1976),左联盟员,歌词作者,田汉妻;蓬子即姚蓬子(1891—1969),作家,作家书屋老板。
③ 马宗融(1892—1949),学者,翻译家。罗淑为其妻。
④ 郯中铁(1917—1999),美术家,主要从事木刻创作。
⑤ 陈子展(1898—1990),教授,学者,时任复旦大学中文系主任。

12日，上午王春江来。下午到中央公园，遇见了同乡的两个姓方的，都是方觉慧的侄儿①。对我恭维一通，不舒服得很。陈绪宗来。夜，王春江来，魏孟克、方殷来②。张西曼来邀出去吃晚饭。得萧军、熊子民信。复姚楚琦。给秦德君信③。

13日，上午，为《新华日报》写成《从义卖献金想起的》。下午，找张静庐，谈《七月》事。到文协，遇见了从贵阳来的吴组缃。五时，到木刻[会]讲话一小时以上。六时半，到"小洞天"，因为生活书店为《读书月刊》请客。不在中，西园来。

14日，复艾青、萧军，给雪苇、丁玲、曹白。史枚来，袁勃来④。沈瑞芝来。到生活书店，他们底回答是不出，算是被他们欺骗了那么久。访孔庚⑤，听他谈了一套乡村合作的理论。

15日，下午到上海杂志公司谈《七月》，以"不够成本"而无结果。赴《新华日报》茶会。七时到文协参加诗歌座谈会。西园来，谈《七月》事。十二时到江干寄宿舍，会着孟克一起住在那里。柳湜来信索稿，我在回信中骂了生活书店。

16日，四时起床上船，五时半开，十二时到复旦。二时到四时上课。伍蠡甫、陈子展决定了为我开一班"创作论"。夜，在陈子展家吃晚饭。七时，参加"抗战文艺习作会"的座谈会，到学生四十余人，相当活泼。与孟克宿于招待所。

得厉汝尚信⑥。

17日，上午，学校全体欢迎钱新之、杜月笙、王晓籁一班财神⑦，被拉去参加了。十二时，吴校长请吃饭，也是陪财神们的。饭后，同孟克到马宗融处坐了一会。三时过，同孟克、陈绪宗去北温泉，到时快黑了。吃过饭，在游泳池游了一小时以上，回旅馆倒头就睡。

18日，六时起来，坐游览艇到北碚赶船。九时船开，十二时到重庆。到青年会，家里信来了，附有S·M、田间、雪苇、丁玲底信。丁信说毛欢迎我去延安，但她以为还是在这里办《七月》的好。夜，到柳湜处，他说胡愈之来了，要找我，而且沈老头子也要来回看我云。大概是为生活书店缓冲罢。正要骂生活书店，张仲实、沈志远进来了⑧，于是只好乱谈一通闲天。

19日，给大哥信。会董胡子、何君。晚，访绿川英子夫妇。

20日，小雨。上午，访胡愈之。访张西曼。得周文、姚民情及一读者来信。复S·M。五时，胡愈之来，约去吃晚饭。同座者有董之学。夜，到文协，同宋之的、孟克等谈了一通闲天。

21日，得凡海信，并转来侯唯动信。复姚楚琦，读者林淡村。下午，访祝味菊医生，不在，会见了他底女学生，好像是他底新夫人。绿川夫妇、崔万秋夫妇来约出去吃晚饭。访柳湜，谈了一些生活书店底内幕。收萧军赠《侧面》一册。

---

① 方觉慧，又名方子樵，曾任国民党中央执委、湖北省政府委员兼农矿厅长等职，是方瀚的堂叔父，与胡风同乡。
② 方殷(1913—1982)，诗人。时任抗敌文协诗歌组组长。
③ 秦德君(1905—1999)，胡风在东大附中时国文教员穆济波的前妻。
④ 袁勃(1911—1967)，诗人，时在《新华日报》任记者。
⑤ 孔庚(1871—1950)，湖北浠水人。老同盟会会员。北伐军攻克武汉后曾主持湖北省政府工作。抗战期间，为国大代表。
⑥ 厉汝尚，一位投稿者，后以笔名"汝尚"在《七月》上发表了两篇通讯。
⑦ 钱新之(1885—1958)，银行家，曾任国民党财政部次长，时任交通银行董事长等职；杜月笙(1888—1951)，上海"青帮"头目，财阀；王晓籁(1887—1967)，企业家，银行家。
⑧ 沈志远(1902—1965)，经济学家。时任生活书店总编，并主编《理论与现实》。

22日，白蓉来。得艾青、奚如、文若信。晚饭时，胡愈之来报告池田来了，要我们去，到那里坐了约二小时。她健康多了，好像很得意。夜，为《新民报》义卖写了一短文。收到周文《救亡者》小说稿。

23日，早三时半起身到码头趁船到北碚。在船上，看完萧军底《侧面》和周文底原稿《救亡者》。下午上课，在定夫处吃晚饭。晚，开始上"创作论"。

24日，早五时半起身回重庆。到旅馆，M等不在，于是到池田处，他们都在那里。一道吃午饭。夜，在柳湜处闲谈甚久。得萧军信。

25日，上午到池田处洗澡。下午，参加中苏文化协会第二届年会，被推为候补理事。

26日，得周文、姚楚琦信，陶雄信及稿。警报，二时过始解除。三时到文协开理事会。夜，华西园、许涤新来谈甚久①。

27日，下午到池田处。夜，访沈钧儒，骂了生活书店一通。孙钿来。夜，张西曼来。晓谷昨夜发热，吃了药片，今天热退了，但晚上又发。

28日，正午，赴张西曼招待苏联摄影记者R·Karmun之宴，到者都是电影人。到池田处，评论了一通鹿地。晓谷热退了一些，但咳嗽不止。

29日，上午，同M、晓谷到祝味菊医生处，他留我们吃饭，且替晓谷开了一个药单。照料晓谷吃了三次药。白蓉来，他要到鄂西某军队里的政治部去了。家中转来雪苇、刘白羽底信。

30日，早四时前起来趁船去北碚。到校上了二小时课。马宗融夫妇约去小馆吃晚饭。夜，看女生们为献金举行的游艺会，去洋一元。得徐中玉信。夜，同客人两个飞行士谈政界底黑幕。

31日，七时始醒，匆匆过江趁船。替晓谷拾回来了几个小石子。抵旅馆后，知晓谷已不发热了，只咳嗽还未全好。到池田处坐了一会。因为是阳历除夕了，同M、晓谷到小馆吃晚饭，用去一元一角，但晓谷并没有吃什么。得凡海、庄涌、高警寒、恩底信。复庄涌、徐中玉。

一九三九年

1月

1日，上午到池田处，一同出去吃了午饭。五时，参加文艺界底集餐会，算是胡闹了一场。路上遇胡愈之，到公园去谈了一会。同魏孟克一道回来，他谈了一会辞去。

2日，上午同M、晓谷到祝医生处，回来过池田处。下午，又一道到社交会堂看重庆市儿童画展。今天咳嗽甚剧，一天不舒服。得台静农信，即复他。

3日，依然咳嗽，不舒服，不想吃东西。袁勃、王春江来，吴组缃、魏孟克来。晚，到柳湜处，胡愈之亦来，乱谈到十二时过才回来。得曹白信及《半个十月》原稿，殷殷以《七月》为念。

4日，下午，参加文协的茶会，我也算是被欢迎的"新来渝同志"之一。遇徐中玉及中学同学闻亦博。闻同到寓处，邀我们出去吃了晚饭。复陶雄、子民。

---

① 许涤新（1906—1988），经济学家。

5日，上午到沈瑞芝处。到文协，为他们拟了一个电报。到池田处，谈笑了好一会。夜，到柳湜处。

6日，晨四时赶船到北碚。上课后，晚参加学生们底座谈会。

7日，早，回重庆，十一时过到。同M、晓谷到沈瑞芝处问房子，无结果。到祝医生处问房子，无结果。到陈理源处问房子，无结果。M检查，说月底会生产的。夜，在池田处吃晚饭，遇曹亮①。

8日，上午，同池田、M、晓谷在"冠生园"吃饭。下午到柳湜处，闲谈甚久，沈钧儒亦来，谈到《七月》，好像只有由沈帮忙筹钱自办之一法。夜，到"国泰"看《群魔乱舞》，遇见陈洪进及周璧光②。

9日，同池田等吃午饭。她今天搬家了。下午找周璧光，托他找房子。给秦德君信。夜，到文协谈了一会闲天。得艾青信及稿，俞鸿模信，萧军信及稿，周文信。复萧军、周文。

10日，上午孙钿、卢鸿基来③。十时过警报，到十二时过始解除。饭后到中苏文协四川分会议厅，参加文协底诗歌座谈会，作了关于诗的报告。贺绿汀作了关于歌的报告④。散会后，姚蓬子拉到他那里吃晚饭，同高兰一道⑤。高兰同到我处，要求我批评了他底诗。华西园来，谈到十一时过始去。

11日，高璘度夫妇来⑥，绿川夫妇来，池田来。张西曼来约去吃了晚饭。夜，参加了《大公报》的茶会，听了一些无聊的议论。得恩儿信。

12日，得大哥信，内附有凡海及文若寄来的信。为《国民公报》征文做了一百多字的答案。下午，同M、晓谷到国泰戏院看《上海屋檐下》。夜，到立法院参加中苏文协的研究工作委员会。得李淡村信⑦。

13日，黑早赶船到北碚。得台静农信。夜，下课后陈子展来谈，对文化界发了一些牢骚。

14日，早上回重庆，因大雾，三时始到。得恩儿信及姚楚琦信。到上海杂志公司坐了一会，找房子无着。夜，崔万秋来，说是国际宣传处要用特派员名义要我转去，月薪一百六十元云。

15日，二时，M开始腹痛，起来找医院，不成，于是请医生来，十二时生下一女。十二时半警报，敌机入市空，死伤数百人。上午王春江来。七时，陈明德请吃饭⑧，同坐者有段公爽。到池田处，她很挂念M。借来了七十圆。

16日，昨天太乏，睡到十时始起。王萍来。下午参加胡愈之创办的所谓"文化供应

---

① 曹亮(1904—1992)，中共党员，20世纪30年代曾在"文总"工作。抗战时期曾为周恩来、郭沫若等与国际友人谈话时担任翻译，并进行地下工作。
② 周璧光，胡风1927年在南昌避难时所在滇军第九军的政治部主任。
③ 卢鸿基(1910—1985)，雕塑家。早年入国立杭州艺专学习。此时任中华全国木刻界抗敌协会常务理事，从事木刻创作，文艺批评及诗文写作。
④ 贺绿汀(1903—1997)，作曲家，音乐家。
⑤ 高兰(1909—1987)，朗诵诗人。
⑥ 高璘度，胡风在国际宣传处的同事。
⑦ 李淡村，不详，另有2处为读者"林淡村"，不知是否为同一人。
⑧ 陈明德，疑为"陈铭德"之误，陈铭德(1897—1989)，《新民报》创始人之一，社长，总经理。后改为上海《新民晚报》，为我国发行量最大的晚报，中华人民共和国成立后改任顾问。

社",到那里一看,原来全是生活书店的势力,看印好的文件,社员里面居然有我底名字!会未终即回来了。沈瑞芝来。台静农来了,蓬子引他来访,一道出去吃晚饭。徐盈夫妇过此。

17日,王春江来,池田、绿川来。卢鸿基来。接国际宣传处"克日到职"的公函。得徐中玉信。夜,陈纪滢请吃饭,座中有高兰朗诵诗及女士们底唱歌。被逼说了几句话。不在中段超人来①。复艾青、奚如、凡海、文若、俞鸿模,到一时始睡。

18日,孙钿送稿子来看。得《文艺突击》两期。得朱企霞自贵州来信。庄涌送稿子来看。四时到绿川处,到国际宣传处,和崔万秋谈了一会。回到绿川处吃饭,池田刚从外面回来了。周璧光来。

19日,徐中玉来。上街买东西。祝味菊及其小女孩来。罗荪夫妇来。沈钧儒为《国民公论》请夜饭,到者还是那些到处碰面的人物。复朱企霞。得萧军及周文信。

20日,晨四时赶船到北碚,但船已开走了。到两路口赶汽车,票子也已卖完。本周只好缺课了。得陶雄及胡愈之信。胡愈之这小政客,终于欺骗到溜走为止。夜,到柳湜处。

21日,台静农来。下午到池田处,在那里吃饭后回来。

22日,上午,罗荪来。下午到陕西街看房子,不遇。到老舍处,遇王平陵,被拖去吃晚饭。夜,改正某君记录的在座谈会上的关于诗的报告。

23日,早起,到国际宣传处,算是到差了。正午同绿川出来吃面。到吴组缃处,老舍也在,谈了不少关于文协的事情。到池田处。下午,开了所谓科务会议。晚饭后,到祝医生处,到柳湜处。

24日,四时左右被M喊醒了,说是婴孩满脸是血。跳起一看,满脸、满头,头下面的包被都是血。被老鼠咬了。鼻子左耳朵都破了,齿跟破了。脸上还被脚爪划了不少的伤痕。草草洗过。早晨抱到医院看了一下。到文协。到祝医生处,被引去看房子,无结果。到国际宣传处,遇青山和夫。同他及绿川夫妇、崔万秋出来吃饭后,又一道到池田处坐了一会。复高警寒。

25日,晨,到国际宣传处,徐中玉来约去讲演。坐了一段人力车,走了几里路,到沙坪坝时,汗流不止。讲演了一小时,一时到二时,到者数十人。吃饭后,到重庆大学和南开中学散步了约三小时,那环境和气氛有世外桃源之感。六时乘中大校车回重庆。到家不久,王春江来。袁孟超约在"小洞天"吃饭②,讨论中苏文协文艺组事。到老舍处。得大哥、恩侄信。得宗武信。得李淡村信。得孙钿信及稿。

26日,晨,到国际宣传处。饭后,找周璧光,他在重庆村的房子有三楼可借住,丁是马上去看,但看守人——其实是二楼客人底听差,说今天有人住进去了。夜又去找周,他说可以想法。到《新华日报》馆,王春江和袁勃给看了华北版的《新华日报》和冀中出版的《导报》。到《大公报》,见到陈纪滢和子冈。得曹白两信。得周文信。复宗武。

27日,晨三时到江边赶船到北碚。船走十余里,机器坏了,由重庆调船去,把坏船拖回重庆后再上驶,到北碚已三时过了。夜,两女生来,陈子展来。得贾植芳信。

28日,上课后,同张定夫过江到北碚看房子,房主为复旦教授王君,很客气,要是下了

---

① 段超人(1900—2000),中共党员,1939年在重庆八路军办事处,担任重庆妇女救国会第二保育院院长。
② 袁孟超(1905—1991),中共党员,早年曾在莫斯科中山大学学习,为"二十八个半布尔什维克"之一。经济学家。此时主编《世界文化》和《中苏文化》刊物。

定钱的人不来,一定免费欢迎我住云。受周璧光之托,到北碚实验区署会了区长卢子英。二时上船,五时半到重庆。得凡海、艾青信。夜,到周璧光处,说重庆村房子不成,但约定明早一道去看看,特别设法云。

29日,八时到周璧光处,同他一道到重庆村。交涉了一通,还是没有办法。结果是叫我住在他那间放东西的房间里去。到国际宣传处叫一个勤务来清理了许久,才勉强把破烂东西堆在一边,预备用布遮住它。到池田处。下午宋之的来,阳翰笙叫他来约谈话,同他们一道吃晚饭,阳说政治部想出版一个《抗战艺术》。原来如此。复大哥信。

30日,上午到国际宣传处,到上清寺寄钱。孙钿来。六时,周璧光请吃饭。饭后到"浣花"参加文协的集餐会。家里转来曹白和艾青底信。

31日,上午到国际宣传处。下午,到杂志公司。得雪苇、丁玲信,他们都进了学校云。得凡海信,代海燕出版社寄来了十元版税。夜清理东西,准备明天搬家。

2月

1日,晨八时搬到重庆村,一天都忙于整理东西。夜,到文协,参加宋之的新作剧本《自卫队》朗读会,十一时始回。

2日,上午周璧光来。到国际宣传处。下午到文协开理事会。得徐中玉信。雇到了一个女工,武汉人。

3日,晨,乘公共汽车去北碚。夜,参加学生底座谈会。得白蓉信。

4日,晨,乘船回重庆。到杂志公司。买写字台,花钱八元。到池田处。得周文信。

5日,复白蓉、周文。陈理源来。今天星期,原以为可以做点什么的,但一整天在疲乏中过去了。

6日,上午"办公"。下午进城,在国泰看了《雪中行军》,很平凡。吃饭时碰见了老向们①,他喝得烂醉。饭后到银行公会楼上参加文协的诗歌座谈会。回家时十一点了。

7日,上午,办公。下午到池田处,谈了一通闲天。夜,想写文章,但坐到十一时,一字不成。下午赵象离(向林冰)来②,要我谅解他们(通俗刊物编刊社)底工作云。

8日,上午办公。下午到文协开研究部部务会议。到五时半始散。得子民信,他将到上海去了。

9日,上下午,办公。给恩信。给孟克、罗烽信,催他们进行工作。给张静庐信,催他答复《七月》的事情。

10日,晨,坐车到北碚。中途抛锚,一时过始到。张定夫代定了一栋房子,花定洋五元。看一看,觉得不好住。得张慎吾信。

11日,晨坐船回重庆。到国泰看《血肉换自由》。到文协,魏孟克明天要去江津了。得大哥信。得罗果夫信,约明天去茶会。

12日,上午到池田处,被刘拉着吃午饭,喝了不少酒。晚,参加罗果夫底茶会。夜,忽然发热,一夜不得安睡。

13日,一天热度不退,吃了亚斯匹灵也无效。夜,托闻亦博弄来了金鸡纳霜,分两次吃了。热度渐次减低。崔万秋夫妇来。

---

① 老向(1898—1968),原名王向辰,小说家。时为中华抗敌文协常务理事。
② 向林冰(1905—1982),原名赵化南,字象离,学者,教授,当时主办"通俗读物编刊社"。

14日,热度全退。罗烽来,崔万秋来,段超人来。闻亦博来。

15日,上午到国际宣传处去了一会。下午,复徐中玉。

16日,复张静庐,给伍蠡甫。夜,给罗果夫信,谈中国作家与民族革命战争。

17日,上午,绿川夫妇过此。到国际宣传处坐了一会。下午参加宋之的剧本讨论会。晚,曾虚白请客。

18日,今天是旧历三十日,除夕。欧阳山、草明从南边来了,在这里吃晚饭。得艾青诗集《北方》。得庄涌信。

19日,上午居俊明来,吃午饭去。下午,华西园、袁勃、王春江来,吃晚饭后去。卢鸿基来。上午,马宗融来。

20日,上午,给大哥信。下午,同M及孩子们到池田处,玩了二小时左右。不在中,庄涌送诗稿来。夜,访罗荪,不遇。

21日,上午办公。下午进城,没有遇见什么人。得洗群、恩的信。精神依然疲乏不堪。

22日,上午办公。下午进城,会到方殷、以群夫妇。六时到青年会聚餐,为介绍中国文学到外国事。十时过始回。

23日,上午办公。到"冠生园"吃午饭,同王礼锡、戈宝权商国际联络事①。到柳湜处。

24日,晨,坐车到北碚上课。夜,学生三人来谈。得贾植芳、白蓉信。胡明树寄赠诗集《朝鲜妇》。

25日,晨,同张定夫一道回重庆。早班没有赶上,下午二时开,五时过始到。欧阳山、草明来,晚饭后去。得曹白、周文、徐中玉、刘肖愚信。

26日,下午,张定夫、宁敦五来。晚,池田同燕君来吃晚饭。

27日,上午办公。下午,到文协开理事会。得大哥、费慎祥信。张静庐来信,又说《七月》不能出了。夜,在崔万秋家吃晚饭。

28日,上午办公。下午,到文协开第一次小说座谈会。庄涌来。青年谢朴来,要求介绍入新疆艺术学院。得S·M信。复曹白、子民。给许景宋。复费慎祥。夜,为庄涌修改诗稿,到一时半。

3月

1日,上午办公。下午,欧阳山、草明、以群、文若来,吃了晚饭始去。夜,参加诗歌座谈会,遇见孙钿,他说明天就要到前线去了。看完孙钿底原稿四章,回信一封,到二时。得恩信。

2日,上午办公。下午,王春江来,庄涌来,附中同学崔曹二君来。到码头买船票,但已卖完了。六时到粉江饭店,《新蜀报》请吃饭。过《新民报》馆。

3日,上午,坐车到北碚上课,车票是临时到车站,碰见谢朴君,由他让给我的。

4日,上午,到"抗战文艺习作会"谈话,因昨晚学生一再邀请了的。同学生们一道吃饭后过江乘车回重庆。得大哥信,说许多逃难的同乡都回武汉去了云。

---

① 王礼锡(1901—1939),诗人,学者。1939年参加中华抗敌文协作家战地访问团任团长,于途中病故;戈宝权(1913—2000),翻译家,文化活动家。

5日,下午,同M、晓谷等去医院看池田。罗荪来,说拉丁化工作者预备向反拉丁化者来一答复,要我也写一篇云。看了几十页《坟》。心神略旺。

6日,上午办公。下午进城,到老舍处,一道出来吃饭,饭后去听大鼓书,至十时始归。

7日,上午,罗荪同他底老弟来,引他们去见曾虚白,因罗荪底老弟从东北来,曾要打听情形也。回徐中玉。得周文信。夜,写短文未完成。

8日,上午办公。下午,到文协开理事会。到柳湜处,谈了一通闲天。夜,继续写那篇短文,不成。

9日,上午办公。下午,卢鸿基、王琦来①,庄涌来,常学墉来②,靳以来。进城,到蓬子处吃了晚饭,到苍坪街开诗歌谈话会。

10日,上午,看了十几页《辩证法》。看了高尔基底《与列宁相处的日子》,太好,但译得坏极。夜,短文写成了,题为《现实与理论》,恐怕要闯祸的。得艾青信。复艾青、奚如、凡海。

厂民来③,余天觉来谈房子问题。

11日,上午看《唯物论》。下午到绿川处坐了一会。孙钿自贵阳来信。夜,写短文,只得第一节。看庄涌底诗稿。

12日,上午,去参加东大附中同学会成立会。到文协,知道了陈白尘闹了情杀案,被打三枪。到医院去,据说有生命危险。到池田处,到柳湜处。S·M寄来了诗文稿六篇。给大哥信。

13日,上午办公。下午看了几十页《辩证法》,兴味甚浓。

14日,上午办公。下午五时,绿川夫妇来,吃晚饭后去。看了几十页《辩证法》。得徐中玉信,得大哥信,家中正在回去和不回去的问题里面焦急。夜,同崔万秋去参加文协晚会,胡闹一阵而已。

15日,上午办公。下午,西园和他底妹妹来,谈了一会。洗澡。六时到国泰饭店,王平陵、蓬子为招待锺天心请吃饭④。夜,给大哥信。

16日,上午下午办公。得姚楚琦信,即回。夜,看了几十页《辩证法》。

17日,上午看书。下午,庄涌来,闻亦博来,陈绪宗来。细花儿从宜都来了,谈家里情形不好,老婆子又在发疯脾气。夜,写文章到二时。得艾青、卢鸿基信。

18日,下午,王琦、甄陌来,厂民、程铮来。到池田住的医院,她在十五夜生了一个女孩。到陈白尘住的医院,正碰到法院来侦查。他还没脱[离]危险期。夜,写文章到二时。

19日,下午,参加"学术研究会"底讨论会。遇曹靖华。得子民信。上午,罗荪夫妇来,报告我那篇《现实与理论》被检查得不能发表了。夜,写成《写在昏倦里》,到二时半。看完《苏联诗坛逸话》。

20日,上午办公。下午,靖华来,同来的叫汪树人,说是附中的同学,但一点不记得了。靖华在这吃晚饭。得费慎祥信,说可以出《七月丛书》。

21日,上午办公,下午和夜里,看书。得陈纪滢信。

---

① 王琦(1918—2016),美术家,此时主要从事抗战木刻运动。
② 常学墉,即任虹(1911—?),音乐家。
③ 厂民,即严辰(1914—2003),诗人。
④ 锺天心(1902—1987),政治家,教授。

22日,上午办公。下午,到杂志公司,他对《七月》的印刷,还无办法。到文协开理事会,散会后集餐(结果是简又文请客①),集餐后到某戏院看戏,剧协年会的晚会。得李淡村信。不在中张慎吾来,伍蠡甫来,伍送来了复旦下学期的聘书。

23日,上午办公。下午,参加"通俗读物编刊社"的招待,听了他们底大鼓、相声、小调。到文协,和老舍等一道吃晚饭。夜,看了复旦送来的试卷。

24日,上午办公。下午,看华西园,他病在妹妹家里。谈了一通时事。夜,参加文协的晚会,也是胡闹一阵。

25日,上午,看绿川病。和郑伯奇一道在小馆子吃午饭②。到医院看池田。到读书生活出版社找黄君谈《七月》事,不得要领。买得《资本论》一二两卷。给萧军信。得大哥信。

26日,上午,陈子展来,王春江来。细花儿一家来吃午饭。下午,到杨翰笙家参加谈话会。同欧阳山、草明一道回来吃晚饭,谈到十时始去。夜,写成研究部对文协年会的工作报告。晓谷牙痛。给绀弩、东平等一快信。

27日,上午,送工作报告给蓬子,在那里吃午饭。到文协开会审查《抗战诗歌》的稿件,未终席退出。陈子展、马宗融夫妇、华林、崔万秋夫妇来吃晚饭。卢鸿基、庄涌来。得宗武电报。

28日,上午办公。下午全家去看《民族光荣》。夜十时警报,去巴县中学躲避,但未入市空。复子民、费慎祥。

29日,上午十一时过警报,敌机未入市空。卢鸿基、王琦来,袁勃偕范元甄女士来。到马宗融处。到华中图书公司,他们有出《七月》意。夜,庄涌来。给大哥信。

30日,上午办公。复冼群。得曹白稿《纪念王嘉音君》。得伍蠡甫、史枚信。去年下期的《文艺笔谈》的版税算来了,二十五元余。给陶雄信。夜,访西园。

31日,这两天大热,今晚只能穿一件汗衫,等于夏天了。上午去办公,说要都到宣传部去宣誓,走到半路忽然会碰见刘炳藜之流③,于是逃了回来。意外地得绀弩自金华来信,说想出《七月》的华南版,于是马上回了信。复旦一个学生来,说有三门不及格,学籍发生问题,要求把日文改为及格。方殷来。夜,乱看了一阵书。

4月

1日,上午办公。下午到"永年春"参加中苏文化协会为苏联的中国美术展览会的招待会。过华中图书公司。同张西曼等晚饭。过柳湜处。得曹白信,他回了上海一次。得李淡村信。

2日,上午,王春江来,在这里吃午饭。一道去看华西园。夜,写文章不成。

3日,上午办公。下午,张西曼、王礼锡来。华中图书公司送来了合同,《七月》算是能够复活了。宛君底哥哥来,带来了她底信,原来他们住在北温泉。夜,报告《七月》事给绀弩、雪苇、丁玲、S·M、黄既、贾植芳、艾青、凡海、奚如、子民等。

4日,上午办公。下午,到医院访池田。到文协开戏剧座谈会。宋之的请吃晚饭,为

---

① 简又文(1896—1978),当代史学家,尤其专注太平天国史。曾任冯玉祥军中政治部主任。
② 郑伯奇(1895—1979),电影剧作家,小说家,文艺理论家,"创造社"元老之一。时亦为文化工作委员会委员。
③ 刘炳藜,国民党文化官。

了送曹禺底行。饭后吃咖啡。夜,为《战斗美术》写成《关于造型艺术的现实主义一感》。得费慎祥、宗武信。

5日,上午起得较迟。到华中图书公司。到文协,因为章泯、宋之的等为《新演剧》请吃饭①。下午,刘仁来。欧阳山、草明、及草明底妹妹虞迅、王春江来吃晚饭,谈到十时过始去。

6日,上午办公。下午,到老舍处。过华中公司。得萧军信。给台静农、沙梅信。

7日,上午,写了一篇纪念文协年会的短文。下午送给《新华日报》。到华中图书公司填变更登记表。到中苏文协开理事会。同张西曼吃晚饭后回来。得奚如信。

8日,下午,华西园来,庄涌来,卢鸿基来,陈子展来。萧红来,她是惊惶于《七月》之能够复刊而来的。夜,为文协年会拟就了致世界作家电。

9日,上午,到老舍处,到柳湜处,到《新华日报》。下午二时,在陕西街"留春幄"开文协年会,到一百余人,邵力子主席。我念了电报。六时左右聚餐,闹得一塌糊涂。得艾青、卢鸿基信。夜,下雨,始听春雷。

10日,晨起,即到文协开点昨天的选举票,一直到下午四时。到欧阳山处吃了一些酒,回家已十时。得白蓉信。

11日,上午办公。下午清理稿件。到池田处。得凡海信。复奚如、凡海。给胡兰畦。庄涌来。林淡村来。南昌时的熟人郑君来。

12日,上午办公。下午进城,到文协,到华中图书公司交画稿制版。得恩信。得白蓉信。复艾青、白蓉、宗武、宛君。罗荪及李辉英来。

13日,上午办公。下午,番草同五路军政治部副主任韦君来,带来了艾青底信及稿。得陶雄信。

14日,晨,坐车到北碚。过河时,遇傅骐远。上课,到夜九时。

15日,上午上课二时。潘明娟来谈甚久②。同陈绪宗、方璞德过江③,遇宛君兄妹等来。到陈绪宗家吃午饭后,坐车回重庆。得曹白、凡海信。得大哥、二哥信。得华中信,说是在上海翻印得给他钱云,即回信说决定不翻印了。袁勃寄来绀弩底小说,读后觉得并不好。布德者来信,"无论如何要给我教导"云。

16日,上午,王春江送译稿来。杨君来。下午,到西园处。得凡海信。复曹白、艾青、萧军。夜,编定了两篇稿子。看报,又得做文协的研究部主任。下午,崔万秋夫妇来。得凡海信。

17日,晨起,到"国泰"看苏联彩色声片《夜莺》,甚好。出来同张西曼到亚洲影片公司,邀谢君一道到"冠生园"吃饭。到以群处,到华中,到读书生活出版社。在戏院里,以群交来欧阳山底信,原来他们到南温泉住去了。想是对于《七月》的反抗罢。得周行、李淡村信。夜,看《文艺战线》,周扬还是那么低态和"横暴"。复李淡村。

18日,上午办公。下午到文协开会。夜,到绿川处。改庄涌诗一首,花时近五小时。得艾青信。

---

① 章泯(1907—1975),剧作家,话剧和电影导演。
② 潘明娟为复旦大学一学生。
③ 方璞德,复旦大学学生。时为复旦大学地下党支部书记、复旦大学抗战文艺习作会会长。中华人民共和国成立后任上海《解放日报》社长、上海市委宣传部长等职。

19日,上午办公。下午,同M等到池田、绿川处。过西园处,遇戈宝权,一道到这里来坐了一会。夜,编稿子数篇,译成绿川底《失去了的两个苹果》。给大哥信。

20日,昨夜睡迟了,到十时过才起来。欧阳山来,到二时过才去。得凡海信。

21日,晨,坐车到北碚。得宛君信。在马宗融家吃晚饭。夜,靳以、孙寒冰来谈①,到十二时。

22日,早起,坐船回重庆,过文协,华中。得许景宋信。不在中李可染来②,带来了卢鸿基底信。为绿川的《失去了的两个苹果》作后记约八百字。《战斗美术》出版了。

23日,上午写文章不成。王春江来。下午,到池田、绿川处谈了一通闲天。夜,黎彤来,说是有人希望我到北方战场上去云。写成了《七月》复刊辞,《我们愿再和读者一同成长》。

24日,上午办公。下午,到华中付稿,到文协开会。买东西,得白危信及稿③,得宛君信,卢鸿基信。夜,复许广平、费慎祥,卢鸿基。

25日,上午办公。下午,西园来,谈了一会。绿川夫妇来,李可染来,卢鸿基来。得老四信,他到了建始。夜,整理好白危底《毛泽东断片》。做文章,不成。

26日,上午办公。张西曼来,一道回来吃午饭。陈理源来,他就要做空军入伍生了。下午,到华中,到青年会。沈胡子说每月可为《七月》筹百元左右。得子民信,他已回到了桂林。得贾植芳信及稿。

27日,上午办公。得萧军信,恩侄信。夜,写文章到二时。

28日,晨起到北碚上课。

29日,下午坐车回重庆。复周行。夜,宛君和她底表妹来。写文章到四时。

30日,上午到华中,为填登记表事。下午,王春江来,长江来,细花儿夫妇来。得曹白信,给罗荪信及稿。夜,写文章到一时过。第一批送审的稿子发还了,老爷们指出了许多处应该删除或修改。一看,原来是他们只准恭喜自己发财的。

5月

1日,上午办公。下午和晚上,写《民族革命战争与文艺》,到四时半始成。宛君来吃晚饭。庄涌来。

2日,上午,白危来。下午,到华中交稿。到池田处。夜,拟定文协征文通告和办法。

3日,上午办公。一时前空袭,到三时。进城到文协,市区被炸者甚多,过体育场时看到三具死尸。夜,周壁光来谈,到十二时。

4日,上午办公。下午,郑伯奇、任钧来④。华中谢君来。《七月》第一期审查证已发下了。空袭,市区火焰甚高。周文从成都来,宿在这里。谈话到一点过。复子民、艾青。

5日,人心甚乱,下乡者塞满了马路云。下午,到池田、西园处,听说死者近万。夜,同周文访老舍。

6日,得费慎祥信。复布德、杨枚,看了他们底文章。十一时过警报,敌机未来。给黄

---

① 孙寒冰,当时的复旦大学教务长,后在日机轰炸中被炸死。
② 李可染(1907—1989),画家。
③ 白危(1911—1984),木刻家,作家。原名吴渤,曾编译《木刻创作法》由鲁迅校阅并作序。此时由延安来重庆,后在《七月》上发表报告文学《毛泽东断片》。
④ 任钧(1909—2003),又名卢森堡,诗人。曾任左联组织部长。

既、雪苇、丁玲、侯唯动、大哥等。M 患疟疾。周文回成都去了。

7日,上午看稿子,复读者信数封。下午和夜里,编好了《为祖国而歌》及《突围令》。得卢鸿基及王春江慰问信。周璧光来闲谈甚久。郑伯奇来。

8日,一时警报,到洞里坐到五时,始解除。复费慎祥,寄出两诗集。夜,到华中,《七月》还没有排。街上很萧条而慌乱。七星岗还停有棺木。

9日,上午,老舍、宋之的来。办公。得李淡村信。下午,到池田处,到西园处。夜,看完了陶雄底文稿,复他底信。

10日,上午办公。下午,复卢鸿基、萧军、S·M,得欧阳山信,即复。夜,访周恩来,他答应为《七月》帮忙。

11日,上午办公。得厉汝尚信及稿。下午,交四件行李给复旦商学院代运到黄桷树。到中国文艺社开文协谈话会。到华中,印刷还无办法。宋之夫妇来,宿在这里。

12日,晨,到复旦上课。下午看房子,但远而不好。七时,警报,听得见炸弹声,耽心家里不晓得怎样了。决定明晨回去。

13日,晨起过江,船要十时才开,于是到教育部编译处访老向、胡绍轩等①。十二时过到家,知道炸的是江北。鹿地已到此,去闲谈了三小时以上。得许广平、欧阳凡海、李雷信。夜,到华中,印刷还无办法。

14日,上午,张西曼来。下午,剪存丛书稿子。夜,到鹿地处坐了一会。得子民信。

15日,上午办公,一位从贵阳来的日语播音的林君请吃饭。夜,到华中,印刷还无办法,同店员走了几个地方,还无头绪。看到邵洵美编的《自由谭》第六期②。

16日,上午办公。下午,清理了几篇投稿。得曹白、费慎祥、恩信。夜,写文章不成一字。

17日,上午办公。下午,到生活书店,代联华书店取来了三百元。王里平来。在街上遇见罗任一③,一道来吃饭,谈湖北的情形,到九时始去。

18日,上午办公。下午,到西园处,遇秋江。在西园处吃晚饭。夜,到中国文艺社赴文协临时谈话会。到华中。得曹白电报,问我们"安否",即回一航信。得陶雄信,得侯唯动信及稿,得白薇信。

19日,晨,到复旦上课。

20日,下午回重庆。得欧阳山信。夜,到文协开会,我答应了参加慰劳团。

21日,得S·M信,他到西安来医病了,即复。下午,到鹿地处谈天。——上午,到宗圣小学参加文化人座谈会。

22日,上午办公。下午,到阳翰笙处,路上遇青山和夫。华西园来。夜,王礼锡请吃饭,为所谓文艺国际宣传事。得奚如信及稿。

23日,上午办公。下午,白危夫妇来。夜,王春江来,罗荪来。得柏山信及稿。复奚如、子民、艾青。又得奚如信。校好艾青底《向太阳》。写成了《为祖国而歌》底题记。

24日,上午办公。下午,到鹿地处。董胡子来。得绀弩信。周胡子来信④,夜去会

---

① 胡绍轩(1911—2006),作家,剧作家,当时亦为抗敌文协常务理事。
② 邵洵美(1906—1968),作家,翻译家,"新月派"诗人之一。
③ 罗任一(1897—1965),湖北罗田人,曾任黄埔军校政治教官,后任国防部少将参议。
④ 周胡子即周恩来,时留须,人称"胡公",后文中有时亦称"胡恭""胡公"。

他。得萧军信。给大哥信。

25日,上午办公。下午,欧阳山来,徐盈、子冈来。五时过警报,九时过始解除。城内起火。欧阳山歇在这里。

26日,晨起赶车到北碚,到十二时过始坐上,四时过到。王昆仑同车①。得宛君信。

27日,找房子,同定夫走了几个地方。下午乘船回重庆,马宗融同船。文若来。罗荪来。得陶雄信。

28日,晨,为印刷事访崔万秋。下午,华西园来,刘君来,马宗融来。夜,到华中,印刷还无办法。得老舍信。复绀弩、费慎祥。得宗武问平安的电报。

29日,上午办公,下午到鹿地处。复宗武电。得大哥、S·M、凡海信。夜,崔万秋来,谈到十一时始去。拟大众版计划。

30日,上午下午办公。得周行信。夜,鹿地、冯乃超来。写成《高尔基在世界文学史上加进了什么?》,得二千多字,到四时半始成。

31日,上午办公,下午还是办公。沙梅来。张西曼来。《七月》的印刷算是找到了办法,看能不能出来。收拾行李,预备晚上同M、晓谷等上船,明早去北碚,但天雨找不到车轿,只好等明天再看了。

6月

1日,上午办公。曹靖华来,郑伯奇来。下午,全家到江边去北碚,宿于江干寄宿舍。江水甚急,涨了两三丈,说是明天也许没有船走。

2日,早起上船,午后二时始到。宿于定夫处。看了几处房子,不成。晓谷牙痛。得向林冰信。

3日,又看了几处房子,定下了一处,离市镇有十五分钟路程,两间很小的偏房,一年九十元。下午到通俗读物编刊社,在东阳镇背后的山坳里,他们要讲演了典型问题。

4日,下午过江到北碚,车和船都没有赶上。找宛君,一道到北碚,先是喝茶,茶后吃了晚饭。她付的账。再回到黄桷树。

5日,早起赶船回重庆。到华中吃午饭,一道到印刷所画了样子,因为只能新五号老五号各半。得费老板、陶雄、李白英信。到鹿地处、西园处。

6日,上午办公。下午,老舍来,同到慰劳总会开会。蓬子、小鹿同来这里坐了一会②。同蓬子到上清寺吃饭,遇鹿地夫妇。夜,写完编后记等等,这一期的编辑算是完成了。

7日,晨,到华中。办公,鹿地来,崔万秋请吃饭,同席者有青山和夫和谢南光③。下午,到柳湜处。到鹿地处,六时左右警报,敌机未来,望见自己底飞机损坏了一架,驾驶员安全伞降落。夜,写成《第七连》小引,复费慎祥。

8日,上午办公。下午,到华中,到印刷所。晨,之的夫妇来。校对了第一批稿子十六页。夜,楼下钟家要走,用七十六元接下了那两间房子。预备夜里进城住在书店,明晨赶船走。

---

① 王昆仑(1902—1985),社会活动家。著有《〈红楼梦〉人物论》等。
② 小鹿,即女作家陆晶清(1907—1993),王礼锡之妻。
③ 谢南光(1902—1969),台湾籍作家。

9日,晨起赶船,十一时过到。六时左右警报,北碚有炸弹一声。马夫人母女来。

10日,下午搬到了帅家坝。破房两小间,原来一是厨房,一是羊栏。M和孩子们也太可怜了。

11日,下午搭船回重庆,在牛角沱上岸。到家还未坐定,警报,避入防空洞,炸声甚近,洞里被激吹风。九时过始解除。到华中,回时十二时矣。得艾青、李淡村信。

12日,上午办公。下午,华西园和潘梓年来看房子①,不中意而去。四时过,说有警报,但等到七时还没有。夜,到华中,排字老是拖延,因为有一个中宣部的人说《七月》是共产党的刊物。编成陶雄底《0404号机》。

13日,上午办公。到张西曼处。到柳湜处。得曹白信,他那里似乎更艰苦了。得卢鸿基、王春江信。得恩信,他已离开了学校。崔万秋接受了楼下的房子。夜,校好《七月》第二批稿子十六页。

14日,上午,到华中。到马超俊家开南方慰问团代表谈话会②。到生生花园参加作家战地访问团出发仪式,聚餐。同老舍一道回来。文若来。到池田处。得力群信。复丁玲、力群、S·M、黄既,托带到陕西付邮。夜,崔万秋搬入了二楼房子,来谈国际宣传处不肯准假。

15日,晨,楼下用人来大吵,说钟家房子我接受了,水费就应该由我付出云。正午,赴陈诚招待慰劳团代表的宴会,他底报告里面有日本人现在卖猪肉不能不剥下皮来做军事工业用一条。夜,到华中睡。

16日,晨,趁船赴北碚。得庄涌、李何林信。

17日,下午七时,请同事教授们吃饭,九时后始散去。说定了我去前线后的结束功课的办法。

18日,下午二时,乘船回重庆。八时,同青山和夫到"唯一"电影院参加高尔基逝世三周年纪念。作了报告,并替鹿地翻译。

19日,上午办公。国际宣传处不准假,我提出了停薪请假,他们答应了。到鹿地处。二时参加慰劳团代表会议,决定了二十三日出发。夜,到华中。第二期稿子大致编就了。得王春江信。

20日,清理事务。晚,到华中睡。找梅林明天我不在时代校对未校的稿子。

21日,晨,赶船到黄桷树,十一点过,到。在伍蠡甫家吃晚饭。夜,出练习及考试题目,到二时左右。突然有了痔疾。

22日,大雨。下午坐船回重庆。到慰劳会,知道南团明晨决出发。到国际宣传处,支来了二十二天的薪水。到华中,清样要晚上才有。痔痛甚剧,西园和崔万秋都说在路上会更坏起来,不能去。给慰劳会信,声明明晨也许不能出发。得贾植芳、凡海信。

23日,痔依然剧痛,不能出发了。校好清样。大雨。买来了兜安氏痔疮膏,愈搽愈痛。给M·M快信。得大哥信。

24日,下午到市民医院诊视,说非开刀不可。得陶雄信。

25日,给马超俊及慰劳会信,说明情形,希望病愈后能赶去参加。下午,给艾青、子民、凡海。给M·M。复陶雄、费慎祥。华中送来了一本《七月》,算是出版了!市民医院

---

① 潘梓年(1893—1972),时为重庆《新华日报》社社长。
② 马超俊(1886—1977),老同盟会员,曾参加辛亥革命等革命起义,时在国民党内任职。

拿来的白药,似颇有效。

26日,上午过江到南岸市民医院分院,但他们说不能行手术,因为设备和药品都不行。过华中,拿来了几本《七月》。夜,睡在华中。得丁玲、雪苇信。

27日,晨,坐船回黄桷树,到时大雨。痔痛好了不少。得倪平、陶行知、杨玉清信①。这房子潮霉得很。

28日,给慰劳会信,说痔疾将愈,能否有法子赶去。下午看校医,他也可以行手术,但等明天诊察一下内面,我想尽可能不用手术。

29日,上午,陈绪宗来。下午看校医,说里面没有痔核,外面一个,他这里也可以行手术云。过张定夫处。

30日,下午有警报。几个学生来。

7月

1日,上午上课。同M等过河到北碚,照了相,到华中支店。

2日,看完了斯诺底《西行漫记》。昨天报纸上登出了《七月》的广告。下午到街上,在孙寒冰处坐谈了一会。夜,校对了《文摘》的一篇译稿。

3日,上午,赶船回重庆。过华中,得丁玲寄来一包稿子,田间底诗和雪苇底论文,M氏手写的旧诗词。到西园处。得曹白、许广平、老舍信。到慰劳总会,他们好像不热心设法使我赶上去。

4日,给M信。领到了上月份扣掉已拿及捐款的余薪二十八元余。到西园处,到鹿地处。夜,民生公司四位青年来。下午到慰劳会,代表团来了电报,说一周内到桂林就可遇见。鹿地等恐吓地宣传去不得。

5日,上午到医院,医生毫不在乎地说可以旅行。到华中。到中苏文化协会领到十二元稿费。到张西曼处吃午饭。到柳湜处,得欧阳凡海信。到西园处。夜,到鹿地处,因乃超夫人声韵来了。十一时警报,到二时以后才解除,敌机分四批袭入,城内又起火。

6日,夜,预备明晨去北碚,到华中借宿,刚睡下,警报,匆匆跑回"巴中",到二时过解除,附近有爆炸声。得马彬和信②,他甚赞《七月》,特别为介绍《七月》作了一次英语的广播。

7日,疲乏不堪。上午到鹿地处,饭后回来。赶汽车,因为只能到青木关,不能去。同刘仁在外面吃饭后,到西园处坐了很久,谈到第三厅的黑幕。

8日,晨,赶船回黄桷树,一时半到。三时过,徐盈、子冈,及子冈底姐姐找来了,坐一会即去。送来了小说稿一篇。得艾青信。

9日,复艾青。得丁玲、费慎祥、王春江信。

10日,上午,同M、晓谷过江到北碚买东西。到华中支店。下午到王家花园打了一转。得大哥信,口气甚悲戚。得陶雄信,说成都有人攻击我。夜,复李淡村。

11日,下午,M底表弟王和华来,他在北碚江苏医学院借读。夜,参加"文学研究会"欢送毕业同学的聚餐,被要求说了几句话。

---

① 陶行知(1891—1946),教育家,民主爱国人士,民盟领导人之一。从事平民教育运动,提倡乡村教育和普及教育运动。1939年在重庆创办了育才学校。

② 马彬和,在华英国人,时在国际宣传处工作。

12日,上午,靳以和几个学生来吃饭。两学生送剧本来。夜,学生方君等来。得庄涌信,复大哥信。

13日,燥热不堪。下午,庄涌来,他居在温泉。得黄既、王勤信。报载慰问团到了长沙。

14日,下午上课。夜,学生开国英语演辩会,要去讲了几分钟的话。

15日,上午,上课后到北碚,在华中拿到了邮件一大包。遇胡绍轩,到教育部编审会坐了一会。下午,细花儿夫妇来。

16日,M表弟王和华来。宛君姐弟及其友人来。夜,陈绪宗张原松来①。

17日,晨,搭船回重庆。十一时过到华中,吃了午饭回重庆村,子民正来了,谈到四时过,一路到森森花园吃饭,他依然回化龙桥去了。得赖少其信。

18日,上午办公。下午,得丁玲信,介绍李雷底长诗。到张西曼处,吃晚饭后回来。夜,译了几百字。

19日,上午,译完了加奈茨基底《列宁与高尔基》。办公。下午,到鹿地处,他得意之至地说要组织鹿地部队了。

20日,上午子民来,一道吃饭后到叶君处闲谈了一会②。下午到鹿地处,路上被住民捉住写了土地祠底对联:"庙小神通大,威灵显四方"。晚饭后,同绿川夫妇到虎沱关附近散步,看了嘉陵江的晚景。

21日,上午办公。下午,到沈胡子处,到中国文艺社,到罗荪处。今天敌方广播,东京英日谈判,英国已承认了日本底要求。看来英国要出卖中国了。

22日,上午办公。下午,继续这几天的翻译,鹿地底《对于人的爱》,到夜十一时译成了。共八千字。

23日,上午到华中,得彭燕郊信及诗稿③。十二时参加张西曼发起的"边疆学术研究会",无味之至。到四时始能够退出来。理发。夜,重编完《七月》第二期。

24日,昨晚还在的皮夹子,上午办公回来,摸一摸口袋,不见了。不是佣人偷去了,就是遗失在国际宣传处。找不着。里面有三十余元钱和居住证等。下午到化龙桥访子民,在那里刚吃完晚饭,警报,敌机侵入投弹。回来时,知附近被投弹不少。

25日,上午办公。子民来。下午,译完一篇吃饭职业的文章。夜,到华中,印刷还无办法。清理稿件。给徐盈信。

26日,晨,到曾家岩,找同邓女士等坐汽车到化龙桥,会同子民等到北碚。在化龙桥时朱慧来见④。同子民先到家,饭后到定夫处。在定夫处吃晚饭。得台静农、王春江、高兰、程铮等信及投稿。

27日,下午到定夫处,子民已过北碚。参加了复旦同事公祭陈子展夫人。在定夫处吃晚饭。

---

① 张原松亦写成"张元松",时为复旦新闻系学生,后在《七月》上发表译文六篇。
② "叶君"即叶剑英(1897—1986),军事家,政治家。时为八路军参谋长及中共南方常委;化龙桥为新华日报馆住地。
③ 彭燕郊(1920—2008),原名陈德矩,诗人,后在《七月》上发表诗作,为"七月派"诗人之一。1955年7月受"胡风案"牵连被捕,1980年平反。
④ 曾家岩(50号)为中共中央南方局和八路军重庆办事处驻地,周恩来在此办公并居住;"邓女士",即邓颖超;"朱慧"为吴奚如妻。

28日，上午上街，同子民等吃点心。一道回来，在这里吃午饭，晚饭也在这里。下午，曾到学期试验场去了一下，考试的情形实在有点"像煞有介事"。

29日，晨，邀同子民、赵畹华一道①，步行到大渡口，过江再步行到北温泉。先在吴玉章处休息后②，洗澡，遇白桃、常学墉。洗澡后吃饭，遇阳翰笙等。大雨，雨止后依然步行回来。水流甚急，江中有一死尸漂过。夜，在定夫处吃饭。得田间妹妹信。张元松、陈绪宗来。

30日，看完了考卷。看了几件投稿。王和华来。下午豪雨。子民今晨回重庆去了。

31日，上午看稿子。下午，女学生三人来，陈子展、胡继纯来。得萧军信及照片，得周行信。夜，警报，现在十二时了，还未解除。复程铮及其他投稿者信。

8月

1日，晨，约同学生等十余人到陈绪宗家。是过河到北碚还走了七八里路的地方。吃午饭后玩到四时才回来。过华中支店，他们说《七月》决定在离此三十里路的夏溪口印了。得凡海信及稿。夜，复高兰、台静农。

2日，晨，到北碚，约华中刘君一道到夏溪口交涉印刷事③。十二时过始到，答应了月中可以出书。在北碚遇吴世汉，他送老婆来生产。一道到这里，吃晚饭始去。得奚如信，他因为文章没有登出，"像煞有介事"地发起脾气来了。得S·M信。夜，清理信件。

3日，晨起，过北碚赶船，迟了一点，望着两只船走了。回来在马宗融处吃面。看稿子。复萧军、王野秋、荆有麟等④。给大哥信。复丁玲、李又然等。

4日，晨，同马宗融一道赶船回重庆。得曹白信，似乎他底处境更艰苦了。得冯乃超、陈纪滢信。得吴奚如信，他想恐吓我帮他出风头。到曾家岩，和叶君、董胡子等闲谈了一顿。复吴奚如，教训了他一顿，从此绝交了。十二时警报，在防空洞闷了三小时。附近有被炸的声音。

5日，上午子民来。下午，访柳湜，办公。到华中。夜，看稿子，回读者信。会到马彬和，谈了一会他底工作情形。

6日，上午，张西曼来。到绿川处吃午饭。夜，庄涌来。清理稿子，回读者信。复梅林、黑丁、尚越⑤。

7日，上午文若来，我向她骂了一顿吴奚如。办公。下午，在绿川处吃面。复景宋、曹白。得历汝尚信。

8日，上午办公。得M转来费老板和大哥的信。费老板诉苦，要变更《七月丛书》底办法。大哥说家里决在七月下旬冒险回家去。在绿川处吃晚饭，同他们一道去看苏联反法[斯]影片《马门教授》。但到戏院一看，市政府已经禁止上演了。和《阿比西尼亚》底被禁止一样，苏联能做而中国不敢映了。得伍蠡甫信，即复。

9日，上午办公。下午，子民来，闲谈甚久，他后天要回广西了。一路到曾家岩，在那

---

① 赵畹华，女，一位湖北老乡。
② 吴玉章(1878—1966)，教育家，革命家，建国时中国人民大学的创始人。
③ "华中刘君"即刘一村，华中图书公司店员，后开办自力书店，曾出版胡风的《看云人手记》(即《密云期风习小记》)。
④ 荆有麟(1903—1951)，原为鲁迅友人，后为国民党文化特务，1951年被枪毙。曾在《七月》上发表通讯一篇。
⑤ 黑丁，即于黑丁(1914—2005)，作家；尚越，疑系尚钺(1902—1982)，历史学家。

里吃了晚饭。

10日,上午办公。子民来,一道出去吃了午饭。办公。得S·M信。夜,子民来。复王春江、陈纪滢。

11日,晨,乘船回黄桷树。在船上看完了《被开垦的处女地》中译本,即原书上卷。到时,陈子展等正被李安请来打麻将。

12日,上午,魏孟克来,他要在这里住下了。给大哥信。下午过北碚。得徐中玉信。

13日,清理投稿,回信。夜,复旦学生和通俗读物编刊社等在黄桷树举行宣传表演,同M、晓谷去看了。冒雨回来。

14日,清理投稿。复徐中玉、S·M、周行、厉汝尚、李淡村。下午,猛克、陈绪宗来吃晚饭。

15日,上午到章靳以处吃面,这是他新婚的小家庭。得恩信。书店送来了三分之一的校样。

16日,清理稿件。下午,邓初民来北碚,张定夫约着一道去看他。一道吃饭后到公园,陶行知来。回来时夜深了。

17日,晨,程铮来。得孙钿信。下午,陈绪宗带校样来,校完了。

18日,上午,送校样到华中。一位熊君生了一个女孩,却大开筵席地请吃午饭。八个桌面,但到者不及一半。得竹如信,说艾青要和她离婚,已经和一个从前的女学生同居了。夜,写《排印前小记》。

19日,晨,华中送校样来,这二十四页算是校完了。十一时警报,章靳以夫妇、潘震亚等来,到三时过始解除。

20日,上午,整理稿子。庄涌来,他是为应复旦底入学试验来的。下午,到马宗融处。得曼尼信,即复。

21日,上午,同M过北碚。得曹白信,他因事回上海来了。写信是八一三的夜里。下午,整理稿件。庄涌来。

22日,整理稿件等。得李何林、张元松信。庄涌来。夜,到定夫处。

23日,晨,搭船回重庆。过复旦邮务处得艾青、吴奚如信。吴底信,后面一句是"各行其是,再见"。到重庆,M转寄的曹白底两信已在。办公。在刘仁处吃晚饭毕,警报。九时过解除。

24日,办公。访张西曼、柳湜。到西园处谈得甚久。复艾青,给文若信。夜,庄涌来。

25日,晨起,到江边搭船回北碚。庄涌在江边等,因为他昨晚说要借我那房间住几天。在船上遇葛敏志及她底二女友。到家后,洗过澡,吃了点东西,即到北碚约华中刘君一道上夏溪口,到时已经黑了。校对到十一时,在群蚊底围攻中睡去,得绀弩信,得东平信。绀弩被东平等留住,同到前线,不回重庆了。

26日,校对到十二时过,才勉强弄完。回到北碚,到学生潘明娟结婚的菜馆,引M和晓谷一道回来。得王春江、曹白信。

27日,复白危、李何林、孙钿。下午到街上理发,下倾盆大雨,回家的路上跌了一身泥。得费老板信。

28日,上午到伍蠡甫、张定夫处。下午,胡绍轩等来商量开在黄桷树的文协会员茶会事。复投稿者信。夜,警报,敌机在头上盘旋。得萧军信。

29日,整理投稿。复张竹如。复读者信数封。给大哥信。

30日,晨,搭船回重庆,到,门不开,于是到西园处闲谈了很久。庄涌搬进这房里来就生病,还没有好。他今晚到江边去,搭明早的船回璧山了。到华中,《七月》第一期快卖光了。得章泯信。得周而复信及稿①。夜,警报。

31日,上午办公。到绿川处吃午饭,遇叶籁士。下午又办公。夜,复读者信,等。

9月

1日,上午办公。下午,约西园一道去看电影《远东之敌》。到华中,读书生活社。买来《资本论》第三卷中译本。德军已向波兰开火了。夜十时,警报,到二时始解除。复萧军。

2日,上午白危来,常学埔来。下午办公。路上遇柳湜,找来他底夫人一道吃饭。到绿川处,遇叶籁士等。

3日,上午,到银行公会参加文化界座谈会,到十二时,全民通讯社周君请吃饭,同席者叶剑英、沈钧儒等。到西园处,晚饭后一道访柳湜。归路上遇胡绳,一道吃了冷饮料。复费慎祥。十一时半警报,三时解除。

4日,得丁玲信,问"丁玲型的女人是什么样的女人呢?"夜,春江来。

5日,给鹿地信。办公。青山和夫来,一道吃饭。办公。在绿川处吃晚饭。夜,夏君来,春江来。看完了《我爱》。

6日,清理投稿。为青山作朝鲜俘虏参加朝鲜义勇队的通电。下午办公。得天蓝信②。

7日,整理好了《七月》第三期的十几篇稿子,还不够。在绿川处吃午饭。到华中,《七月》已经出来了。办公。给庄涌、徐盈。

8日,上下午办公。路上遇鹿地,他是到俘虏收容所去的。幸子也来了,到绿川处去看她,一起吃了晚饭,到"国泰"看苏联影片《无敌坦克》。夜,睡在华中,预备明晨回黄桷树。

9日,六时搭船,十一时到家。得力群、李又然、S·M、凡海、荃麟、贾植芳、向林冰、黄既、周行、须旅、柏山、艾青等信③。

10日,下午,参加三峡区文协会员茶会。两个女生来。夜,给大哥信。得许广平信。

11日,上午十一时警报,一时左右解除。一群人来这里躲难。过北碚。关伯庸来,他刚从恩施来,想到北方去。夜,复黄既、S·M、陶雄,给欧阳山等。

12日,上午十一时又警报,十二时过解除。疲乏不堪。

13日,晨,携晓谷、M到北温泉,遇傅骐远,到下午五时始回。得力群信及文稿,木刻数幅。

14日,上午过北碚。晓谷忽然呕吐腹痛,但数小时后即愈。得冼群信。复须旅。
   晓谷第一天上学。

15日,天气陡凉,下午细雨。复东平、绀弩、柏山、冼群。得子民及王春江信。

---

① 周而复(1914—2004),作家,在《七月》上发表作品三篇,其中,小说《开荒篇》由胡风介绍翻译成英文给国际宣传处的英文刊物发表。

② 天蓝(1912—1984),诗人,文艺理论家。他的诗集《预言》后被胡风编入《七月诗丛》出版。

③ 须旅,后名许大远(许大元),通俗文艺编刊社成员。

16日,复力群。下午,到魏孟克及章靳以处。夜,写成《关于时代现象》。

17日,下午过江到华中。整理稿子,复读者信。

18日,下午搭船回重庆。过文协、华中。苏联进兵波兰,商人及公务员们议论纷纷。夜,周壁光来。得许寿裳信①。

19日,复尚越、许寿裳、王春江。给池田幸子。在绿川处晚饭。整理稿子。

20日,晨,白蓉来。访沈钧儒。访西园。访叶剑英。给吴组缃、李可染、罗荪等信。看完了《夏伯阳》中译本。

21日,给M信。正午,同事吴君为女孩满月请客。复萧军、凡海、章泯。

22日,下午到华中,付第三期稿一半。到中国文艺社,遇张西曼,他晚上请客,同席者有参政员张澜、胡子清,及由中条山回来的某军长赵寿山等②。

23日,复读者信。白蓉来。访陆晶清吊王礼锡丧。夜,宿于华中,预备明晨搭船回北碚。

24日,晨,到码头时,船已开走了。参加国际问题座谈会。下午,到码头时,船又开走了。依然宿于华中。

25日,晨,搭上了船,十时过到家。午睡后到魏孟克处,张定夫处。得倪平、张元松、魏东明信③。

26日,大雨。精神不好。

27日,古历中秋。过北碚。得子冈、青苗、陶雄、草明信④。魏孟克、陈绪宗来吃晚饭。精神依然不好。晚上发冷发热,当是疟疾了。

28日,精神不好。看完了《三人》中译本。得凡海信。晚上八时过警报,后来听说夜四时许又有了一次警报。

29日,下午搭船回重庆。过华中。得辛克信⑤。刚到家即警报,时七时余,十时余始解除。

30日,得力扬、陈纪滢信⑥。到高璘度家吃晚饭。夜,两次警报。

10月

1日,参加十二个参政员召集的宪政座谈会。二时到中国文艺社参加文协的谈话会。到中国制片厂遇陈白尘。张元松来。熊子民来,他今天从桂林飞来,明天飞往昆明。

2日,得萧军信。同张定夫、子民吃晚饭。子民今天赶飞机赶掉了。十时余警报,四时余解除。

3日,得M信。夜,写成了纪念文《断章》,一千余字。十二时余警报,二时半解除。

4日,为鲁迅纪念会事访邵力子。到华中付稿。看了苏联影片《四烈士》,原名《一九

---

① 许寿裳(1883—1948),作家,教育家,鲁迅挚友。1948年2月,在台北被暗杀身亡。
② 张澜(1872—1955),民主革命家、教育家,中华人民共和国成立后曾任中央人民政府副主席;胡子清(1868—1946),经济学家,曾开创并主持湖南法政学堂;赵寿山(1894—1965),1947年进入解放区,1948年1月任西北野战军副司令员。中华人民共和国成立后,先后任青海省政府主席、陕西省省长。
③ 魏东明,作家,抗战时为重庆《生活教育》及《战地青年》编辑。
④ 青苗(1915—?),小说家。原名姚青苗。曾在《七月》上发表小说三篇。
⑤ "辛克",诗人,曾在《七月》上发表诗一首。
⑥ 力扬(1908—1964),诗人,时在育才学校任教。

年》。到文协,到中国文艺社。过张西曼家。不在中胡兰畦来访。得孔罗荪信。

5日,晨,未起床时胡兰畦来。谈不到几句话即来警报。下午,卢鸿基来。夜,进城到文协,华中。

6日,晨,梅林来。办公。夜,到孔罗荪家。

7日,到华中。湖北打了胜仗,街上放爆竹。胡兰畦来,谈胡愈之对她的态度,谈得哭了。到西园处。得丁玲、雪苇信。读完了《安娜·卡列尼娜》上册中译本。

8日,晨,参加王礼锡追悼会。正午,《理论与现实》请吃饭,晚,国新社请吃饭。周璧光来,摆了很久的龙门阵。

9日,上午办公。同青山和夫一道吃饭。二时,出席鲁迅先生逝世三周年纪念会筹会。得子冈信。夜,宿于华中,看了苏联影片《游击队之女》。

10日,晨,搭船回北碚,过沙坪坝时知道有警报。大雾,二时左右始到。过华中(支店)。到家时,张定夫等在李家打麻将。

11日,上午,华中刘君来,下午,到魏孟克家、张定夫处。家中来信,他们全部冒险回乡,已经到了沙市。这些时积存的来信有:曹白、S·M、冼群、艾青、王春江、天蓝、卢鸿基、倪平、费慎祥等。

12日,请张定夫一家人来吃晚饭。夜,写成《〈过客〉小释》,到二时余。给孔罗荪信。

13日,上午十时左右警报,到下午二时解除。潘震亚来[1]。下午上课。学生来者甚少。夜,写《七月》后记等。

14日,上课。同M过北碚。给大哥信。

15日,得俞鸿模、张元松信。夜,写成《鲁迅先生·日本·汪精卫》,约二千余字。

16日,晨五时到北碚赶船,未挤上,遇伍蠡甫,一道回家吃午饭。再过江时,午牌船又已开出。坐汽车回渝,在化龙桥下,送稿子到《新华日报》。卢鸿基来,他画好了纪念会用的鲁迅像。夜,到孔罗荪家。

17日,晨,到中国文艺社。办公。下午进城到华中,到中国文艺社,到中国制片厂。

18日,上午,参加宪政座谈会,为纪念会事奔走各处。

19日,六时进城到纪念会场。遇吴朗西,他是从福建来的。九时开会,到者数百人至千人左右。作了关于鲁迅生平的报告。主席邵力子,演说者有罗果夫、潘公展、陈绍禹等[2],会场内现出了紧张的空气。散会后,同张西曼一道看政治部的画展,一道吃饭。下午办公。夜,宿于华中。

20日,晨,搭船回北碚,一时过始到。无人上课。得绀弩、凡海、冼群、彭燕郊等信。得姚楚琦信。

21日,下雨。上课。

22日,晨,过江约华中店员刘君到夏溪口,下午二时余始到。看了二十四页的校样,已五时了,摸黑回家。得贾植芳信。

23日,晨,搭船回渝。下午办公。在绿川处晚饭。夜,清理投稿。

24日,上午办公。下午,访西园,进城到华中,到高璘度处。路上遇姚楚琦,同时警报

---

[1] 潘震亚(1889—1978),教授,编辑,律师。时在复旦大学任教。
[2] 潘公展(1895—1975),国民党文化官员。抗战时期任国民党中宣部副部长,图书审查委员会主任委员;陈绍禹,即王明(1904—1974),当时的中共领导人之一。

响了,一道到国际宣传处。解除后马上又放警报,到一时过再解除。得吴组缃信。

25日,上午办公。下午,警报。清理投稿,到孔罗荪家。

26日,上午办公。下午,到西园处,同乡广济人陈君来①,姚楚琦来。夜,进城,到文协,在华中睡。

27日,晨,搭船回北碚。上课。下午和夜里,校对《七月》第二批稿。得黄既、费慎祥、魏东明、贾植芳、陈烟桥信。

28日,晨,送校稿到华中。下午,参加学生的文学研究会例会。得费慎祥信。看完了《动乱时代》。

29日,清理投稿。下午,到马宗融处。华中送校样来,清校完毕。复萧军、何未秀。

30日,复陈烟桥,陶雄。同M到北碚购物,一时余搭船回渝。得卢鸿基信。

31日,上午办公。下午,到绿川处。进城到华中,到文协。得倪平信。夜,张元松来。周璧光来。复曹白。

11月

1日,上午办公。下午,到西园处。复费老板、景宋。到张西曼处。夜,清理投稿。庄涌来。

2日,复俞鸿模、艾青、吴组缃、卢鸿基。清理投稿。上午下午办公。夜,进城宿于华中,遇赵望云②。

3日,晨,搭船回北碚。看完了中译的巴尔札克底《欧贞尼·葛朗台》。译得很坏,但不失为一本好书。十二时过,船到黄桷树。上课。夜,参加复旦的湖北联谊会。得艾青、徐中玉、李淡村、朱企霞、白危信。

4日,晨,警报。张定夫来,潘震亚来。到一时左右警报解除。下午上课。夜,清理投稿。

5日,清理投稿。潘震亚引一位吕君来。下午过北碚。得曹白信。夜,清理投稿。复青苗、李又然、魏东明、徐中玉。

6日,晨,回渝。下午办公。得卢鸿基信。到"国泰"看苏联影片《普格乔[夫]》。到文协,南线慰劳回来的姚蓬子谈前方情形。宿于文协。

7日,上午参加苏联大使馆庆祝十月革命二十二周年茶会。鄞中铁来。下午办公,到绿川处吃晚饭。

8日,上午办公。下午,到化龙桥。六时到"国泰"参加中苏文协举办的十月革命庆祝会。得邹荻帆信。

9日,上午办公。卢鸿基来。下午到中国文艺社。到塔斯社访罗果夫。在张西曼家晚饭。访叶挺。宿于华中。

10日,晨,搭船,十一时抵家。得望隆信。第三期《七月》出版。上课。到章靳以处,魏孟克处,伍蠡甫处。夜,清整稿件。给大哥信。

---

① 陈君,即陈家康(1913—1970),湖北广济人。在武汉时任周恩来秘书兼英文翻译;此时任中共中央南方局统战委员会外事组副组长兼党派组成员。后文亦作"贵兼"。

② 赵望云(1906—1977),画家,长安画派创始人。

11日，复S·M。下午上课。魏孟克来吃晚饭。复力群、周而复、甘棠、锺瑄、刘念渠①。

12日，复朱企霞。下午到东阳镇访吕君。得S·M信。得俞鸿模信。复彭燕郊、冼群、S·M。

13日，晨，回渝。看完沈从文底《边城》。办公。在绿川处晚饭。到华中。

14日，晨，到叶君处。办公。池田幸子来，崔万秋请吃饭。同她到绿川处，晚饭后回。夜，编稿。

15日，晨，力扬来。办公。下午到绿川处，池田病了。卢鸿基来。夜，编稿。写本市信数封。

16日，晨，同乡王君来，张元松来。办公。下午，到中国文艺社。到文协。六时参加编辑人聚餐会。看姚楚琦。得贾植芳信。宿于华中。

17日，晨，搭船。大雾，二时过抵家。大哥来信，家中走到蔡甸，父亲生病不能走，终于在旧历九月初四日卯时逝世。不幸的忧虑果然中了，不胜悲恸。劝家中出来逃难，乃铸成此一大错，这伤痛无法弥补。父亲刚强一生，终于死在旅路上，我底没有果断牺牲了老人！但接着继母也在九月十三日逝世了。只老四一家随同乡回去，大哥二哥两家人发信时还阻在那里，冒着极大的危险：疫、敌兵、匪。父亲的病似乎是霍乱或痢疾。

18日，到夜里，始拟成了挽联两付。这与其说是哀悼死者，还不如说是安慰生者。十年左右以来，父亲和大哥经常提到要把挽联和祭文做好，好像这是老人一生中对我最后的希望。写成家信，明天同挽联一道付邮。张定夫来，伍蠡甫来。

本周来信有萧军、绀弩、柏山、彭燕郊、力群、刘念渠等。复绀弩。柏山寄赠和绀弩、黄源的合照。

19日，得魏东明信。过江到华中。

20日，复丁玲。宛君来信，她底弟弟骥死了，复她。给子民、宗武、望隆。夜，编稿。

21日，晨，乘船回渝。访贾植芳，同和他同住的几个留日学生一道吃午饭。到华中。熊子民由昆明飞来，到曾家岩去看他，遇着了一些熟人。得西园信。心绪不宁。

22日，晨，子民来。一道吃午饭。到中国文艺社，到华中。得曹白、侯唯动、徐盈、陈纪滢信。清理稿子。头痛。

23日，晨，卫戍司令部军法处送通知来，为王鉴修汉奸嫌疑事要我明天下午去"讯问"。到绿川处。下午，为王鉴修事走了几个地方托人调查，最后找到了卫戍司令部参议邓天民。

24日，晨，到卫戍司令部访邓天民，他说还是非我亲去一趟不可。托他请延期。访罗果夫。给军法处信。下午，国际宣传处开会商量介绍译为英文的文艺作品。夜，到华中，宿在那里。

25日，晨，乘船回碚。看了《依特拉共和国》。上课。得陈守梅信。

26日，上午到北碚华中支店付稿，托刘君写信到蔡甸调查大哥等的情形。复萧军、华西园。报载钱纳水被绑。

27日，上午，张定夫来，在这里吃午饭后始去。下午，M底表弟来，吃晚饭后始去。得

---

① 甘棠，投稿者，在《七月》上发表作品二篇；锺瑄（1920—1988），原名陈中宣，曾在《七月》上发表诗一篇《我是初来的》，后被胡风收入诗集《我是初来的》；"刘念渠"，戏剧工作者，在《七月》上发表论文一篇《关于剧本创作》。

费慎祥信。夜,两个学生来。

28日,清理来稿,复投稿者信数封。得萧军信。

29日,清理来稿。得陈纪滢信。下午,访张定夫。

30日,清理来稿。下午访吕振羽①。夜,祭文写成。

12月

1日,清理来稿。下午上课。魏孟克及两个学生来吃晚饭,谈到九时始去。得欧阳凡海、景宋、台静农信。得萧军信。

2日,上课。华中送第一批校样来。得S·M信。夜,写完第[4]期底《排印前小记》等。

3日,校好第二批校样。科学社孙君来访。过江到华中。

4日,上午到张定夫家吃午饭,同陈子展一道来此,谈到傍晚,又一道到马宗融家。寄祭文回家。华中送来第二批校样,十二时过始校完。

5日,上午到华中。得周文信。复许广平。

6日,看班台莱耶夫底《文件》。复曹白。得家中安抵故乡的信,即复,并抄寄祭文。

7日,得崔万秋信。复柏山、艾青、黄既。寄出家信,由M三妹转寄。下午四个女学生来。

8日,复彭燕郊、俞鸿模。下午到陈子展处。陈绪宗到这里吃晚饭。

9日,预备功课。下午上课。复欧阳凡海。清理投稿。得孔罗荪信。

10日,清理投稿。复李雷、侯唯动、吕荧。陈绪宗来。看学生月考试卷。

11日,晨,搭船回渝。过华中,唐老板夫妇一道吃饭②。得贾植芳、力扬、王春江、徐盈、尚越、邵毓麟、葛一虹、沙梅等来信③,及来稿读者来信多件。夜,清理来稿。

12日,晨九时过始醒。访张西曼。到华中。到青年会访老舍,见刚从战地回来的宋之的,谈得很久。夜,老舍请客,有五席,闹得翻天覆地。夜,清理来稿。眼病更坏,右眼全红了。买来"沃古林"眼药水试滴。

13日,上午到文协参加战地访问团的结束会议。宋之的请吃午饭。下午办公。目疾更剧。到绿川处吃晚饭。夜,同乡陈君来,闲谈甚久。给M快信。

14日,上午访西园,一道吃午饭。到高璘度家,一道吃晚饭。清理投稿。

15日,上午看医生,说沙眼很厉害,非搽四个月不可云。到华中、文协。得邹荻帆信。夜,同事的数人来闲谈。编稿。复卢鸿基、力扬、苏民④。

16日,上午医眼。同事的正午饯别张君。晚,文协欢宴战地归客,到者五六十人。夜,欧阳山宿于此,谈到晨五时半。报载我军挺进蕲春城郊。

17日,未起时,徐盈来,张元松来。到文协开理事会,下午六时始散。同欧阳山、魏孟克吃晚饭。得贾植芳信,即复。

18日,晨,王春江来,徐盈来。警报。办公。到塔斯社,葛一虹处。到绿川处,同刘仁

---

① 吕振羽(1900—1980),历史学家。中共党员。时为复旦大学教授。
② 唐老板即唐性天,华中图书公司经理。
③ 葛一虹(1913—2005),戏剧理论家,出版家。曾在《七月》上以笔名"黄舞莺"发表述评一篇。
④ 苏民,翻译家,原名吕吟声,笔名"齐蜀父"。

散步很久。夜,编稿。卢鸿基来。

19日,九时余警报,到下午二时余始解除。得M信。进城买毛线等。得苏民、刘念渠信。到文协,与宋之、蓬子等闲谈甚久。得叶紫死讯。

20日,办公。清理投稿。夜,访叶君。崔万秋来闲谈。

21日,办公。下午进城,三时参加中苏文化协会举办的庆祝斯大林六十寿辰的茶会。到文协。宿于华中。

22日,晨,搭船回乡,一时余始到。陈绪宗来。得艾青、绀弩、S·M、萧军、周文、力群等信。得金宗武、望隆信。

23日,上午,吕振羽夫妇来。下午,上课。得费慎祥信,并《七月丛书》六册,《为祖国而歌》《突围令》《第七连》各二本。

24日,上午上课。下午访马宗融、章靳以。大哥来信,说乡里游击队甚多,城里只四五十个日本兵,不敢下乡。

25日,晨,回渝,一时余始到。过华中,文协。得吕荧、力扬信。访华西园、绿川。晚,陈纪滢请客。复冀汸①。

26日,上下午办公。夜,柳湜约往生活书店店员读书会讲演。得田间自晋察冀边区来的三封信。

27日,上午办公。张元松来。到文协开理事会。又得田间信。《七月》第四期出版。夜,访叶君。

28日,上午办公。下午,访罗果夫谈《国际文学》出中国文学专号事。夜,进城,同华中谢君往"国泰"看《复活》,糟糕得很。宿于华中。他们又要加《七月》底价钱了。

29日,晨,同华中老板一道赶船没有赶上,即到两路口乘汽车回碚,十二时始到。得青苗、甘棠、倪受乾、林间等信②。

30日,上午,陈子展来,闲谈甚久。下午上课。得俞鸿模、子民、冼群、陶雄信。夜,伴M、晓谷去看商学院学生底游艺会。

31日,下午,同M到镇上,遇吕振羽夫妇,一道在茶馆里吃茶谈天。夜,搜集材料。

一九四〇年

1月

1日,下午,同M、晓谷过江,在火焰山文艺社举办的木刻及演剧文物展览会场上遇见章靳以夫妇等,一道逛街买东西,回家时天全黑。夜,写文章不能开头。

2日,上午排好《七月》第五集第一期底排式。下午过江到华中。复子民、俞鸿模。夜,写文章,思路不进。

3日,眼疾又发。上午,复旦名义上的校长钱新之请客。马宗融、陈子展来,闲谈到日落后始去。夜,写文章。得苏民信。

4日,得S·M信。得林间、彭燕郊信及照片,欧阳凡海信。夜,写文章到二时。

---

① 冀汸(1918—2013),原名陈性忠,"七月派"诗人。时为复旦学生。后在《七月》上发表诗七篇。诗集《跃动的夜》和《有翅膀的》被胡风编入《七月诗丛》出版。1955年被定为"胡风集团骨干分子",1980年平反。

② 倪受乾,投稿者,在《七月》上共发表作品二篇;林间,投稿者,在《七月》上发表通讯一篇。

5日,得曹白、艾青信。

6日,上课。华中送校样来。夜,写文章。

7日,凡海寄赠《马恩文学论》。夜,写成《今天,我们底中心问题是什么》之一,到二时过。M伴着校对。

8日,晨六时过江搭船回渝,大雾,三时始到。办公。得田间、王亚平、方殷等信及诗稿①。贾植芳、西园来。在船上看《小鬼》大半部。

9日,上下午办公。中午,吴世汉请到他家吃午饭。夜,到华中,文协。访姚楚琦。得邹荻帆、魏惕生、力扬、葛一虹信。

10日,中午,青山和夫请吃饭。一道到高璘度家,四时半一道到"新川"看一张美国影片,无聊之至。高夫妇请客吃晚饭。过华中,到葛一虹处。崔万秋来闲谈。得常任侠信,说愿意捐钱印《延河散歌》②。

11日,上午,为解答关于鲁迅的疑问,到塔斯社。到张西曼处,遇到邓初民、徐靖远等,一道吃饭。下午办公。孙师毅来访崔万秋,一道吃晚饭。复常任侠、卢鸿基、方殷。

12日,晨,搭车回碚,遇蓬子同车。看魏孟克底病。校对。并写完"补白""校完小记"等。得绀弩、冼群、萧军、力群信,野夫寄赠木刻集《旌旗》。

13日,得景宋信。下午上课。夜,整理投稿。

14日,上午过北碚,吃饭后在火焰山文艺社讲演诗歌问题。华中送清样来,校对完毕。给大哥信。复萧军、白危、魏东明、陈烟桥。

15日,晨,过江赶船赶车都没有赶上。下午又折回家来。

16日,晨,搭船回渝,在船上遇向林冰。办公。蓬子来。到华中,与店员陈君一道吃饭。得王亚平、胡考、胡明树、老舍、冯乃超、陈纪滢信③,卢鸿基及木刻一卷。

17日,上午办公。下午,参加中国学术研究会干事会。访西园归路上打死老鼠一匹。夜,清理稿件。崔万秋友人林泽生宿于此,谈他由上海来此的路上所见。

18日,上午办公。访绿川。下午办公。得李雷、侯唯动、卢鸿基信。力扬、卢鸿基来访。到市民医院看刘仁病。往葛一虹处,遇宋之的、章泯、及由西北回来的沙汀等,一道吃饭。到文协开会。夜,崔万秋友人钮先铭宿于此,谈他底离婚故事。

19日,下午搭车回碚。夜,参加复旦的留日学生聚餐会。得柏山、魏东明、白危、力群等信。

20日,上课。夜,出期考试题。

21日,下午,几个学生来闲谈了一些上海救亡运动中复旦的情形。夜,复陈守梅。整理来信及投稿。

22日,晨,搭船回渝。过华中。办公。得署名七人的恐吓信。

23日,上下午办公。复艾青、冼群、萧军、曹白、柏山、徐离夜、欧阳凡海等④。

---

① 王亚平(1905—1983),诗人。

② 常任侠(1904—1996),东方艺术史家。《延河散歌》为诗人鲁藜反映延安生活的诗篇。鲁藜(1914—1999),原名许图地,诗人。胡风曾在《七月》上发表他的诗作,并将他的诗集《锻炼》《星的歌》和《醒来的时候》编入《七月诗丛》出版。1955年被定为"胡风集团骨干分子"。1981年3月平反。

③ 胡考(1912—1994),美术家,文艺理论家。抗战期间曾任武汉《新华日报》美术编辑,后至延安鲁迅艺术学院任教。

④ 徐离夜即彭燕郊,后文中也作"陈德矩",是彭的原名。见前注。

24日,上午办公。夜,《文学月报》请客,老板说话,说是为了加强文学运动。逼我说话,于是对这刺了几句。得江丰信及文稿、木刻。得孙钿信。复江丰、孙钿,给丁玲。

25日,上下午办公。访西园。清理稿件。复邹荻帆。访柳湜。

26日,上午办公。得M信,并转来曹白信及照片。复M。梅林来信,说介绍S·M底诗给一个"诗人"看,回答是"他没有资格写诗!"

27日,得东平、平羽信及稿。夜,参加作家商讨保障生活的座谈会。《七月》出版了。

28日,到华中。得贾植芳信,锺灵信①。夜,主持文协的"战地文艺工作座谈会"。

29日,上下午办公。钱俊瑞来②。夜,崔万秋来闲谈。

30日,上午进城。得曾克、胡明树信③。下午办公。在绿川处吃晚饭。访叶剑英。复曾克。

31日,下午苏民来。在绿川处晚饭。夜,得旧诗二首。

残冬雨夜偶成

其一
权门残饭讨生存,落莫街头一难民。
大恨未除顽敌在,微忠不死浩歌新。
华冠犬马看群偶,敝屣尊荣剩独身。
我亦有情何所愿,光明祖国抱孤坟。

其二
三更风雨又天荒,斗室无声夜正长。
积毁满身心不冷,拂尘两袖面犹脏。
案头烂纸苍生哭,寨里堆金大盗狂。
欲向临安寻往事,党碑残迹太凄凉。

2月

1日,黑丁、曾克夫妇来。徐盈来。童淑媛来。

2日,为《新演剧》写成《从剧本荒想起的》。下午,到葛一虹处,一道吃晚饭。到华中。夜,清理投稿。复吕荧、王春江。得建庵、锺灵信及木刻。

3日,上午清理投稿。得尚越信。下午进城,到华中、文协。购物。访老舍,一道吃饭。主持"诗歌晚会",十时过始散。

4日,在抢挤中间搭一时开的专车回碚,蓬子、靳以同车。四时过始到。陈绪宗来吃晚饭,闲谈。得大哥信。得柏山、冼群、周行、陈烟桥、陈德矩、子民、陶雄信。得野夫木刻集《点缀集》。

5日,复方然④。下午过北碚看魏孟克的病。访张定夫。夜,看试卷。复黄桦霈、周

---

① 锺灵(1921—2007),漫画家,在《七月》上发表处女作漫画一幅《逃不出掌握》,后成为著名漫画家。
② 钱俊瑞(1905—1985),经济学家,教育家。20世纪30年代曾为文总、文委的领导人之一。
③ 曾克(1917—2009),女作家。
④ 方然(1919—1966),原名朱声,诗人、作家。在《七月》和《希望》上发表杂文、论文等共11篇。1955年被定为"胡风集团骨干分子",1966年9月21日含冤去世。

行。野夫寄赠《怎样研究木刻》。

6日,晨,步行到草街子育才学校,约三十余里,八时二十分出发,十一时到。晤陶行知、魏东明、陈烟桥、白危、章泯、常学墉、张望等①。下午对全体儿童讲话。夜,同白危、陈烟桥、魏东明等到草街子吃晚饭。

7日,上午参观学校各部分。饭后,对文学组儿童讲话。二时出发,魏东明夫妇、白危、陈烟桥送到草街子。步行到二岩,搭船到金刚背。再步行回家,抵家时四时过。今天是废历除夕。

8日,上午,到马宗融家、陈子展家。下午,到张定夫家、章靳以家。夜,陈子展、潘震亚来吃晚饭。写信给大哥。

9日,上午同M、晓谷过北碚,在唐性天家午饭。引晓谷到动物园看豹子、白熊。得冯余声、陈守梅、俞鸿模信。复子民。

10日,上午,定夫来。下午,靳以夫妇、马宗融夫妇、康穆等来。俊明夫妇来,宿在这里。

11日,上午,吕振羽夫妇来吃午饭。得鹿地信。夜,清理来稿。

12日,晨,预备搭船回渝,因下雨,小女儿且拉着不放,未果。下午,同M到马宗融家。

13日,未明时过江,但汽船搭不上,于是搭木船下,二时左右到沙坪坝下船。访高警寒、吴朗西。过华中、文协。在船上看完中译H·Lopman底《地下火》。得李雷、孙钿、侯唯动、抗铁信。给M信。

14日,上午办公。下午,贾植芳来,吃晚饭后去。夜,看来稿,复抗铁。

15日,上午办公。下午,到华中、文协。到绿川处,看完《夜上海》,看来稿。

16日,上午,何剑薰来②。葛一虹送他底《红缨枪》来看。一道吃午饭。下午,陈烟桥来。得M信并转来绀弩、艾青信。到柳湜处,一道洗澡吃晚饭。到华中,到张西曼处。夜,看来稿。

17日,上午办公。下午编稿。潘震亚来,一道吃晚饭。到罗荪处查看征文小说。夜,拟定征文评选规则。

18日,晨,到华中。下午到文协开理事会。同马宗融等看《农奴魂》。给M信。得S·M信。

19日,上午办公。得卢鸿基信。下午,访恺君谈甚久。夜,编稿。

20日,办公。夜,写成《关于诗与田间底诗》,到晨五时。

21日,下午,看完《红缨枪》,到葛一虹处。主持戏剧晚会。得黄既信。

22日,上午办公。下午,进城到华中、文协。童旭明来。画好《七月》版式带去。杨敏来③,谈到十一时过。今夜为废历元宵,得首如下:

几人欢笑几人悲,莽莽河山半劫灰。
酒醋值钱高价卖,文章招骂臭名垂。
侏儒眼媚姗姗舞,市侩油多得得肥。

---

① 他们均为育才学校的教员。
② 何剑薰(1911—1988),作家、教授。1955年6月受"胡风案"牵连被隔离审查。1980年平反。
③ 杨敏为复旦大学一学生。

知否丛峰平野上,月华如海铁花飞。

（后二句亦作:等到更深人静后,四川耗子满街飞。）

23日,上午办公。下午,给M信。访王昆仑。得田间、熊子民、曾克信。

24日,上午办公。复田间、艾青。夜,看《岳飞》,回来写成《看岳飞》,到三时。得M信。

25日,吴组缃来。一道吃午饭。下午进城。给M信,看稿。梅丽莎来。

26日,老舍、吴组缃来。张元松来。卢鸿基来。陈绪宗来。夜,到柳湜处。

27日,晨,路翎来①。到葛一虹处和几个人谈天。下午办公。夜,到文协开征文评选会议。为《七月丛书》事,复费慎祥、俞鸿模。

28日,上下午办公。陈绪宗来。得M信,并转来曹白、台静农、冼群信。复曹白、冼群。夜,看完征文小说稿二部,到二时。

29日,晨,常学墉来。办公。下午,王平陵、沙汀来。复孙钿、唐性天、尚越、鹿地亘。

3月

1日,晨七时前,被陈绪宗叫醒,趁车回碚,十一时半到家。下午,张定夫来,晚饭后去。得陶雄、青苗、周行、凡海、曹白、周而复、魏东明、黎烈文信。清整信件。

2日,校稿,并写校后记等。得周而复信。

3日,到定夫等人处。陈子展来。清理稿件。复台静农、黎烈文。

4日,晨,搭车回渝,十一时余到。王春江来。参观敌伪宣传品展览会。办公。到华中、文协。得S·M、冀汸、宗武、王西彦、景宋、路翎、胡明树、王冶秋、王亚平信。得杨枝信。

5日,葛一虹、戈宝权来,邀到南岸宋之的、沙汀处,午饭后回来。到文协交换征文初审意见。得徐中玉信。给M信。复魏东明。给萧军。

6日,办公。鹿地亘来,一道进城购物。他睡在这里。

7日,办公。下午参加中苏文化协会理事会。同鹿地亘、青山和夫等一道吃晚饭。得卢鸿基信。

8日,办公。下午,鹿地亘、冯乃超来,一道吃晚饭。鹿地睡在这里。

9日,办公。下午参加文协理事会。同老舍、宋之的等吃晚饭。得庄言信②。

10日,上午,宋之的、何剑熏来,王冶秋来。下午,清理来稿,到绿川处晚饭。复卢鸿基、王春江、S·M、路翎。给魏东明、陈烟桥、曹靖华。复胡明树。得欧阳山信。

11日,上午办公。得M信,并转来柏山、魏东明、俞鸿模信。得贾植芳信。夜,贾植芳来,在茶馆谈到十时分手。复柏山、东平、平羽、徐离夜、曾克。

12日,复费慎祥、俞鸿模。鹿地来。下午,到华中、文协。到新知书店取得海燕版税四十元。得黄既、李雷、马耳信③。鹿地宿于此,闹去了许多时间。

---

① 路翎(1923—1994),原名徐嗣兴,作家、剧作家。胡风曾在《七月》和《希望》上发表他的小说、散文书评等22篇,并将他的小说《饥饿的郭素娥》和《青春的祝福》编入《七月文丛》出版,他的长篇小说《财主的儿女们》亦由胡风办的"希望社"出版。1955年被定为"胡风集团骨干分子",1979年平反。

② 庄言,木刻家,在《七月》上发表木刻三幅,其中二幅用作封面。

③ 马耳即叶君健,见前注。

13日,鹿地去了,谢谢。办公。同青山和夫、崔万秋吃午饭。戈宝权来。

14日,晨,到华中,张西曼处。搭午车回碚。得曹白、萧军、冼群、魏东明、师田手信①。学生三人来。

15日,大雨。为讲授《文艺思潮》看参考书。

16日,授课。

17日,陈子展、潘震亚来。在潘家午饭。陈烟桥、张望、段干青②、卢鸿基来,谈木协事,晚饭后去。

18日,授课。得艾青信。复投稿者信数封。

19日,晨,搭车回渝。下午办公。到柳湜处,到华中,文协。得孙钿、曾克、青苗、宋之的信。夜,常学埔、陈理源等来。

20日,晨,何剑熏来。办公。到华中,得孙钿、葛一虹信。夜,魏惕生、贾植芳来。贾谈到夜深始去。吕荧来信。

21日,晨,何剑熏来,为职业事介绍他见高璘度。下午办公。魏惕生来,一道吃晚饭。贾植芳来,谈到夜深,他明晨到西北战地去。复子民、冼群。

22日,上午办公,下午清理稿件。夜,路翎来,杨敏来。

23日,办公。到文协、华中、文摘社。得S·M、曹白信。主持"诗歌晚会"。

24日,晨,回碚。预备讲稿。得柏山、鄞中铁、费慎祥、俞鸿模信。

25日,授课。

26日,晨,搭船回渝。在船上看《南京》原稿一半。办公。

27日,上午办公。下午,梅丽莎来。到西园处,一道吃晚饭。夜,萧军自成都来,谈到四时过始睡。

28日,晨,何剑熏来。同萧军到生活书店。夜,张元松来。

29日,晨,萧军、罗烽来。清理稿件。到华中、文协。同萧军访岂心君,到中苏文协看电影,未终即退出。得S·M、艾青信。和萧君谈到二时过始睡。

30日,上午,办公。看完《南京》原稿。预备讲义。

31日,上午,萧军、罗烽来,一道参加中苏文协招待会。下午,搭舟回碚。得绀弩、台静农、张望、陶雄、抗铁信。得恩信。

4月

1日,上午预备讲义。下午、晚上上课。野夫寄赠木刻集《号角》。陶雄寄赠《总站之夜》。

2日,下午搭车回渝,办公。到华中、文协。得王亚平、马子华信③。

3日,晨,白危来。办公。萧军来。葛一虹、卢鸿基来。

4日,办公。下午到华中,得黑丁、曾克、吕荧信。魏东明、白危来,一道吃晚饭。夜,到中苏文协看苏联儿童电影。

5日,办公。何剑熏来。下午到华中,文协。得曹白、力群信。到中苏文协看儿童

---

① 师田手(1911—1995),小说家,诗人。左联盟员。此时在延安。
② 段干青(1902—1956),木刻家。
③ 马子华(1912—1996),左联盟员,作家,1936年主编左翼文学月刊《文学丛报》。

电影。

6日,办公。萧军来。得李又然信,丁玲信及稿。欧阳山来,一道吃晚饭。他为过去作了辩护。

7日,下午进城参加文协会员大会,并晚餐。得黎烈文信。作答陈子展的打油诗。

8日,晨,乘车回碚。下午上课。得陈烟桥信。

9日,预备讲义。夜,冒雨上课。

10日,晨,搭船回渝。过华中,得胡明树、邹荻帆、郁天信①。下午办公。夜,冼群来。

11日,上午办公。下午,清理稿件。到华中,文协。同黑丁一道吃晚饭。

12日,上午办公。下午,到绿川处。复S·M信。到"冠生园"赴苏联"V·O·K·S"代表米克拉舍夫斯基的宴会,喝酒,唱歌,闹到十时过始冒雨回寓。得黄既信。

13日,上午办公。下午,复黄既、吕荧。冼群来,一道进城,请他夫妇吃饭。到文协。夜,清理稿件。

14日,晨,长江来。萧军来,一道到南岸看他底太太和女孩。黑丁夫妇请吃晚饭。夜,主持文协"玛雅珂夫斯基纪念会"。得丁玲信。

15日,晨,路翎来。上午办公。王春江来。下午办公。到文协,华中。夜,与华中唐老板谈《七月》事,他喝醉了,口角而散。得朱企霞信。

16日,上午,王冶秋、酆中铁来。办公。下午,赵望云来。复马子华。访曹重君。夜,庄涌来。

17日,晨,葛一虹来。办公。约徐培影吃饭。编排《七月》。下午,王春江来。到文协。夜,给M信。

18日,上午办公。下午,复费慎祥、俞鸿模。夜,赴苏联大使馆宴会。

19日,上午办公。下午,到新知书店接洽《七月》事,他们无力接受。看完《茶花女》中译。夜,魏惕生来。

20日,晨,搭车回碚。下午,陪M、晓谷游农场。得陈德矩、艾青、欧阳凡海、华西园信。

21日,预备讲义。

22日,预备讲义。十二时过警报。张定夫来。下午上课。白危来。六时又警报,九时解除。

23日,预备讲义。下午,访伍蠢甫、马宗融。夜,上课。

24日,晨,搭车回渝。下午办公。得吕荧、S·M、何剑熏、魏东明、锺瑄、路翎、萧军、冼群、卢鸿基信。葛一虹、庄涌来。唐性天来信道歉。赵望云赠画一幅。复冼群。夜十一时警报,三时始解除。

25日,晨六时又警报,八时解除。睡到十二时。复萧军。校稿。夜,王春江来。给M信。复吕荧。

26日,上午办公。复艾青、何剑熏、魏东明。校稿。得S·M、青苗信。胡明树寄赠诗集《难民船》。

27日,为《中苏文化》写成《文学史上的五四》。校稿。得胡考信。

28日,上午校稿。下午梅丽莎来。庄涌来。夜,参加中苏文协"研究委员会"。得贾

---

① 郁天,即王郁天,编辑。

植芳、卢鸿基信。

29日,上午办公。下午,曹靖华来,赵望云来,王春江来。以群来。夜,校对。

30日,办公。校对。夜,参加六团体欢送邵力子使苏大会。鹿地、萧军来,宿于此,谈到四时始睡。

5月

1日,同鹿地、崔万秋一道吃午饭。得池田幸子、王亚平、陈纪滢信。夜,鹿地宿于此,闹到三时。

2日,上午办公。晤曹靖华、以群,谈丁玲提议的《百部丛书》事。到华中,得黎烈文信。

3日,上午办公。下午校稿。得陈纪滢信,即复。夜,校稿。

4日,晨,冒雨乘车回碚。得绀弩、周而复信。得老四信。

5日,上午,白危夫妇来。下午,同M、晓谷参观复旦校友节的各展览会。夜,同M、晓谷看学生演剧。

6日,得东平、马子华、俞鸿模信。夜,同M、晓谷看学生演剧。

7日,学生牛述祖来①。预备讲义。得俞鸿模信。

8日,晨,上课。复绀弩、曹白。

9日,晨,回渝。下午,办公。夜到华中,文协。得路翎、魏东明、金宗武、赵望云、白危、葛一虹信。给M信。给大哥、望隆信。复贾植芳。

> 梅雨天碚渝道上:
> 子规啼处烟云湿,百里泥泞一抹愁。
> 倍是有情人世路,山花欲语似明眸。

10日,上午办公。下午庄涌来。夜,魏惕生、萧军来。看完中译《奥赛罗》。

11日,办公。编稿。到华中,文协。夜,孙科宴苏联大使馆人员及中苏文化协会理事,十时始散。得S·M、孙钿、黄既、卢鸿基信。

12日,晨,萧军来。得M信,并转来青苗及鲁藜夫人信。复池田幸子。编稿。

13日,办公。萧军来。得老舍信。夜,到新生活运动会妇女指委会讲演。

14日,办公。下午,张元松来。到华中,文协。得吕荧信。韩北屏寄赠《人民之歌》②。

15日,办公。复路翎、朱企霞、宗武、马耳、陶雄等。访D女士。得M信,即复。

16日,办公。到文协分配征文小说初审事。得何剑熏、魏东明、韩北屏信。黎烈文寄赠《胜利的曙光》。复卢鸿基、木枫。给宋之的。

17日,办公。复孙钿。办公。魏惕生来。访绿川夫妇。清理稿件。

18日,办公。卢鸿基来。下午六时半警报,到夜二时解除。

19日,陈君来,一道吃午饭。访西园。看稿件。六时警报,夜十二时过解除。

---

① 牛述祖,复旦大学学生,原名崔宗玮,胡风在东大附中时同学崔宗祺的弟弟。
② 韩北屏(1914—1970),记者,编辑,作家。

20日,晨六时警报,八时解除。编稿。得萧军、孔厥、吕荧、S·M、青苗、路翎信①。夜八时警报,九时半解除。

21日,上午到华中。十时警报,十一时半解除。下午,以群来。九时半警报,夜二时解除。

22日,晨七时被警报叫醒,十时半解除。午睡。M来电话。夜,到陈君处向他底友人们讲演。

23日,晨四时半即起,早车回碚。下雨。得柏山、俞鸿模信。

24日,整天雨。休息。

25日,上午,曾克、黑丁、邹荻帆、田一文来。下午,吕振羽夫妇来。得艾青信,他将来重庆。

26日,上午警报,下午四时解除。

27日,晨九时警报,张定夫来,午饭后敌机临上空,住宅四围落下三个炸弹,两个杀伤弹,全屋震动,积尘雨下。下院子死一老农妇、一农民。北碚、黄桷镇落弹甚多,复旦大学教务长孙寒冰被炸死,其他尚有相当数目的死伤。

28日,晨,全家到石子山吕振羽、向林冰处,再同吕夫妇到么店子廖庶谦处②,下午三时警报解除后回石子山,晚饭后回家。

29日,晨,到刘家沟避警报,约二时解除警报后回家。到镇上,听说昨天重庆被炸甚惨。

30日,上午到刘家沟避飞机,一时过警报解除,回家。过北碚,访唐性天老板。

31日,上午到石子山交涉房子。得罗荪信,即复。

6月

1日,晨,同M等到石子山看好了房子。华中陈咏荪等来,知道重庆邮未被炸。

2日,姚蓬子、马宗融来。收拾行李。复张望。

3日,移家到石子山。和通俗读物编刊社为邻,吕振羽夫妇也寄住在那里。土房三间,左卧房,右书房,中间做厨房。

4日,房间收拾完毕。章靳以来。

5日,晨,被佣妇哭醒,昨夜被贼撬开了门,偷去了衣物,佣妇底衣物也被偷去了。现在要添置这批衣物,非三百元不可。同吕振羽去找警卫区和贼头子,都无结果。得卢鸿基信。看试卷。

6日,上午十时余警报,二时余解除。潘震亚来。得魏孟克信。

7日,下午,同M到靳以处小坐。得《中苏文化》催稿电报。夜,翻阅材料。

8日,王光钊夫妇来。翻阅材料。

9日,警报。写成悼孙寒冰的短文。得崔万秋信。

10日,张定夫来。警报,敌机五十三架飞过。陈子展等来。

---

① 孔厥(1917—1966),小说家。胡风曾在《七月》和《希望》上发表他从延安寄来的反映延安农村农民生活的三篇小说;后又将他的小说集《受苦人》收入《七月文丛》出版;中华人民共和国成立后,将他与袁静合著的小说《新儿女英雄传》介绍给海燕书店出版。

② 廖庶谦,复旦大学教授。

11日,晨,过江回渝,遇唐性天,说重庆甚乱,又折回家里。警报,敌机九十架飞过。得曹白友人孙君信,得鲁藜、李澄、周颖信①。给俞鸿模信,并寄出S·M集子。

12日,晨,过江乘船回渝,船上遇在北碚采访毕回去的记者群及萧林。船到磁器口上游二十里左右遇警报,避于竹林内,为记者们讲"特写"。三时左右在牛角沱上岸,记者们邀往生生花园吃饭。住房尚在,瓦被掀去甚多,开了几个天窗。到华中。武库街有几家书店被炸。到文协,遇艾青夫妇。一道到中苏文协吃茶,还有沙汀、以群。宿于葛一虹处。得孙钿、侯唯动、庄言、黄既、高兰、贾植芳、胡明树、魏东明、路翎、力群、S·M、吕荧、白危、曹靖华、卢鸿基信。宜昌失陷。

13日,晨起回家再睡。以群来。办公。给M信。得萧军信。同艾青夫妇、以群等晚饭。德军进巴黎。

14日,办公。复老舍、卢鸿基。访陈君。得袁勃、孙钿、吴伯萧信。

15日,上午办公。得卢鸿基信。萧林来。复白危、魏东明。给庄涌。

16日,晨,艾青来。得胡明树、高咏信。夜,宿于以群处。

17日,晨,同艾青夫妇乘船回北碚。把他们送进旅馆后回家。吕振羽、向林冰等来谈。四时余警报,九时左右解除。得绀弩、徐盈信。

18日,艾青夫妇、以群来,晚饭后去。得老舍、李澄信。

19日,靳以来。邹荻帆来。得凡海信。夜,开始写文章。

20日,晨,谭家崐来。靳以来。夜,写文章不成。

21日,上午,同靳以等赴北温泉参加文协在北碚会员大会。聚餐。

22日,晨,艾青、以群来。午饭后去。得李桦、野夫信。夜,写文章不成。

23日,上午,张定夫夫妇来。下午清理稿子。得华西园信。夜,写文章。

24日,清理稿件。十二时余警报,北碚被炸,延烧了一半,住房受震动,M受了刺激。

25日,上午,参加通俗编刊社底"民族形式"座谈会。十一时余警报,四时余解除。过北碚,理发,访唐性天。夜,写完《民族战争与我们》。

26日,十时余警报,二时余解除,看到敌机两批从头上飞过。得崔万秋信,意思是非回城"办公"不可。复凡海。

27日,十时警报,一时余解除。复丁玲、黄既、江烽等。据说敌人在重庆丢了毒气弹。

28日,十一时警报,二时左右解除。邹荻帆、田一文、曾卓来②。到北碚访唐老板,据说重庆住民很少了。

29日,十时警报,三时左右解除。得崔万秋信,终于暗示要我辞职了。

30日,大雨。下午过江搭车回渝。艾青、以群来,宿于这里。到华中。得子民、田间、惕生、欧阳山、郁天、杨枝、孔厥、路翎、何剑薰信。

7月

1日,上午,敲碎了国际宣传处的饭碗。访叶挺。到华中。

2日,晨,高璘度来。访陈君。到孔罗荪处。复子民。到华中。购物。

---

① 李澄,即李白英,时任国立编译馆编译。
② 田一文,曾与巴金一起办文化生活出版社,因此与胡风相识;曾卓(1922—2002),原名曾庆冠,诗人。1955年被定为"胡风集团骨干分子",1979年平反。

3日,访张西曼。复惕生。收拾东西,明天由以群带回去。

4日,晨,访胡公①。警报,避到化龙桥,访农君②。同陆诒到《新华日报》,长江请吃晚饭。宿于葛一虹处。

5日,晨,搭船回磘,在土沱遇警报,四时到家。得东平信。与吕振羽、向林冰等谈重庆情形。

6日,休息。得卢鸿基、陈纪滢信。

7日,整理书刊、材料。

8日,张定夫来。十时余警报,三时余解除。得光未然信。

9日,十时余警报。看《司汤达短篇集》。

10日,九时余警报。胃不适,呕苦水甚多。吃泻盐。谭家崐、方应莲来,并陪她们到靳以处。得柳湜信。看完《司汤达短篇集》。

11日,王光钊来。给俞鸿模信。复光未然。

12日,胃病似愈,但依然疲乏。连日与吕振羽、向林冰清谈。

13日,过江到北磘,知华中重庆总店被炸,但老板依然很悠闲,在下围棋。未谈到《七月》事。得王春江信。

14日,陈子展、张定夫来,在这里吃午饭。饭后又一道到王光钊、梁宗岱处③。

15日,得魏惕生、葛一虹信。艾青夫妇来。潘震亚来。

16日,复葛一虹、陈纪滢。同吕振羽到陈子展、张定夫处。

17日,同吕振羽到慈幼新村伍蠡甫处。

18日,得张西曼信。

19日,张定夫夫妇来。

20日,马宗融夫妇来。高长虹来,宿在这里。得绀弩、野夫信。得艾青信,要抽出《向太阳》,即复。

21日,下午,同长虹一道过江到姚蓬子处,商定二十七日召开文协谈话会。到华中。得S·M、孙钿、王春江、魏东明、卢鸿基信。

22日,看《严寒·通红的鼻子》。警报。

23日,得俞鸿模信。何剑熏来。

24日,廖庶谦、陈子展、张定夫来。警报。

25日,大雨。王冰洋请吃茶(东阳镇)④,同被请者有吕振羽。复俞鸿模、王春江。发文协开会的通知。

26日,看完《文艺のジャンル》。

27日,文协在编刊社开谈话会,到二十人左右。情绪很好,但也有插科打混的小丑。无任何实际结果。张西曼来。

28日,得卢鸿基信。复S·M。给老舍。

29日,同吕振羽夫妇到黄桷树镇,在小店吃包子。得卢鸿基信,复之。得陈纪滢、孔

---

① "胡公"即周恩来。
② "农君"即李克农。
③ 梁宗岱(1903—1983),诗人,翻译家。
④ 王冰洋(1909—1962),作家,评论家。曾在"通俗读物编刊社"任编辑。

罗荪信。

30日,佣人回去了,早起做洒扫等杂事。

31日,复孙钿。警报,北碚又被炸,起火。

8月

1日,晨,过北碚。得叶夏明、路翎、华西园、吕荧、胡明树信。张西曼、陈子展来。

2日,晨,同张西曼找房子。警报。得熊子民信。

3日,得姚蓬子、王琦信。警报。

4日,得葛一虹信,并稿费二十元。

5日,张定夫来。

6日,复葛一虹、王春江。

7日,复李桦、野夫。白危来。雇了一个女工,想不到是疯子。

8日,得庄涌、张元松、崔万秋信。靳以来。看完《封神演义》。警报。

9日,谭家崐来,带来了刘君底信。

10日,警报。整理关于民族形式问题的材料。

11日,警报。

12日,警报。张定夫来。

13日,胡继纯来①,胡谈一通。到章靳以、王光钊处。

14日,吴斐丹来②。得俞鸿模、柳湜、S·M、彭燕郊、王平陵、梅林信。

15日,陈子展、马宗融来。

16日,到北碚。得绀弩、老舍、葛一虹、李澄、杨枝、王春江、吕荧、艾青信。谷斯范寄赠《新水浒》③。

17日,得孙钿信。警报。夜里警报两次。

18日,伴M、晓谷等,同吕振羽夫妇到温泉。谌小岑请吃午饭④。警报。回家时七时已过。不在时,光未然、高长虹来访⑤。夜里又警报。

19日,晨,过江访高长虹、光未然。警报,在防空洞避居五小时以上,听说三百六十架敌机炸重庆。

20日,警报。夜,看材料到十二时。邹荻帆来。

21日,警报。复吕荧、子民、绀弩。

22日,看材料。

23日,警报。得S·M、伍蠡甫信。田一文来,陶行知着人征求在致苏联领袖信上签名。野夫寄赠木刻集《铁骑》。

24日,长虹来。得S·M信。伍蠡甫来。

25日,靳以来。得青苗信。

26日,得鹿地信。编好《侧面》。重编《七月》五集四期。复S·M、俞鸿模、陈纪滢、

---

① 胡继纯,湖北鄂城人,时为复旦大学教授,政治系主任。
② 吴斐丹(1907—1981),经济学家。时为复旦大学经济学教授。
③ 谷斯范(1916—?),小说家,散文家。
④ 谌小岑(1897—1992),社会活动家,早年曾与周恩来、邓颖超同在天津参加五四运动。
⑤ 高长虹(1898—1954),作家。

柳湜。

27日,张定夫、廖庶谦来。

28日,看完关于民族形式的论争文字。下午,过江参加陈子展底结婚喜宴。复老舍、俞鸿模、S·M。得路翎、酆中铁、俞鸿模信。

29日,以群来。得丁玲、江丰信。开始写关于"民族形式"论争的文章。

30日,M底三个表弟来,有一个被其他的两个称为"诗人"。吃过午饭辞去。《战时青年》约稿者来。

31日,上午到王光钊处。复酆中铁、崔万秋、池田幸子、欧阳山、李淡村。给大哥信,已经三四个月得不着消息,不知道他们到底怎样了。得璞德信。

9月

1日,老舍约今天上午在温泉开会,因大雨不能去,函老向说明。黄昏时,同吕振羽、向林冰到东阳镇喝茶。

2日,下午,过江参加文协会议。柳湜来北碚。同老舍、柳湜、白危等回来,陈子展请吃晚饭。柳湜谈最近时局。得侯唯动、李淡村、青苗、卢鸿基、陶雄信。

3日,老舍、柳湜等八九个人在这里吃午饭。送老舍过江。

4日,柳湜在这里午饭。

5日,柳湜辞去。给伍蠡甫、陈子展信。

6日,张定夫夫妇来。望隆来信。

7日,晓谷到东阳镇小学二年级入学。得吕荧信及批评论文《人的花朵》。

8日,得子民、金宗武、鹿地亘信。

9日,得陈子展信,即复,表示不接受复旦聘约,因复旦规定兼任教授上课要签到,不到者扣薪。

10日,无事。

11日,陈子展、马宗融来,下午伍蠡甫来,为了所谓解除"误会"。牛述祖来。

12日,上午警报,夜警报。隔壁"通俗读物编刊社"今天迁往成都。

13日,西园及其新夫人谈女士来。警报。西园夫妇宿于此。

14日,上午警报。送西园夫妇过江。得老舍、卢鸿基、酆中铁信。夜,警报。

15日,上午两次警报。姚蓬子来。

16日,上午警报。今天是中秋,夜约隔壁"通俗读物编刊社"已退出之向林冰等来吃茶。

17日,章靳以、田一文来。得吕荧信。

18日,无事。

19日,过北碚,沙汀从重庆来。宿于文协。

20日,回来,访潘震亚、陈子展、马宗融、章靳以等。得欧阳山、庄涌、路翎、卢鸿基等信。

21日,下午过江,在文协耽搁了几小时。

22日,上午过江,在文协午餐。得王春江、何剑薰信。

23日,陶行知请客,代他约复旦诸人到温泉,同席者有周恩来、任远等①。宿于温泉,与几个文艺界友人杂谈。

24日,回来。得俞鸿模信。复王春江。

25日,过江,卢鸿基、王朝闻来,一道回来,宿于此。得葛一虹信。得S·M信。

26日,上午,被王朝闻、卢鸿基各作速写一张。同他们一道访靳以后辞去。赵望云来访。

27日,上午引晓谷到复旦医务室看病。得郭沫若信,约参加政治部文化工作委员会。邹荻帆、田一文来。复葛一虹。

28日,复俞鸿模。给傅东华。给孙铭鏄②。

29日,路翎来。下午过江,到华中、文协。街上遇汪崙。得古元、王平陵信③。张元松来。

30日,复黎烈文、彭燕郊、王西彦、青苗、陶雄、庄涌。写完《民族形式》上篇,共六节。张元松来。得卢鸿基信。

10月

1日,得青苗信。复看上篇。

2日,得孙钿、S·M、葛一虹信。

3日,复葛一虹。翁达藻来④。

4日,上午过江,到华中,得陈纪滢信。警报,下午四时始解除。

5日,警报,艾青夫妇来。

6日,警报。下午过江,与华中老板商定下二集之《七月》合同。得沈志远、S·M信。

7日,下午发疟疾。白危夫妇来。

8日,得魏惕生信。复老舍、惕生、王平陵信。

9日,下午,同吕振羽、向林冰到黄桷树喝茶。得何剑薰信和葛一虹电报。

10日,警报,北碚、黄桷树又被炸。陈望道、马宗融来⑤。得黄既、侯唯动、陶行知、白危、沈志远信。

11日,警报。

12日,复子民、绀弩。

13日,一个学生来。警报。得子民信。华中送来《七月》校样。得田间、袁勃信。夜,"民族形式"底论文写成,题为《论民族形式问题底提出、争点和实践意义》。

14日,罗绳五来。下午,补课。夜,写"民族形式"论文底后记。得《国际文学》编者T. Rokotov信。

15日,校完《七月》。校完《民族形式》底抄稿。收拾什物,明晨去渝。

16日,晨四时余起来过北碚,七时船开。十一时余到。过华中,到文协,见到宋之的夫妇、葛一虹、侯外庐、以群、欧阳山等。访柳湜,遇警报。防空洞时遇胡绳、子冈。柳湜

---

① 任远疑指郭任远(1898—1970),心理学家。曾任复旦大学代理校长,创办了复旦大学心理学系。
② 孙铭鏄为曹白妻。
③ 古元(1919—1996),木刻家、版画家。
④ 翁达藻,历史学家。
⑤ 陈望道(1891—1977),作家、翻译家,为国内首位翻译出版中文《共产党宣言》者。

请吃晚饭。宿于文协。

17日，上午警报。不断地客来。访崔万秋。

18日，上午警报。出席鲁迅先生纪念会筹备会。临时有被迫停开的消息，为这经过了一些交涉。结果添上了几个要人做主席团。访同乡陈君。

19日，上午，老舍、王平陵来。老舍是昨天赶来的。下午三时，在巴蜀小学广场开纪念会，冯玉祥主席。我作了简单的报告。讲演者有郭沫若、梁寒操、田汉等。夜，文协聚餐，有周恩来、沈钧儒等关于鲁迅的讲演。

20日，上午，应中华职教社之请，到实验剧院讲演，但过了预定时间（九时）四十分，还被卫戍司令部占住作纪念周，一问还得一小时以上，于是冒雨随听众到巴蜀小学与行。路上一个青年告诉我，他早上走了廿几里泥路赶来听讲的。讲毕，同张西曼到江北"国际新闻社"，参加他们二周年纪念。夜，主持鲁迅纪念晚会。

21日，看完《七月》清样。下午，出席招待美国人Miss E. Grahum 和 Peck 的小谈话会。三时开理事会。聚餐。夜，与欧阳山谈闲天谈到四时过。

22日，上午《新蜀报》请客。有老舍、郭沫若、梁寒操等。

23日，大雨不能出门。夜，出席社会部文艺奖助金保管委员会，一些混虫都分去了"奖助金"。与几个友人闲谈至四时。

24日，上午访柳湜、沈志远。下午午睡。张元松来。张西曼来。

25日，上午警报，到二时解除。到华中，得田间信。访陈纪滢、张西曼。看欧阳山《抗战三年以来的小说》原稿。

26日，看完沙汀《敌后的文艺活动》原稿。警报。访柳湜、沈志远。得雪苇信及稿。

27日，访费君①，商量搜集关于鲁迅的材料。访沈志远。夜，主持诗歌晚会。宿于华中。

28日，晨，搭船回磁，下午二时到。三时余抵家。得陶雄、周而复、李澄、冯余声、欧阳凡海、孙铭鐏等信。

29日，休息。知道陈子展说我霸占了文坛。访张定夫。到北碚，访光未然。与华中签订了八期的《七月》合同。给许广平、熊子民、黄芝岗、郑伯奇②。

30日，清理稿件。

31日，晨，补学期大考。下午到北碚文协开会，完后聚餐，闹酒闹得一塌糊涂。回来的路上，为田间底诗，骂了陈子展和马宗融。

11月

1日，清整稿件。复陶雄、S·M。

2日，清理稿件。下午过江到华中。得路翎、AS信③。回路上遇方令孺④，同到这里来坐了一会。得李雷信。

3日，清理稿件。牛述祖来。廖庶谦来。

---

① 费君，即苏联友人费德林，时为苏联大使馆文化参赞。
② 黄芝岗(1895—1971)，又名黄素，戏剧活动家，左联发起人之一。
③ "AS"，原名马希良(1920—?)，时为中学生，曾在《七月》上发表诗集《沙地吟》。
④ 方令孺(1896—1976)，女诗人，散文家。时为复旦大学教授。

4日,邹荻帆来。巴金、靳以来。复李雷。

5日,清理稿件。与向林冰长谈。复欧阳凡海、严杰人①。夜,到靳以处,与巴金、梁宗岱等闲谈。

6日,清理稿件。邹荻帆来。得白危信。

7日,清理稿件。

8日,得郭沫若电,政治部明天开文委会。与吕振羽过江,未赶上船。等船时遇巴金、靳以、邹荻帆等。靳以请吃晚饭,并看汉戏。与吕振羽宿于华中。得黎烈文信。

9日,晨,约巴金下船,十一时到渝。到华中、文协。二时,出席文委会。晚饭,郭沫若请酒。宿于文协。

10日,与吕振羽访张西曼。吕弟持平请吃饭。夜,主持戏剧晚会。

11日,与吕振羽访柳湜、沈志远。

12日,参加沈志远召集的哲学谈话会。胡绳请吃饭。拿到了《鲁迅全集》,托吕振羽带回去。《七月》五集四期出版。到华中,参加各文化团体联合晚会。

13日,编完《七月》六集1、2合刊。宋之的请吃晚饭。

14日,逛书店,买了几本书。

15日,访崔万秋。夜,文委会文艺研究室聚餐。

16日,上午,同艾青夫妇到经济部合作社买日用品,请他们吃午饭。夜,同沙汀、欧阳山、以群等聚餐,谈文学上的意见。

17日,购物。下午,参加文协理事会。夜,参加小说晚会。

18日,《七月》送审稿被扣一篇。夜,张西曼请吃晚饭。遇冯乃超。

19日,晨,搭船回碚,一时余到。得绀弩、路翎、孙钿、S·M、青苗、吕荧、彭燕郊、卢鸿基、俞鸿模信。冯玉祥来信为张自忠征文。

20日,上午,同吕振羽到张定夫家访邓初民。潘震亚邀过北碚看汉戏。得庄涌、朱凝信。

(21日未记——晓风)

22日,邓初民夫妇、张定夫夫妇、潘震亚等来玩了一整天。靳以来。

23日,陈望道、陈子展、马宗融来。清理稿件。

24日,下午,卢于道、曹日昌等应向林冰之约来聚谈②,以后每二周会谈一次,轮流报告专题研究,并共同读书。谌小岑来。得老舍、欧阳凡海信。

25日,上午,访伍蠡甫、邓初民。下午,靳以来。复萧军、丁玲、周文。

26日,过江到华中。编成《民族形式讨论集》。

27日,上午,清理稿件。下午二时乘船,五时到渝。到华中、文协。得田间信。宿于华中。

28日,上午到文协。下午,文委会谈话会。四时,政治部部长张治中茶会,会后郭沫若招待晚饭。看宋之的底《鞭》。

29日,看来稿。复吕荧。下午,出席文委会。遇由延安来的茅盾。会后聚餐。访曹靖华。

---

① 严杰人(1922—1946),诗人。
② 卢于道,生物学家;曹日昌,心理学家。

30日,晨,曹靖华、沈钧儒来,一道到银行存好鲁氏纪念捐款。到文协,到国际宣传处访崔万秋。

12月

1日,晨起即警报,十二时过解除。崔万秋夫妇来,一道吃晚饭。夜,主持戏剧晚会。

2日,访邓初民,访苏民。访沈志远,在他那里晚餐。写《民族形式问题》前记和《民族形式讨论集》解题。

3日,晨,以群来。参加文委会第二组会议。田汉请吃午饭。下午,文协理事会。王平陵请吃晚饭。到文协。夜,看梁译《哈姆雷特》。

4日,到文委会。同茅盾、田汉等午餐。到茅盾处闲谈。同茅盾、郭沫若、沈钧儒等晚餐,商讨《鲁迅全集》在内地出版事。得李雷信。

5日,上午逛旧书摊。访老舍,一道喝茶。夜,文艺杂志编辑人谈话会。

6日,晨,向林冰来。到民生公司问船。到文协。夜,出席文艺奖助金委员会。

7日,冯乃超、卢鸿基来。三时,出席文协茶会。六时,出席政治部晚餐会。晚会延到十二时过。

8日,上午买船票不成。下午,参加文化界招待苏联在华友人茶会。夜,参加小说晚会。得鄞中铁信。

9日,晨,乘车回磁。得S·M、子民、李苏菲①、尚越信。得吕荧信。

10日,编完《七月》合刊。过江到华中。得周行信。

11日,看《叙述与描写》原稿。复田间、绀弩、子民、欧阳凡海、周行,及其他投稿者。夜,写《校完小记》。上午警报。

12日,上午警报,下午到北碚。夜,看完上学期复旦试卷。

13日,草文协致苏联作家书。

14日,下午,偕M到黄桷镇散步,访张定夫不遇。得谭家崐信。

15日,过江到华中。得张原松信。翻阅材料。

16日,复尚越。靳以来。翻阅材料。

17日,过江到华中。看完傅译《吉诃德先生》。

18日,翻阅材料。

19日,给艾青、沙汀、以群信。

20日,下午,全家过北碚照相。得老舍、蓬子信。夜,校《七月》稿。

21日,复丁玲、杨永直②。看稿。得李雷信。

22日,听卢于道报告:达尔文主义批判。路翎来。过江到华中,《七月》校完。得S·M、孙铭鳟信。

23日,清理稿件。

24日,牛述祖来。下午过江到华中。得子民信。夜,收拾东西明天进城。

25日,晨,搭木船,五时到化龙桥,坐人力车到上清寺。住在一虹处。

26日,晨,到"国泰"看《鞭》底彩排后,剧团请客,发言。夜,到制片厂听育才学校音

---

① 李苏菲(1912—1971)社会活动家,作家。
② 杨永直(1917—?),即方璞德。见前注。

乐组演奏。得萧军、吕荧、高咏信。

27日,上午,在宋之的处吃饭,又谈《鞭》。下午,出席文协理事会。晚,杂志编辑人谈天。

28日,下午出街,遇田汉,约去看了《前程万里》试片。为《蜀道》写《也算是希望》。

29日,上午访老舍,在《新蜀报》馆午饭。得吕荧信。

30日,下午到文委会,遇池田。陪她出来喝茶,吃饭。吃饭时遇何非光①,约去看了《东亚之光》试片。

31日,上午,邹荻帆、曾卓来。下午到文委会。到司法院访李立侠②,托他代运米。到华中,得李白英信,即复。晚,《新蜀报》请过年,到五十多,大闹酒。得M信。看吕荧《人的花朵》稿。

一九四一年

1月

1日,访沈志远。复吕荧。又得M信。

2日,访阳翰笙、郭沫若。同艾青夫妇看画展。

3日,上午张元松来。陆逸来③。清理稿件,退稿。给M信。

4日,上午看文委会主办地方剧表演。清理稿件。

5日,清理稿件。下午出街,遇巴金、靳以,一道喝茶,巴金请吃饭。夜,一个青年读者来访,谈囤积现状。

6日,上午,访沈志远、沈钧儒、茅盾。下午到文委会、中苏文化协会。晚,参加文化界国民月会。《七月》六集1、2合刊出版了。给牛述祖信。

7日,上午出席文委会,全体委员公宴张治中部长。夜,《文艺阵地》请客。

8日,晨,吕振羽来。郑君来。下午,出席《文学月报》座谈会。得庄涌信。

9日,到华中。张治中部长请客。

10日,草文协年会研究部工作报告。编好《七月》。清理稿件。宿于吕持平处。

11日,晨,与吕振羽搭车回碚。人力车翻倒,左胁左股被跌痛,甚剧。十一时车到碚。得萧军、木枫、李雷、台静农等信。

12日,左胁左股仍痛。靳以来。路翎来。复S·M、孙钿。得俞鸿模信。得木枫信。

13日,下午北碚看病。夜,写《一个要点底备忘录》。给蓬子信。吕振羽告我:郑伯奇造我底谣言。

14日,给艾青、姚蓬子信。洗澡。警报。

15日,今天为女孩底两岁生日。下午,同M过江为她买了一个蛋糕。得吕荧信。夜,写《国文老师与青年》。

16日,给吕荧信。翻翻杂志。

17日,夜,写《棘源村断想》。

---

① 何非光(1913—1997),导演。《东亚之光》即1940年由他导演的影片。
② 李立侠为胡风在日本留学时的同学。
③ 陆逸疑为"陆诒"之误。"陆诒"见前注。

18日,下午,潘菽、卢于道等来①,讨论自然科学问题,潘菽报告心理学问题。得孙钿、路翎、何剑薰信。

19日,张定夫来,邹荻帆来。访梁宗岱,听"田园交响乐"片子。访由重庆回来的范叔衡②,谈时事。夜,为《文艺垦地》壁报写《论科学的精神与艺术的情热》。得诗二首:

寒夜怀东平、柏山

一

  劫灰三载忆江南,地冻天荒又岁寒;
  幸有灾黎成劲卒,恨无明镜照西天;
  同仇喋血倭奴笑,一榻鼾眠愧偏闲——
  回首京华寻旧梦,石头城内血斑斑。

二

  书生毛戟非无用,为杀倭奴拾铁枪;
  赢得风霜磨壮骨,忍将愤懑对穹苍;
  温情不写江南梦,宿恨难忘塞上殇;
  "耿耿此心"犹折笔。来今往古一沙场。

20日,邹荻帆来。下午,同M及吕振羽等到复旦看所谓艺术品展览会,遇谭家崐。

21日,M之表弟来。夜,写《棘源村断想》之二。

22日,警报。邹荻帆来。定夫请客,有江一平、张志让等③。得胡考信。

23日,晨起过江,在唐老板家吃午饭。得吕荧信,冀汸信。夜,校阅陈烟桥木刻论文。《民族形式讨论集》被审查员退回,重改。

24日,翻阅材料。

25日,过江,见到老舍。得尹庚信。出席回教文化研究会。

26日,今天是旧历除夕。晚,与M、晓谷到邻居段太太家聚餐,闹到十一时始睡。

27日,上午,同M、晓谷到廖庶谦家午饭。又同廖家、吕家回到这里吃晚饭。给大哥信。得牛述祖信。

28日,过江同老舍来此。夜,同老舍等打麻将。

29日,上午,同老舍到马宗融[家]、伍蠡甫家。约伍、马、梁宗岱、向林冰、章靳以、吕振羽等来此午餐。夜,老舍到梁宗岱家晚饭。得蓬子信。

30日,上午,同老舍到梁宗岱家午餐。夜,同老舍到吕振羽家晚餐。同老舍等打麻将。

31日,晨,搭木船,四时到牛角沱上岸。在船上看萧底《日内瓦》及捷克某作家底《接吻》。步老舍《北碚辞岁》原韵,得三首:

---

① 潘菽(1897—1988),我国现代心理学奠基人之一,教育家。时任中央大学心理系教授兼主任。
② 范叔衡,与胡风是湖北同乡,张定夫等的朋友。
③ 江一平(1898—1971),法学家,律师;张志让(1893—1978),法学家,教育家,时任复旦大学法律系主任。

一

碧云天外有烽烟，劫里山河又一年。
莫向棘源村外立，长空无极夜无边。

二

几声爆竹一炉烟，无米村翁也过年。
念念有词三叩首，只缘有子戍疆边。

三

错将残雾当祥烟，蜀岭偏安到四年。
剩有头颅夸大好，灾黎遍地恨无边。

上岸后访沈志远，晚饭。宿于文协。与文协内友人玩"二十一点"，到四时。

2月

1日,下午到华中,得吕荧、郁天信。二时出席文委会全体会议。与蓬子、马宗融一道晚饭。宿于华中。

2日,上午照相,去沙坪坝访吴朗西。下午访郭沫若。给孙钿信。补完《七月》稿。夜,与店员陈君看《金钥匙》影片。

3日,上午,欧阳山来,一道喝茶,吃饭。访姚蓬子。夜,访胡恭①。得雪苇、师田手信。

4日,到文协。清理稿件。复胡考。夜,访张西曼。

5日,晨,搭车回碚,遇张志让一道。在华中午饭。得S·M、李白英、路翎信。在吕振羽处夜饭。

6日,得孙钿、陈守梅信。过北碚。给子民信。

7日,过北碚。得野夫信。知道洪深全家自杀（未遂）消息。谭家崐来。给洪深信慰问。

8日,编好孙钿底诗集《旗》寄出。

9日,路翎来。李公朴、廖庶谦来。开始写《民族抗日战争与中国新文艺传统》。

10日,张定夫、张志让、李公朴、吕振羽等来午餐。编好曹白底散文集《呼吸》付邮。给蓬子信。

11日,上午过北碚。得孙钿信。得大哥信,即回。清理稿件。

12日,清理稿件。靳以来。

13日,头痛,很不快。俊明来。下午过江,得S·M、杨枝信。夜,与来访之胡继纯闲谈。与M商量改变生活状况。

14日,清理稿件。下午,伴M、晓谷到东阳镇散步。复S·M、吕荧。给老舍。

15日,清理稿件。M胃病。靳以来。

16日,上午,路翎来。为向林冰等谈抗战前后的文艺状况。张定夫来。闻谭家崐出走。

17日,清理稿件。下午,同M过北碚发信,购物。得绀弩、一虹、烟桥信。

---

① "胡恭"即周恩来。

18日,清理稿件。得蓬子信。

19日,正午警报。

20日,得望隆、路翎信。

21日,眼痛。

22日,眼痛仍剧。

23日,访梁宗岱。在吕振羽家晚饭。

24日,得老舍、S·M信。写成《抗日民族革命战争与中国新文艺传统》。写《自传》。

25日,访伍蠡甫、梁宗岱、靳以。在靳以处午饭。收拾稿件,预备明晨进城。

26日,晨,坐木船,四时到渝。S·M由西安来。得子民、吕荧、洪深信。

27日,看稿。到文委会。

28日,下午,文协开会。夜,在郭沫若家喝酒。得田间信。

3月

1日,看稿。得杨永直、章纹信。到文委会开会,聚餐。为文协写字。M转来曹白信及稿。编完《七月》。

2日,看日本问题材料。到文协。看鸿基信。到文委会开座谈会,不成,一道聚餐。餐后坐咖啡馆。蓬子来闲谈。

3日,到文委会。到文协。夜,研究日本材料。

4日,夜,唐老板请客。饭后,同老舍一道听大鼓。

5日,游南山。郑伯奇请吃面。夜,黄芝冈来谈。

6日,领得稿费。《论民族形式问题》出版。到陕西街问船。得M信。复子民。靖华来。

7日,晨,搭车回碚。俊明夫妇来。

8日,得俞老板信。夜,请吕振羽夫妇吃饭。廖庶谦来。编稿。

9日,下午过北碚买药。警报。方令孺来。编稿。

10日,狂风终日。编成杂文集《棘地草》,寄黎烈文。

11日,清理稿件。

12日,清理稿件。过北碚。得周颖信,即复。

13日,得冼群信,即复。廖庶谦、张定夫来。

14日,警报。靳以来。下午过北碚。夜,被老鼠咬破手指。

15日,大风雨。下午过北碚。编成译文集《人与文学》。编成战争以来的论文集《民族战争与文艺性格》。

16日,清理稿件。路翎来。

17日,晨,过江搭木船,下午五时到渝。在船上看《文学与趣味》。访崔君。夜,宿于胡恭处。

18日,上午警报。访老舍。访吕振羽,宿于他处。

19日,上午,访费君。到银行取钱。访葛一虹。夜,杨敏来。宿于华中。

20日,晨,过头塘,坐滑竿到悦来场,再换木船,五时到黄桷树上岸。得卢鸿基信。

21日,上午,为廖庶谦夫妇饯行。

22日,同M步行过温泉到绍隆寺看周颖,她谈了一些危险的经历。午饭后下山,在李公朴家小坐。他赠《华北敌后——晋察冀》一本。约六时,步行到家。

23日,看完《华北敌后》。与向林冰过江看汉剧。补编《七月》稿。得吕荧、路翎、S·M、老舍、冼群信。

24日,阴雨。不快,喝了一点酒,睡了午觉。得文协通知,被选为第三届理事。

25日,上午,冼群夫妇来。范淑恒夫妇来①。

26日,晨,搭木船,四时到渝。船上看完高尔基《我的幼年》。到文委会。在张西曼处遇陶行知,一道晚餐。宿于张处。

27日,上午,访老舍。下午出席文协茶会。与老舍等聚餐,小鹿谈秦德君事。校《七月》。访胡恭。

28日,校《七月》。看孩子剧团之《乐园进行曲》。

29日,校完《七月》。到新运服务所听中华歌剧实验社之《秋子》插曲及其他音乐合奏。

30日,到文协,编完《七月》(第六集第四期)。下午,开第三届第一次理事会,依然被推任研究部。聚餐,大闹酒。又一道到郭沫若家喝茶。给绀弩信。

31日,到中苏文协看木刻展览会。夜,访胡恭。

4月

1日,访崔君。下午,文委会开会,聚餐,闹酒。

2日,晨,朝天门过江,骑马到阅来场,换木船,五时到家。得青苗、吕荧、孙钿信。

3日,上午过江,同M。到区署打听日本俘虏事。

4日,复卢鸿基,给郑伯奇。修改彭燕郊底长诗《春天——大地的诱惑》。得S·M信。复青苗。

5日,彭底长诗修改好。复S·M,何剑薰。

6日,上午,路翎来。卢于道来,谈他底神经学研究方法论。偕M、晓谷到东阳镇散步。卢逸偕张若嘉女士来。

7日,看Manifast。

8日,清理稿件。贾君来。

9日,编七集一期稿。同M过江。蓬子来,在北碚小吃。

10日,和华来。给华中刘君信。清理田间诗稿。

11日,清理田间诗稿。得S·M信。

12日,下午,同向林冰过江,小吃。得吕荧信。

13日,邹荻帆来,路翎来。萧伯青等来,作竹戏。

14日,邹荻帆来。下午,同M过江。得卢鸿基信。报载苏倭签订了中立友好协定。

15日,清理稿件。M发女人式的神经病。

16日,梅芬负气回去。

17日,晨,搭木船,五时到渝。看完黎译巴尔札克底《乡下医生》。访郭沫若。宿于华中。

18日,上午到文委会,与阳翰笙闲谈。访老舍、蓬子。午餐酒醉。六时,与蓬子一道

---

① "范淑恒"疑为"范叔衡"之误。见前注。

出席文艺奖助金保管委员会。夜,访胡恭。

19日,给 M 信。上午到文协,与葛一虹闲谈。到罗荪处。到《新蜀报》,与周钦若、蓬子等闲谈①。看影片《胜利进行曲》。

20日,看完中译 A·莫洛亚作《法国的悲剧》。下午,到文协。

21日,访费君,到中苏文协,与侯外庐、张西曼闲谈。

22日,看完中译《希特拉的私生活》。到文协。夜,访胡恭。

23日,晨,搭汽船。船上遇李公朴,驻合川88师师长杨彬、卢子英等,闲谈。一时到碚。得路翎、何剑薰、尚越、青苗、绀弩、邹绿芷等信②。

24日,上午,过北碚,给居俊明电报。看稿。

25日,上午,俊明来。清理稿件。复鲁藜、吕荧、田间、何剑薰、原松。

26日,周颖来,宿于此。清理什物。

27日,送周颖到蚕桑局。路翎来。俊明夫妇来。清理什物。

右自一九三七年八一三起,至一九四一年本日止,个人经历与民族命运息息相关,暂止于此,乃一段落也。

一九四一年四月廿七日下午三时,志于四川北碚三峡实验区属之石子山,棘源村之落荒土屋。

---

① 周钦若,时为《新蜀报》总经理。
② 邹绿芷(1914—1986),翻译家,诗人。时在育才学校任教。

鄂复明

悼念江流先生

追思一位素未晤面的长者，实在是件难事，然而数十年来，这些史料沉甸甸地压在心头，让人难以释怀。

1979年夏末，徐晓"盗用"北师大名义印制的5000张《今天》封面，历经第2、3、4、5期（双月刊每期1000册）即将告罄，来自安徽合肥的一批（5个货件）《今天》封面运抵广安门货站，这对《今天》是件大事，即便没有那张货票，我也能记起刘念春等二人（不记得我自己是否去了），雇用那种现今早已销声匿迹的东风581客运三轮摩托运回76号（编辑部）。

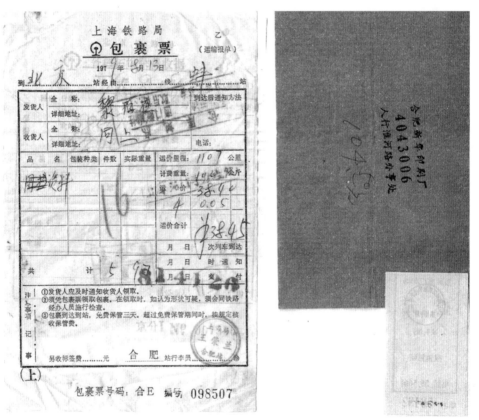

《今天》成员各司其责，我无心也无暇去打听它的来龙去脉，时隔多日，才听说是与赵一凡相识的《安徽文学》主编江流先生帮助我们增印了这批封面，来自全国各地的近千位

读者有幸自始至终的看到他们所喜爱的蓝色封面。这8000张封面满足了《今天》直至停刊的四期刊物,以及其间重印创刊号(1500册)和《今天》丛书之一芒克诗集《心事》(其他丛书则使用单独设计的封面)的全部用量,《今天》十周年时,我们又用它包装了数百本《今天》纪念册。还剩下1000多张,在我的书柜顶端搁置二十余载至今。

1988年赵一凡先生病逝,我才从他的遗物中拣出江流先生的来信。这封信中没有提及《今天》封面,但详述了在1980年1月号《安徽文学》杂志刊载《今天》作品及稿酬事宜,"届时赠送300本……即作为本刊的捐献……这是我们对民刊所能尽到的一点微力"。这是全国唯一一家以专栏形式刊载民刊作品的官方杂志,在"原上草"专栏上刊载的还有民刊《沃土》和北师大学生自办刊物《初航》的作品。

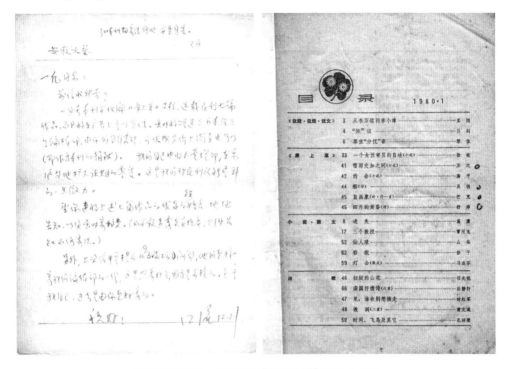

江流先生致赵一凡信笺及《安徽文学》1980.1目录

"文革"刚刚过去,惊魂甫定,江流先生复职后执掌省级文学刊物不足一年,如此举措堪称独步。而那一时期在老作家群体中,即便是以个人名义对《今天》表示支持的,除去在《今天》上发表作品的蔡其矫和黄永玉先生,尽我所知也只有严文井夫妇等寥寥数位。

当年如果没有江流先生的慨然相助,即便是在全国,再也找不到第二家肯为《今天》增印封面的部门。江流先生于《今天》有大恩大德,其后很多年里,我们只能把这份感激深藏在心,生怕给公职在身的江流先生招致麻烦。我在编纂《今天》大事记时,也始终未曾将此"大事"纳入其内,直至2015年应山东师大文学院吕周聚教授要求,再次修订时才加入:"1979年8月13日《安徽文学》主编江流先生为《今天》增印封面8000张,自合肥托运抵京。"

有关江流先生为《今天》增印封面,很多年来在《今天》同人的意识里都以为是"捐赠",我总隐约感觉到这种揣测毫无依据,在那个年月。江流先生为民刊张目,已是冒了很大的政治风险,历经无数次政治运动的江流先生于此肯定是慎之又慎。欲加之罪,何患无辞,更何况经济问题的网罗乃是政治构陷最常用的手段。我认为很有必要厘清这批封面的费用问题。

两年前,赵一凡先生和我先后保存了三十余年的《今天》资料分两批移交给香港城市大学邵逸夫图书馆《今天》特藏,还剩下几包用劣等纸张印制的票据单据,以及老《今天》的流水账目,我认为不适合送交馆藏,这些物件按照企事业单位的正规途径都是要过若干年限后集中销毁的。可我一直舍不得扔掉,我手里只剩下这些东西了,我隐隐感觉其中还潜藏着什么。

河南大学李建立老师近些年来潜心研究《今天》,对某些史实竟能作到如数家珍的程度。时常通过网络向我探寻一些掌故的细节,好几次都是从检索那些票据得以认证的,他叮嘱我一定要扫描保存。并已据此写过一篇有关《星星美展》展期细节的文章,其推测依据正是我当年随手记录星展费用项目的几页纸片(详见《今天》杂志第110期)。我渐渐领悟,它们是《今天》资料坐标的t(时间)轴,《今天》记忆的零散珠粒,要靠它们才能连缀起来。

我那本拙劣不堪的流水账目,甚至连日期都未加详注。但我很容易地查找到了1979年8月至9月间由一凡经手的两笔标明"封面印费"的支出账目,共计143元(第一笔支取93元,因资金一时紧张,由一凡垫付了缺口部分,即后注"另借50元",至9月以"还借款"(印封面)返还一凡),恰与货签上标注的104.50元和包裹票上的运费38.45元(见前图片)两项共计142.95元吻合。

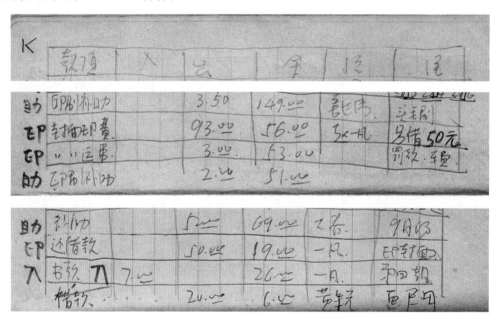

1979年8—9月由赵一凡经手的两笔封面印制费用

幸而有一凡遗留下如此翔实的《今天》史料,我才得以厘清这笔无头账目。

我感到异常轻松。事隔数十年,两位长者墓木已拱,无从自证清白,现在可以经得起后人的追问了。细心的读者如果关注到前后两批封面的价格差异,那时并未实行"双轨制",这是政府对官方刊物的"政策性补贴"所致,如同《今天》曾"享受"过"印刷品"的邮寄价格,不过是侥幸又搭上一次顺风车,所以《今天》所付的续印款绝不是象征性的,江流先生也未曾"假公济私"。由于逐步形成读者以预付订阅款的方式保障了《今天》的运作，《今天》缺少的不是金钱，而是结社与出版的公民权益。

随着对江流先生日渐深切的思念，某日翻阅信件，突然想到去网络上搜寻先生的点滴信息，孰料却见到女作家竹林的悼念文字。读来心惊，原来江流先生竟已于2001年在极度的悲凉与孤独中辞世。在他引导下走上文学创作道路，并对其呵护有加的竹林女士撰长文悼念江流先生，她在文末写道：

"……有人对我说江流不是很有名，写了也难发表。我说不，写这篇文章，并不是为了发表，而是为了寄托我心中对江流永远的思念和崇敬。

而首发此文的广东《作品》编辑对此则深有感触，在编者按语中引发如下喟叹：

在文界，江流并不闻名，但正是这一群清标自守的编辑守望着文坛，才构筑了中国文坛的清新风景，维系着文坛的清洁精神。面对当今日渐浮躁和低俗的文坛，读读此文，或许能感受到一缕清风，一抹清凉。

无从得知这段文字的写作者，但这掷地有声的寥寥数语，使我真切地感知：那一默默无闻，终生为他人作嫁衣裳的编辑群体中，尚有刚直不阿者在无望地坚守。反观十数年后目下之文坛，岂止仅仅是"浮躁和低俗"，又何处去感受"一缕清风，一抹清凉"？

竹林女士当年也曾造访《今天》，留有便笺（订阅单607号）。

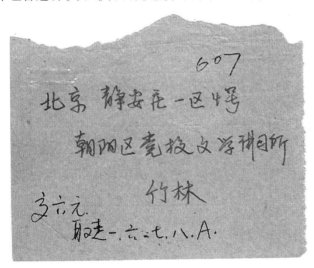

幸得有互联网，我也只能在网络上继续搜寻有关先生的些许信息，用以弥补我这素昧平生者愈发显得苍白的追思文字。

为数不多的纪念文章除了前述女作家竹林的《怀念江流》（先后刊载在《作品》2002年第6期和《安徽文学》2007年第12期），还有传记文学作家石楠女士写在自己"新浪博客"上的《一盏不灭的灯》，"……终生感铭他无畏地直面丑恶给予我以扶持和呵护"，她在文末写道："江流先生惠人不让人知，扶携新人是默默的，他的呵护也是无声的。"

两位女士从不同角度记述了文坛的灰暗，以及直面于此江流先生的大义凛然。

中国作家网存有江流先生（1923—2001）证件照片及如下简历：

江苏射阳人。中共党员。1940年参军。历任八路军5纵队阜宁大队团部文书,中共射阳县委宣传部通讯员,《华中日报》《皖北日报》及《安徽日报》编辑、记者,安徽省文联编审。1936年开始发表作品。1963年加入中国作家协会。著有诗歌集《淮水谣》《大别山区红色歌谣选集》,小说集《雪夜》《熟视无睹》《龙池》《外部问题》,散文集《邂逅集》等。

江流先生的小说代表作是写于1962年的中篇《还魂草》,发表后受到批判,1983年收入江流小说选《龙池》。

令人欣慰的是,不久之后我在江流先生的女儿(应该是竹林在文中反复提到过的江禾女士吧)博客上看到已整理出先生近二十年的日记抄录,我当时做过全部下载,后因电脑故障文件丢失,只剩下我另存的1979年7—12月与《今天》有关的日记摘录,我再重返网站寻找,却发现属于微软公司的Livespaces月光博客已永久关闭,也未能找到相应的链接,这对研究江流先生的生平是一极大缺憾。

江流先生1979年7—12月日记摘录:

7月1日　星期日
下午在办公室时曾给王祖玲、孙小兰、赵一凡、雷兵、戈风等人复信。

7月6日　星期五
上午上班。曾接一电话,其时正忙甚。
下午至剧协谈判《法官与逃犯》等剧本问题,并读了澳大利亚戈尔斯切夫斯基一短篇《好儿子》。

7月7日　星期六
上午在稻香楼听万里及赵守一在闭幕会上的讲话。
午后上班时,遇谢世清等。后送上海《炮兵司令》作者的两个新剧本给剧协。又把新出的《沃土》(内有《法》剧)给他们看。

7月8日　星期日
晨起洗完一盆衣服后,即重校七月号大样,直忙至开饭时,又把午饭推迟四十分钟,才校完。其间,老乔并曾来借民办刊物,要从中"吸取营养"云云。飨以《今天》。
午后读杭州《四五》第六期,并看两版报纸上所载之刑法文本。

7月14日　星期六
上午上班。致函赵一凡。后与赵鹰同回取茶叶。
下午开小组会讨论公刘入党问题。
晚看有关张志新的电视报道片等。后在阳台睡至半夜。

7月24日　星期二

上午上班,在下班前40分钟去赖处谈有关情况。

下午与有关人在胡开明处商谈有关纸张及出版等问题。小会议室内有空气调节器。奋战两小时,结果是使发行量只能维持现状,不得再扩大。

7月27日　星期五

下午校大样。

晚在灯下挥汗阅《初航》三期,看了一篇小说《人的故事》及曹晓乔的诗文各一篇。

7月31日　星期二

上午与邹正贤赴秦聿震处谈事,并晤《初航》之曹晓乔。

9月14日　星期五

上午在文化局二级机构负责人会议上作一小时半发言,谈解放思想问题。因时间所限,草草了事,而听者亦动容。

9月21日　星期五

整个上午在会上发言,其实因时间关系尚未把话讲完。此为生平讲话最长直一次。题为谈解放思想问题。这是经过一段时间准备与不断充实的。

9月25日　星期二

上午参加党组扩大会。直言犯忌。

晚奋战至夜三时,完成《漫话解放思想》初稿。

10月21日　星期日

晨起买菜,中午饮酒啖蟹。

竟日改写《漫话解放思想》,至午夜后完成,精神仍亢奋。三时就寝。

10月25日　星期四

上午开编前会。清晨与苏中、公刘找戴谈纸问题。

晚在江淮旅社召开第四次文代会代表团及临时支部成立大会。本拟不去,老那来说服,只得去了。会上提出用纸问题未解决"有思想负担"。会由戴主持。

第四次文代会日记①

10月29日　星期一

白天因无活动,所以上午搭便车至崇文门,后乘地铁至火车站,转赴方老处,等

---

① 《第四次文代会日记》部分略有删节。——编者

约二小时始龙钟归来,□以茅台及对虾等。午饭后曾同往吕剑家,未遇。后赴赵一凡处,畅谈一小时余,其间有"初航"之徐晓在座。四时辞出,由徐晓导至车站。五时回到招待所,提前吃饭后于六时乘车赴人大会堂,等至七时半始开会,有周扬、胡耀邦讲话。抱歉的是,睡意甚浓。胡宣布文联党组提出的五条原则,引起舆论哗然。

10月30日　星期二
午饭前被载至人民大会堂开所谓预备会,宣读一下主席团名单让大家(一部分)鼓掌。还是典型的XX。(事先并未征求意见),却让大家(三千余人)来回耗费了约三小时！

10月31日　星期三
全天在住所讨论。晚有"王昭君"票,放弃。独自乘车赴西单民主墙看了一个多小时。

11月3日　星期六
上午讨论,就反官僚主义问题作简短发言。
下午为茅盾、傅□、阳翰笙大会发言,未去,据传皆系由人代读,而讲稿亦已印出。

11月5日　星期日
上午作协仍是大会发言。据传昨天白桦及今天柯岩的发言都甚精彩,甚至使人落泪,但我未曾去。
上午二度去西单民主墙前看大字报,看了迫害傅月华的经过,令人觉得是今日之"窦娥冤"。

11月10日　星期六
上午三访民主墙并去书店及唱片公司。

11月11日　星期日
上午作协闭幕会,未去。上街找甘泉口、唐,花了近二小时。后去赵一凡处,见其父赵平生(黄则民)。取回一些书刊。

11月18日　星期日
晨起后全旅馆呈一片离乱之势,气温亦升高,不住出汗。捆好书籍等后,于午饭后即叫出租汽车匆匆搬家,住进东方饭店211。然后又同苏中、刘祖慈同赴赵一凡处,与《今天》《初航》《沃土》等十余青年座谈,我们简介了文代会情况,他们谈了关于"新人"等文艺见解。觉得颇有收益。

11月23日　星期五
上午在住处洗澡及洗衣等。中午诗刊社六同志(康志强、郑晓钢、李小雨、雷霆、刘湛秋、韩作荣）及吕剑联合举行民办聚餐（晋阳饭店），餐后并来东方饭店谈一会话，赠以民办刊物数册，后在战斗友情中分手。我方参加者有苏、公、小刘、鲁等。

后去赵一凡住处小谈，到市场买了点东西。

11月24日　星期六
清晨许□□即来，谈话之间甚令人反感，几乎是逐之去。
后与苏、鲁、刘上街，中午在东来顺吃涮羊肉。下午在张X处小憩后，去北海公园看星星美展，甚佳。
薄暮寒风中第四次去看民主墙。

11月29日　星期四
早起后去江淮看费礼文一下，后上班。
晚倦甚，早睡。

12月18日　星期二
今日正式向党组织打报告请一年创作假，获准。
上午在办公室锤炼事情，作信五封。
下午在家读王祖铃的《生活的路》，甚为赞赏。

12月19日　星期三
下午"考试"——实即抄书。真是庸人自扰之举。其余时间看《生活的路》。

12月20日　星期四
上午去上班，下午开第一次编委会，其余全部时间看《生活的路》。

12月21日　星期五
上午上班，下午休息，看《生活的路》完。

12月22日　星期六
上午上班，下午在家开始写《王祖铃及她的"生活的路"》。晚看电视。

日记整理中有一项不可忽略的误读：

从前述江流先生致赵一凡的信笺中可以看到，因"凡"的异体字中那一点写在"几"的左上角，而被误识为"红"（草书），以致在日记中的全部"赵一凡"均被误读为"赵一红"（以上抄录均已改过）。

附注：

1.《法官与逃犯》是《星星美展》成员现旅法雕塑家王克平创作的剧本，曾投稿《今天》未采用，民刊《沃土》及《安徽戏剧》先后刊载，曾在安徽公演并获奖，旋即又在"清污"运动中遭批判。原稿打印本现存香港城市大学图书馆。

2.《初航》为北师大中文系学生自办刊物，作者：徐晓、曹晓乔等。

3. 王祖玲即女作家竹林。

从日记中可以感受到，江流先生对民刊的赞助绝非一时冲动，他是基于自己深刻的思考与感触，先生的仗义执言一以贯之。日记中提到为增加刊物发行量，多次与有关部门争取纸张配给未果。在此状态下，却仍为《今天》增印封面。

江流先生与赵一凡有深交，但从先生的简历得知，他经历并参与过战争年代，他数次造访一凡家，并称呼一凡的父亲赵平生老先生在那一时代使用的化名黄则民。先生年长一凡12岁，应该算是一凡的父执辈。

希望读者能够谅解，我仅以《今天》史料的整理者，来追忆一位素昧平生的可尊敬的长者，是何等困惑。时代的浪潮无情地涤荡着历史痕迹，我也只能将蒐集到的几多沉船碎片，堆积在记忆的沙滩上，燃起一瓣心香，悼念江流先生在天之灵。

2016年5月21日

访谈

易　彬

"文学翻译需要靠兴趣才能继续坚持下去"
——荷兰青年汉学家郭玫媞女士访谈

时间：2017年4月
地点：荷兰莱顿大学汉学系
受访者简介：郭玫媞（Mathilda Banfield），女，荷兰人，2006年进入荷兰莱顿大学汉学系，期间曾到台南成功大学学习汉语，2012年获得硕士学位。目前主要从事中国文学的荷译工作，翻译过苏童、韩寒、毕飞宇、刘震云、陈浩基等人的作品；同时，也从事荷兰语/中文认证口译工作。2015年8月，曾到中国参加"中外文学翻译研修班"。
访问者简介：易彬，男，湖南长沙人，文学博士，现为长沙理工大学中文系教授，曾任荷兰莱顿大学访问学者（2016—2017年间），主要从事新诗、中国现代文学文献学、中外文学（化）交流等方面的研究，有《穆旦评传》《我不能不探索：彭燕郊晚年谈话录》《记忆之书》等著述。

学习中文的经历

易：首先请谈谈，为什么会选择中文？
郭：我是2006年进入莱顿大学汉学系学习的。我觉得自己在语言方面比较擅长，当时就想学习一种比较难的、会的人比较少的语言。有人就建议我学习中文。很多人学习语言，实际上是要去学习经济、历史、文化。当时我对中国只能说是有一点点常识，对于中国文化、中国文学基本上完全不了解。我们的中学历史课本有一章是中国历史，会讲到秦始皇、1911年、国民党、新中国，最后考试，中国历史只有一个题目，所以，能够学到的关于中国的东西非常有限。我那时18岁，对中国充满好奇，但一个中文字都不会说，完全是从零开始，就是想要去学习一种新的语言。到现在，十一年过去了，感觉自己已经变了一个人了。

易：2006年的时候，你们一个年级学汉语的大概多少人？
郭：当时学习中文是热潮，一年级的时候有120多个人，但淘汰率也比较高，二年级大概剩下80个人。他们的心态可能是觉得学习中文太难了。最后有兴趣把全部学士课程学完的大概剩下60个人。2008年到2009年间，作为交换生，我去了台南成功大学。那时的汉语刚好够好到被笑话的水平，一方面，会的汉字还是不够多，认识的汉字大概还不到三千个；另一方面，我们学习的是繁体字，但讲话实际上很像北京的中文。比如说，我现在会说"马铃薯"，但当时只会说"土豆"，台湾人觉得"土豆"是"花生"。不过现在，我看繁体字和简体字，差不多一样的速度。

易：你的中文名字"郭玫媞"是怎么来的呢？

郭：还是跟英文名字有关，我的英文名字叫 Mathilda，中文名字首先想到的就是"meiting"，但我觉得这样直接音译的名字很像外国人，就请人帮我取名，结果就有了"玫媞"。因为"媞"字在电脑上很难用拼音打出来，所以有时候自我介绍的时候会成为一个话题。

易：在莱顿大学汉学学习时候的课程，可以简单介绍下吗？

郭：一开始重点是放在语言上，也有哲学、历史、政治等方面的课程。哲学课是从很基本的方面讲起，比如佛教、道家、儒教的介绍。历史课程要学习一年，古代历史和现代历史各上一个学期。政治课也上了一个学期，学习中国的政治制度，是一位香港的老师教的。总之，历史文化方面的课程，每个领域都要涉及。

易：你的硕士论文是研究什么？

郭：主要是关于台湾的文学，我选了两个作品，研究它们如何处理回忆或者记忆方面的问题，我那时候对文学中的回忆特别感兴趣。很多时候，文学都在回忆某个事情、某个地方，很多作者会去探索，会觉得这是用另一种方式在回忆，或者通过写作来改变对某个事情的回忆，甚至是在骗读者说，我先这样写，但后来你发现事情不是这个样子，都是在运用回忆的手法。两个作品，其中一个作者我一直很喜欢，直到现在还想重读，就是吴明益。他有部小说集叫《天桥上的魔术师》。台北有一个中华商场，吴明益小说的很多场景都是发生在这里，也不仅仅是吴明益，很多台湾作家的作品之中都会出现中华商场。一个建筑物，有很多门店，很乱。这个商场现在已经被拆了。另一个作品是张经宏的《摩铁路之城》。硕士论文就是用比较的方法，对这两个作品做了研究。

主要的翻译情况

易：从资料来看，你的翻译是从苏童开始的吧？

郭：硕士阶段有翻译方面的课程，哥舒玺思老师①教的，每个星期大概需要翻译两页小说。当时正好莱顿大学孔子学院要翻译苏童的小说，想培养新的文学译者，哥舒老师可能觉得我的翻译做得还不错，就介绍我去参加苏童小说的翻译，所以苏童是我正式翻译的第一位中国作家，翻译的是短篇小说《白沙》。之后，翻译的是毕飞宇的《元旦之夜》。② 再之后就是韩寒的《青春》和刘震云的《我不是潘金莲》，目前在翻译香港作家陈浩基的《1367》。这几本书都是和施露③合译的。

---

① 哥舒玺思（Anne Sytske Keijser），女，荷兰人，曾在美国华盛顿大学、厦门大学学习中文，1986 年在莱顿大学汉学系获得硕士学位后留校至今，主要从事现代汉语、中国文学和电影等方面的教学，以及中国文学的荷译工作，翻译过聂华苓、白先勇、张贤亮、高行健、叶兆言、陈村、残雪、苏童、格非、毕飞宇等人以及中国古典文学方面的作品，目前正在与林恪（Mark Leenhouts）、马苏菲（Silvia Marijnissen）合译《红楼梦》（预计近期能完成翻译）。更多情况参见易彬："中国文坛很活跃，有很多不同的声音"——荷兰莱顿大学汉学系哥舒玺思女士访谈，《现代中国文化与文学》第 22 辑，成都：巴蜀书社，2017 年。

② 莱顿大学孔子学院和汉学系合作，推出了中国作家的翻译项目，目前已由德赫斯（De Geus）出版社出版三种小说集，即苏童的《红桃 Q》（2013）、毕飞宇的《蛐蛐蛐蛐》（2015）、徐则臣的《跑步穿过中关村》（2016）。根据最新消息，第四种小说集目前也在翻译之中，为余华的作品。

③ 施露（Annelous Stiggelbout），女，荷兰人，曾在北京语言大学、台湾师范大学学习中文，2006 年在莱顿大学汉学系获得硕士学位。曾任职于荷兰驻中国大使馆，现居荷兰莱顿，为自由职业者，主要从事中文翻译与口译工作，翻译过棉棉、尹丽川、西西、陈村、伊沙、颜峻、孙文波、阿城、朱文、盛可以、韩寒、徐则臣、岳韬、毕飞宇、刘震云、三毛、陈浩基等人的作品。2015 年，曾到北京参加青年汉学家研修计划。更多情况参见易彬："让荷兰的读者知道中国文学是多么有意思"——荷兰青年汉学家施露女士访谈，《名作欣赏》，2017 年第 9 期。

易：你平时主要是通过什么途径来接触中国文学作品？

郭：台湾的文学作品比较容易处理，可以上"博客来"购买，然后台湾的朋友会寄过来，每几个月给我们寄一箱过来。大陆的文学作品的话，会趁着到中国的机会，去书店买。一次买很多书，直到把行李箱全部塞满。衣服就塞进背包里。相对来说，台湾的作品更容易得到。

易：目前台湾文学在荷兰被翻译的情况如何？

郭：总体来说还不多。之前也有过一些翻译，比如哥舒玺思老师很早就翻译过聂华苓的长篇小说《桑青与桃红》，但最近几年，只有林恪老师[①]翻译的白先勇的《孽子》，和施露已经翻译完、但还没有出版的三毛作品。我也会向出版社推荐作品，我很希望吴明益的小说可以介绍到荷兰来。他的长篇小说《复眼人》，环境保护主题，但目前还没有荷兰出版社决定出版。反正我会找机会多多推荐，出版社也会希望从不同的渠道听到对中国文学作品的评价。何致和的《花街树屋》也很不错，小说写一群男孩看到一只红毛猩猩，想去解救它。我觉得小说非常好地表现了亚洲小孩受到的非常严格的管制。

易："刘震云文学电影欧洲行 2016—2017"活动[②]已经结束一段时间了，你觉得有什么反响吗？

郭：我觉得活动的效果不错，观众也算比较多。办活动都怕来的人不多，特别是一位来自中国的作家，荷兰人还是不大熟悉中国作家，中国作家的知名度不高。最近，一位几乎是最有名的荷兰作家在莱顿的一家书店办签售会，我预想中现场的人会很多，可能需要排队，但实际上去的人很少，现场很冷清。这里边当然有很多随机的、偶然性的因素，可能是他们的宣传做得不好，也可能是文学已经不引起人的注意。相比之下，刘震云的活动现场到的人多，效果也好多了。也可能是宣传做得不错，有人知道他来，特意从各地过来参加他的活动。所以，我觉得还是很有希望。

易：就你所接触的情况来看，荷兰观众的反应是怎么样的呢？

郭：这个电影跟荷兰读者所看到的、所接触过的电影差别很大，一定会给他们留下深刻的印象。我有点讶异，刘震云很坦白地回应当时观众的提问，很直接地说到了中国现实政治方面的一些话题。我觉得刘震云作为小说家，特别成功、也特别厉害的是，他知道那条线在哪里，他的小说主题有灰色地带，但他不会越线，他的小说都能够顺利出版。他有很多想法，也有很多创意，能够找到最合适的表达方式。李雪莲实际上是一个上访的妇女，这是一个在中国很敏感的话题，但刘震云的表达很到位。

易：《我不是潘金莲》小说本身，在荷兰的反响如何呢？

郭：小说出版之后，报纸上面也有一些书评，像林恪老师就写了。还有一位汉学背景

[①] 林恪（Mark Leenhouts, 1969—），男，荷兰人，2005 年在莱顿大学汉学系获得博士学位，目前为全职翻译者，主要译作有钱钟书的《围城》，韩少功的《马桥词典》《爸爸爸 女女女》《鞋癖》，苏童的《米》《我的帝王生涯》，毕飞宇的《青衣》，白先勇的《孽子》，以及鲁迅、周作人、沈从文、史铁生、张承志、朱文等人作品，有英文版著作《出世的状态而入世：韩少功与中国寻根文学》（2005）以及荷兰版中国现当代文学研究著作《当代中国文学：世俗的却有激情》（2008）。其中文著述及相关报道可见于《中华读书报》《文艺报》《新京报》《中国文化报》《留学生》等处。亦可参见易彬：《"中国文学在其他国家的反响比较平淡"——荷兰汉学家林恪先生访谈之一》，《南方文坛》，2018 年第 5 期。

[②] 根据活动宣传资料以及活动现场的介绍，2016 年 11 月活动在德国汉堡进行，2017 年 3 月中旬到 4 月初，活动在瑞典、荷兰、捷克、奥地利、意大利、法国和德国举行。在荷兰期间，先是在莱顿，举办了电影《我不是潘金莲》《一句顶一万句》的放映活动，刘震云、刘雨霖（《一句顶一万句》导演）与观众的见面会；在阿姆斯特丹，则是放映电影《我不是潘金莲》，以及刘震云与观众的见面会，期间，推介了新近出版的荷兰文版《我不是潘金莲》。

的记者写的一篇很长、也很深刻的书评,对书中的很多细节都做了分析,并且和中国的现实政治做了关联比较。不过,根据编辑的反馈,小说的销售跟预期有一点差距,有点可惜。希望这次刘震云来荷兰参加活动,能够带动一些销售。对荷兰读者来说,刘震云是刚刚被翻译介绍到荷兰来的作家,还缺乏知名度,读者所获得的信息比较有限,所以,还得多多宣传。

易:中国作家来荷兰做活动的实际上并不多。除了现场活动之外,还有没有其他的一些宣传渠道?

郭:这里实际上牵涉到另外一个问题,出版社出版一批图书,他们不可能每本书都做宣传,而是会选择一些主打图书来重点宣传。他们很保守,会觉得挑一位中国作家的书来宣传,风险很大。这样慢慢地就形成了一个恶性循环:觉得这本中国小说可能会卖得不好,所以不做主打图书重点宣传;因为没有重点宣传,所以图书卖不好,也不敢去做主打图书推出。荷兰出版社的考量固然有其道理,但身为汉学家,我看到的是中国这么大的国家在荷兰竟然成为"难度较高"的书种,还是有些纳闷。

我觉得,如果读者的阅读范围扩大,能够读到更多的中国文学作品,眼界就会不一样,就会产生很多的联想。我在好些台湾小说里边都看到"中华商场",就产生了想知道是什么地方、也想去看看的想法。这类具体的联想有时候会引向一些抽象的东西。比如某个人物说了某句一般人都不会说的奇怪的话,然后想到在另一个小说中某个人物也说过类似的话,这样就有了共鸣。刘震云老师在开会的时候,跟我们讲过另一个想法,三十年前一般的美国人,只知道两个中国人物,一个是毛泽东,一个是成龙。中国作家一般在那边几乎完全没有读者群,但他们坚持了下来,继续翻译出版,现在情况还是有很大的改变。当然,美国市场非常大,比较容易坚持。荷兰的市场很小,也很难坚持。但我想刘震云的想法是,时间会帮助我们,只要好好做,坚持下去,就能够慢慢地得到读者的认同。现在情况确实有改变,很多荷兰中学里边都有中文选修课,荷兰中学生就有机会读到一些中国文学作品。现在越来越多的荷兰中学生会说"你好",也会问到我当年根本不可能问到的问题,他们对于中国有了更多的好奇心,东方有那么大的一个世界,想要去了解。这种变化,主要应该学习中文所带来的结果。

易:在阿姆斯特丹做活动的时候,我跟刘震云简单地聊了下,我的观点是,小说本身的含义更为丰富,但电影太着力于表现中国现实政治层面的东西。林恪老师的主题访问,也包括两个观众的提问,一个荷兰人,一个中国人,都问到了这方面的问题。刘震云说,这是电影和小说的差别。

郭:我觉得电影的表达很中肯。李雪莲的故事,当然是看小说更好,形象更丰富。但我想,这部小说即便是翻译得再好,荷兰的读者可能都很难了解里边的政治画面。一看电影,我马上就觉得应该是这样。中国人当然非常熟悉电影里的场景,但荷兰读者完全没有那样的画面感,所以,我希望荷兰的读者在看了这个小说之后能再来看这个电影,那样就能更好地理解小说。如果电影能够做到让看了的观众想继续买小说原作来阅读,那说明电影还是做得很不错的。

易:能介绍下2015年你去中国参加中外文学翻译研修班的情况吗?

郭:2015年8月下旬,来自世界各地的文学翻译者在北京参加为期一周的中外文学翻译研修班。研修班由中国文化部和作家协会共同主办。有专家给我们讲课。也会有关于具体的翻译问题的讲座,其中,邀请了出版社和版权经纪人方面的代表。还有一个很有趣的一个活动是,中国作协找了五六个作家和我们座谈,包括徐则臣等人,我们也可以向他们提问。研修班和北京国际书展连在一起,格非在书展上有一个演讲,我们也都去听了。我觉得这样的研修班非常有意义,我们有机会接触到中国作家,也有专家向我们推荐新的作家作品,也有机会去书店买书。这些对我了解中国文学都很重要。同时,我觉得对中国作家来说,也是一个契机。比如说,他(她)想来德国、法国参加活动,也可以帮他(她)安排其他国家的活动。中国距离欧洲这么远,可以加强信息沟通,使得中国作家的欧洲之行做到效率最大化。我和施露就是在研修班举行期间见到了刘震云。

困难与展望

易: 请谈谈在翻译过程之中的经验体会,以及你所遇到的困难。

郭: 我的翻译时间不够长,随时都还在学习的过程之中,学习的方式也很多,有时候在翻译的过程中,会碰到很多专门的问题,需要有针对性地处理。最近,因为一个文学杂志需要刊登一些短篇小说,我选择了一个很久之前翻译过、但一直放在电脑里边没有发表的小说,结果对照原文和当初的译稿,发现需要进行大幅修改。这一方面是自己在进步,另一方面也是当初的翻译做得还不够好。当然,这也是一个渐进的过程。另一个问题是关于知识的积累。刘震云的《我不是潘金莲》中有很多关于法律的知识,最近翻译的陈浩基《1367》里边有很多关于警察的知识。这些知识都比较专门化,幸好当时我想做认证口语,上过法律方面的课程,也了解过中国法律方面的知识,相关知识在翻译的时候可以用上,或者知道该去问谁。但我想,还需要更多地积累关于中国的知识。

易: 中国文学在文化背景、语言习惯等等方面,毕竟和西方文学不一样,即便是翻译者,也可能会碰到一些特别的困难,你有没有一些特别的困扰?

郭: 翻译有两个步骤,一个是理解,一个是传达。目前感觉最棘手的还是如何保留作者的风格。比如说刘震云,怎么把他的风格传达出来,或者说,怎么用他的方式来写荷兰语,怎么把他在中文里边用的语言方式用在荷兰语里边,要符合荷兰语的习惯,又要保留他的风格,确实是一个难题。小说的名字《我不是潘金莲》就是一个非常头疼的例子。一个好的书名,能清晰地表达书的内容,也要能表达作者本来想表达的含义。荷兰人不知道"潘金莲"是谁,不知道她有什么特别的含义。我和施露在翻译的时候,关于书的名字就想了很久。现在这本书的荷文书名,直译就是"我不是荡妇"。刘震云的语言表达中有很多重复之处,很多顶真的手法,处理起来也比较困难,我们最后的处理结果是大部分保留,少部分做了处理。荷兰读者对于这种手法比较陌生,不过我们目前也没有听到不喜欢的声音,可能他们也接受了这种方法。另外,碰到荷兰读者不知道的背景知识或者事件,可以用一个形容词或者一个句子来解释,说明它的意思是什么。《我不是潘金莲》中的人物名字,如"王公道""贾聪明"等,不大好翻译,我们最后是写拼音,然后用荷兰语说明,这个人的名字听起来很像"假聪明"。大多数情况之下,都是在正文之中处理,尽量不用注释。出版社的编辑有时候也会这么要求我们,因为读者读到有注释的地方就会要停下来去翻后面的注释,这样会妨碍读者的阅读。我现在特别担心的一个情况是,读者看到注释在往后面翻的时候,顺手拿起手机,瞬间就忘掉自己是在看书了。荷兰民众确实是热爱阅读,作为一个小国来说,荷兰的图书市场算是比较大的,但就绝对量来说,也还是不大。但现在的智能手机带来了很大的变化,对纸质图书的阅读会是很大的冲击。一年之前,我跟别人说,我不用智能手机,别人会面无表情地看着我。但在现在的生活中,不用智能手机,很多事情又不方便处理。

易:你现在翻译中国文学作品的时间还比较短,你在邮件中也谈到,目前还在定位,到底往哪个方向、哪个文类发展,能谈谈你的大致设想吗?

郭:目前的翻译项目,都是出版社找我们。但问题还在于,出版社实际上也没有那么多书给我们来翻译,因为出版社要先买到版权,所以,就目前的情况来看,也没有更多的选择。未来的翻译之路怎么走,怎么发展,目前确实还在构想之中。我之前想过推理小说,但后来发现行不通,荷兰出版社一般不给推理小说版税,文学作品会有版税。可能是因为推理小说如果卖得好的话,会卖得很好,出版社若给译者版税的话,会需要给很大一笔。陈浩基的《1367》出版社一开始的时候并不打算给版税,出版社说,这是推理小说,没有版税。我们一开始没有接受。一年之后,出版社还是找不到译者,他们就再次找到我们,会给我们提供版税。但我还是需要选择一个方向,最近的考虑是选择台湾的作品。中国文学的范围太大,一个翻译者不可能什么作品都去翻译,我想寻找一个比较熟悉的、相对固定的领域。台湾文学可能更合适。

易:文学翻译之外,荷兰语/中文认证口译也是你工作很重要的一部分,请简单谈谈这方面的情况。

郭:两年前,我上过认证口语的课程,课程是荷兰刑法、移民法方面的内容,为期半年。我有兴趣做口译方面的工作。我们现在做的很多工作都是关于房屋交易的,中国人和荷兰人进行房屋交易,在法律上需要专门的口语认证。当事人是中国人,但法律上规定需要用荷兰语来交易。这个工作算比较规律,主要是把交易的条款都翻译清楚,确保买房和卖方都了解交易的条款。我有时候也会去法庭做口语,这主要是移民法方面的内容,在荷兰的中国人和移民局有什么冲突之类的。研讨会的口译也会去做。中国政府的一些活动有时候也会参与,比如中国的某某市长过来考察,或者是和荷兰的某某市结为姐妹城市。所以有机会的话,我还想去上同传口译硕士的课程。

易:可不可以说,你和施露这些年轻的译者,与之前的译者比如专门从事翻译的林恪先生,实际上已经有了比较大的不同,林恪老师的主要精力在笔译,你们除了笔译之外,也会花比较多的精力在口译上,你觉得这是新一代译者的一种新趋势吗?可不可以理解为兼顾文学与商业?

郭:文学翻译需要靠兴趣才能继续坚持下去。相比于文学翻译,商业翻译完全是另外一个世界。虽然文学翻译也不是没有报酬,但我做商业口译工作,是为了确保我能够继续做文学翻译的工作,在家里做文学翻译,在外面做案例,进行商业活动,可以分得很清楚。通过口译养活自己,通过文学翻译维持我对文学、对中国的兴趣,我觉得这种工作的搭配很不错。

年谱

陈　言

李景慈年谱

1918 年 12 月 14 日（农历十一月十二日）戊午

出生于北京东城区什锦花园 34 号，取名宝慈。

曾祖父为清朝官吏；祖父李树滋在河北蓟县白涧村担任保护清朝行宫的七品官"经制外委"；父亲李毅毕业于保定陆军速成学堂，辛亥革命后，先后在山东、陕西、北京的陆军部担任职务，1917 年全家从蓟县迁往北京。抗战前父亲担任冀察绥参议会办事员，"七·七"事变后，不愿事敌，在街头摆旧货摊为生，1952 年，经原政务院分配，在内务部担任办事员。

1926 年

8 岁，就读于友人魏冠三的家塾。与其子景寿、景万同窗（故改名景慈）。读四书五经、《左传句解》《东莱博弈》，写大小楷，至 1928 年。

1929 年

9 月，考入东四吉祥胡同小学五年级（第十一小学），读一年，在校编辑壁报，写儿童故事等。

1930 年

7 月，考入育英小学。

秋季开学读小学六年级。喜爱儿童文学，学习写作，投稿《京报》儿童周刊，有习字在《顺天时报》登载。

1931 年

7 月，育英小学毕业，秋季升入育英中学。

"九一八"事变，与汪万昆等同学组建"童子子义勇团"，宣传抗日爱国思想，不久解散。喜欢"国难"时期报刊。从报刊上抄摘文章，编成《生命线》，并刻印一部分。

向《京报》儿童周刊投稿，结识主编万耕心。

1932 年

在育英中学读书（初一到初二），喜爱文科，数学成绩最差，体育勉强。

为育英小学图书馆王宝初主办的《中华儿童报》写稿，后受邀编辑增刊（周刊），每隔期编印两版，署名"显微镜"。写了"三个小英雄"长篇连载，半年后停刊。同时写小文章向报社投稿，发表的报纸有《华北民强报》《现代日报》《小小日报》。多为小杂文，后编辑题为《初迹》刊行,抗战后散失。

爱读小报,整日在东四北大街万春堂药店门外的报摊上买报看报,人称"报迷"。

1933 年

在育英中学读初三,爱好文学。阅读兴趣由报纸转向杂志,逐渐接触上海出版的文学刊物《文学》《论语》《生活》《人间世》等。同时也开始购读生活书店、开明书店、良友等出版的文学书籍。

在育英中学学生自治会编辑的《育英周刊》的"校园文艺园地"上发表有《"大众语"问题》《通俗化》等文章。与王云和、吕曼龙、魏荣震等同学组织"哪里去文学研究会",在校刊上出版特刊。

1934 年

负责编辑《育英半月刊》(同时参加编辑的还有胡振麟、王立言等),卷头语说要把刊物办得"真善美",发表论文、速写等。写了《课业与就业》,讨论职业教育问题。认为普通教育是埋没人才,而不是造就人才,"普通中学"是糟蹋青年的宝贵光阴。

向《中学新闻》投稿(主编刘芳棣),提倡"发展个性的职业教育",反对中学会考,引起争论。

大量阅读同时代上海出版的文学刊物,如:《中流》《光明》《文学季刊》《文丛》《译文》等。

写了一些文艺评论等,在《觉今日报》副刊"文艺地带"上(主编傅蘅菽,副刊有革命进步色彩)发表文章,如《落在旧金山的雪》(评介巴金的《雪》),评论日本的志贺直哉的小说《焚火》等。

1935 年

在育英中学读中五(高二),被选为学生自治会委员,学习成绩品学兼优,继续编辑《育英半月刊》,组成编委会,出版到本年4月,与校长李如松发生矛盾。

参加国民党军事训练总监部在中学里举办的为期两个月的军事训练集训(在黄寺大院)。因思念家人,集训未满即回家。

6月,与"哪里去"文学研究会成员及校外文艺青年,艺文中学的谷风(景生)、刘曼生(谷牧,当时住在西城的一家公寓,为报纸写小说,在山东被通缉逃到北平)等组织"泡沫社",社址设在东城新鲜胡同吕曼龙家,每周聚会读书写作。

8月5日,出版《泡沫》文艺周报(四开单张),8月12日第二期后改为《泡沫》月刊,11月出版第一卷三期,到次年2月出版卷终号,共五期。二卷一期未出即被国民党当局查抄,部分同学被捕,协和印书局最后一期未印成。此后"泡沫社"自行解体。

这是在北平左联支持下的文艺团体和刊物,先后参加写作的有碧野、柳林、魏东明、颖灿、耶非、司徒裕等人。次年由司徒裕负责改名《浪花》出版,后与《通俗文学》(北平作家文学刊物)合并。有关"泡沫"记事,碧野刊载在《新文学史料》上的回忆文章《人生的花与果——我的生活道路和创作生涯》有所记录。李景慈当时负责编印,发表有《说通俗》《再谈通俗》《今年的儿童文学》《再谈儿童文学》《朋友文学与社会需要》《怎样写杂文》等短论,小说速写《小白菜》等。(《左联运动史料汇编》中有记载及目录)

"一二·九""一二·一六"学生运动波及中学,学校停课,与同学组织宣传工作。

1936年2月,学校通知家长,说其"精神恍惚,不知努力向学",勒令其退学。

1936年

2月,被育英中学开除,转到大同中学读高二下学期。同学周德成(耶菲)、姜方生(颖灿,后名殷参)都是《泡沫》写稿的朋友,到校后又与他们合编《大同周刊》,另外推广新文学拉丁化运动。参加《GaiZao》(用拉丁化文字出版的刊物)编辑工作。这刊物在上海出版的《新文学周报》上有记载。大同中学进步空气好,齐燕铭、乔冠华都曾在此任教。

3月31日,参加北平学联举办的悼念十七中郭清同学的抬棺游行,从北大三院出发,到北池子被冲散,在一家成衣铺"避难",后解散。

暑假后即转入华北中学读最后一年高中,除协助编辑《浪花》以外,一心读书,准备毕业。

参加民族解放先锋队组织在香山举办的旅行。

1937年

6月,华北中学毕业。

7月7日,卢沟桥事变,不久北平沦陷。

9月,考入私立辅仁大学国文学系,对目录学等课程感兴趣,继续学英文,听西语学课。对古典文学(戏剧小说等)"最有兴味",对"知识课程听课时脑子没有一秒钟跑到别处去,每次都有不少新的所得"。

1938年

继续读书,对古代小说、喜剧等通俗文学产生了兴趣。

敌伪报刊开始出版,有《新民报》的"天地明朗版"、《立言画刊》、《沙漠画报》等。

4月,开始学习写作,结合"新文艺习作"课写文学评论和散文、诗歌。有《野火》(评巴金的《春》)、《读"窝狄浦斯王"》。

本年写作《"过日"预记》(后改题为《严冬夜辑序之章》),刊于《文苑》第一期。《旧居》(11月写)刊于同期及《沙漠画报》三卷二期,这是写散文的开始。

书评有《两部写太平天国的戏剧》(评陈白尘《太平天国》《石达开的末路》),是学习"新文艺习作课"作业。

1939年

4月,与辅仁同学张煌(鸣基)、张天璞(张真)、张秀亚(陈蓝)和燕京大学同学秦佩珩、王继璞、杜阳春等合编的纯文学集刊《文苑》第一期出版,约20万字.发表散文和书评。自己从鼓楼前文具店买纸,送到燕大印刷厂自费校印。出版后,受到辅仁学校当局(主要是秘书长英千里)重视,鼓励出版,后改为校刊之一《辅仁文苑》,由学校出资编印发行。认为"这是珍贵的友情结成的纯晶""拿出真诚的心,做写作上的练习"。

这一年写作极勤,有散文21篇,小说9篇,诗歌6篇,评论22篇。发表在《沙漠画报》《新北京报》和《实报》的副刊。认识了张铁笙、江汉生、李曼茵、王青芳等。

大量阅读中外文学名著,厌倦了古典文学,醉心于新文学的创作。

12月,《艺术与生活》创刊,担任撰稿。

1940年

1—3月,开始写长篇《春天到春天》,记"一二·九"运动,在《艺术与生活》上连载,未完。另有《被人们歌咏着的春天》。

2月,写《古域之冬》三幕剧,反映苦闷苟安的心情。

11月,《辅仁文苑》出版五期后,开始以辅仁大学文苑社名义出版,季刊,10万字,由乔明顺、赵宗濂负责编辑。脱离编辑关系,在该刊第五集上发表《林榕启事》,声明谢却正面编辑责任,与张秀亚同为"咨问编辑"(启事现有存档,另有《三年来的〈辅仁文苑〉》一文,说"我自己不愿意做一个文艺之上主义者……我们竟被隶属于一个狭隘的思想范围内",这是对当时宗教思想的反抗)。

阅读大后方和香港、孤岛出版的新书,不断写书评和消息,介绍各地文艺动态、作家作品,如《民族形式与历史遗产》《新诗的道路》等,评论艾青、臧克家等人在后方出版的诗集,思想上渐渐疏离风花雪月。

协助赵宗濂出版小说集《在草原上》。

编评论文章为《善意集》,认为"文艺作品要有它的社会价值和文艺价值,而前者尤为重要,那时内容的意义,此中缺少的正是这一点"。反对讲宗教道理、绅士味、洋神父气。为此遭到《三六九画报》的攻击。

11月25日,在王府井颐园饭庄与王慧敏订婚。参加人有储皖峰。次日的《实报》《新北京报》刊载有"林王联姻"的报道。

本年度写散文10篇、评论25篇、剧本2篇、小说两篇、翻译小说一篇。在《中国文艺》第三卷第四期发表的《现代散文的道路》一文被评论为:"这些重要见解发自当时的北平沦陷区,更显得难等可贵。"(选自《中国现代文学词典》)此文曾选入《现代作家谈散文》和《中国现代散文理论》两书中。

本年准备写毕业论文《陈大声乐府新辑》。

1941年

1月,张铁笙等人组织成立华北文艺协会,约任委员,未同意,参加为会员。想摆脱和日伪的关系,写了《做些什么,是怎样去做》一文。

为张铁笙主编的《中国文艺》月刊特约撰稿,写了评论和消息发表,不同文章用42个不同的笔名。

7月,辅仁大学国文学系第11届毕业生,由储皖峰指导的毕业论文《陈大声乐府新辑》完成。

秋,经储皖峰介绍结识沈启无,被推荐到北京大学文学院中国文学系任助理,协助整理研究新文学史课程。与在校的文学青年李道静、闻国新、李夏茵(黄雨)、杜文成(南星)、朱英诞等相识。

9月7日,与王慧敏在森隆饭庄结婚,参加近百人,刘盼遂证婚,备素宴。《实报》9月8号刊登《李景慈婚礼观记》特写。

在北大文学院中文系整理马隅卿藏书,协助沈启无编写《近百年文艺思潮》,收集"五四"以来新文艺书籍资料,建立书库。编《中国新文学杂志目》《新诗集编目》。写散文13篇、评论约25篇。另外与朱肇洛同编《近代散文选》教材。

10月,四一剧社成立,参加成立会。首演《北京人》。

1942年

4月16,日长女美琳出生。

暑假，同朱肇洛去青岛讲学一周。

参加华北作家协会(9月成立)。

12月，由孙全德介绍，在艺文中学兼课，教高一国文和修身课至1943年4月。

参加"教育总署"主办"学生新闻"，任通讯员。

本年写散文9篇，《中国文艺》第五卷第五期发表自传《寄远人》和佩薇(妻子)写的《关于他》，作为"本刊基本青年作家介绍"之一。写评论18篇，在《寄远人》中记述了当时的思想感情："为远方的友人，为诚挚的爱而写作……我把个人和社会联系在一起，我为自己活着，更为广大的人活着。"

1943年

1月，日本作家林房雄来北京，参加华北作协座谈，参与座谈的还有柳龙光、袁犀、梅娘等。林房雄主张培养新作家、设立翻译部、派遣留学生、提高稿费等事宜。

2月，张铁笙接办《中国文艺》月刊后，负责从第八卷第一期(1943年1月)的编辑发稿，武德报社印刷发行。编到九卷4期(1943年12月)停刊，改由华北作家协会刊行《中国文学》。

3月，林房雄再次来北京，准备成立艺文社。

《华文大阪每日》半月刊举办"华北文艺座谈会"，陈漪堃、陈绵、柳龙光、闻国新、李景慈、梅娘、徐白林、陈松龄等参加，就朗诵诗歌等问题发言，谈新诗前途，有记录发表。

4月28日，沈启无在中山公园召开文学座谈会，宴请林房雄、河上彻太郎，另有北京青年作家24人参加。

4月，经蒋义方介绍，与袁犀一起进入新民印书馆编辑科做编辑(课长佐藤源三)。编"新进作家作品集"、《文学集刊》(沈启无主编)。半日上班半日在北大，一个月后因北大不许兼职而离去。

参加华北作家协会于4月25日召开的会员大会。

5月27日，林房雄在中南海宴请河上彻太郎，与沈启无应邀参加，席上曾写诗一首题壁。

8月，编散文集《远人集》，收录1938年到1942年写的散文30篇，12月新民印书馆出版，印5000册(1944年6月再版3000册)，共8000册。"后记"说明自己的心情"有我自己的影子，也有我周围的环境和社会"。另写有《远人集外记》。

8月25—27日，第二次大东亚文学者大会在东京召开。会上选出《远人集》为大东亚文学奖选外佳作(其时《远人集》尚未出版)。接受《每日新闻》记者采访。11月19日，日本作家久米正雄来京代表日本作家协会授奖。

9月，参加大东亚文学者大会的中国代表柳雨生等来北京，华北作协招待游颐和园，沈启无、柳龙光等在情报局举行报告会。参加佐藤源三招待柳雨生的宴会。

9月，受友人洪伟明之邀编辑其主持的《新民报半月刊》文艺版，年底因报社解散停刊。编辑期间，每期撰写杂文和评介多篇。

(在北大工作，入不敷出，不得不找兼差：任教艺文中学、去新民印书馆、新民报做编辑，因粮食紧张，有差事可以配给面粉)

11月末，佐藤源三及新民印书馆蒋义方、袁犀等招待北大文学院及其他文学青年。创办《文学集刊》以对抗《中国文艺》参与者有袁犀、马骊、张岛等。

12月,佐藤源三招待赵荫棠、李薰风、陈少虬等,拟编印"通俗历史故事"。承担"西太后"选题,未完成。

生活艰苦,借钱度日,还需付息,物价猛涨,电灯无光,抢购东西。写报告文学《都市风景线》在《华文大阪每日》发表,后因内容反映物价飞涨、民心恐慌等社会现实而遭追查。

教育总署举办"教师节征文",部分征文在《中国文艺》上发表。与王云和合写的《教师节的一天》获二等奖,获奖金一千元。

经袁犀介绍,与日本青年作家《东亚学报》编辑长谷川宏会晤,交谈甚畅,后发表《中日文学青年交换书简》(《中国文艺》1944年2月),倾诉个人心情"变成一个黑暗中的摸索者,失掉了光明与理想"。

以沈启无名义为《新民报》写"使人言"。

6月,编辑出版《北大文学》(文学院师生编写,新民印书馆刊行)。

编辑的《文学集刊》出版两期(1943年9月创刊,1945年5月出版二期)。

本年写作极勤,主要是文学评论和论文37篇、报告文学1篇、散文2篇、杂文13篇(主要投给《新民报半月刊》)。

为怀念友人赵宗濂逝世,编写小说《逝者集》(华北作家协会出版)。

1944 年

1月,参加友人张岛办的"文笔社",编辑出版《文笔》周报一期(文学评论、介绍、报道和杂文的周刊,2月4日创刊,文笔社出版发行,每周五出版定价50元),同仁有郭镛、毕基初、袁犀等。

2月27日,参加"组织中国统一文学团体座谈会",写有《这次的文协》《断想杂感期待》等文章。

2月,柳雨生、龚持平、草野心平、小林秀雄先后来北京,商议筹组中国文学协会,20日参加有张铁笙、徐白林、尤炳圻、张我军等人的茶话会;27日,华北作家协会招待小林秀雄。

3月,周作人与沈启无关系破裂,周作人发表《破门声明》。6日被调到北大文史研究所整理处史料组工作(在太庙内)。

列席华北作家协会第十九、二十次干事会,出席招待日本军报道部长、小林秀雄、褚民谊等人的宴会。

5月,参加《中国文学》杂志社举办的"创作与批评座谈会"(会议记录刊载于1944年第八期的《中国文学》)。发言内容如下:要重视创作、提拔新作家、要有充实的内容、新颖的形式的作品。参加人有柳龙光、关永吉、袁犀、林榕、鲁风、山丁。

8月,与柳龙光谈华北作家协会改组问题。

8月,新民会接收"新民声社",改出《新民声》三日刊(四开报纸二张),(由徐□、张道梁负责),做资料科主任,兼剧影版主编,直至1945年8月(《新民报半月刊》1943年末停刊,后创办《新民声报》,后《新民声报》与《新北京报》合并成《新民声三日刊》)。

9月,华北作家协会开第三次全体会员大会(决战文学者大会),被选为散文随笔部门委员,发表"华北文艺奖金"。

10月,经营"新民生报社代办部",筹资一万元,办理图书营业。

友人张岛向社会局登记"文章书房"出版社。后因离京转让,与顾孝合作接手。编辑出版《文学新刊》,并出版了文学评论集《夜书》(4月编辑,1945年出版)、《恨海》(剧本)、《鹿鸣》(小说,雷妍著)等。

10月,约朱肇洛合编《读书青年》半月刊,实际负责编辑,1945年3月停刊。

11月,参加由袁犀招待日本作家阿部知二的宴会。

经北大同事张铭三介绍,认识了"文化人"张绍昌,协助其编辑《中国学报》(杨□主编)。

11月,参加华北作家协会组织的华北文学代表团(共12人),赴南京参加中国文学年会和第三届大东亚文学者大会(12—15日)。写有三篇随感。《杂志》第十四卷第三期刊载的文章描述他是"一位带点女孩子的腼腆型的代表,总是那么地带一点拘谨……从不附和他人鼓掌……沉然寡言",仅映出当时参加会议的矛盾心情。

11月,顾孝、白薇、吴天、孙道临等成立"金马剧社",被聘为编导部长,曾招聘演员,参加"南艺剧社"北京演出的宣传工作,编印演出特刊,随访顾也鲁、林默予、严化、贺宾得等。未演出剧目。

应景"政论"有《中日盟约成立后文艺者应有的认识》(胡尚风《中国文学创刊号》1944年1月20日)、《第三届大东亚文学者大会》(林榕《中国文学》第十期)、《十日记》(林榕《中国文学》第十一期)。

本年写评论19篇,杂文34篇,书评5篇,散文7篇,影剧评51篇。

1945年

5月,在北京广播电台广播《最近出版界动向及其期待》。

6月,《夜书》出版,编《文艺小景》,未印。

8月17日,《新民声》的原班人马原有设备创办《光华日报》,任整理部长、营业部长、社论委员。出版两月(8月17日—10月24日)后停刊。

9月,抗日战争胜利,北京大学文学院被接收,全部职工被遣散。9—11月失业三个月。

12月,后经友人王承介绍,到北京第四中学代课,教高中国文,到次年5月。

与顾孝等合办《新宇宙》三日刊,出版九期。

为张道梁、马秋英编辑的《光华周报》《大地周报》和沈心□编《北平新报》《新生活》,副刊写《闲读偶记》《旧读随录》等随笔十余篇。

编印《汉奸艳文录》《昆明血案实录》等小册子,发行不佳。

1946年

5月,辞去代课,到北京市税务局做事务员。

1947年

1月,友人顾孝、王化舒在天津办《新闻周报》,约作编辑,出版三期。

4月,在灯市口设立图书服务部,被聘为策划;后被聘为《一四七画报》编辑主任。共编辑五个月,后因感觉该刊趣味庸俗辞职(编辑147—199期)。

7月,经顾孝介绍,担任天津《新星报》驻北平特约记者,先后采访石景山发电厂、中央电影制片厂等,写通讯发表。并在该报发表杂文《感冒集》十余篇,《人间随笔》三十余篇。

9月20日,次女美瑛出生。

1948年

为马德增书店编写的《新北平指南》出版。

3月,为《天津民国日报晚刊》写《文坛琐记》《影剧散步》等小文百余篇。

8月,北平直接税务局与货物税局合并,改为北平国税稽征局,任科员。

1949年

1月,郭禹清联系,参加中共地下组织、晋察冀城工部领导下的北平纠察总指挥部(纠察队员证内字0277号),负责保护器材,安定人心;同时学习党的文件,毛泽东著作,迎接北平解放。

2月,北平解放,在前门大街迎接解放军队伍。解放初曾与军管会、文管会联系,拟恢复出版《泡沫》杂志,未能如愿。

税务局接管后留任,后与市委组织部联系(市委组织部联系人肖一峰、梁鹏),拟调往《北平解放报》,后因工资制和准备南下的问题,未能调成。在税务局人事科任教育股副股长,负责全局学习委员会工作。至12月初离职。

副局长彭涛介绍,访问艾青,又由他介绍找市委宣传部廖沫沙,将组织关系转到宣传部。

到大众书店参加编辑工作。4月书店成立后即负责为之编选刊行《大众学习活页文选》。共编印《大众学习活页文选》140多种。

12月,筹办《大众诗歌》月刊,次年1月创刊。到大众书店任编辑部主任。

1950年

5月,加入北京市大众文艺创研会,参加北京市文联筹备工作,在第一届北京市文代会上担任记录工作。

6月,大众书店编辑部在大红罗厂8号成立。同时挂出"大众诗歌编委会"招牌。

6月24日,三女美琦出生。

8月,大众文艺创编会编辑出版《大众文艺通讯》月刊,任编辑委员,联系北京市文联编书出版。

负责天津大众书店编辑出版的《语文教学》月刊的编查。

参加北京市出版座谈会,传达学习7月召开的京津出版会议精神和胡愈之的报告。

9月,原在市委宣传部的组织关系转到市公安局,由王泽生联系,与一处董洁、魏庚生建立关系。

担任友人郑大权、袁修言创办的"学习书店"的编辑工作。

1951年

3月,与市教育局合作出版《教师月报》,参加教育局的编辑工作,组织教育书籍出版,至1953年7月停刊。

市文联编辑的《北京文艺》创刊,负责联系编务工作(王亚平、凤子、汪曾祺负责编辑)。

10月,大众书店成立工会,任联合小组长。

1952年

2月,大众书店为评薪工作成立工会基层委员会,任宣教委员。

制订三年出版选题计划。

10月,被聘为大众书店副总编辑。

1953年

4月,大众出版社获批正式成立,任编辑部主任。出版教育读物,兼做翻译工作。

1954年

9月14日,四女美瑜出生。

与刘彦合作翻译苏联作品,先后译了教育文章《提高教学质量的一些条件》《小学家庭作业》。

10月,大众出版社公私合营,改为北京大众出版社,任编辑部副主任。

12月,开始与刘彦合作翻译苏联长篇小说《教师的女儿》(工人出版社约译,后已排好版,因与正风出版社重复,未出)。

1955年

1月,编印大众出版社的《编辑出版工作简报》,掌握书稿进度,选题情况以及计划实现情况。

6月,编印《业务参考资料》,学习苏联出版工作经验,制定工作办法。向大学教授黎锦熙、罗常培、杨伯峻等约书稿。

11月,与刘彦合译苏联中篇小说《在敌人后方》(艾格尔特著,北京大众出版社1956年8月版)。

1956年

3月,参加第一届全国青年文学创作会议。

5月,为大众出版社撰写《学文化补充读物》、《十五贯钱的故事》,10月出版。

8月,经市委批准,北京大众出版社改为国营北京出版社。任编辑部副主任。分工负责文艺审稿、业务学习、制定审读办法、计划指标,加强通俗读物出版,编印《图书介绍》宣传刊。

10月,在中国人民大学马列主义大学学习哲学、政治经济学,次年10月结业。提倡向科学进军,制订个人7年规划。

1957年

参加市委宣传会议,贯彻"双百"方针。

6月12日,北京出版社召开正整风小组会,发言谈编辑工作中的实际矛盾。

9月,北京出版社精简下放人员,"反右"斗争开始。

北京出版社成立史地组,出版有关北京读物。为《北京街道的故事》写了《走在长安街上》《大栅栏夜话》《报国寺中的顾先生祠》三篇。访问专家学者王瑶、阿英等。出版《老作家文集》,选编郭沫若、老舍的文集。

1958年

"大跃进",参加先进代表会议多次,精神振奋。

修改整理倪尼小说《碧绿的胡泊》，编选郭沫若文集《雄鸡集》、老舍文集《福星集》。"大跃进"中发表《新线》《夜窗》《煤筐》《我们的家》《万宝盒》《成长中的小树》等散文。在新民歌高潮中编了一本《跃进的号角》，并参加搜集整理编《北京新民歌选》。

提倡写书评，发表书评文章多篇，并编辑《图书介绍》专刊，在京所通讯上宣传。

7月，列席参加"全国民间文学工作会议"。

1959年

4月，在北京日报业余学校教古典文学，任副校长。

选编《北京新民歌选》，与邓拓交换意见。

5月，参加工厂史、公社史编写，座谈。

定《提高出版物质量的方案》，兼任出版社文艺组长。

1960年

2月，参加北京市文教群英会，接受记者采访。同时参与北京英雄人物连环画编写。

7月，参加全国第三届文艺工作者代表大会北京代表团。

10月，参与建国十周年文艺活动，汇编电影剧本、京剧。

1961年

3月，组织周末二百学习会，提倡业余读书计划。

8月，在朝阳区少年之家做《小兵张嘎》的讲座。

贯彻文艺十条，写个人文艺思想检查。

1962年

1月，为中央人民广播电台撰写《阅读和欣赏》节目广播稿。

9月，参加全国政协召开的编辑人员座谈会。

10月，筹办《语文小丛书》的编辑出版。国庆观礼台观礼。

11月，提出《语文小丛书》第一批选题计划及编写要求。

1963年

参加北京市第三届文艺工作者代表大会，被选为中国作家协会北京分会筹委会委员。

写了刊发在2月份《人民日报》上的评论文章《刊物的编排》，为中央广播电台的"阅读和欣赏"栏目撰稿《江山多娇介绍》《散文岛》《艳阳漫步》《傲霜篇》。

1964年

8月，在首都图书馆做讲座，介绍《语文小丛书》。

写了《十八亩地分析》《大寨英雄谱分析》。

1965年

8月，参加华北局在天津召开的华北连环画出版座谈会。

被任命为出版社工会主席。

9月，参加全国文联组织的渡河访问，同市委宣传部访问房山。

11月，参加全国业余文艺创作会议。

1966 年

"文化大革命"开始,参加革命运动。

1967 年

2月,革命群众以"走资本主义道路的当权派"为名,勒令其"靠边站",半日劳动(在纸库),半日写检查,至4月。

3月20日,造反派从办公室抄走工作日记、报告记录、审稿笔记、学习笔记、选题计划和工作总结等50多种资料,一直未退还(都是出版社重要史料)。

12月10日,造反派又要走编辑的刊物和剪辑的个人文稿285篇(仅退回37篇)。

1968 年

4月19日,被查抄书稿文件、笔记、信札、照片等81件(1979年退回个人日记9本,其他未还)。

5月至10月,作为专政对象被隔离审查。

1969 年

1月被解放,集中到北京市革委会毛泽东思想学习班学习,参加运动。

10月,由学习班下放大兴县定福庄公社劳动(未作结论,1973年调回北京市出版办公室)。

1967至1969年,共写材料大字报200多篇。

1970—1972 年

下放劳动。

1973 年

5月,从下放劳动的大兴县调回北京市出版办公室审读组。

6月,调到宣传组干部读书班,负责资料工作。

1974 年

在读书班批林批孔,反击文艺黑线。下店(中国书店)下厂(印刷厂)劳动,全年30天。

1975 年

先后在北京出版办公室、北京人民出版社工作。

10月,调到北京人民出版社编辑室,编写手册。

1976 年

3月,开始编写《〈水浒〉参考资料》(北京人民出版社)、《编辑工作参考资料》。

5月,编写鲁迅学习参考资料《鲁迅全集篇目索引》《红五月战歌》。

1977 年

10月,编辑出版《编辑工作手册》(北京人民版)。

11月,当选为北京市第七届人民代表大会代表。

12月,提出"加强出版工作的一点补充意见"。

批四人帮,批流毒,写文章做报告。

1978 年

6月10日,市革委会通知,北京人民出版社更名为北京出版社。出版社恢复建立,任总编室副主任。

6月,提出"关于北京出版社方针任务和出书范围的意见"。

9月,出席市文联理事会二次大会。

在原子能出版社讲编辑业务。

1979 年

2月,提出"关于编辑出版工作的几个问题和建议"。

5月,参加七届人代会二次会议。

10月,举办出版社三十四期编辑人员短期业务进修班,先后讲"编辑工作十题""书刊技术编辑"等专题。

在北京出版社青年编辑培训班上讲"一个编辑的工作",共三期。

12月,参加七届人代会三次会议。

在编辑进修班讲"外国出版动态"。

责编《文史资料选编》。

1980 年

3月,编写《重视书籍出版的技术规格》。

5月,参加中国作家协会北京分会,会员。

7月,编写《从几本书谈版权记录》。

8月,开始编辑《编辑杂谈》。

10月,编写《版式设计》(书籍的装帧之一)。

11月,编写《进一步缩短出版周期》。

(以上均见出版社内刊《编辑出版工作简报》等)

1981 年

编辑《编辑杂谈》第一集出版,发行后反应强烈。

参加国家出版局在洛阳举办的读书会。

7月,密云承德读书会,编写个人写作编目。

编辑四种简报《读者作者编者》《动态》《编辑出版简报》《编务简讯》。

1982 年

在北京市图书发行业务会议讲"出版社和编辑出版工作"(印有专辑)。

11月,参加长篇小说创作座谈会。

1983 年

编辑《编辑杂谈》第二集出版(北京出版社)。

《编辑应用文选》出版(山西人民出版社)。

5月,参加华北、东北、京津八省市24家出版社在怀柔召开的编辑工作改革座谈会。

7月,在天津出版局讲《总编室的工作》,发表于天津出版工作第五期。

退居北京出版社二线工作,在审编室。

8月3日,获批入党。

1984年

3月,在北京出版社第三期编辑业务进修班讲《编辑出版业务》。

任北京辅仁大学校友会理事,丛书编辑委员。

5月,中国展望出版社编辑出版《编辑与出版丛书》任编辑委员。

编辑出版《编辑应用文选》(山西人民出版社)。

6月,编写《关于文字、技术之类》(内刊)。

9月,编写《学习借鉴改革创新》(内刊)。

12月,拟定"关于开展出版□研究的意见"。

1985年

4月,为《中国出版年鉴》(1986年)编写北京出版社特辑。

为中宣部《编辑家列传》写人物稿。参加《展望丛书》编委会。

9月,编辑《编辑杂谈》第三期出版。

11月,中国人民解放军北京军区发给"起义人员证明书"(京崇区第0225号)。北京市出版工作者协会成立,任理事。

12月,在天津出版者协会主办的编辑干部培训班上讲《学点出版学,做个编辑家》。

编写《建国以来编辑出版工作书录》《历年有关编辑出版文章选目》。

责任编辑《北京史地风物书录》(王灿炽),获社科出版奖。

1986年

参加北京市委《当代中国的北京》的编辑工作,撰写"北京市出版大事记"及"首都的出版事业"(与金庆瀛合编)两部分。

9月,落实知识分子政策,退回查抄材料,除个人日记外,原稿件剪辑等均未退还,约有285篇。

11月,提出出版编辑工作研究的个人规划。

编写北京出版社三十五年大事记。

《编辑杂谈》第四集发稿。

做编辑出版文章编目索引。

1987年

2月,展望出版社《编辑与出版丛书》编委开会。负责部分编撰工作。

参加中国出版发行科学研究所业余研究员,提出研究课题。

3月,《当代中国的北京》出版发行。

4月,编写沦陷时期北平文艺活动大事记。

7月,《编辑杂谈》第四集出版。

8月,辅导编辑业务复习及测验。

11月,在本社编辑业务知识讲座将《版式设计的几个问题》。

12月,组织编写《编辑工作小百科》,座谈讨论。

荣获国际新闻出版署、中国出版工作者协会颁发的"长期从事出版工作,为社会主义出版事业做出了积极贡献"的荣誉证书。

1988 年

1月,辅导北京市编辑业务大专班讲课测验。

拟定《当代中国的文化》"出版篇",编写提纲并撰写1—5章初稿。

2月,由北京出版社正式退休,聘为特约编辑。

3月,由北京市高级专业技术职务评审委员会评定为正编审。

7月,编辑《编辑杂谈》第五集,(未出版)。

参加旧京小说研讨会,任旧京小说丛书编委。撰写《旧京文学散记》之一,《在冻土中萌生》,发表于《燕都》第6期。

8月,担任中共北京市委宣传部"新闻出版评议员"。

12月,与姚锦等人合编《李克异研究资料》。

本年发表《开展出版研究,深化出版改革》(出版工作第6期),《近几年来出版的部分丛书辑录》(出版工作第7期),《1987年编辑出版文章选目》(编辑之友3期)等文章。协助编校《北京书讯》。

12月28日,妻子王慧敏因患尿毒症逝世。

1989 年

1月,担任北京市委编辑的《北京》巨型画册文字稿编写工作。北京市人大研究室编辑的《北京市改革十年》大型纪念图书,担任总体设计(12月出版)。两书均获1989年北京市优秀图书奖。

参加北京市第五届文代会,结束四年理事职务。

续写《旧京文学散记》之二,《旧京的校园文学》发表于《燕都》杂志第5期。

为中国书籍出版社编纂的《编辑实用词书》撰写有关现代编辑史条目20余条。

为《当代中国文化》中的"出版篇"修改初稿,写完了"丰富多彩的图书"一章。

1990 年

为北京教育出版社等四家出版社的《百年大计丛书》做版式设计。

继续写《旧京文学散记》之三,《旧京小说和北京作家群》(《燕都》杂志1991年第2、3期发表)。

为杨义编写《中国现代小说史》提供沦陷时期北平文学情况,整理年表,提供资料。

3月,参加北京市1989年优秀期刊评选工作。

参加国家社会科学基金会研究课题"中国抗战时期沦陷文学研究的编选研究"工作,担任北京地区文学研究责编。

为"出版家列传"编写王宪铨、周应鹏两人的介绍文章。

写培训业务复习提纲,大专中专各一套。

1991 年

4月,编辑《90歌坛·歌曲·歌星》一书。

5月,《新闻出版报》组织"首都二十家报纸编校质量评比活动",担任评委,参加评选活动。

为市新闻出版局党史出版资料编辑资料、大事记二稿完成。

社史出版资料着手编写整理。

北京市出版工作者协会第一届理事卸任。

为市职改办出版编辑业务职称考试编写复习提纲及试题。

修改《当代中国的文化》"出版篇"(7月完成)。

6月,根据新闻出版署和市职改办要求,修改编辑出版专业人员评审和聘任试行条例。

9月,纪念北京出版社三十五周年,编写社史资料稿。同研究室同事拜访周游、陆元炽、张帆、安捷等。

编写《创始的五年》(编辑工作纪实之一)。

与北京大学现代文学专业研究生范智红合作,整理20世纪40年代北平作家和作品资料、文献。年底一同赴天津拜访张守谦,长谈。

与姚锦等合编的《李克异研究资料》由花城出版社出版。

1992年

《90歌坛·歌曲·歌星》一书5月出版。

协助北大现代文学教研室整理研究沦陷区文学资料。

为出版社"社史资料"编写《文艺编辑十年》(编辑工作纪实之二)。

10月,获国务院颁发的"为发展我国新闻出版事业做出突出贡献"的证书。并获政府特殊津贴。

1993年

2月15日,由美国费城返京。

4月,辅仁学友马英林去世,写纪念文章一篇。

5月,撰写出版社文革前出版文艺图书提要(图书大辞典)。

9月,日本驹泽大学教授釜屋修来京,讨论沦陷时期文学问题。

11月,纪念毛泽东百年诞辰,为出版社办事处写《毛泽东家属和亲情》。

指导帮助北京大学中文系现代文学专业硕士研究生范智红、杨颖完成毕业论文。

1994年

这年白内障、高度近视增加,读写要贴近,视力大退。

协助北京大学中文系编写《中国沦陷区文学大系》,提供资料和线索。

8月,东京大学博士生张欣来访,探讨中国现代文学状况。

1995年

为中国出版研究室编写有关出版编辑史略条目25条,收录在《编辑实用百科全书》中。

日本早稻田大学教授昭和文学史研究专家杉野要吉来访多次,谈论有关抗战时期沦陷区作家作品及文学思潮等。

1996年

4月6日,北京市文艺学会、《新文学史料》编辑部、北京市社科院文学所联合召开"沦陷时期北京文学"座谈会,邀请沦陷区作家及相关研究的专家学者三十余人参加。作家有梅娘、林榕、杨鲍等。

5月,在美国麦格治疗中心做白内障手术(左眼)。

1997年

3月,日本教授杉野要吉偕女儿元子再度来京,座谈有关沦陷时期华北文学的有关史料等问题,参加者有梅娘、张泉、赵龙江等。

6月,在同仁医院做右眼白内障手术。生平第一次住院。

与张泉、梅娘、张中行、柳青、杨颖等研讨沦陷区文学史料,编选《梅娘小说散文集》(10月出版)。

1998年

封世辉编《中国沦陷区文学大系》(资料卷),写了长篇万言评论当时文艺论争及形势。文章往返修改多次,协助整理。

3月,中国书店总经理沈望舒编选中国书店旧书流通史,同他去拜访张中行,约写序文,成《读说书史》一文定稿。

4月,杉野元子来京,在北大做访问学者两年。与她谈关于抗战时期文学情况。

5月,柳青同家人自加拿大返京,在京聚会,参加者有张中行、张毓茂、柳华、张泉、徐秀姗等。

8月,杉野要吉及女儿来京,谈研究计划。

张秀亚来函要出文集,写作些诗文。

北京市社会科学院文学所高长印、赵亚迅二人研究梅娘,准备写评传,多次来访谈。

帮助质检组审读得奖图书,编校质检(一)少儿自画青春长篇小说《灵魂出窍》、(二)长篇小说《客家魂》。

2002年

4月18日,辞世。

2017年3月18日整理完毕

目录

罗兴萍

关于《说说唱唱》的介绍*

《说说唱唱》是中华人民共和国建立初期由北京市文联下属大众文艺创作研究会创办的一家通俗文艺杂志,1950年1月20日创刊,1955年3月停刊,历时五年零三个月,共出版63期。主要以发表通俗小说(故事)、民间小戏、鼓词、弹词等供群众表演的通俗文艺作品为主。先后由李伯钊、赵树理、老舍、王亚平任主编,这是官方指导全国通俗文艺工作的重要期刊,为20世纪50年代新通俗文学的普及作出了重要贡献。

《说说唱唱》的创刊与20世纪50年代主流文艺政策密切相关。1942年毛泽东《在延安文艺座谈会上的讲话》中明确提出了"文艺为人民大众""为工农兵服务"的方针,而"占全部人口百分之九十以上的人民,是工人、农民、兵士和城市小资产阶级"。[①] 在20世纪四五十年代,工农兵群众的文化水平普遍不高,欣赏文艺的趣味也最接近民族化的通俗文艺。所以,毛泽东要求文学艺术在形式上追求"新鲜活泼的,为中国老百姓所喜闻乐见的中国作风和中国气派",而且在思想上"要把立足点移过来","移到工农兵这方面来"。毛泽东对文艺的通俗化和普及性做出明确要求,成为解放区文艺的指导方针。这一方针通过第一次全国文代会的召开,确定为新中国全国文艺的新方向。1949年7月召开的第一次文代会上,周扬做了题为《新的人民的文艺》的报告。在这个报告中他明确提出:"毛主席的《在延安文艺座谈会上的讲话》规定了新中国的文艺的方向,解放区文艺工作者自觉地坚决地实践了这个方向,并以全部经验证明了这个方向的完全正确,深信除此之外再没有第二个方向,如果有,那就是错误的方向。"[②]也就是说毛泽东在延安提出的文艺通俗化、普及化的方针,经过第一次文代会后,成为新中国文艺政策的主流方向,为《说说唱唱》的诞生提供了政策背景。

《说说唱唱》的创刊与作家赵树理的努力密切相关。赵树理一直致力于文学的普及工作。他认为民间文学是中国文学的正宗,他希望自己能创作出老百姓看得懂,喜欢看,他们自己也能说唱的作品。1949年3月,他随《新大众报》进北京,被任命为工人出版社的社长和《工人日报》的副刊主编。但是他最感兴趣的还是通俗文艺。他说:"我常到天桥一带去,看见许多小戏园子里,人都满满的,可是表演的却不是我们文艺界的东西……

---

* 本文为江苏省社科基金项目,批准号为:14zwB002,题目为:《说说唱唱》与建国初期的文艺思想。
[①] 毛泽东:《在延安文艺座谈会上的讲话》,《延安时期党的重要领导人著作选编》(上)中共中央文献研究室编,中央文献出版社,2014年,第206,207页。
[②] 周扬:《新的人民的文艺》,洪子诚主编:《中国当代文学史·史料选》(上),长江文艺出版社,2002年,第150页。

我们的文艺作品很少能卖到天桥去。"①他发现了新文艺与人民大众之间的距离,意识到新文艺如果要到人民中间去,通俗化是必须要走的路。因此,他向当时中宣部主要负责人周扬和时任北京市文委书记李伯钊谈了天桥一带的情况,提出要成立一个大众文艺创作的群众组织,团结一批通俗文艺作家,改善通俗文艺与新文艺的关系。鉴于当时旧通俗文艺创作的混乱状况,这一提议得到了周扬和李伯钊的支持,经过赵树理等一些大众文艺工作者的共同努力,1950年的10月15日"北京市大众文艺创作研究会"正式成立。赵树理当选为主席。在研究会的成立大会上,赵树理明确的提出研究会的目标:"我们想组织起这样一个会来发动大家创作,利用或改造旧形式,来表达一些新内容也好,完全创作大众需要的新作品也好,把这些作品打入到天桥去,就可以深入到群众中去。"②"利用或改造旧形式",表达新内容,创作通俗化的新作品,"深入到群众中去"这一目标的提出得到了大家的拥护。此后一段时间,大众文艺创作研究会的活动在赵树理的主持下,开展得红红火火,会员增加到400多人。在这样的情况下,赵树理意识到最好有一个供大家发表作品的阵地,才能更好地鼓励大家创作,他提议创办一份通俗化的杂志,专门发表通俗文艺作品。这一提议也得到北京市委和北京市文联的支持,经过几个月的筹备,1950年1月20日,《说说唱唱》正式创刊。

《说说唱唱》一开始的主编是李伯钊和赵树理,实际上是由赵树理负责具体工作,李伯钊只是挂主编之名,以示支持。编辑者为"大众文艺创作研究会",看上去是属于研究会的一个同人刊物,但实际上是受北京市文联管辖,出版单位是当时发行网络最广泛的官方发行机构新华书店。编委会成员共11人:王亚平、田间、老舍、李伯钊、辛大明、苗培时,马烽、章容、康濯、凤子、赵树理。第二期王春加入,共12人。在第一期上刊登了《稿约》对刊物来稿的内容和形式都做了规定。在内容上"用人民大众的眼光来写各种人的生活和新的变化",在形式上"力求能说能唱,说唱出去大众听得懂,愿意听"。稿约中交代清楚了刊物的办刊宗旨,就是要用老百姓喜闻乐见的形式,来反映人民生活的新变化。应该说稿约中的办刊宗旨,与20世纪50年代的主流文艺政策是基本吻合的。

《说说唱唱》共出版了63期,其间因为多种原因主编被更换了几次,刊物的面貌随着主编的更换和其他因素的影响也有一些变化,此处不做具体的展开说明。《说说唱唱》的重要价值如下:

一是对通俗文艺形式的继承。《说说唱唱》作为通俗文艺的代表性刊物,继承了民间说唱文学的各种形式,如鼓词、小戏、评书、快板等。刊物发表这类体裁的作品很多,如在1950—1951年的23期刊物中(从第24期开始,刊物的主编换成了老舍,所以只统计到第23期),共发表通俗唱词80篇,通俗故事48篇,民间歌谣13篇,鼓词11篇,民间小戏7篇。此外还有数来宝,河南梆子等地方特色很浓郁的民间文艺形式,这些来自民间的生动活泼的艺术形式,使得原本僵硬、强势的政治性内容生出几分亲切与熟悉,更为读者喜欢。

二是对通俗文艺内容的改造。《说说唱唱》虽然继承了旧的文艺形式,但是在内容上则进行了大规模的改造,使之完全紧跟时代,积极参加了中华人民共和国成立初期新国

---

① 赵树理:《在大众文艺创作研究会成立大会上的讲话》,《赵树理全集》第4卷,北岳文艺出版社,1990年,第190页。
② 同上。

家意识形态的建设。作品摈弃了通俗文艺中常常表现的帝王将相、才子佳人、江湖好汉等题材,转而将现实生活和底层民众自己的生活作为表现对象,对通俗文艺的内容进行改造。新的内容归纳起来,大概有这样几类:(1)紧跟时代主题,带有明显的宣传色彩的作品,如《劝买公债》《中苏同盟》《庆祝解放海南岛》《抗美援朝把军参》等等。虽然用的是太平歌词,鼓词等通俗的形式,但是内容都是20世纪50年代社会生活中的大事情,作品富有浓郁的时代气息。(2)对革命斗争史的回顾。如《周支队大闹平川》《飞夺泸定桥》《一个小侦察兵的故事》等都属于这类。这类题材主要是回顾战争年代,中国共产党领导人民起来革命的故事。这类题材有很强的故事性,适合用评书、鼓词等形式呈现,故事往往被写得曲折动人,很受底层民众的欢迎。(3)对当时社会的核心价值观的表达。这种价值观概括起来有:劳动致富(《人勤地不懒》《割麦赞》),婚姻自由(《登记》),人民当家做主(《我有土地了》)等等。此外,还有表达普通民众的生活理想的作品,如"勤下地,少赶集,肩上粪筐老不离,吃得省,花得细,保管明年添头驴"(《说说唱唱》第9期,第65页)。这样的民歌唱出了经历过长时间的战乱以后,老百姓希望通过自己的勤劳和节俭,过上安宁富裕日子的心声。

　　三是对全国的通俗文艺工作的指导。《说说唱唱》是中华人民共和国成立初期创刊得最早,也是办得最成功的通俗文艺刊物。其发行量在当时很大,最高时达到4万8千份左右,长期稳定在4万份以上,曾一度是发行量最大的刊物,可与当时《文艺报》的发行量相比。各地广播电台也多采用《说说唱唱》的作品为演唱材料。推出了《赶车传》《登记》等名篇,在全国影响很大。1951年,全国文联研究室在《文艺报》上发表了《关于地方文艺刊物改进的一些问题》提出:"全国和地方的文艺刊物,应有明确的分工。地方文艺刊物,由大行政区办的,最好办成综合性的文艺刊物,除发表较优秀的作品外,应着重指导本地区的文艺普及工作,省、市一级最好办成通俗文艺刊物,以主要篇幅发表供给群众的文艺作品材料,向着通俗化、大众化的方向发展……"①全国的刊物纷纷通俗化,这样,到1951年年底全国九十多中文艺刊物,其中百分之八十都通俗化。《说说唱唱》就成其他通俗性文艺刊物模仿的对象,《说说唱唱》也承担起了指导全国通俗文艺发展的重任。《说说唱唱》1953年第一期,开篇的社论《一个新的开始》中,提出"阅读和研究各地的通俗文艺作品,优秀的予以推荐,拙劣的予以批评",介绍各地"通俗文艺的创作、活动情况"相互交流,团结"各地的作家,通俗文艺工作者","防止粗制滥造的现象,倡导起严肃写作的风气"这样的工作任务,很显然,这是承担起全国通俗文艺工作的指导工作。在1955年的终刊词中,说明停刊的一个理由就是《说说唱唱》是北京市文联的刊物,却要"担负其指导全国通俗文学工作的任务,事实上有很大的困难"。反过来也可以说明,这些年来,《说说唱唱》一直就承担着指导全国通俗文艺的刊物的重任。

　　总之,这是一个用群众喜闻乐见的"能说能唱"形式,以"人民大众的眼光"来写新生活的新变化,反映时代精神的通俗文艺刊物,是那个时代通俗文文艺创作的最高水平的集中体现,也是大众审美趣味的集中表达。

---

① 全国文联研究室:《关于地方文艺刊物改进的一些问题》,《文艺报》第4卷第6期,1951年7月10日。

罗兴萍　辑

《说说唱唱》总目录

（1950年1月—1955年3月）

第一期目录
（一九五〇年一月二十日出版）

石不烂赶车（上）	赵树理（七）
双喜临门	苗培时（十八）
老婆子和小金鱼	王亚平（二六）
李福泰翻身献古钱	康　濯（三十）
工人科长牛占梅	马紫笙（三八）
香炉回家	景孤血（四四）
烟花女儿翻身记——献给北京市妇女生产教养院的姐妹们	辛大明（五一）

第二期目录
（一九五〇年二月二十日出版）

测量拒马河	华北电业组工人王彭寿（四）
生产就业	老　舍（七）
周支队大闹平川	马　烽（一一）
红花绿叶两相帮	王素稔（二二）
飞夺泸定桥	连阔如　苗培时（二七）
劝买公债	张景华（三五）
送红袄	李伯钊（三七）
石不烂赶车（下）	赵树理（四五）
月儿照正南	葛翠林改编（五七）
大众诗选	草田辑（五六）

第三期目录
（一九五〇年三月二十日出版）

中苏同盟	老　舍（四）
中苏关系史说本	王　春（七）
宋江河	王亚平（一二）
二大娘进城	陶　钝（二六）

231

金锁	淑　池(三二)
家家都是好光景	乐　克(五七)
大众诗选	草田辑(三一)(四六)

第四期目录
(一九五〇年四月二十日出版)

疗病计	冯不异(四)
传家宝	王尊三(八)
好小孩儿	沈彭年(一九)
游京城	李悦之(二四)
金锁	淑　池(三七)
大众诗选	草田辑(二三)(六二)

第五期目录
(一九五〇年五月二十日出版)

小力笨	崔蓝波(四)
老侯哥	王彭寿(十七)
二小重逢王秀娃	张庆团(二一)
新河北民歌	任彦芳　苑纪玖(二九)
新事新办	张景华(三二)
传家宝	王尊三(四〇)
大众诗选	草田辑(四六)

第六期目录
(一九五〇年六月二十日出版)

张树元参加农代会	希　坚(四)
陈杏华保护河堤	刘迺崇(七)
胡小虎与赵有能	辛大明(一〇)
小力笨	崔蓝波(一二)
登记	赵树理(二七)
大众诗选	草田辑(二六)(四六)

第七期目录
(一九五〇年七月二十日出版)

签名	希　坚(四)
一个小侦察兵的故事	胡　流(八)
庆祝解放海南岛	寇　平(一四)
曹宪波	杨毓民(一八)

金妹与小兰	刘迺崇（二二）
人勤地不懒	刘植莲（二七）
捞鱼渡荒	王亚平 王素稔（三一）
齐声高唱东方红	张景华（三六）
打周仓	志 明（三九）
李庆萱	黄主亚（四二）
半年来编辑工作检讨	编委会（五一）
河北民歌选	任彦芳 苑纪玖 辑
封面设计	陈允鹤

第八期目录

（一九五〇年八月二十日出版）

混水摸鱼	张 真（四）
割麦赞	白克文（七）
十月的爱园	刘 溪（一〇）
李老霍	姜汝澜（一六）
迎模范	李 彤（二〇）
司务长送驴	陈 戈（二四）
爱路模范胡兰英	沈 沙（二七）
桂元的故事	李古北（三〇）
老财的故事	李 宜（一九）
妇女翻身歌	仁立工厂文艺工作组（四〇）
放牛娃山歌	白 仑（四一）
考验再考验	刚 行（四二）
大众诗选	草田辑（四六）

第九期目录

（一九五〇年九月二十日出版）

女人开火车的故事	张 琳（四）
生活散诗	张志民（三八）
小两口下地	杜 澎 宋哲生（四二）
虎子娘写信寄前方	张景华（四五）
老妈子	凯 亚（四六）
战士诗辑	代 恒（四八）
桂元的故事	李古北（五一）
童谣	马连玉（五〇）
民谣二首	（六五）
如今婚姻自当家	天 戈（六六）

第十期目录

（一九五〇年十月二十日出版）

开国纪念一周年	老 舍(一〇)
郭老汉	商 奇(一二)
双改行	杜 澎(一六)
收割	高 迥(一九)
小黑丫	谈 今(二一)
活人塘	陈登科(二五)
"活人塘"四人赞	赵树理(五五)
我们的国家谁能不爱他(歌) …… 王亚平(词) 李 刚(曲)(五六)	

第十一期目录

（一九五〇年十一月二十日出版）

抗美援朝把军参	张景华(四)
捉特防奸	冯不异(六)
复仇的火焰	杜 澎(一〇)
游击队歼敌记	关 山(一三)
扫垃圾儿	沈彭年(一六)
小春劝母	李聚良(二〇)
圣诞老人旅行记	王索稔(二四)
活人塘(续完)	陈登科(三一)

第十二期目录

（一九五〇年十二月二十日出版）

一封挂号信	杜 澎 宋哲生(四)
永远不会忘记你	葆 深(七)
一架弹花机	石 风(一四)
老潘造铜管	张照邻(二二)
儿歌	陈牧陵(二七)
换药	顾 工(二九)
故事两则：	
一、误会	姜海风(三一)
二、铡刀与水缸	贾华含(三四)
啥人养活仔啥人	叶至诚(三六)
小上寿	辛 铿(三八)
大众诗选	吴晨笳 等(六)(五一)(五二)

第十三期目录

(一九五一年一月二十日出版)

老赵头回来了	孟 浪(四)
保住咱们的金饭碗	张德盛口述 何均地笔录(一五)
战士门前过	沈 林(一七)
光明赞	沈彭年(二一)
打短工	昌 言(二四)
九婿拜寿	杜 澎 宋哲生(三〇)
老婆转变	刘德怀(三四)
阿达尔的避寒衫	刘饶民(四二)
铜墙铁壁田福海	杨里冈(四五)
大伙起来打疯狗	韩起祥口述 高敏夫笔录(三三)

第十四期目录

(一九五一年二月二十日出版)

我为什么要抗美援朝	杨阜民(五)
新车大肥牛	陈正鲁(一二)
苏长胜	谈 今(一八)
单把犁治服了"怪骨头"	杨德进 焦存福 韩文洲 刘天成(二一)
北大荒的春天	鲁 夫(二五)
小两口上冬学	冯再生(二九)
好难领的津贴	木 林(三七)
歌唱女英雄	天 戈(五一)
走丈人	杨溶东(五二)
保卫和平(剪纸)	冯 稼(扉页)

第十五期目录

(一九五一年三月二十日出版)

谁是亲？	李养正(五)
血泪的控诉	韩 笑(一五)
张德强参军	曹桂梅(二二)
志愿军抗美援朝顺口溜	欧阳山尊(二七)
难逃罗网	李 筏 傅霖春(二八)
李小田	满 汲(三三)
老刘和他的枪	姚绍崇(三六)
心爱的土地回了家	潘长荣口述 欧诚明笔录(三七)
派饭·学文化	唐于挥(三八)
小两口	张 捷(三九)
好难领的津贴(续完)	木 林(四一)

送粮支前(剪纸) ………………………………………………… 陈志农(扉页)

第十六期目录
(一九五一年四月二十日出版)

原来是老大娘 ………………………………………………… 黄铭宗(五)
政府不会亏了咱 ……………………………………………… 孙良明(一二)
韩庆宽 ………………………………………………………… 潘 芜(二二)
开动脑筋 …………………………………………… 薛生瑚 金寄水(二六)
志愿军十赞 ……………………………………… 欧阳山尊词 郑律成曲(五二)
陕西农民的诗歌 …………………………………………… 贾奇波 等(三〇)
松平里(上) ………………………………………………… 辛大明(三三)
治好淮河有希望 ……………………………………………… 欧少容(五一)
农家乐 ………………………………………………………… 王逸飞(一一)
防汛保庄稼 …………………………………………………… 丁正华(五〇)
反对美帝武装日本(剪纸) …………………………………… 王树村(扉页)

第十七期目录
(一九五一年五月二十日出版)

珍珠泉 ………………………………………………………… 王亚平(五)
武装日本就不行! ……………………………………………… 李传琇(八)
工事是胜利的好法宝 ………………………………………… 星 辉(九)
买粪 …………………………………………………………… 周玎杰(一七)
歌唱英雄张焕东 ……………………………………………… 何文超(一九)
汉江小唱 …………………………………………… 凌子风词 郑律成曲(五二)
反对美帝武装日本 …………………………………… 白治恩 梁勇增(二三)
松平里(下) ………………………………………………… 辛大明(二七)
土地证 ………………………………………………………… 吴晨笛(一六)
支援中朝人民军队(木刻) …………………………………… 刃 锋(扉页)

第十八期目录
(一九五一年六月二十日出版)

和平解放西藏 ………………………………………………… 老 舍(五)
在阵地上 ……………………………………………………… 流 矢(六)
小英雄捉特务 ……………………………………………… 孟 伯 王素稔(一四)
师徒竞赛 ……………………………………………………… 阳明濯(一七)
挖河女英雄高玉梅 …………………………………………… 陈雨门(二二)
捡到一条命的前前后后 ……………………………………… 李季秀(二六)
喜雨 …………………………………………………………… 袁 声(三二)
陈家夫妻 ……………………………………………………… 朝 阳(三五)

236

"武训"问题介绍	吉成	(五二)
南札木的战斗	葆深	(四一)
天山哈萨克短歌	齐震霞	(三九)
送神歌	李春来	(四〇)
夫妻争读(剪纸)	王树村	(扉页)

第十九期目录
（一九五一年七月二十日出版）

进城	希坚	(五)
种棉记	张篷 李悦之	(一九)
第二十三个生日	宋谋瑒	(二五)
战士生活诗	季麦安	(五〇)
展开爱国竞赛	江山	(五二)
做军鞋	沈林	(八)
成长(八一节说故事)	邓友梅	(三四)
新农村	吴晨笛	(二四)
对发表《武训问题介绍》的检讨	编辑室	(五一)
攻据点(木刻)	戚单	(扉页)
劳动人民文化宫(画)	姜燕	(封面)

第二十期目录
（一九五一年八月二十日出版）

看机器	希坚	(五)
爱国棉	刘德怀	(九)
二万五千里长征	李传琇	(一五)
飞机大砲炸冰坝	鲍云翔	(二四)
老大娘带头劳军	高德新 金寄水	(二八)
卖针唱词	林琦	(三〇)
消灭蚜虫好保棉	袁声	(三一)
锄头歌(苗族民歌)	萧牧	(一四)
煤坑里的英雄(齐丹插图)	黄主亚	(三五)
展开爱国主义生产竞赛(画)	姜燕	(扉页)

第二十一期目录
（一九五一年九月二十日出版）

新事说不完	吕军	(五)
最大的慰问品	焦同仁	(九)
赵殿臣落网记	白苏林	(一四)
反革命分子跑不脱	袁声	(二三)

237

啥人养活啥人	蒋文斌(五〇)
我们一起立功劳	张慕良(四九)
林西玲结婚	绣 珠(三一)
关于《政府不会亏了咱》一文的批评与检讨	(四二)
庆祝国庆(画)	姜 燕(扉页)

第二十二期目录
(一九五一年十月二十日出版)

中华人民共和国成立两周年	利 达(五)
我爱我的房屋	王亚平(七)
好了	梁力 傅璪插图(一〇)
阿尔斯楞	方朔 正襄插图(一六)
人民的领袖万万岁	郭沫若编词 贺绿汀作曲(五二)
咱们都是同志	邓友梅(二八)
国庆狂欢夜	正 襄(扉页)

第二十三期目录
(一九五一年十一月二十日出版)

十月革命颂赞	老 舍(五)
揭盖子	王亚平(七)
这挺机枪是怎样来的	吴 悦(一五)
一门亲事	曹菲亚(二三)
英雄大战华岳山	曹振峰(二八)
红旗竞赛	孙秀忱 正襄插图(三二)
歌曲《啥人养活啥人》的创作和流传情形	陈永贵(三七)
桦树沟	李伯钊(三九)
中苏友好万岁(画)	正 襄(扉页)

第二十四期目录
(一九五一年十二月二十日出版)

为澈底改正通俗文艺工作中的错误而奋斗	王亚平(五)
文艺作家也要增产节约	老 舍(九)
罗汉钱	赵树理原著 端木蕻良改编(一一)
省煤英雄李秀俊	王彭寿(三五)
李大嫂生产节约	王亚平词 荣克曲(五六)
增产节约找窍门	袁宝钧 韦存浩(三七)
桦树沟	李伯钊(三八)

第二十五期目录

(一九五二年一月号总第二十五期,一九五二年一月二十日出版)

我与《说说唱唱》	赵树理	(五)
把我的思想提高一步	苗培时	(七)
《种棉记》的检讨	李悦之 张 篷	(一一)
柳树井	老 舍	(一二)
打锉刀	唐志学 荀宝龄 刘式杰 甘绩显	(三〇)
把旧料变成好东西	张 路 傅 璿	(三八)
桦树沟(续)	李伯钊	(四〇)
朝鲜人民热爱中国人民志愿军(年画)	方 菁	(扉页)
编后记		(五二)
封面设计	张贻来 傅 璿	

第二十六期目录

(一九五二年二月号总第二十六期)

提高说唱文学的思想性和艺术性	王亚平	(四)
坚决肃清小资产阶级错误思想	端木蕻良	(九)
我的写作态度	孟 拉	(一四)
彻底批判我错误的写作态度	潘鸿章	(一五)
刘正明终于站稳了工人阶级立场	顾群等	(一六)
岳云峰破获贪污案	张志民	(一七)
廖管理员的"冻猪肉"	杨立确	(二三)
成渝铁路通车	吴松操 何文超	(三三)
给乔埃做个谈判总结	朱 英 罗 文 茂黎明	(三六)
通讯英雄刘连科	卢广川	(四二)
桦树沟(续)	李伯钊	(四五)

第二十七期目录

(一九五二年三月号总第二十七期)

北京市文艺工作者抗议美国使用细菌战的罪行		(五)
八个月来的《说古唱今》	《说古唱今》编辑部	(六)
巍山区组织群众说唱的经验	金 陇	(一〇)
这是一场严重的阶级斗争!	赖鲁李冀	(一三)
坚决和奸商贪污分子作斗争的于春银	中央美术学院	(一四)
资产阶级陷害革命工作人员的恶毒手段	杜葆昌	(二〇)
信	李 克 李微含	(二六)
带徒弟	独 木	(三五)
楚大哥找爱人	李春祥	(四一)
桦树沟(续)	李伯钊	(四六)

反贪污斗争大会（速写） ·· 蒋兆和（扉页）

第二十八期目录
（一九五二年四月号总第二十八期）

消灭病菌 ·· 老 舍（四）
水车 ··· 宫 琦（一一）
忘恩负义的资本家 ··· 中央美术学院（一四）
刘山钻汽缸 ··· 孔德解（二〇）
七寸步犁 ·· 李紫篁（二四）
英雄卫生院康汉亭 ··· 王 敏（二六）
桦树沟（续完） ·· 李伯钊（三〇）
编后记 ·· （五二）

第二十九期目录
（一九五二年五月号总第二十九期）

努力学习毛泽东文艺思想
坚决改进编辑工作 ·· 编辑部（五）
找窍门 ···················· 殷天文 杨世哲 吴自鑫 武文扬 邓友梅（九）
农业劳动模范殷维臣 ··· 罗 扬（一二）
创造"速成识字法"的祁建华 ······································· 邓 直（一六）
"速成识字法"快板 ·· 祁建华（二〇）
丰产模范 ·· 齐 芳（二二）
反对细菌战 ··· 刑大安（二五）
反对美国细菌战（新洋片） ·· 王守睦等（三〇）
不能让它烧掉 ·· 崔 文（三九）
喜报 ··· 祝向群（四三）
"五一"示威大游行（画） ··· 墨 浪（扉页）

第三十期目录
（一九五二年六月号总第三十期）

文艺必须通俗化 ··· 端 木（六）
反对通俗文艺创作中的粗制滥造 ································· 王锦年（九）
毛主席留下的一面红旗 ··· 邓友梅（一三）
毛主席的故事 ··· （一七）
　一、毛主席万岁 ·· 康濯记（一七）
　二、毛主席改造二流子 ·· 辛景月记（二〇）
　三、进劳动大学 ·· 柯蓝记（二一）
少数民族歌唱毛主席 ················· 波浪 杨燕 鲁山编曲（二四）
川北革命故乡的山歌 ··· 天戈记（二五）

北京工人的通俗文艺创作	考　诚（二六）
废品说话	北京人民印刷厂工人王国祥（三一）
好日子靠生产	北京机器总厂工人王寅生（三三）
机器大合唱	北京琉璃河水泥厂工人陈世义（三五）
新北京画选	（三七）
修建陶然亭	白凤鸣　曹宝禄　魏喜奎（四○）
中国人民志愿军的诗歌	孙毓椿辑（四二）
诗两首	吴晨笛（四四）
水的故事	昌　言（四六）
修建陶然亭（画）	刃　锋（扉页）
编后记	（五二）

第三十一期目录

（一九五二年七月号总第三十一期）

配合速成识字法的推行 展开通俗文艺的创作	编　者（五）
中国人民志愿军的诗歌	（七）
中国人民解放军的诗歌	（九）
解放大和岛	范成千（一一）
苦学苦练	柯　原（一四）
盖饭堂	吴　锐（一九）
烽火山上的英雄	刃　锋（二一）
没有过不去的山	邱自操（二四）
治淮模范李兰香	廖文渭（二八）
话说宝文堂	陈逢春（三三）
住新房	车乃刚（三六）
文化翻身	张恩书（四三）
心中想起毛泽东	严农记（五二）
志愿空军英雄赵宝桐（画像）	刃　锋（扉页）

第三十二期目录

（一九五二年八月号总第三十二期）

战士的创作给通俗文艺开辟了新道路	王亚平（六）
在帐篷里	姚　锦（九）
从国防战士到文艺战士	汪曾祺（一二）
张福生编唱四季调	沈彭年（四四）
"八一"运动大会文艺竞赛作品选	
卢湘云打兵舰	王凤鸣（一六）
蓄洪区说话	王凤鸣（二○）

241

战士之家……………………………… 李大我　伯　仁　王　越	(二三)
青年英雄潘天炎……………………………… 梅门造　杜　澎	(二七)
炊事房四季调……………………………………… 张福生	(四六)
我是一个兵………………………… 陆原・岳仑词　岳仑曲	(四七)
进军号………………………………… 张建华词　彦克曲	(四九)
抢救山林……………………………………………… 王　垦	(三〇)
美事出在淮河上……………………………………… 铁　孩	(三三)
周师傅………………………………………………… 李士民	(三七)
两个月没回家………………………………………… 张树义	(三九)
民歌二首……………………………………………… 谷　青	(四二)
洪湖老苏区人民歌唱红军…………………………… 刘毅辑	(四三)
通俗文艺动态…………………………………………………	(五一)
编后记…………………………………………………………	(五二)
赛马(画)……………………………………………… 刃　锋	(扉页)

第三十三期目录

（一九五二年九月号总第三十三期）

欢迎第一届全国戏曲观摩演出大会………………… 编　者	(五)
北京的"曲剧"………………………………………… 老　舍	(七)
歌颂天安门………………………………………… 集体创作	(九)
贵州兄弟民族的诗歌……………………………… 刘师光辑	(二四)
新疆兄弟民族的诗歌……………………………… 刘师光辑	(二五)
青海兄弟民族的诗歌……………………… 青海省文工团收集翻译	(二七)
毛主席的绣像……………………………………… 刘千里	(二九)
"我订三百五十箱"………………………………… 冯元勋	(三二)
窍门要活用………………………………………… 赵世良	(三六)
美国的空军忧事…………………………………… 梁书林	(三八)
人多力大能胜天………………………………… 君羊　蓝叶	(四三)
编后记…………………………………………………………	(五二)
天安门(画)……………………………… 天安门整修工人张士杰	(扉页)

第三十四期目录

（一九五二年十月号总第三十四期）

爱国艺人常香玉……………………………………… 江　浦	(五)
首都实验评剧团怎样排演《女教师》……………… 沈彭年	(八)
枪炮变成农具………………………………………… 考　诚	(一三)
和平宾馆……………………………………………… 孙秀汶	(一七)
棉衣桥………………………………………………… 林　林	(二〇)
拆墙…………………………………………………… 纪　中	(二六)

白沙水库民工诗歌选 ··· （二九）
抚顺矿工快板选辑 ································· 晓明辑（三三）
心里的石头 ··· 李士民（三五）
新事新办 ··· 陈寿荪等（三七）
和平鸽（画） ······································· 于非暗（扉页）

第三十五期目录
（一九五二年十一月号总第三十五期）

正确地对待祖国的戏曲遗产 ················· 人民日报社论（五）
维诺格拉道夫教授 ························· 曹菲亚　沈彭年（七）
杜拉索夫抢救灾民 ································· 也　夫（一一）
学习苏联先进经验的王德生 ························· 刃　锋（一一）
苏联专家在首都发电厂 ····························· 王彭寿（一五）
黄河岸上的故事 ··························· 邢秋平　樊　成（一八）
杨秀芝发明装订机 ································· 孙玉奎（二一）
半夜鸡叫 ··· 袁清岑（二八）
王进德下井 ······································· 昌　言（三三）
刘海砍樵 ··· （三八）
种大麦 ··· （四四）
学习苏联先进经验（木刻） ························· 刃　锋（扉页）

第三十六期目录
（一九五二年十二月号总第三十六期）

地方小戏怎样描写人物的性格 ······················· 王亚平（五）
保卫钢铁运输线 ··························· 焦乃积　张雅斌（九）
"三个星期两千字" ································· 杜　澎（一三）
老冯的故事 ······································· 芷　汀（二〇）
王新海创改三班制 ································· 薛生瑚（二五）
哑巴找窍门 ······························· 高剑平　吕玉珊（二八）
范淑芩生娃娃 ····································· 舒　梅（三四）
文化学习战线上的胜利
党和毛主席给了我文化 ····························· 武天才（三七）
顾永武团长 ······································· 王荣太（三九）
鞋 ··· 王永坤（四二）
朱山桥战斗 ······································· 西良德（四三）
介绍几种单弦牌子曲曲谱 ······························ （四四）
修高炉、炼铁、建设祖国（木刻） ··················· 刃　锋（扉页）

243

第三十七期目录

(一九五三年一月号总第三十七期)

一个新的开始	本　社(六)
让他低下头来	郑铁坡(八)
一小块黑板	杜　澎　宋哲生(一二)
打油歌	吴晓玲(一八)
阿苏拉吉	邓友梅(二〇)
闹天宫	(清)佚名(二四)
合家欢	萧　征(二六)
十八里大平道	耿　瑛(三八)
翻身山歌飞上天	罗宣文(四一)
民间故事选	(四三)
毛泽东懂得老百姓的苦楚	楚奇原记　张离重写(四三)
鲁般的故事	许钰记(四四)
二郎捉太阳的故事	金烽原记　震理重写(四六)
不见黄娥心不死	刘盾原记　贾芝重写(四七)
一个庄稼人和县官	于从周　胡俊民记(四九)
谢九杀白军	李超白记(五〇)
王维盛板话	晓　映(五一)
《河南坠子书》《河南曲子集》	冯　春(五二)
草原上的爱国增产运动(年画)	旺亲拉西(扉页)
封面设计	冀　宇(封面)

第三十八期目录

(一九五三年二月号总第三十八期)

三担稿	絜　青(五)
北京的"京音乐"	阜　西(七)
新婚姻法宣传专辑	
张生煮海	王亚平(九)
大家评理	老　舍(一五)
关于婚姻问题的民歌(一〇八首)	中国民间文艺研究会整理(四五)
民间故事三篇	
竖牌坊的故事	羽衣原记　丁丁重写(六五)
白头翁的传说	化原重写(六六)
一枝花和死肉瓜	秀英原记　宜秋重写(六七)
北京业余艺术学校举办近郊农民班	薇　含(六八)
画页	
蛙与蝌蚪	齐白石(扉页)
白菜倭瓜	齐白石(五)

鸽 ………………………………………………………………… 齐白石(六)

第三十九期目录

（一九五三年三月号总第三十九期）

斯大林同志遗像 ……………………………………………………（三）
苏联共产党中央委员会、苏联部长会议、苏联最高苏维埃主席团
　告全体党员、苏联全体劳动人民的公告 ……………………（七）
毛主席致电吊唁斯大林逝世 ……………………………………（一〇）
中华全国文学艺术界联合会和中华全国文学工作者协会
　吊唁斯大林同志逝世 …………………………………………（一四）
依照斯大林指出的道路，前进！ ……………………… 本　社（一一）
他没有死，他还活着！ ………………………………… 王亚平（一三）
化悲痛为力量 …………………………………………… 老　舍（一四）
王家坡 …………………………………………………… 赵树理（一五）
金瓜配银瓜 …………………………………… 董均伦　江　源（一八）
宋秋菊学徒 ……………………………………………… 沈彭年（二六）
婆媳之间 ………………………………………………… 孙玉奎（三二）
电话线 …………………………………………………… 张泽农（三八）
唱到老，学到老 ………………………………………… 程砚秋（三七）
连阔如和评书 …………………………………………… 孙毓椿（三九）
我们的心呀，在前方！
　想尽办法，做到有求必应！ ………………………… 关学曾（四二）
　越多唱，心里越舒服！ ……………………………… 魏喜奎（四二）
　战士教育了我 ………………………………………… 孙砚琴（四三）
　总算尽了一点儿心 …………………………………… 王　俊（四三）
金香瓜 ………………………………………… 董均伦　江源记（四四）
长鼻子 ………………………………………… 董均伦　江源记（四五）
群众习作选辑
　为了完成任务 ………………………………………… 邱　悦（四八）
　母亲给我的力量 ……………………………………… 朱长青（五一）
　可以当"八路"了 ……………………………………… 陆振英（五二）
　李小红 ………………………………………………… 吴德运（五四）
编后记 ……………………………………………………………（三一）

第四十期目录

（一九五三年四月号总第四十期）

向民间音乐舞蹈学习 …………………………………… 老　舍（五）
民间音乐舞蹈会演节目选刊
　走西口 …………………………………………………………（六）

245

王二姐思夫 …………………………………………………………（九）
打通国防公路 ………………………………………… 顾　乡（一四）
新郎新娘对唱 ……………………………………… 路石桥（一九）
笃哥王 …………………………………… 马学良　邰昌厚译（二三）
民间故事选（六则） …………………………… 曹一新等记（二七）
先军属后自己 …………………………………… 王　垦　焦存福（三三）
组长和女婿（吴让宾·王栋插图） ……………………… 方　之（三五）
马头琴独奏（画） …………………………………… 刃　锋（扉页）
编后记 ……………………………………………………………（五二）

第四十一期目录

（一九五三年五月号总第四十一期）

重视和发展民间艺术 ……………………………《人民日报》短评（六）
孖老汉及其他 …………………………………………… 贾　芝（七）
民间音乐舞蹈会演节目选刊
　　云南民歌 ………………………………………………………（一一）
　　少数民族的民歌 ………………………………………………（一二）
"统计表" ……………………………………………… 希　坚（一五）
踢皮球 …………………………………………… 孙秀汶　侯宝林（一六）
春英 …………………………………………………… 克　明（二一）
战士习作选
　　捉狗记 ……………………………………………… 张雅斌（二七）
　　三粒子弹 …………………………………………… 苗金泰（三〇）
　　难忘的战友 ………………………………………… 申万金（三一）
　　我在蒙自战斗中 …………………………………… 常华堂（三三）
花儿选辑（四十七首） ………………… 中国民间文艺研究会（三五）
给妈妈报仇（余所亚插图） ………………………… 唐春芳蒐集（四一）
儿童故事选
　　猴子摘包谷 ………………………………………… 发掘记（四八）
　　老大娘和猴子 ……………………………………… 晨犁重写（四八）
　　瓜王 ………………………………………………… 丁丁重写（四九）
　　燕子和人类 ………………………………………… 林扬译（五〇）
民间艺术翻身了（通讯） …………………………… 江　山（五一）
伟大的工业建设开始了（木刻） …………………… 刃　锋（扉页）
编后记 ……………………………………………………………（五二）

第四十二期目录

（一九五三年六月号总第四十二期）

屈原简述 ………………………………………………… 郭沫若（五）

祖国伟大的诗人屈原	游国恩(一〇)
是什么障碍着我们创作的提高	王亚平(一三)
海上英雄	集体创作 柯蓝整理(一八)
打活靶	刘昌勉(二五)
了解情况	张 琳(二九)
诗人普希金在中国的影响	王亚平(三六)
步步跟上毛主席	韩燕如搜集(四二)
藏族民歌选辑	中国民间文艺研究会(四四)
朝鲜民间故事	金丝倩君编译(四七)

画页
  屈原行吟图 ······ (明)陈洪绶(扉页)
  普希金木刻像 ······ 刃 锋(三五)

第四十三期目录

(一九五三年七月号总第四十三期)

前进中的工人文艺创作	王亚平(五)
斯大林永远鼓舞着我们前进	李学鳌(一〇)
万寿无疆(丘琴译)	阿塔·萨里贺(一四)
刺儿菜的故事	端木蕻良(一五)
好村庄出了好儿郎	郭一兵(二〇)
湖上英烈	巴 牧(二五)
在捷克斯洛伐克观剧	老 舍(三〇)
《王二姐思夫》新旧本的异同	阿 英(三二)
猎歌	周汝诚 孙鉴冰(三七)
凉山彝族民歌	朱叶整理(四二)
苗王张老岩	桂钟生收集 李果青整理(四四)
乌兹别克民间童话	钟 琴 林 鹤 苏军译(四七)
选举生产两不误(招贴画)	刃 锋(扉页)

第四十四期目录

(一九五三年八月号总第四十四期)

英雄的运输部队	史 征(五)
战士习作	
"老病号"找目标	志愿军仇天(一三)
鬼子送礼	志愿军孙福明 张宗吉(一四)
《石壕吏》今译	解放军封静(一六)
珠儿娘	董均伦 江 源(一七)
短论	
关于结婚	栋 西(三七)

不要轻举妄动 ··· 束　禾(三九)
扬州说书 ······················ 扬州市文联整理　洪为法、陈午楼执笔(四一)
广西山歌 ··· 中国民间文艺研究会(四八)
短篇鼓词二篇 ·· 王尊三整理(四九)
介绍《关于斯大林的传说》 ··· 葛翠琳(五一)
读者来信 ·· (五二)
天山下的歌声(画) ··· 叶浅予(扉页)

第四十五期目录

（一九五三年九月号总第四十五期）

老房东 ·· 王希坚(五)
白杨(袁运甫插图) ··· 李　季(一一)
为朋友要为咱红军 ··· 公　木(一二)
陆战炮打飞机 ··· 沈春生(一七)
还是毛主席的智谋多 ··· 谭　克(二一)
心明眼亮 ·· 沈彭年(二四)
战士习作
　日记两则 ·· 崔八娃(二八)
　读了两节《水浒》故事以后 ···································· 汤新杰(三〇)
　张玉明智擒匪特 ·· 李　武　杨学礼(三二)
十字坡 ······················· 高元钧原词　王亚平整理(三四)
　藏胞歌颂毛主席 ·· (四三)
　民间故事选译 ·· (四六)
婚礼(画) ·· 高亚光(扉页)

第四十六期目录

（一九五三年十月号总第四十六期）

认真接受文学遗产，努力创作优秀作品！ ···················· 王亚平(五)
摩托车说话 ··· 公安战士集体创作(一一)
一支钢笔 ·· 丁　力　詹万斗(一五)
我们是光荣的警卫兵(歌曲) ·················· 刘玺章词　李振魁曲(二〇)
木棉树(歌曲) ······································ 阿斯词　王桥、笔耘曲(二一)
我还是选他 ·· 方刚萧然(二二)
选民证儿领家来(歌曲) ··················· 德润、曹克词　曹克曲(二五)
老阿娘 ·· 高天白(二六)
王二姐思夫 ·· 何　迟(三二)
民间故事二篇 ··································· 董均伦　江源记(四三)
十字坡(续) ··························· 高元钧原词　王亚平整理(四七)
抄袭别人的作品是可耻的！ ······································ 编辑部(五二)

夏天（画） …………………………………………………… 叶浅予（扉页）

第四十七期目录
（一九五三年十一月号总第四十七期）

一定要把淮河修好（中篇评弹）
　………………… 上海市人民评弹工作团集体创作·左弦整理（五）
饶兴礼访问苏联（鼓词） ………………………………… 朱泗滨（二二）
枣熟了（诗） ……………………………………………… 苗得雨（二六）
选举小唱（歌曲） ………………………… 普烈词　劫夫曲（二八）
民间诗人王老九（刃锋插图） …………………………… 艾克恩（三〇）
歌颂毛主席（诗） ………………………………………… 王老九（三二）
讨论
　　往哪里深入 ……………………………………………… 赵　坚（三三）
　　跟工人相处 …………………………………………… 王寅生（三五）
甘肃花儿选………………………………………………………（三七）
民间故事选………………………………………………………（三九）
十字坡（续完） ………………………… 高元钧原词　王亚平整理（四三）
中国曲艺研究会成立（通讯） …………………………………（五二）
苏武牧羊·木兰从军（泥塑） …………………………… 张景祜（扉页）

第四十八期目录
（一九五三年十二月号总第四十八期）

王老九诗选……………………………………………………… 王老九（五）
割麦（小说） ……………………………………………………… 宋　凯（一一）
小麦粒自述（快板） ……………………………………………… 希　坚（一七）
伏击在牛里岛（山东快书） ……………………………… 靳　洪　李明智（二一）
一定要把淮河修好（中篇评弹）
　　　　　上海人民评弹工作团集体创作·左弦整理（二七）
民间谜语选辑 ………………………………………… 向人红收集（三三）
淮北农村谚语选 ……………………………………… 廖文渭收集（三六）
马郎歌 …………………………………………………… 今旦译（三八）
苗族民间故事选 ………………………………………… 汤炜等（四三）
大军菜（歌曲） ………………………… 郭绍法词　北夷曲（五一）
劳动模范（木雕） ………………………………………………（扉页）

第四十九期目录
（一九五四年一月号总第四十九期）

新年献礼（山东快书） …………………………………… 张　觉（五）
东岳庙（山东快书） ……………………… 高元钧原词　王亚平整理（一一）

关于《毛泽东的故事》……………………………………………贾　芝(一八)
毛泽东的故事
　　毛主席也来了………………………………楚奇原记　汪中重写(二二)
　　打狗鱼…………………………………… 梅长英原记　张静重写(二三)
　　听护士的吩咐……………………………… 吕金水原记　今笺重写(二三)
　　《谁提心吊胆?》………………………………………………陈　列(二四)
　　三五年是多久…………………………………………………曹靖华(二五)
王继先浇灌楼梯(琴书)……………汪受善、朱赞平原作　艺人关学曾改编(二八)
阿·托尔斯泰和《俄罗斯民间故事》…………………………………苏　刃(三二)
凉山彝族民歌…………………………………………………… 朱叶整理(三五)
战斗的边疆(小说)……………………………刘大海、李未芒作　张晃插图(三七)
封面木刻(刃锋)插页剪纸(芮星农)封面设计(袁运甫)

第五十期目录

（一九五四年二月号总第五十期）

在总路线的照耀下发挥通俗文艺的更大作用……………………（社论）(五)
回组(说唱)…………………………………………………乍　人　长　庚(九)
偷石榴(河南坠子)…………………………………………… 王允平整理(二三)
谈《偷石榴》……………………………………………………苏　刃(二六)
井底引银瓶(唐·白居易诗)…………………………………… 曾其试译(二八)
福建民歌……………………………………………………陈炜萍收集(二九)
民间故事选……………………………………………………戈锋等记(三二)
志愿军诗选……………………………………………………………(三六)
东岳庙(山东快书)…………………………………高元钧原词　王亚平整理(三八)
战斗的边疆(小说连载)………………………刘大海、李未芒作　张晃插图(四三)
封面木刻(黄永玉)封底剪纸(民间艺人王老赏)扉页木刻(吴燃)

第五十一期目录

（一九五四年三月号总第五十一期）

因为想起你对中国人民的友谊(诗)………………………………王亚平(五)
乡长买笔(小说)……………………………………………………方　之(七)
时间的主人(诗)…………………………………………………李学鳌(一九)
我有一个亲密的战友(诗)…………………………………………李学鳌(二〇)
蒙古民间故事……………………………… 朱锡沅　其木德·道尔基整理(二二)
工地是咱们的命根子(山东快书)…………………… 集体创作　曹东俊执笔(二六)
湖南山歌……………………………………………… 谭君实　苏子收集(二九)
东岳庙(山东快书)…………………………………高元钧原词　王亚平整理(三二)
战斗的边疆(小说连载)………………………刘大海、李未芒作　张晃插图(四〇)
封面木刻(古元)封底剪纸(潮州妇女杨雪友)

第五十二期目录
（一九五四年四月号总第五十二期）

进北京（诗）	王老九（五）
九红出嫁（武安落子）	昌言整理（九）
海上风夜（速写）	杜雲孝（一九）
一心想当副射手（山东快书）	李延琛（二四）
藏族民歌诗选辑	朱德普居人王哲石寅收集（二八）
志愿军诗选	（三三）
民间故事三篇	（三七）
吴老康（小说）	彭 拜（三九）
通讯员的来信和答复	（四九）

封面木刻（李桦）封底剪纸（洪汛涛收集）扉页木刻（黄永玉）

第五十三期目录
（一九五四年五月号总第五十三期）

周师傅（小说）	才贵旺作 向壁修改（五）
动脑筋（山东快书）	希 微（一五）
机器的主人（诗）	李学鳌（一九）
矿工的歌（诗）	何永鳌（二〇）
学徒的生活（小说）	关振铃（二一）
《飞锤李》（山东快书）	赵 坚（二六）
民间故事选	（二八）
史家庄（山东快书）	
	高元钧原词 萧亦五记录 王亚平根据马立元改本整理（三二）
小石房（诗）	波 峰（五二）

封面木刻（王琦）封底·扉页剪纸（张道一）

第五十四期目录
（一九五四年六月号总第五十四期）

孙老大单干（小说）	马 烽（五）
美猴王（西河大鼓）	蔡连贵原词 王尊三整理（一六）
百吨吊车	艾 芜（二〇）
溜溜光（山东快书）	刘 敏（二二）
砂子（小说）	关振铃（二四）
四川民歌选	（二八）
谈四川金钱板	沈慕垠（三一）
阳关大道（金钱板·荷叶）	王 燮（三五）
蛇郎（民间故事）	朱敬之记（四四）

251

康藏慰问的感想(二篇) ································ 曹宝禄　魏喜奎(四九)

封面木刻(旅迈)封底剪纸(杨雪友)扉页剪纸(林曦明)

第五十五期目录

(一九五四年七月号总第五十五期)

宪法草案鼓舞了我们(社论) ································ (五)
大喜 ································ 老　舍(八)
喜讯(诗) ································ 王亚平(一〇)
亲家(小说) ································ 泰兆阳　安靖插图(一二)
解放军诗选 ································ (一九)
春成回村(小说) ································ 赵　坚(二一)
虎口屋(民间传说) ········· 董均伦、江源记　张光宇插图(二六)
河南坠子的"对口唱" ································ 张长弓(二九)
祝英台下山(河南坠子) ································ 张长弓整理(二九)
带组入社(快板诗) ································ 王老九　王继洲(三四)
梦狼(评书) ·········· 陈士和说　金受申记　本刊编辑部整理(四四)

封面木刻(荒烟)扉页剪纸(徐飞鸿)

第五十六期目录

(一九五四年八月号总第五十六期)

生活的开端(独幕话剧) ································ 任一的(五)
分区司令员(小说) ································ 李南力　吴　锐(二一)
兴安岭上的公安战士(快板) ································ 王　明(二七)
飞油壶(相声) ································ 王国祥(三〇)
内蒙民间的美谈和故事 ································ 李冀记　尹瘦石图(三七)
梦狼(续上期) ·········· 陈士和说　金受申记　本刊编辑部整理(四二)
读者中来
读《九红出嫁》 ································ 雨　明(三四)
《九红出嫁》读后 ································ 越(三五)
歌唱宪法(歌曲) ································ 赵寰词　萧民曲(五二)

封面木刻(刃锋)扉页剪纸(林曦明)

第五十七期目录

(一九五四年九月号总第五十七期)

我们选举了毛主席(快板) ································ 老　舍(五)
一定要解放台湾(快板) ································ 金　栋(七)
拥护中华人民共和国宪法草案 ································ 侯宝林　唐耿良(九)
觉悟(小说) ································ 吴运铎(一二)
常老三钓鱼(山东快书) ································ 声　远(一七)

夜行记(相声) ………… 郎德沣 陈文海 蒋清奎 贾鸿彬 侯伯照 李培基(二二)
伟大的苏联展览馆 ………………………………………………………… 王亚平(二七)
我想念着我的朋友(诗) …………………………………………………… 蔡似彦(三〇)
读《短篇鼓词五篇》的体会 ………………………………………………… 张啸虎(三三)
见到毛主席(诗) ……………………………………………………………… 良 沛(三七)
歌唱民族团结的大家庭(民歌) …………………………………………………（三八）
民间传说选 …………………………………………………………………………（四二）
梦狼(续上期) ……………………… 陈士和说 金受申记 本刊编辑部整理(四五)

封面木刻(黄永玉)扉页剪纸(侯雲)

第五十八期目录
（一九五四年十月号总第五十八期）

庆祝中华人民共和国成立五周年,努力接受民间
说唱文学传统,反映伟大祖国的现实(社论) ……………………………… （五）
伟大庄严的日子(唱词) ……………………………………………………… 马紫笙(九)
英雄胜利归来(快板) ………………………………………………………… 鲁 源(一一)
走在时间前面的人——王崇伦(短篇评话) ………………………………… 唐耿良(一二)
在火车上(谐剧) ……………………………………………………………… 王永梭(二三)
大搬家(山东快板) …………………………………………………………… 王允平(二九)
薛二嫂子(小说) ……………………………………………………………… 彭 拜(三一)
十里好风光(跑驴) …………………………………………………………… 李左之(三六)
河南民歌 ……………………………………………………………………… 郭力收集(四一)
梦狼(评书·续完) ………………… 陈士和说 金受申记 本刊编辑部整理(四二)
封面木刻(荒烟)扉页剪纸(徐飞鸿)

第五十九期目录
（一九五四年十一月号总第五十九期）

重视批判《红楼梦》研究的错误观点的斗争 ……………………………… 编辑部(五)
春种秋收(小说) ……………………………………………………………… 康 濯(八)
空中飞篮(山东快书) ………………………………………………………… 高剑平(二六)
西双版纳傣族民歌 ……………………………………………… 公 刘 周良沛整理(三〇)
四明山山歌 …………………………………………………………………… 朱秋枫(三六)
英台姑娘与山伯相公(布依族传歌) ………………………………………… 倪大白整理(四一)
寻工夫(柳腔剧) ……………………………………………………………… 李川 秋潮整理(四三)
读者来信综述 ………………………………………………………………… 编辑部(五〇)
从西郊公园看苏联展览馆侧面(封面木刻·力群)
打草鞋(扉页剪纸·张侯光)

第六十期目录
(一九五四年十二月号总第六十期)

小白旗的风波(地方戏) ············· 李　翎(五)
邱少云(鼓词) ················· 王明希(一八)
我为英雄把水担(快板) ·············· 周　里(二一)
一网打尽(评书) ··········· 贾承基　刘真相(二二)
三十二辆机器车(山东快书) ··········· 孙振寰(二九)
牧牛(地方戏) ·············· 金孝电等整理(三二)
民间谜语选 ················ 向人红收集(三九)
大方人(山东快书) ·················· (四一)
短篇鼓词三篇 ············· 李成林老合家整理(四二)
桂西僮族民间故事 ·············· 萧甘牛记(四三)
两个姑娘 ···················· 凌　鹤(四八)
送粮小唱(歌曲) ············· 安娥词　亦菲曲(五一)
选好籽种(歌曲) ······ 金太熙词　朴佑曲　尹钟云译词　寒溪配歌(五二)
封面木刻(刃锋)扉页剪纸(徐飞鸿)

第六十一期目录
(一九五五年一月号总第六十一期)

关于《文艺报》的决议(中国文联主席团中国作家协会主席团扩大
　联席会议通过) ····················· (五)
夜袭金门岛(山东快书) ············· 天　民(九)
猪八戒啃猪爪儿(岔曲) ············· 杨学礼(一三)
一锅稀饭(评书) ················ 吴　桐(一六)
谈红楼梦鼓词《露泪缘》 ············ 李啸仓(二二)
《苏联口头文学概论》介绍 ··········· 连　思(二八)
青年英雄秦文学(琴书) ········ 俞伯荪原作　关学曾改编(二八)
飞越康藏高原(诗) ············ 马国昌李长蕴(三一)
写总结(谐剧) ················· 戈　路(三四)
《高个儿》(山东快书) ·············· 章　明(四一)
民间谜语选 ················ 陈风收集(四二)
要账(小说) ··················· 徐　慎(四三)
三全镇(西河大鼓) ·········· 李书春　李国春整理(四九)
要把胜利的旗帜插到台湾(歌曲) ········ 王军词　晓河曲(六六)
封面设计 ······················ 辛　之

第六十二期目录
(一九五五年二月号总第六十二期)

九月的胜利(快板) ············· 寇迎祥　王　群(五)

康藏公路赞 …………………………………………………… 康庄整理(七)
侦察员(山东快书) …………………………………………… 声 远(八)
程咬金卖柴笆(评书) ……………… 陈荫荣说 金受申记 本刊编辑部整理(一六)
评《曲艺论丛》 ……………………………………………… 李啸仓(二七)
打误(小喜剧) ……………………………………………… 雲 明(三一)
牙牙葫芦(民间故事) …………………………………… 董均伦 江源记(三七)
鱼儿的风波(小说) ………………………………………… 杜 河(四二)
三全镇(西河大鼓)(续) ………………………… 李书春 李国春整理(五二)
砲艇大队出动了 …………………………………… 周永西词 郑律成曲(六六)
封面设计 …………………………………………………………… 辛 之
扉页剪纸 …………………………………………………………… 刑 逊

第六十三期目录

（一九五五年三月号总第六十三期）

终刊词 ……………………………………………………………………（五）
三全镇(西河大鼓·续完) ……………………………… 李书春 李国春整理(六)
金菊花(傣族民歌) ………………………………………… 井琦整理(一七)
渔场海战(山东快书) ……………………………………… 李洪恩(二〇)
医生(相声) ………………………………………………… 侯宝林(二六)
民间文艺是封建文艺吗？(论文) ………………………… 王素稔(三〇)
工地两姑娘(唱词) ………………………………………… 重 山(三五)
老张犁地(唱词) …………………………………………… 田叶古(三八)
大"窗帘"(山东快书) ……………………………………… 遇践知(四二)
壶、鸡蛋(相声) …………………………………………… 王国祥(四六)
程咬金卖柴笆(评书·续完) ……… 陈荫荣说 金受申记 本刊编辑部整理(五三)
告读者 ……………………………………………………… 编辑部(六二)
封面设计(曹辛之)扉页剪纸(张道一)

王海蓝　林　祁

日本当代华人作家著作一览

A

阿洋
　《亲爱的汗水》　安徽文艺出版社　2012

B

白雪梅
　1.《花样的年華》　星湖舍　2006
　2.《詩境悠遊》　新風書房　2011
　3.《日本語に似ているようで似ていない中国語の漢字》　阪急コミニケーションズ　2012

不肖生
　《留东外史》　岳麓书社　1998

C

陈永和
　1. 长篇小说《东京之恋》　湖南文艺出版社　1997
　2. 非虚构文学《代价——中日跨国婚姻纪实》　东方出版中心　2002
　3. 长篇小说《光禄坊三号》　江苏凤凰文艺出版社　2018
　4. 长篇小说《一九七九年纪事》　江苏凤凰文艺出版社　2018

陈希我
　1.《抓痒》　花城出版社　2004
　2.《冒犯书》　人民文学出版社　2007
　3.《大势》　花城出版社　2009
　4.《兔子汤的汤的汤》　东方出版社　2010
　5.《真日本》　山东画报出版社　2011
　6.《日本向西,中国向东》　南方日报出版社　2013
　7.《移民》　金城出版社　2013

曹旭
　《岁月如箫》　人民文学出版社　2007

D

杜海玲

1.《女人的东京》 文汇出版社 2003

2.《无事不说日本》 法律出版社 2017

段跃中

1.《留学扶桑》 译林出版社 1998

2.《负笈东瀛写春秋——在日中国人自述》 上海教育出版社 1998

3.《当代中国人看日本》 北京出版社 1999

4.《现代中国人的日本留学》 明石书店出版 2003

桃子

《又见樱花》 长征出版社 2005

董炳月

1.《"国民作家"的立场:中日现代文学关系研究》 三联书店 2006

2.《茫然草:日本人文风景》 三联书店 2009

3.《东张东望》 中央编译出版社 2011

4.《鲁迅形影》 三联书店 2015

5.《寻访日本老八路》 三联书店 2015

F

樊祥达

《上海人在东京》 作家出版社 1992

房雪霏

1. 随笔集《日常日本》 三联书店 2017

2. 译著:大前研一《差异化经营》 中信出版社 2006

3. 合著:《中国留学及教育用语手册》 关西学院大学出版社 2010

4. 合译:芳贺矢一《国民性十论》 李冬木、房雪霏,香港三联书店 2018

G

葛笑政

《东京的诱惑》 军事谊文出版社 1992

过放

《在日华侨的身份认同演变—— 华侨的多元共生》 东信堂出版 1999

龚致命

《东瀛物语》 珠海出版社 2000

J

姜建强

1.《山樱花与岛国魂》 上海人民出版社 2008

2.《另类日本史》 上海交通大学出版社 2011

3.《另类日本天皇史》 三联书店（香港）有限公司 2012

4.《另类日本文化史》 上海交通大学出版社 2014

5.《大皇宫》 浙江大学出版社 2014

6.《岛国日本》 中国法制出版社 2015

7.《夕阳山外山》 海豚出版社 2017

8.《无印日本：想象中的错位》 四川文艺出版社 2017

9.《汉字力》 上海交通出版社 2018

9.（合译）《没有女人的男人们》 村上春树著 上海译文出版社 2015

10.《低欲望社会》 大前研一 著 上海译文出版社 2018

蒋濮

1.《极乐门》 百花洲文艺出版社 1990

2.《东京没有爱情》 北京出版社 1995

3.《东京有个绿太阳》 人民文学出版社 1998

蒋寅

1.《平常心看日本》 中央编译出版社 2009

2.《日本学者中国诗学论集》 江苏凤凰出版社 2010

蒋丰

专著：

1.《蒋丰看日本：日本国会议员谈中国》 东方出版社 2013

2.《甲午战争的千条细节》 东方出版社 2013

3.《万条微博说民国》 东方出版社 2013

4.《风吹樱花落尘泥》 九州出版社 2014

5.《来自东京你懂的》 陕西人民出版社 2014

6.《脱下和服的大和抚子》 东方出版社 2014

7.《看看日本今日的军事装备》 台海出版社 2015

8.《民国军阀的后宫生活》 民主与建设出版社 2015

9.《蒋丰看日本：日本财经大腕谈中国》 台海出版社 2015

10.《蒋丰看日本：当代名医访谈录》 台海出版社 2016

11.《说说十大日本侵华人物》 上海交通大学出版社 2016

12.《廿年东瀛华人风雨录》 东方出版社 2017

13.《天使与魔鬼——日本教育面面观》 上海交通出版社 2017

合著：

1.《祖国》 中国青年出版社 1981

2.《我还是喜欢东京》 上海交通大学出版社 2016

3.《二阶俊博传记》 人民出版社 2017

译著：

1.《十九世纪的英国和亚洲》 中国社会科学出版社 1991

2.《横滨今昔》 中国社会科学出版社 1994

3.《黑船异变》 东方出版社 2014

4.《东亚近代史》 东方出版社 2015

5.《追逐明天——我的履历书》 东方出版社 2015
6.《抓住好风险》 东方出版社 2016
7.《我的经营论》 东方出版社 2017
8.《征服糖尿病》 东方出版社 2018
9.《知之深,爱之切》 河北人民出版社 2015

金烨
长篇小说《烟雨东京》 中文导报 1999

H

华纯
1.《沙漠风云》 作家出版社 1998
2. 长篇小说《沙漠风云》 作家出版社出版 1999
3.《丝的诱惑——在日本俯拾文明符号》 文汇出版社 2009

哈南
1.《北海道》 作家出版社 2016
2.《猫红》 海峡出版公司 2018

L

李长声
专著:
1.《樱下漫读》(读书小品丛书) 敦煌文艺出版社 1994
2.《日知漫录》(读译文丛) 中国电影出版社 1998
3.《东游西话》(书趣文丛第六辑) 辽宁教育出版社 2000
4.《四帖半闲话》(布老虎随笔) 春风文艺出版社 2003
5.《浮世物语》 上海书店出版社 2007
6.《居酒屋闲话》 远流出版事业股份有限公司 2007
7.《日边瞻日本》(知日文丛) 中央编译出版社 2007
8.《吉川英治与吉本芭娜娜之间:日本书业见学八记》 大块文化出版股份有限公司 2008
9.《风来坊闲话》 远流出版事业股份有限公司 2008
10.《日下书》 北京世纪文景文化传播有限公司 2009
11.《东京湾闲话》 远流出版事业股份有限公司 2010
12.《日下散记》 花城出版社 2010
13.《枕日闲谈》 中华书局 2010
14.《哈,日本》 磨铁(中国书店) 2010
15.《东居闲话》 三联书店 2010
16.《四方山闲话》 联合文学出版社 2011
17.《日和见闲话》 台湾博雅书房有限公司 2011
18.《温酒话东邻》 上海书店出版社 2012
19.《长声闲话》(五卷)三联书店 2014

20.《東瀛百面相》 三联书店 2015

21.《昼行灯闲话》 译林出版社 2015

22.《瓢箪鲶闲话》 海豚出版社 2015

23.《李长声自选集》(三卷) 上海交通大学出版社 2017

24.《我的日本作家们》 台湾东美出版社 2017

25.《送谁一池温泉水》 中和出版 2017

译作：

1.《大海獠牙》 水上勉著 群众出版社 1999

2.《隐剑孤影抄》 藤泽周平著 台湾木马文化事业股份有限公司 2006

3.《黄昏清兵卫》 藤泽周平著 台湾木马文化事业股份有限公司 2008

4.《黄昏清兵卫》 藤泽周平著 新星出版社 2010

合著：

1.《日边瞻日本：东亚人文·知日文从》 李长声、秦岚 中央编译出版社 2007

2.《中日之间：误解与错位》 李长声、贾葭 社会科学文献出版社 201

林祁

著作：

1. 诗集《唇边》 中国文联出版 1988

2. 诗集《情结》 湖南文艺出版社 1990

3.《风骨与物哀：20世纪中日女性叙述比较》 陕西人民教育出版社 2002

4.《性别中国》(繁体版) 台湾尔雅出版社 2008

5.《海外华人华侨研究：彷徨日本》 海潮摄影艺术出版社 2010

6.《踏过樱花——在日华侨华人纪事》 凤凰出版社 2010

7.《裸诗——走过人生的半个世纪》 国际华文出版社 2012

8. 诗文集《莫名"祁"妙》 九州出版社 2013

译作：

1. 山崎朋子《望乡》 作家出版社 1997

2. 水田宗子著《女性的自我与表现——日本现代女性文学研究卷》 中国文联出版社 2000

林惠子

1. 长篇小说《樱花恋》 深圳海天出版社 1997

2. 长篇小说《忏悔梦》 云南人民出版社 1997

3. 长篇小说《银座的天使》 山东友谊出版社 2000

4. 长篇小说《今夜无梦》 中国文史出版社 2015

5. 长篇小说《远嫁日本》 上海三联出版社 2001

6. 短篇小说《上海风情故事》 团结出版社 2014

7. 散文集《中国女人和日本女人》 上海文汇出版社 2000

8. 散文集《中国男人和日本男人》 江苏文艺出版社 2001

9. 纪实文学《东京私人档案——一个中国女性眼中的日本人》 上海文艺出版社 1994

10. 纪实文学《上海往事碎影》 台湾新锐文创出版社 2018

11. 纪实文学《樱花树下的中国新娘》 台湾新锐文创出版社 2018

12. 纪实文学《我不卑微》 宁夏人们出版社 2015

林茵
《迷失东京》 山东人民出版社 2004

刘德有
《在日本十五年》 三联书店 1981

刘迪
1.『现代西方新闻法制概述』 中国法制出版社 1998
2.『近代中国における連邦主義思想』 成文堂 2009
3.《日本民主党政治的开幕》 东方出版社 2009
4.《三昧日本——刘迪看日本》 知识产权出版社 2011

李占刚（李战刚）
1.《基金会准入与社会治理——基于中日的比较研究》 社会科学文献出版社 2017
2.《独白》(诗集) 时代文艺出版社 2016
3.《奔向泰山》(散文集) 时代文艺出版社 2016
4.《四答灵魂》(诗集) 惠特曼出版社 2010
5.《东北1963》(诗集,合集) 人民出版社 2005
6.《日本的危机》(政论,合集) 人民出版社 2002

李海
1.《流亡日本期间的梁启超》 樱美林大学东北亚综合研究所出版 2014
2.《日本如何面对历史》 人民出版社 2014
3.《王蒙先生说论语——天下归仁》(抄译) 财团法人 亚欧综会研究所 2017
4.《融冰之旅——日本原政要北大讲演录》监译 人民出版社 2015

李佩
《遥远的海》 群众出版社 1992

李兆忠
1.《看不透的日本》 东方出版社 2006
2.《暧昧的日本人》 九州出版社 2010
3.《东瀛过客》 九州出版社 2012

李小牧
1.《歌舞伎町案内人》 角川书店 2002
2.《新宿歌舞伎町》 株式会社日本文艺社 2003
3.《歌舞伎町案内人》 中国友谊出版公司 2005
4.《日本有病:解剖我们的邻居、对手、朋友》 珠海出版社 2011

龙丽华
1.《东瀛东北风》 河北人民出版社 2000
2. 与杨克俭共编《扶桑拾英》 吉林人民出版社 2003

廖赤阳、朱建荣
日本华人教授会议编《大潮涌动:改革开放与留学日本》 社会科学文献出版社 2010

M

弥生

1. 《永远的女孩》诗集　中国作家出版社　1999 年(署名 祁放)
2. 《之间的心》诗集　北京现代出版社　2016 年(署名 弥生)

孟庆华

1. 《走过伤心地》　春风文艺出版社出版　1987
2. 《太阳岛童话》　黑龙江少年儿童出版社　1988
3. 《梦难圆》　黑龙江人民出版社　1987
4. 《倒爷百态》　北方文艺出版社　1991
5. 《远离北京的地方》　中国文联出版公司　1989
6. 《告别丰岛园》　中国青年出版社　2012

毛丹青

1. 《发现日本虫》　中国青年出版社　1996
2. 《日本虫眼纪行》（日文文集）法藏馆　1998
3. 《日本虫子·日本》　花城出版社　2001
4. 《出家与其弟子》　毛丹青译,仓田百三著,辽宁教育出版社　2003
5. 《狂走日本》　上海文艺出版社　2004,2012 再版
6. 《闲走日本》　上海文艺出版社　2006
7. 《中日双语图文读本:感悟日本 1》,《感悟日本 2》　华东理工大学出版社　2008
8. 《日本的七颗铜豌豆》　中国青年出版社　2009
9. 毛丹青、剑心、刘联恢著《知日·铁道》　中信出版社　2012
10. 毛丹青、施小炜、吴东龙《知日·日本禅》　中信出版社　2013
11. 毛丹青、施小炜、陈孟姝著《知日·森女》　中信出版社　2013
12. 毛丹青,川井操,刘联恢著《知日·家宅》　中信出版社　2013
13. 毛丹青译,三浦友和著《相性》　人民文学出版社　2013
14. 毛丹青译,见城彻著《异端的快乐》　湖南文艺出版社　2013
15. 《孤岛集》　中信出版社　2014
16. 《在日本》　华东理工大学出版社　2016
17. 《来日方长》　上海世界图书出版公司　2016

莫邦富

1. 《蛇頭》　新潮社　1994
2. 《変貌する 中国を読み解く》　草思社　1995
3. 《商欲》　日本経済新聞社　1996
4. 《中国全省を読む地図》　新潮文庫　2001
5. 《日本企业为何兵败中国》　香港三联书店　2002
6. 《海外軍団・世界市場を変える新しい人》　日本経済新聞社　2002
7. 《点击蛇头:游走世界的中国人系列》　莫邦富著,关永昌、陈红译　世界知识出版社　2004

S

邵迎建

1. 《张爱玲的文学——传奇文学与流言人生》 生活·读书·新知三联书店 1998
2. 《上海抗战时期的话剧》 北京大学出版社 2012
3. 《张爱玲的传奇文学与流言人生》(繁体) 秀威出版社 2012

萨苏

1. 《国破山河在——从日本史料揭秘中国抗战》 山东画报出版社 2007
2. 《尊严不是无代价的:从日本史料揭密中国抗战》 山东画报出版社 2009
3. 《与"鬼"为邻 一个驻日中国工程师眼中的日本和日本人》 文汇出版社 2009
4. 《退后一步是家园》 山东画报出版社 2011
5. 《最漫长的抵抗——从日方史料解读东北抗战十四年》 西苑出版社 2012

T

唐辛子

1. 《唐辛子IN日本:有关教育、饮食和男女》 复旦大学出版社 2010
2. 《日本式中毒》 广东人民出版社 2016
3. 《日本女人的爱情武士道》 复旦大学出版社 2012
4. 译著《漫画脑》 上海交通大学出版社 2018
5. 译著《异类婚姻谭》 上海译文出版社 2018
6. 译著《漱石的回忆》 社会科学文献出版社 2018预定

唐亚明

1. 《东京漫步》 中国旅游出版社 1992
2. 《翡翠露》 TBSブリタニカ出版 1999

田原

1. 《采撷于北方》 台湾汉艺色研文化事业有限公司 1988
2. 《中国翰园碑林诗词集萃》 田原、李允久、陆健合编 百花文艺出版社 1992
3. 诗集《BEIJING—TOKYO POEMS COMPOSITION》 剑桥华人世界出版有限公司 1994
4. 《天理之神》 台湾出版 1995
5. 田原等合译的《家永三郎自传》 香港商务印书馆出版 2000
6. 田原与张嬚合译的《为证言的证言》 由世界知识出版社出版 2000
7. 田原、谷川俊太郎、山田兼士的对话集《谷川俊太郎论诗》 大阪澪标出版社 2003
8. 译著《谷川俊太郎诗选》 河北教育出版社 2004
9. 日语诗集《岸的诞生》 思潮社 2004
10. 译著《辻井乔诗歌选》 人民文学出版社 2005
11. 译著《春的临终——谷川俊太郎诗选》(中日文对照) 由香港牛津大学出版社出版 2010
12. 译著《天空——谷川俊太郎诗选》 北京大学出版社 2012

13. 日语诗集《梦之蛇》 思潮社出版 2015
14. 诗选集《梦蛇》 东方出版社 2015

W

王敏
《留日散记》 重庆出版社 1984
《不畏风雨》 宫泽贤治 北京联合出版公司 2016

王玉琢
《异国沉浮：中国留日学生大特写》 中国国际广播出版社 1996

王维
《日本华侨的文化重编与族群性——祭祀与艺能为中心》 风响社出版 2001

文萍
《巨大迷路》 广西师范大学出版社 2010

吴民民
1. 《中国留日学生心态录》 人民文学出版社 1989
2. 《中国留学生在日本》 四川文艺出版社 1992
3. 《世纪末的挽钟——日本海悬崖》 人民文学出版社 1994
4. 《旅日作家吴民民文集：落日》 群众出版社 2003
5. 《シー・ウルフ—海狼》 小学館 2005

万景路
1. 《扶桑闲话》 广东人民出版社 2016
2. 《你不知道的日本》 九州出版社 2016

王海蓝
1. 合译《村上春树：转换中的迷失》 中国广播电视出版社 2008
2. 《村上春樹と中国》 アーツアンドクラフツ出版 2012

王智新
主要论文/著作：
1. 《日文书信手册》合著 上海交通大学出版社 1988
2. 《中日教育制度比较研究》 泷泽书房 1988 年
3. 《当代日本教育丛书》16 卷 编著 山西教育出版社 1993、1998
4. 《当代日本教育管理》 山西教育出版社 1993
5. 《日文书信手册》合著 台湾鸿儒堂 1994
6. 《近代中日教育思想比较研究》 劲草书房 1995
7. 《亚洲国家看日本教科书问题》合著 鸭川出版 1995
8. 《日本城市教育管理》 远东出版社 1996
9. 《中日教育比较研究》 江苏教育出版社 1998
10. 《最新 教科书 现代中国》合著 柏书房 1998
11. 《当代日本道德教育》合著 山西教育出版社 1999
12. 《批判殖民地教育史研究》合著 日本社会评论社 2000
13. 《中国学者看日本殖民地教育》编著 日本社会评论社 2000

14.《揭开教科书问题的黑幕》合著　世界知识出版社　2001
15.《斩断"编撰会"教科书》合著　日本侨报社　2001
16.《反日还是厌日——与日本右翼辩论》合著　2003 年　日本侨报社
17.《日本基础教育》　广东教育出版社　2004
18.《当代中国教育》　明石书店　2004
19.《解密靖国神社》　广东人民出版社　2005
20.《东亚三国的近现代史》合著　社会科学文献出版社　2005
21.《安倍晋三传》合著　中央编译局　2007
22.《登高望远——日本政治家二阶俊博》(笔名乔生年)　社会科学文献出版社　2008
23.《沸腾的中国教育》合著　东方书店　2008
24.《养老介护人员行为规范手册》编著　华东师范大学出版社　2018

译著：

1.《人性的证明》"人证"(森村诚一原著)　江苏人民出版社　1979
2.《火鸟》(伊藤整著)　四川文艺出版社　1987
3.《雾之旗》(松本清张著)　鹭江出版社　1988
4.《教育研究的课题与方法》(大田尧著)　春秋出版社　1988
5.《菊与刀》合译　商务印书馆　1989
6.《说古道今赤子心——张学良访谈录》(长井晓著)　华文出版社　1993
7.《当代日本教育思想》(堀尾辉久著)　山西教育出版社　1994
8.《战后日本教育史》(大田尧著)　教育科学出版社　1997
9.《小谷老师与苍蝇博士》(灰谷健次郎著)　和平出版社　1998
10.《紫阳花日记》(渡边淳一著)　中国文汇出版社　2008,中国新经典出版社　2013,中国青岛出版社　2018
11.《太阳经济——日中共同开创世界未来》山崎养世著　东方出版社　2010
12.《日本侵华殖民地教育史》宋恩荣等原著　全 4 卷　明石出版社　2016
13.《朱永新教著作选集 1—3》朱永新原著　东方出版社　2016

X

小草

《日本留学一千天》　世界知识出版社　1987

晓凡

《裸体的日本》　中国文联出版公司　1988

Y

亦夫

长篇小说：

1.《土街》　哈尔滨出版社　1994
2.《媾疫》　中国戏剧出版社　1994
3.《玄鸟》　太白文艺出版社　1995

4.《城市尖叫》 文化艺术出版社 2001

5.《迷失》 作家出版社 2008

6.《土街》 新星出版社 2010

7.《一树谎花》 中国工人出版社 2012

8.《吕镇》 中国工人出版社 2015

9.《生旦净末的爱情物语》 金城出版社 2017

散文集：

1.《虚无的守望》 北京邮电大学出版社 2015

2.《盛期,我总是与你擦肩而过》(海外华文散文丛书) 花城出版社 2017

翻译作品：

《帝都卫星轨道》 岛田庄司著新星出版社 2015

编选书：

《无终站列车》（台港澳暨海外华人文学大系 诗歌卷）,(与谢冕、杨匡汉、张颐武合编 中国友谊出版公司 1993

杨文凯

1.《知日散录》("侨日瞧日"丛书之一) 中国法制出版社 2017

2.《常道直言》 中文导报出版社 2007

3.《人在旅途》 中文导报出版社 2005

4.《毕业十年》 中文导报出版社 2004

5.《天涯时论》 中文导报出版社 2003

6.《在日华人白皮书2007》(主编) 中文导报出版社 2008

7.《在日华人白皮书2008—2009》(主编) 中文导报出版社 2009

8.《绿牡丹》(清二如亭主人)(点校整理,收入"十大古典公案侠义小说"丛书) 上海古籍出版社 1995

9.《兼山堂弈谱》(清徐星友)(点校整理,收入"围棋古谱大全") 上海古籍出版社 1994

10.《弈程》(清张雅博)(点校整理,收入"围棋古谱大全") 上海古籍出版社 1994

杨逸

1.《ワンちゃん》 文艺春秋 2007

2.《おいしい中国》 文艺春秋出版社 2010

3.日语原版《狮子头》 朝日新闻出版 2011

4.日文原版《すき・やき》 新潮社 2012

5.《金字塔的忧郁》 花城出版社 2012

6.《小王 金鱼生活》 上海文艺出版社 2014

业枫

长篇小说《天涯风尘记》 中文导报

优华

《在水一方:旅日华人情感实录》 新世界出版社 2000

晏妮

《战时日中电影交涉史》 岩波书店出版 2010

Z

张石

著作与译作：
1. 《庄子和现代主义》 河北人民出版社 1989
2. 《川端康成与东方古典》 上海古籍出版社 2003
3. 《东京伤逝》长篇小说 中文导报出版社 2003
4. 《三姐弟》小说 中文导报出版社 2003
5. 《东瀛撷英》散文集 中文导报出版社 2004
6. 《云蝶无心》散文集 中文导报出版社 2007
7. 《银河铁道之夜》译著,收入《宫泽贤治杰作选》 中国社会科学出版社 2007
8. 《樱雪鸿泥》散文集 中央编译局 2008
9. 《寒山与日本文化》 上海交通大学出版社 2011
10. 《孙中山与大月薰——一段不为人知的浪漫史》纪实文学 香港星辉图书 2013
11. 《铃木大拙说禅》译著 浙江大学出版社 2013
12. 《空虚日本》散文集 中国法制出版社 2015
13. 《中日生死观与靖国神社》 香港南粤出版社 2015
14. 《川端康成与中国易学》 广东人民出版社 2016

合著：
1. 《禅与中国文学》(张锡坤、吴作桥、王树海、张石合著) 吉林文史出版社 1992
2. 《西方现代派文学与艺术》(赵乐甡、王林、张石等人合著) 时代文艺出版社 1986

张超英

《留学六记》 知识出版社 1999

张承志

《敬重与惜别致日本》 中国友谊出版公司 2009

朱慧玲

《日本华侨华人社会的变迁——以中日邦交正常化为中心》 日本侨报社 2003

曾樾

1. 《日本梦寻》 作家出版社 1992
2. 《日本啊,日本》 人民文学出版社 1992

周昕

《女儿恋:一位留日少女的手记》 四川文艺出版社 1993

庄鲁迅

1. 《唐代反抗三诗人》 集英社 2002
2. 《汉诗 珠玉五十首》 大修馆 2003

3.《李白与杜甫·漂泊的生涯》 大修馆 2007
4.《中国近现代史》 讲谈社/台湾大是文化出版社（中文版） 2009
5.《上海 时空往来》 平凡社 2010
6.《汉诗名作50首》 平凡社 2013
7. 合著《上海时间旅行》 山川出版社

图书在版编目(CIP)数据

史料与阐释.总第六期/陈思和,王德威主编.—上海:复旦大学出版社,2019.5
ISBN 978-7-309-14233-4

Ⅰ.①史… Ⅱ.①陈…②王… Ⅲ.①中国文学-现代文学史-史料
②中国文学-当代文学-文学史-史料 Ⅳ.①I209

中国版本图书馆 CIP 数据核字(2019)第 044529 号

史料与阐释.总第六期
陈思和　王德威　主编
责任编辑/杜怡顺

复旦大学出版社有限公司出版发行
上海市国权路 579 号　邮编: 200433
网址: fupnet@ fudanpress.com　http://www.fudanpress.com
门市零售: 86-21-65642857　团体订购: 86-21-65118853
外埠邮购: 86-21-65109143　出版部电话: 86-21-65642845
常熟市华顺印刷有限公司

开本 787×1092　1/16　印张 17.25　字数 398 千
2019 年 5 月第 1 版第 1 次印刷

ISBN 978-7-309-14233-4/I·1142
定价: 60.00 元

如有印装质量问题,请向复旦大学出版社有限公司出版部调换。
版权所有　　侵权必究